ZADIE SMITH
Changing My Mind

扎迪·史密斯

改变思想

英 扎迪·史密斯 - 著 / 金鑫 - 译 / 唐江 - 校译

纪念我的父亲

For my father.

The time to make your mind up about people is never!

永远别用一成不变的眼光看待别人!
　　　　——特蕾西·洛德《费城故事》

You get to decide what to worship.

你必须决定信仰什么。
　　　　——大卫·福斯特·华莱士

序言
Foreword

这本书是我在不知不觉间写成的。更确切地说，直到有人向我挑明，我才意识到，自己把它写了出来。我原以为自己写的是一部小说，后来又以为自己写的是一本有关写作的严肃理论著作:《败中求胜》。一个个截稿期限转瞬即逝。与此同时，我也不时接受一些约稿：就圣诞节写篇两千个词的文章行吗？凯瑟琳·赫本行吗？卡夫卡？利比里亚？就这么着，积少成多，写出了十万个词的篇幅。

之所以把它们称作"偶得的随笔"，是因为它们都是为特定的缘由和特定的编辑而作。我尤其要感谢鲍勃·西尔弗斯，戴维·雷姆尼克，黛博拉·特瑞斯曼，克雷西达·莱申，莉莎·阿勒代斯以及萨拉·桑兹，正是他们建议我秉笔徜徉于影评、讣告、尝试性的新闻报道、文学批评和生平小传这些题材之中。"若是没有他们，就没有本书的成功问世。"就本书而言，这句老话道出了确乎其然的实情。

倘若你年纪轻轻就出版了处女作，那么你的写作就会与你一道，在公众的关注下逐步成长。用"改变思想"这个带有自我检讨意味的标题来描述这一过程，似乎颇为切题。不过在通读全文之后，我不得不承认，在我看来，思想观念中的自相矛盾之处，其实正是信仰的要素之一。就这一谨慎、乐观的信念，索尔·贝娄表述得最为恰切："在生活这一边，或许亦有真理存在。"我还在等待，不过我认为，不论我今后成长到何种地步，都不会背弃这一信念。

扎迪·史密斯
2009 年于纽约

目录

Forword 序言

Reading 阅读

03	一	《他们眼望上苍》:何谓触动灵魂?
16	二	爱·摩·福斯特,中层管理者
34	三	《米德尔马契》和每个人
49	四	重读巴特与纳博科夫
66	五	凡人弗朗茨·卡夫卡
82	六	长篇小说的两个方向

Being 存在

115	七	那种巧黠的感觉
128	八	在利比里亚的一周
153	九	多说几种话

Contents

Seeing 观看

177　十　　赫本与嘉宝
194　十一　维斯康蒂的《小美人》札记
210　十二　二〇〇六之视觉盛宴
250　十三　奥斯卡周周末的短评十则

Feeling 感受

265　十四　史密斯家的圣诞节
271　十五　偶然成就的英雄
279　十六　逝者的笑声

Remembering 纪念

299　十七　《与丑陋人物的短暂会谈》：
　　　　　　大卫·福斯特·华莱士那难以消受的礼物

Thanks 致谢

阅 读
Reading

One:

一 《他们眼望上苍》：
何谓触动灵魂？

*Their Eyes Were Watching God:
What Does Soulful Mean?*

我十四岁那年，母亲把《他们眼望上苍》拿给我看。我不想看。尽管我明白母亲的用意，却还是对她"自作聪明"感到不快。出于同样的目的，母亲之前还向我推荐过《茫茫藻海》和《最蓝的眼睛》，我都不喜欢（更确切地说，我不**允许**自己喜欢上它们）。因为我更喜欢自己随意挑选、不拘一格的阅读书目。我为自己涉猎甚广，从不以遗传出身和社会文化的理由选书而沾沾自喜。母亲发现《他们眼望上苍》依然静卧在我的书桌上，不曾翻开，便开始催我：

"你会喜欢的。"

"为什么，就因为她是**黑人**？"

"不——因为它是好作品。"

对于怎样才算"好作品"，我有自己的理解。这类书里不该有格言警句式的，或者过度"抒情"的语言，虚无缥缈的想象，精确呈现的"市井俚语"，以及女性的爱情磨难。在做好抵御《他们眼望上苍》的文学防备之后，我翻开了第一页：

远方的轮船承载着每个男人的希望。有些船只伴着潮汐入港，另一些则始终航行在海平线上，从不脱离人们的视野，直至瞭望者听天由命地移开目光，他们的梦想被时间摧折殆尽，这些船才会靠岸停泊。这便是男人的人生。

女人呢，她们把不愿想起的事情统统忘记，把她们不愿忘记的每件事都铭记在心。梦想就是真实。于是她们便按照梦想行事。

这的确是一段格言警句，却将我击倒在地，让我无力反抗。它把**"时间"**一词的首字母作了大写（我向来反对将抽象名词的首字母大写），但我还是为那些不知名的男人和他们无可避免的失败心怀感伤。写女人的第二段，命中了我的要害。在我读过的书里，这句话是对母亲和我绝无仅有的准确写照：**于是她们便按照梦想行事**。那好吧。我放下铅笔，在椅子上放松下来，开始猛读。三小时后，我再也无法自持，泪流满面，不光是因为那个悲惨的结局。

读《他们眼望上苍》那天，我的文学防卫战败绩连连。我不得不承认，格言警句的力量有时候真的很强大，我也不再认为，抒情是济慈的专利了。

她仰面躺在梨树下面，梨树沐浴在来访蜜蜂的轻吟浅唱、阳光的金色和轻风的喘息之中，她听到了种种细不可闻的声音。她看到一只带着花粉的蜜蜂飞入一朵花中央的圣堂，成千的姊妹花萼——躬身迎接这爱的怀抱，以致梨树从根部到每一处细微的枝芽皆因兴奋至极而颤抖，就连花瓣中也翻腾着喜悦。原来这就是婚姻！她是被召来领受这一启示的，这时，珍妮感到一阵痛苦、残忍的甜蜜，把她变得倦怠乏力①。

---

① 不过我对这个"倦怠乏力"还是有些抵触。—— 原注。

我不得不承认,神话般的语言若是写得好,也会令人感到震惊。

死神,那个长着巨大方形脚趾的怪物,住在遥远的西方。这个大家伙住在一所平板的房子里,就像一个没有四壁,也没有屋顶的平台。死神哪里需要什么遮蔽呢?有什么风能吹倒它呢?

在赫斯顿对黑人交谈的敏锐把握面前,我对对话的抵触(是我的偶像纳博科夫激发了它)抗拒了一番,随后便轰然崩塌。她从这些目不识丁的人们口中,发现了绝妙的平凡比喻:

"假如上帝不像我这样替他们着想,那他们无异于丢在高高草丛里的皮球。"

发现了经得起考验的智慧:

"我觉得,服丧的时间不该比悲伤更久。"

她笔下的对话揭示出了人物的性格特征,准确而敏锐,完全不像是由作者创作出的。

"你们急匆匆地,这是打哪儿来啊?"李·科克尔问。"乔治亚中部,"斯塔克斯轻快地回答,"我叫乔·斯塔克斯,乔治亚州的。"
"你和你女儿打算加入我们吗?"另外一个斜倚着的人问,"那可太好了。我叫希克斯,阿莫斯·希克斯先生,南卡罗来纳州的布福德人,自由,单身,也没有婚约。"

"噢，上帝啊，我可没到能养出成年女儿的岁数，她是我老婆。"

希克斯顿时兴致全无，把身子倒了回去。

"市长在哪儿？"斯塔克斯继续问道，"我想和**他**谈谈。"

"你来得太早啦，"科克尔对他说，"我们还没有市长呢。"

最重要的是，我不得不放弃自己对女性爱情磨难的成见。珍妮借由三段婚姻获得成长的故事，让读者领悟出这一至关重要的道理：择偶——在不同的男人（或女人）当中作出选择——远不止是浪漫的恋爱这么简单。说到底，择偶就是在不同的价值观、可能性、未来、希望、观念（符合你的阅世经验的共同观念）、语言（符合你对这个世界认知的共同语言）和生活当中作出抉择。你与洛根·基利克斯分享的世界，与你跟绰号"茶点"的沃吉柏·伍兹分享的世界截然不同。在这两个毫不相干的世界里，你的思维方式也会大不一样；在洛根那里行不通的想法，在"茶点"那里却自由无碍。不过在那样的环境里，谁还敢谈论自由？事实上，像珍妮或赫斯顿本人这样的黑人女性，在世纪之交的美国，所享有的公民自由与农场牲口相差无几："女黑鬼在这个世界上，就是做牛做马的命。"这是珍妮祖母的名言——这话伤到了我的自尊，也伤到了珍妮；她拒绝了祖母向现实低头的训诫，展开了一场存在主义的报复，它隶属想象的范畴，不受任何条条框框的约束。

她知道，上帝每天晚上都会把旧世界摧毁殆尽，在日出之前创造出新的世界。眼看着新世界在阳光下和创世的尘土中显形，着实美妙。熟悉的人与事令她失望，于是她把身子搭在大门上，眺望着大路远方。

珍妮寻找"代表遥远天际"的某人（或某物）的那部分人格，有着足以引以为傲的先驱,比如伊丽莎白·班内特①、多萝西娅·布鲁克②、简·爱,甚至还有品格远不如她的爱玛·包法利。自从关注女性爱情磨难的小说问世伊始(也就是说,自从小说问世伊始),这类小说"追求浪漫"的一面,就时常遭到人们漫不经心的嘲弄:不久前,我和一名美国女性共进晚餐,她告诉我,她看完《米德尔马契》之后倍感失望,因为它写的"不过是拖拖拉拉、牢骚满腹地寻找男人"!这样阅读《米德尔马契》的读者,也不会喜欢《他们眼望上苍》。后者讲的也是一个女孩努力寻找真爱的过程,一个透过他人发现自我的过程。它告诉我们,当你能够完全理解另一个人,同时也被另一个人完全理解的时候,甚至连种族主义这一阴暗可怕的陈词滥调,都会变得无关紧要。假如它不曾表明,爱情会让人获得自由,那它才该死呢。如今,"自我实现"变成了人们的目标,如果你无法独立完成这一目标,你就要承认自己软弱无能。我觉得,赫斯顿毫不掩饰地表达出来的,那种有可能在人与人之间迸发出来的狂喜,珍妮那种深厚的、肯为"茶点""粉身碎骨的爱",看起来或许就像"拖拖拉拉、牢骚满腹地寻找男人"的枯燥结局。但对"茶点"和珍妮来说,他们的彼此选择并非走投无路之举,而是彼此发现,他们对彼此的需要,给他们带来的是欢乐,而非耻辱。**我们**不会选择"茶点",我们常常不赞同他的所作所为,有时对他倍感失望,这让这个人物形象变得愈发生动感人。"茶点"仿佛无拘无束,珍妮也是自由地选择了他。我们无权干涉,只能观望。虽然小说的架构如同童话(比如三任丈夫竟然相继离去),讲的却不是愿望成真的故事,至少没有实现**我们的愿望**③。如果恋爱双方

---

① 简·奥斯汀《傲慢与偏见》中的女主人公。
② 乔治·艾略特《米德尔马契》中的女主人公。
③ 此处再与《米德尔马契》加以比较,不无趣味。读者往往更加青睐利德盖特,对多萝西娅选择拉迪斯洛感到失望。——原注

Occasional Essays

自己都不觉得,我们却说人家软弱无能,岂不是咄咄怪事。

　　在第一遍通读完这本小说之后,我哭了,并不仅仅是因为"茶点",还有文笔的完美,更不是因为告别这书中世界时的怅然失落。小说对我的意义远大于这些,有些东西是我不能,也不愿用语言来表达的。后来,我把它带到了晚餐桌上,仍捧着不放,就像有时我们捧着爱不释手的书。

　　"怎么样?"母亲问我。

　　我告诉她说,基本上不错。

　　十四岁那年,我对佐拉·尼尔·赫斯顿的评价并不公允。我害怕自己对她怀有"文学以外"的感情。我想成为客观的审美家,而不是多愁善感的傻瓜。我讨厌对所读的小说"感同身受"这一想法。我想要喜欢赫斯顿,是因为她代表了"好作品",而不是她代表了我。此后二十年间,佐拉·尼尔·赫斯顿已从我母亲那代黑人女性之间珍藏、珍爱的秘密,变成了一项完整的文学产业——一种又一种的传记[①]和电影、欧普拉和非裔美国文学系,全都把她的生平[②]和创作当作黑人女性的特质来敬仰。在这一过程中,她又遭到另一种有失公允的评价,矫枉过正了。在《他们眼望上苍》中,珍妮因为乔·斯塔克斯决定将她奉为偶像而感到难过:他在全镇人的面前,将她置于孤高的地位,用一个象征性的身份(市长夫人)将她的本来面目取而代之。人们对待赫斯顿的方式,与此颇为相似。她很像珍妮,坐在门廊台座上("我差不多要困死在那儿"),远离了她真正关心的人和事,光是给崇

[①] 瓦莱丽·博伊德的《裹在彩虹中:佐拉·尼尔·赫斯顿传》是(相当不错的)传记之一。卡拉·卡普兰编订的《佐拉·尼尔·赫斯顿:文学生涯》也不错。——原注
[②] 《尘路辙痕》(*Dust Tracks on a Road*)是赫斯顿的自传。——原注.

拜者们充当思想和信念的代表，他们的目光扭曲了她的真实形象。我们可以从一卷文集里，看到一位评论家声称，黑人男性、白人男性和白人女性，若是对赫斯顿的作品作负面评价，就是动用"智识的私刑"；一位评论家以一句"《苏旺尼的六翼天使》甚至不是写黑人的，这算不上是罪过；却写了些令人讨厌的白人，这就是罪过了"贬低了赫斯顿的最后一部作品；还有一位解释说，《他们眼望上苍》的"一大缺陷"就是：赫斯顿"奇怪地坚持"用全知全能的第三人称，叙述主人公的故事（而不是允许珍妮"直言不讳"）。我们所处的评论界，未免有些平庸，这些评论家会说，绝大多数19世纪的女主人公是压抑的，她们被残忍地剥夺了有益身心的第一人称叙述权。在这个评论界里，对所谓"黑人女性文学传统"，绝不能妄加指摘：

　　黑人女作家一贯反对歪曲她们的黑人女性经历，因而避免采用美国白人女性和黑人男性的文学传统中，往往靠这样的歪曲构建的消极套路。与很多黑人男作家和白人女作家不同的是，黑人女作家通常拒绝为了实现普适艺术中神奇的"中性"声音，而摒弃其感性中明显属于黑人和（或）女性的任何东西。①

　　尽管黑人女作家"一贯反对歪曲"她们的经历这一观点令人乐于赞同，但诚实的读者知道，情况并非如此。过去的三十年里，我们培养出一种新的盲目崇拜，取代了那种消极的歪曲。现如今的黑人女主人公，个个强大而饱含深情；她们性欲旺盛，无所畏惧；她们以大地母亲、非洲王后，女星和历史的精灵等虚幻的面目出现；她们从充满

---

① 以上引用的种种评论意见，可参见哈罗德·布鲁姆编《佐拉·尼尔·赫斯顿的〈他们眼望上苍〉：当代批评诠释》。——原注

贺卡般抒情氛围的小说中，堂而皇之地列队走过。她们没有珍妮·克劳福德和她出自的那本小说的复杂性、缺点、不确定性、深度和美丽。她们充当着抚慰人们心灵创伤的模范角色，她们完美无缺[①]，她们矫枉过正。其实，尽管黑人女作家写了不少精彩的东西[②]，但她们在避免歪曲人类经历方面，并不比其他族群的作家更成功。真正让赫斯顿卓尔不群的，并不是黑人女性文学传统，而恰恰是赫斯顿自己。佐拉·尼尔·赫斯顿——既能表现人的脆弱，又能表现人的强大，抒情而不煽情，浪漫而不乏缜密，是能将性爱诠释得淋漓尽致的极少数作家之一——是黑人女作家中的佼佼者，正如托尔斯泰是白人男作家中的佼佼者一样。[③]

不过赫斯顿在她的小说中，的确摒弃了"中性、普适"。她在作品中，毫无愧疚地写出了从小耳濡目染的、黑人腔调的方言。这的确需要勇气：其结果便是遭到抵制，乏人问津。1937 年，黑人读者因为书里的对话太没文化，感到难堪，而白人读者更欣赏的，则是她的人类学作品中的异域风情。谁愿意看些每天都能看到的、蜷缩在角落里的穷黑鬼的作品呢？赫斯顿的传记作者们表明，不论她表现得多么乐观向上，她的生活依然十分艰辛：她干了一辈子清洁工，最终默默无闻地死去。对黑人读者和黑人批评家们来说，为她正名理应是一场私人化的情感旅程，这一想法可以理解。但人们仍然想用中性而可靠的理由来解释她的伟大，想说一些比"她是我的姐妹，我爱她"更有分量的话。作为读者，我想表明自己对"好作品"的无限欣赏；我想说赫斯顿是

[①] 相反，赫斯顿想以自己的作品表明，"黑人既不更好，也不更坏，有时跟大家一样无聊。"——原注
[②] 其中就有艾丽斯·沃克为《他们眼望上苍》写的原序。通过对这本书大加赞扬，她把赫斯顿从四十年的默默无闻中拯救了出来。——原注
[③] 该脚注写给读者中的作家们：《他们眼望上苍》系在七个星期内写就。——原注

我的姐妹,鲍德温是我的兄弟,卡夫卡也是我的兄弟,还有纳博科夫、伍尔夫、艾略特和欧芝克都是我的姐妹。和所有读者一样,我希望自己的局限是由自己的情感,而不是由自己的肤色所界定。把黑人女性变成黑人女作家的特许读者这样的评论,有悖赫斯顿本人的意愿。她本人可不那样想:"当我把帽子拉到一定的角度,徜徉在第七大道上……宇宙(cosmic)的佐拉突然出现了……怎么**会**有人否认有我做伴的快乐呢?我真搞不懂!"可不是么。没人会否认佐拉带来的快乐——无论你是什么肤色、背景和性别。她太讨人喜欢了,怎能不与人分享呢。我们都应该品味一下她编造的新词("sankled"、"monstropolous"、"rawbony"),或者看看她是如何用悲戚、精确的笔触,来描述一场糟糕的婚姻的:

　　岁月抹去了珍妮脸上所有的斗志。有一段时间,她以为它从自己的灵魂中消失了。无论乔迪做了什么,她都一言不发。她已经懂得,哪些话该说,哪些话不该说。她就像马路上的车辙,表面之下有充沛的生命力,却被一只只车轮相继碾过。有时她会幻想着,自己以后会过上截然不同的生活。但多数时间里,她还是生活在自己从帽檐到脚后跟之间的狭小天地里,她的情绪就像林荫一般,随着日出日落而骚动不宁。她从乔迪那里得到的,全都是金钱能买到的东西,她付出的也是她并不看重的东西。

《他们眼望上苍》里呈现的视觉想象,就像基督徒讲的故事一样生动清晰——小说里的许多场景,会让我们想起儿童版《圣经》中笔画粗大的插图:小珍妮盯着一张照片看,不曾发觉人群中的那个黑人小姑娘其实就是她自己;乔·斯塔克斯在一头死骡鼓胀的肚子上做演讲;"茶点"被患狂犬病的疯狗咬伤了颧骨。我看电视里报道卡特里娜飓风的片段时，感觉似曾相识，我想到了赫斯顿笔下的洪水，而不是诺亚的洪水。"这些死者并非有朋友陪在枕旁脚边染病而亡……（而是）泡得湿淋淋、胀鼓鼓的；双目圆睁、审视着什么的暴毙者……"

最重要的是，赫斯顿的作品之所以得到广泛的阅读，是因为她不忸怩也不褊狭。她成长在佛罗里达州的伊顿维尔镇，镇上住的全是黑人。这段特殊的经历对赫斯顿日后成为女作家不无帮助。她成长为一个完整的人，并未意识到，她日后注定会将自己归类为少数人、异类、外来者，缺少权利、才能、欲望与期盼的人。长大后，远离伊顿小镇的她发现，这个世界处处都在提示她，她理应低人一等，但赫斯顿已经成熟了，她对生活已经有了形而上的信心（"我的肤色没什么可悲的"），她把这份信心以同样令人振奋的力度，写进了小说。她去参加高端派对的时候总爱大喊"不喜欢黑皮肤的"[①]——几乎人人都是如此，但赫斯顿不是。对她而言，"黑人性"就像她所理解和描述的那样，自然而又必然，完全而不可避免，就像"法国性"之于福楼拜一样。在复杂性上同样不遑多让，它既是赐福又是诅咒。"黑人性"就像胳膊一样无可摆脱，但它作为人的衡量尺度，并不比胳膊的有无来得重要。

但除此之外，我还有别的话要说——囿于文学评论"中性、普适"的特点，这话说起来有些困难。用英语写评论，就意味着追求中立，追求莱昂内尔·特里林或埃德蒙·威尔逊那种高雅的风格。在高雅的风格中，个人所钟爱的东西绝不能流露出偏好或个人色彩，也不能出现"爱"这样的字眼，因为白人小说家并非白人小说家，而仅仅是"小说家"，白人角色并非白人角色，而仅仅是"人"，对这两者的评

[①] 见第16章对一名确实不喜欢黑皮肤的特纳太太的可悲描绘。——原注

论不应流露出偏好或个人色彩，而应作为一个审美问题来对待。这样的评论听起来总是中性、普适的，而过去赞扬过《他们眼望上苍》的黑人女性，还有现在正在这么做的这个人，看上去却像是黑人女性在谈论黑人作品。我开始写这篇文章的时候，觉得这种想法还是略过不提为妙。结果，我没能说出本书给我带来的情感反应中的一个重要方面，完全私人化的方面，小说激起的情感反应就应该是私人化的。其实，**我就是**一名黑人女性①，我怀疑，正因如此，这本书里的一些内容才径直闯入了我的灵魂。尽管我觉得，"除非你是黑人女性，否则你永远都不会完全理解这本小说"这话说得不对，但要说，很多黑人女性并未以一种似乎属于"文学以外的"的强烈方式，对这本书作出了情感反应，那也是不坦诚的。《他们眼望上苍》中的许多方面，都对"黑人性"②（这一措辞是为了方便起见）这一古老文化遗产，作了深入的探索，它们令我自己的"黑人性"情不自禁地作出私人的回应。我十四岁那年，还找不到词语（或者我喜欢的词语），来形容我读到的那些有像我一样的头发、眼睛、肤色的人物，甚至相同语言节奏的祖先③时，心头泛起的那种不可思议的认同感。对白人读者来说，这种认同的方式是如此的自然——（当然，兔子安斯特朗④就是我！包法利夫人就是我！）——以致他们相信，自己的认同远非私人化的认同，或者至少认为，他们的认同仅仅建立在至高的、存在的层面（他的灵魂和我的灵魂一样。他是人；我也是人）。白人读者常常认为，他们

---

① 我觉得，当年我母亲就是想让我明白这一点。——原注
② 正如卡夫卡的《审判》对"犹太性"这一古老文化遗产作了深入探索。——原注
③ 珍妮和"茶点"下地干活期间，跟"跳拉锯舞的人"——加勒比来的工人们——交上了朋友。——原注
④ 约翰·厄普代克《兔子四部曲》中的主人公。

没有肤色偏见①。我一直以为自己是没有肤色偏见的读者——直到我读到这本小说为止,铭刻在"**触动灵魂(soulful)**"一词当中、有关黑人生活的陈词滥调,在我心中呈现出新的分量和意义。究竟何谓**触动灵魂**?词典是这样说的:"流露或看似流露出深沉的、通常是悲哀的感情"。这个词在黑人文化中的含义,额外增添了几重暗色。一重暗色:灵魂触动是某种转化为美丽、富有新意、能自我更新的东西,在达到巅峰时会令人陷入狂喜的一种悲伤情感。它是痛苦的炼金术。在《他们眼望上苍》中,当镇上的人们为那只骡子的死而歌唱时,便是**灵魂触动**的例子。另一重暗色:触动灵魂就是**紧跟**着一种感觉走,它带你去哪儿你就去哪儿,绝不违背它的本质②。小珍妮从鲜花绽放的树那儿获得启迪,坐在她家门柱上,亲吻一个路过的男孩,就是**灵魂触动**的例子。最后一重暗色:"**灵魂触动**"这个词就像意第绪语里的"伤感"(schmaltz)③一样,也能在消化道中找到词源。"黑人食物(Soul food)"简单、美味、丰盛、不事讲究,饶有风味。珍妮穿上工作服,高高兴兴地跟"茶点"一起下地干活,就是**灵魂触动**的例子④。

这是一部有关灵魂触动的美妙小说。由此证明了赫斯顿的写作技巧。她将"文化"——习俗和境遇缓慢、特殊⑤和人为的积累过程——变得像日出一样自然、朴实而美好。她让我沉醉在菲利普·罗斯所说的"自我的浪漫"中,虽然我并不赞同这种文学价值,但我看了这本

---

① 直到他们读到以非白人人物为主的作品为止。有一次,我在某图书节上听到一名年轻白人男子对朋友说:"你读没读库雷西的新作?还是老一套——一大堆印度人。"听了这话,你只想回答:"你读没读弗兰岑的新作?还是老一套——一大堆白人。"——原注
② 用最通俗的说法来说就是:找准节拍,跟上节奏。——原注
③ 《牛津英语词典》:"伤感(Schmaltz)n.(非正式)过度伤感,尤其适用于音乐和电影。词源:20世纪30年代源自意第绪语中的 schmaltz,源自德语 Schmalz,意为'油汁、猪油'。"——原注
④ 当然,很少有比尝试给"触动灵魂"下定义更难触动灵魂的事。——原注
⑤ 用文学术语来说,我们都知道,只要过了一个临界点,文化特例——在变得更有文化特殊性的同时——就会被读者当作中性、普适的内容予以接受。菲利普·罗斯原先写的是"犹太小说",如今则变成了"小说"。我们从《波特诺伊》特殊的抱怨,转到了《凡人》普适的主张上来。——原注

令人着迷的书之后,竟然感到难以抗拒。她让"黑人女性的特质"看起来像是一种真实、触手可及的品质,我几乎相信,我与分属不同时代、大陆、语言、宗教的数百万复杂个体,共同拥有这种本质,不管这有多么不可能。

　　几乎——但不尽然。更确切地说,在我阅读这本书的时候,我以我的全部灵魂,相信它的每一句话。是它让我说出了平常我不会说的话,像**"她是我的姐妹,我爱她"**这样的话。

二 爱·摩·福斯特，中层管理者[1]

E. M. Forster, Middle Manager

1

在英国文学的分类体系中，爱·摩·福斯特并非异数。我们将他归入著名英国小说家中普普通通的那一类。但在某种意义上，福斯特可谓非比寻常。同时代小说家常有的恶行，在他身上几乎找不到——福斯特的不同寻常之处，正是他有所**不为**。他从不因为年龄增长而右倾，或是让怀旧演变成厌世；他从不向教皇或是女王屈膝，更不曾（在意识形态上）与希特勒、斯大林调情。他从不相信小说已死，或山是活的之类的话，他在年过半百之后继续阅读当代小说，对前辈或后辈并无特殊的厌憎，并不认为英国的状况已经急转直下，英语难逃劫数，是疯子在经营精神病院，或者外国人淹没了城市。

不过，像所有著名英国小说家一样，他也是个狡猾的家伙。他让人相信，个人的真诚和不尽不实的职业可以并行不悖。他是现代派里的爱德华七世时代的人，然而——在反战主义、阶级、教育和种族这

---

[1] "Middle Manager"，本意为"中层经理、部门经理"，此处指福斯特在中层领域有所建树。

些问题上——却是保守派中的激进派。他的视野尽管是褊狭的、地方性的，却又远远延伸到东方。他是"爱情这一亲爱的共和国"的热情捍卫者，却又在禁止他道出真相的法律早已废止之后，依然坚守自己的感情秘密。福斯特在无畏和顺从，勇敢和懦弱，密切留意和满不在乎之间，走的是中间路线。有时——当他捍卫开明的人文主义，反对左派和右派的原教旨主义者时——这条中间路线，以福斯特那种文静的方式，表现得最激进不过。其余时间里——在他自由放任文学观的安逸中——这条路线看起来，仅仅是最舒适的选择。在一封写给戈兹沃西·洛斯·迪金森①的信中，福斯特这样漫不经心地阐述他宽怀大度的审美观：

> 对我来说，我所有的作品都要以情动人。如果一本书在人们读过之后，不能让人变得更快乐或更出色，不能为世界增添永久的财富，那么这本书就不值得写……这就是我的"理论"，我坚决主张作品要以情动人——福楼拜的理念可不是这样。他怎么肯耗费心力去创作《一颗简单的心》呢？

对那些诋毁他的人来说，爱·摩·福斯特为数不多、调子温和的全部作品证明，在审美问题上，还是耗费些心力**为好**：狂热分子的热情必不可少。"爱·摩·福斯特所做的，从来不会超过加热茶壶的程度，"凯瑟琳·曼斯菲尔德这样认为，倘若真有一名狂热分子，那便非她莫属，"在这方面他的确是少有的一把好手。摸摸这只茶壶看。它的温暖不是很美妙吗？没错，但里面绝不会有茶。"福斯特有些中不溜儿的地方；人们想要他做到的，他只做到一半。就连编辑这本翔实的广播节目合

---

① 戈兹沃西·洛斯·迪金森（Goldsworthy Lowes Dickinson, 1862—1932），英国政治学家、哲学家。

集的编辑们，都觉得有必要跟房间里这头中庸的大象①谈谈，他们那急躁的姿态几乎有失体面（见第9页）：

> 尽管福斯特被公认为其文学环境中的核心选手，这个时代的多数文化史家却觉得，他比弗吉尼亚·伍尔夫、詹姆斯·乔伊斯或托·斯·艾略特逊色……倒没有把他贬低为现代派里的小角色，不过或许把他贬低成了"中等角色"，倘若我们可以造出这样一个词来的话。②

勤勉的编辑们会为自己的作者言辞激烈、长篇大论地辩护。这让人感觉不太协调，因为从没有哪个著名英国小说家，对自己的地位如此满不在乎。喜爱福斯特，就要就像他本人那样，满足于他的平庸与杰出的结合。在这本书里，这种结合体现得比以往更淋漓尽致。这是好是坏还不好说。无论如何，我们现在捧在手里的，是四百页的福斯特广播讲座精编。其中大半篇幅讲的是书（他给这些篇目冠以《若干书籍》的标题）；四分之一是关于印度和印度人民的，也是播送给他们收听的。剩余篇目中，散布着激发福斯特想象力的各种话题：1929年的大霜冻，本杰明·布里顿③的音乐，在国家美术馆举行的免费战时音乐会等等。讲座的调子是闲谈式的，轻松浮浅，没有学术腔（"你得冷静地看待叶芝。他是一位以诗为生的伟大诗人，但也有信口开河的时候。""艺术有什么用？有一种讨厌的用途"），可想而知，这些让托·斯·艾略特——当时他也在为BBC录制广播节目——在路过福斯特的录音棚，往自己的录音棚走去时，颇为不耐烦地发出叹息。艾

---

① "房间里的大象"为英文习语，指众人明知存在，却心照不宣均不愿提及的事物。
② 此处言及的作品系《爱·摩·福斯特的BBC讲座，1929—1960》，密苏里大学出版社出版。——原注
③ 本杰明·布里顿（Benjamin Britten，1913—1976），英国作曲家。

略特对文学批评一贯严肃认真；福斯特也能严肃起来，但在录这些广播节目时，他可不怎么严肃，起码艾略特是没看出来。首先，福斯特不愿把自己在做的事称作文学批评，甚至评论。他只不过是在"推荐"而已。在每期讲座的末尾，福斯特都会一丝不苟地报出他谈论的那本书的书名，以及书价具体是几英镑几先令。福斯特留给大家的印象，并不是一位如艾略特般严肃的公共知识分子，而是一名健谈的图书管理员，斜着身子靠在柜台上，向你建议某本书是否值得费神去读——这个"费神"可谓是英国特有的一种审美范畴。在这个自我强加的角色里，没有丝毫知识分子的虚荣（"把我当作一条寄生虫好了，"他告诉听众，"招人喜欢也罢，叫人讨厌也罢，总之是依靠高等生命来养肥自己。"），可要是认为这是个懒惰或无足轻重的角色，就大错特错了。众所周知，"联系"是福斯特最重大的主题，比如人与人之间的联系，国家之间的联系，心灵与头脑的联系，劳动与艺术的联系。广播给他带来了联系大众的机会。他无意在自己和听众之间设置任何障碍。从一开始，福斯特关注的——用现代广播的措辞来说——就是讲座的调子应该定多高为宜。其实这也是他的小说面临的主要问题，因为他是那种会把一份手稿寄给弗吉尼亚·伍尔夫，另一份寄给当警察的好友鲍勃·白金汉，并且会为两人给出的文学评价感到担心的人。福斯特在做广播时，就像写书时一样，对受众始终满怀焦虑。他与现代派同侪的分歧就在这里，在于他对受众的敏锐构想，在于他无法**不**去设想受众的存在。当诺拉·巴纳克尔[①]问丈夫："你干吗不写点通俗易懂的书呢？"她丈夫毫不理睬，又写出了《芬尼根的守灵夜》。乔伊斯的理想读者就是他自己——这是他的纯粹之处。福斯特的理想读者则是

[①] 诺拉·巴纳克尔（Nora Barnacle, 1884—1951），爱尔兰作家詹姆斯·乔伊斯之妻。

一种投射，而不是完全赞同他的人。我认为这名读者，哪怕不能用"英国人"一语尽括，那也是在英国随处可见的一类人。露西·霍尼彻奇（《看得见风景的房间》）就是其中一位。菲利普·赫里顿（《天使不敢涉足的地方》）、亨利·威尔科克斯（《霍华德庄园》）和莫瑞斯·霍尔（《莫瑞斯》）也是。福斯特的小说中，满是从图书馆借阅福斯特的小说之前思虑再三的人。嗯——他们想知道——这本书是否值得费神阅读。他们既非知识分子，亦非俗人，而是"知道自己喜欢什么"的那类人，他们有"信仰的勇气"，不过他们的信仰不完全是他们所独有，而他们的勇气中，有一多半是畏怯。他们既能展现出因怠惰而生的残忍，也能展现出因爱而生、出人意料的崇高精神。在正确的时候读到一本正确的书，就**有可能**改变他们的一切（福斯特唯一深信不疑的便是爱）。这些审慎的英国人就像福斯特的听众一样，有趋向崇高或卑劣、爱与恨的种种可能，把这些人考虑到，是值得的：这样一来，福斯特的讲座所采用的方法，就不难理解了。想想莫瑞斯·霍尔和他担任场地管理员的情人亚历克·斯卡德吧，他们守在酚醛树脂收音机旁边，等待收听最新一期《若干书籍》。幸好莫瑞斯受到过优良教育，能理解其中的文学典故，但他身为郊区居民的迟钝反应，还是让他漏过了若干要点。而亚历克虽然没有读过华兹华斯的作品，却在听福斯特讲述湖区华兹华斯乡之行时，领悟到了诗人的精神世界。"一重重灰蒙蒙的雨幕在山前飘曳，瀑布从山上流泻下来，在阳光下闪闪发光，天空不断将一道道光柱投向山谷。"早些时候，福斯特就表达过他坚持走中间路线的决心："我收到过美好的来信，信中遗憾地表示，他们听不懂我的讲座，而另一些同样美好的来信，则遗憾地表示，我的演讲过于浅显；所以我还是一直坚持走老路为好，不是吗？"

嗯，可不是嘛。

2

我想象出一个我称之为"你"的假想人物，我要和你说说这本书。对你的年龄、性别、地位、工作、接受的培训——我一无所知，但我知道你想看新书，不过还没打算买。

在这段话里，福斯特表现得太谦卑了：他对听众的了解，要比他们护照上记载的内容还要多。就拿他在1931年8月13日谈柯勒律治的讲座来说吧。当时出了一本新的《诗集》，印刷精美，售价只有三先令六便士，他想跟你聊聊这本书。不过他感觉出，你已经开始叹气了，他明白原因何在：

可能你会说："我不想要柯勒律治的全集，我手头的选本里面，已经有《古舟子咏》了，这就够了。《古舟子咏》《忽必烈汗》，还有《克丽丝特布尔》的前一半——这些才是柯勒律治作品真正的精华。其余都是垃圾，还不是像模像样的干燥垃圾，而是湿漉漉、黏糊糊的垃圾，令人沮丧。"所以要是我告诉你，这个新版本有600页，你也只会回答："很遗憾听你这么说。"

不过——600页，还是会让人再考虑一下。

《克丽丝特布尔》的前一半——这话说得多妙，多逗啊。移情和腹语的结合，为他的小说增添了喜剧效果；福斯特在这些广播节目里，再次运用这种狡黠的手法，从一种间接的角度来应对英国人骨子里的

反智倾向,用假装跟他们串通一气的方式来取悦他们。他在下面谈论戴维·赫伯特·劳伦斯时,用的也是同样的方法:

> 他的作品里有不少单调乏味的内容,还有些内容令人震惊,以致我们往往会说:"真可惜!你能如此深刻地洞悉人类,如此美妙地描写花朵,却老是唠叨什么潜意识、太阳神经丛、男性、女性、非洲的黑暗和宇宙的战争,真可惜。"

你这样想过么?如果想过,也不用担心;爱·摩·福斯特也这样想过。不过,这样想是错的:

> 你不能说:"我们撇开他的理论,欣赏他的艺术吧。"因为两者其实是统一的,如果你愿意,尽可以不相信他的理论,但千万别一哂置之……他对自然进程的模仿,比多数作家更为逼真……这就好比责怪鲜花长在粪堆上,或者责怪粪堆培育出了鲜花。

这是温和而严肃的纠正,他以平等的态度,对听众和发言者双方作出提醒。福斯特就像这样,用绵里藏针、温和的敦促,坚定不移地行走在中间道路上。他是在教导你,不过用的是潜移默化的方式,与他儿时的偶像马修·阿诺德①的作品不同,他的教导不会让你感到痛苦。他行文的轻盈,缓解了所有的压力。福斯特在1945年6月20日的讲话中,概括出阿诺德更为雄浑的表述方式:

---

① 马修·阿诺德(Matthew Arnold,1822—1888),英国维多利亚时代的诗人、文学评论家。

他对同胞们的怨言之一，就是他们性情古怪，还不思悔改。他们不想变得更渊博、更文雅，也不愿了解人类有哪些丰功伟绩。他们不想要文化。除此之外，他还向他们抛出另一项人尽皆知的指控，说他们是非利士人①。非利士人爱说："我知我所知，爱我所爱，我就是这种人。"而马修·阿诺德就像维多利亚时代的大卫，用石头砸中了非利士巨人歌利亚的额头。

福斯特不是扔石头的那种人。不论是他采用的方法，还是他瞄准的目标，都有所不同。一个人是否读过劳伦斯的作品，福斯特其实并不在意（他对文盲向来心怀同情：比如农夫、水手、园丁和土著人）。但要是因为劳伦斯不合你的口味，就**否定**他，或是因为心怀畏惧，无法理解，而否定诗歌本身——这就十分要紧了。唯一需要重视的庸俗习气，是扭曲心灵的那种，它使我们陷于鄙夷和恐惧之中，直到我们除了鄙夷和恐惧之外一无所知。1947年2月12日，福斯特在推荐《比利·巴德》时，意外发现梅尔维尔与自己所见略同：

> 他也表明……在我们的文明社会里，天真无邪并不安全，人必须练就"分寸适度、不动声色的怀疑心"，以防自己落入陷阱。这种"分寸适度、不动声色的怀疑心"并非商人所独有，而是无处不在。我们都在运用它。我知道我是这样，如果在收听节目的你不是这样，我会感到惊讶的。(梅尔维尔暗示我们,) 我们所能做的一切，就是像维尔舰长那样，将它自觉地付诸运用。侵蚀心灵、扼杀直觉，阻碍我们赞扬美德的，恰恰是不自觉的怀疑。

---

① 古代居于巴勒斯坦西南部一好战民族，后成为没有教养的庸人市侩的代名词。

不动声色的怀疑，正是露西·霍尼彻奇对乔治·埃默森的感受，也是菲利普·赫里顿在意大利的感受，也是莫瑞斯·霍尔叩问自己心灵时的感受。福斯特让他笔下的人物自己意识到这个弱点；他们与它展开斗争，取得了胜利。他们学会了赞扬美德。有时，这是借由世故和自由的幻觉而达成的，比如在《看得见风景的房间》中；在其他时候，比如在《莫瑞斯》中，幸福来得武断得多（尽管同样令人愉快）。不过这始终是福斯特的游戏，制定规则的也是福斯特。但在收音机前，每个人有他自己的意识。没有可以随意摆布的露西·霍尼彻奇——只有不知其名、面目模糊的听众，对他们的鉴赏力如何，只能猜测，只能假定。在这种陌生处境带来的焦虑中，一位天生嗜好讽刺的喜剧小说家，很容易猜过了头。这些广播节目的问题在于，它的移情带有屈尊俯就的姿态：福斯特不确定，我们感同身受的鉴赏力，是否像他的一样宽广包容。他在推荐亨利·纽博尔特爵士（一位爱国、读过公立学校的冒险家，有"少许中世纪骑士精神"）和格兰特·理查兹先生（一名"爱寻欢作乐且不负责任的"世纪末新闻记者，他"狂热地爱着巴黎"）写的两本回忆录时，就预感到，读者会因为鉴赏力不同，而分裂成无法相互理解的两个阵营：

　　格兰特·理查兹先生则大不一样。只要看看他为自己的回忆录取的名字就知道了：他把它命名为《虚度青春的回忆录》……像亨利·纽波特爵士一样，他也是罗森斯坦[①]的朋友，喜欢聚会，不过这就是两人之间的全部联系了……这本书里的气氛，可说是波西米亚式的，如果你发现自己完全赞同亨利·纽博尔特爵士，那你就不会在意《虚度青春的回忆录》，

---

① 威廉姆·罗森斯坦（William Rothenstein, 1872—1945），英国画家。

反之亦然。

福斯特有点像紧张的派对主人；他担心自己若是不从中介绍，客人们就不会相互攀谈。有时，他对普通读者的印象过于笼统，教人无从辨认。谁会这样害怕哲学，以致引介柏拉图时，需要特意说得如此轻描淡写呢？

"柏拉图"这个词听起来怪烦人的。出于某种原因，"柏拉图"总让我想到一个长着大脑袋、神情庄重却喋喋不休的男人，人们很难从他身边逃开。

谁会（这样）害怕《魔笛》呢？

这是一本可爱的书[①]，请你读读看吧，只可惜它是根据莫扎特的歌剧创作的。我之所以说"只可惜"，不是因为那部歌剧不好，那是莫扎特最出色的作品，而是因为这本书的许多读者没听说过那部歌剧，因此难以领会里面的典故。书里有些古怪的名字，你得先做好心理准备才行。

或许，这些话根本没人在意。在阶级和教育分水岭的另一侧——福斯特对这道分水岭太耿耿于怀了——人们很容易忘记无知的滋味。但福斯特总是为那些无知的人着想。他担心，这种单向的交流会把听众中的亚历克·斯卡德推向更加昏昏然的境地。他（难免）经常发出这样的反问："那你怎么看？"我们可以肯定，隔壁录音棚里的艾略

[①] 他指的是戈兹沃西·洛斯·迪金森的叙事版。——原注

特绝不会这么问。不过移情不正是这样吗？一旦越过了某个限度，就会变成闪烁其词。难道你没有听到，亨利·威尔科克斯怒气冲冲地说："好上帝啊，重要的不是**我**怎么看！我花这个钱，是为了听听**你**怎么看！"

亨利想要听到几个强有力的观点，最好能复述给他的妻子听，让她以为那是他自己的观点。福斯特的确能给出强有力的观点。乍看之下，它们正是亨利赞同的那一类：

我希望小说就像小说的样。我希望它是写人的，或是写事的……我生气了。生气是愚蠢的。人有自我矫正的能力，也应该这么做。坚持认为小说就得像小说，这是愚蠢的想法。应该抛开先入为主的看法，看看书写得是否精彩。

结果走到半道，福斯特就把亨利给甩了。

*

在这本书的序言里，P.N. 弗班克[①]说福斯特是"了不起的简化者"。的确，他文笔简洁，有深入浅出的天赋，但他从不迷信简化。他理解复杂的表达，并根据具体情况为之辩护。他是爱·摩·福斯特：他不需要别人都来效仿他。看起来，这是世间最简单、最显而易见的道理——然而能做到这点的英国小说家又有几人！在英国小说中，现实主义者们捍卫现实主义，实验主义者们捍卫实验主义；言简意赅的作家自然对简洁明了的写作风格大加赞赏，而好用修辞的作家则将抒情

---

① P.N. 弗班克（P. N. Furbank, 1920— ），英国作家、学者、评论家。

奉为文学的最高价值。福斯特则不然。有几次，他让听众想起《薄伽梵歌》，尤其是黑天给阿朱那①的忠告："汝仅有劳作之权，而无权得其果；故勿以其果为汝所为之因；亦勿因不得其果而醉心无为。"福斯特采纳了这一忠告：他可以坐在自己的文学角落里，而不必宣扬它比别的角落来得优越。他顽固地为乔伊斯辩护，尽管他不怎么喜欢乔伊斯，他为伍尔夫辩护，尽管她令他感到困惑，他为艾略特辩护，尽管他对艾略特心存畏惧。他对保尔·瓦雷里《与泰斯特先生共度的一夜》的推荐，就很有代表性：

喏，第一行就颇有启迪："La bêtise n'est pas mon fort." 愚蠢并非我的强项。当然不是。瓦雷里从来都不愚蠢。要是他偶尔犯傻，那他就会跟我们这些经常犯傻的人多一些共同之处了。这是他的局限。另一方面，我们也应该记得自己的局限，以及我们要是不能见贤思齐，会有多大的损失。

福斯特并不是瓦雷里，但他维护瓦雷里之为瓦雷里的权利。他理解复杂之美，凡过目之处都大加赞赏。他对简洁的偏爱——他承认这是一种偏爱——则与联系大众的梦想息息相关。背后并无特殊原因：

我想强调的，正是赫德先生的同情心②。他提笔创作，并不是因为他博学多才，生性聪颖，富于幻想，尽管他的确拥有这些品格。而是因为他从内心深处理解我们的困扰，想要伸出援手，所以才提笔创作。我希望他写得更简洁一些，是因为只有这样，才会有更多的人从中受益。这才是我和他争辩的唯一原因。

---

① 《薄伽梵歌》中的核心人物，班度族的领袖。
② 此处推荐的书是杰拉尔德·赫德著《宗教的社会本质》。——原注

3

福斯特在贵族回忆录和放纵不羁的文化人回忆录之间的"中间位置",向我们推荐 E. F. 本森先生的回忆录《我们这样的人》("这本书水准参差不齐——部分内容写得敷衍了事,也有部分内容精彩异常")。他发现其中一段论述"衰老问题"的文字相当明智,便援引如下:

不幸的是,大多数中年人不只是身上的肌肉和活力,连"精神纤维"都失去了弹性。经验也有其危害:它有可能给我们带来智慧,但也有可能导致头脑和思维的僵化,因而失去弹性,造成严重后果。

莫非就是这种僵化,让英国作家趋向宗教信仰(格林、沃、艾略特),趋向反文化立场(威尔斯、K. 艾米斯、拉金),摒弃公认的严肃文学模式(伍德豪斯、格林)?我想,最好还是将其归结为一种健康的英国式乖戾,一场跟陈腐观念唱反调的斗争。以为喜欢乔叟的作品就能提高人的文化修养,就是一种陈腐的观念(拉金和艾米斯曾经涂污过大学里发的《坎特伯雷故事集》),以为臣服上帝跟思维活跃相矛盾,无疑是种庸俗之见。不过很难否认,这些作家当中,很多人都有思维僵化的情形,嬉戏的姿态变成了刻板的态度。福斯特担心,这种变化会促成质变。在他结束播音的那年,伊夫林·沃在 BBC 的同一间录音室里,接受了一名记者的采访,后者对他"对生活引人注目的摒弃"颇感兴趣:

采访者:您认为自己最糟糕的缺点是什么?

沃：容易发火。

采访者：对您的家人？还是陌生人？

沃：对所有一切。无生命的物体、人、动物、一切的一切……

福斯特竭力避免这种命运，先是借助天生的本性，继而通过刻意的热情，包容万物的心胸，这种包容已经濒临平庸的危险边缘。福斯特不相信"对生活的摒弃"，并不是因为暴躁易怒、禁欲主义、知性的挑剔，乃至神秘的依恋之情。他从《魔笛》中，欣然引用了耶稣和佛陀的这样一段讨论：

"佛祖，您的教义对么？"

"既对又错。"

"哪些是对的呢？"

"无私和爱。"

"那错的呢？"

"逃避生活。"

在战时的播音中，福斯特尤其注重融入生活，但不无困难：你能感觉出，如果是更为和平的时代，他会将公开演说留给更合适的人去做。四十年代初，福斯特在街上与赫·乔·威尔斯擦肩而过，他回忆说，威尔斯"在我身后尖声喊道：'还在你的象牙塔里吗？''还在你自己的旋转木马①上吗？'我本可以反驳的，不过直到现在，我都没有这个打算。"

---

① "旋转木马"系双关语，亦有"委婉、拐弯抹角的话或文章"之意。

战争时期，福斯特骑上他自己的旋转木马，向印度播发温和的英语宣传材料，嘲弄三十年代以来的纳粹"哲学"，抨击监狱和警察制度，为BBC的第三套节目①辩护，大力宣扬大众教育、难民权利、为穷人举办的免费音乐会，以及大众艺术。尽管他承认"人道主义有其危险性；人道主义逃避责任，不喜欢作决定，有时像个懦夫"，但他还是决定继续信仰"失败了的"自由主义价值观，尽管这些价值观此时已经被他的众多同侪所摒弃。"在这糟糕的时局里，我们想成为人道主义者，还是狂热者？我对自己的愿望没有丝毫怀疑，我宁肯变成有种种缺点的人道主义者，也不要变成有种种美德的狂热者。"爱德华七世时代的福斯特，经历过两场大战，目睹英国从少数幸运儿的高雅娱乐场，变成了所有人的大型工厂，他对未来依然满怀信心。在他最著名的广播节目，也是本书未加收录、篇幅较长的文章《我的信仰》中，他对我们天生的保守天性表示体谅，但并不向这样的本性投降："这是生计艰难的时刻，人难免会变得沮丧、惊慌失措，或许还有目光短浅。"在我们这一代英国小说家开始惊慌失措时，福斯特的表现堪为表率。

在福斯特的百年诞辰纪念日那天，还是在同一间录音室里，另一位著名英国小说家愉快地承认，他自己因为被沮丧所刺激，思想有了180度的转变：

采访者：1964年，您在一篇名为《别再列队行进》的文章里表示，您觉得英国文化像是某种高级俱乐部的财富，并一直为此感到愤愤不平；但我从您最近的文章中依稀感到，您又对英国文化**不**再是某种高级俱乐部的财富感到愤愤不平……

---

① BBC广播电台20世纪40年代创办的一个广播节目频道，因走的是精英文化路线，最初颇受争议。

金斯利·艾米斯：（笑）没错，是的……

不过福斯特对这种文人的善变，也有精辟的见解："朴素的看法认为，创作只能源自真诚。但现实未必总能证实这一点。不真诚，半真诚，有时也能帮上忙。"对英国人来说，幸运的是，情况的确如此。1932年10月3日，福斯特创作了一篇评论华兹华斯的文章，华兹华斯这位作家和艾米斯一样，"从左翼变成了……顽固分子"。文章表明，华兹华斯"有很多事要隐瞒"，他曾与法国女人安妮特·瓦隆有染，还育有一个私生子，而他隐瞒了所有这一切。华兹华斯回英国之后，虚伪地装扮成清教徒，引发人们对他的崇拜，过上了"成为一名体面、偏执的老人家"的生活。华兹华斯头脑有些僵化：后来他憎恨起年轻时迷恋的法国；成了一名"具有传统美德的诗人"，他对自己声望的关注胜过了诗歌本身。福斯特也有很多事要隐瞒，并且始终秘而不宣；读者可以从福斯特对华兹华斯轶闻的关注中，看出他对道德训诫故事的认同。简直可以说，福斯特将自己私人性取向的大门紧紧关闭，却有意打开了每一扇窗。这种奇特的悖谬感，在他评论文章的坦诚和灵活中，体现得再清楚不过。他这样形容自己对简·奥斯汀的喜爱："她是英国人，我也是英国人，我对她的喜爱，可以说是一桩家务事。"在评论一本歌颂水兵朴素生活的海军著作时，福斯特说："我不知道自己对这本书的评价是否过誉。它的价值观跟我的刚好契合，遇上这样的情况，我就容易褒扬过度。"他得知J.唐纳德·亚当（时任《纽约时报书评》编辑）对近年的美国小说抱怀疑态度时，被逗乐了：

亚当先生认为，本世纪二三十年代并不让人满意，因为这些年代并无建树；他们戳破前人的自鸣得意（如辛克莱·刘易斯），或是沉溺于个人的幻想中不能自拔（如詹姆斯·布朗奇·卡贝尔①），或者像司各特·菲茨杰拉德一样轻率胡为。

这就是文学批评的有趣之处：它厌恶自己所处的时代，在二十年后才会意识到这个时代的价值。再过二十年，文学批评出于对共同经历过的青春的怀恋，会伤感地缅怀这个时代。遭到谴责的小集团变成了兴盛的"运动"，惹人气恼的青年成了威严的天才。福斯特与亚当不同，他有在作品问世之初就把佳作鉴别出来的天赋。他为罗莎蒙德·莱曼②、威廉·普洛默③和克里斯多福·伊舍伍热忱欢呼。那还是早在1932年！他为他们迥异于英式怀旧的现代性辩护："如果他们依然相信济慈所说的内心想象力的神圣，那我们不是和他们一样吗，他们是否使用济慈的辞藻，这对我们来说，又有多少差别呢？"

这让我们想起，这本书给我们带来的最简单、最大的乐趣，那就是福斯特的判断往往是对的。他对斯特雷奇的《维多利亚女王传》判断正确，对赫·乔·威尔斯、丽贝卡·韦斯特④、奥尔德斯·赫胥黎判断正确；对艾略特的《圣灰星期三》和罗素的《西方哲学史》判断正确。在1944年的一次题为"小说已死？"⑤的小组讨论上，他也给出了正确的否定回答。

本书的编辑们煞费苦心，他们声称："福斯特的讲座参与并帮助塑造了英国文化。"我想象着，福斯特听到这种说法，准会感到惊讶，还会对他们对他文学地位的评价感到疑惑。在他看来，**高雅**和**低俗**这

---

① 詹姆斯·布朗奇·卡贝尔（James Branch Cabell，1879—1958），美国作家，以系列讽刺小说闻名。
② 罗莎蒙德·莱曼（Rosamond Lehmann，1901—1990），英国小说家。
③ 威廉·普洛默（William Plomer，1903—1973），南非与英国小说家、诗人、编辑。
④ 丽贝卡·韦斯特（Rebecca West，1892—1983），英国女记者、小说家、评论家。
⑤ 其余参加者有德斯蒙德·麦卡锡、罗斯·麦考利、格雷厄姆·格林、伊夫林·沃、菲利普·汤因比。——原注

两个词"比我知道的其他任何一组词汇，造成的冷酷感受和愚蠢想法都要多"。他不是会被这种话题激怒的人。他是一位受人喜爱的小说家。谁能说他不熟悉文学的技艺？而且他的这种熟悉跟萨默塞特·毛姆那种平凡的熟悉不同。福斯特的作品里有魔力和美感，也有软弱，还有少许慵懒、些许愚蠢。他跟我们一样。很多人为此爱上了他。最后我们就以福斯特本人会对这些讲座发表的看法来收尾吧，其实他**的确**这样说过："其中有些哄骗和逢迎，无法通过编辑来祛除，也很难再现。"但福斯特总是有点儿太过谦逊，有点儿不够坦率。他的讲座文雅、迷人，像他的其他作品一样，最重要的是，它们极富阅读乐趣。尽管未必适合演讲礼堂这样的场合，但在慵懒的午后，坐在沙发椅上阅读，再适合不过。有人也许看漏了书名，我来重复一遍：《爱·摩·福斯特的BBC讲座》。标价 59.95 英镑。

三 《米德尔马契》和每个人

Middlemarch and Everybody

亨利和乔治

1873年，年纪轻轻的亨利·詹姆斯对乔治·艾略特的《米德尔马契》作了评论。这是一篇既非吹捧亦非挑剔的奇怪评论。艾略特代表过去——而詹姆斯希望自己能代表未来。"它给旧式英国小说的发展，"他写道，"设定了限制。"詹姆斯对《米德尔马契》的异议并不让人感到陌生：这种论调太常见了。他觉得"散漫令这部纯小说失之繁冗"。他推崇更"有条理、通顺、均衡的作品"。人物太多了！往往还缺乏崇高的品质。只有多萝西娅一个例外。只有她有"难以界定的道德高度"，还"散发出某种心灵的芬芳"。他愿意多读一些"[这位]默默无闻的圣·特瑞沙①的生活"。在发现多萝西娅是最令人赞赏的角色之后，他猜想她"会一直是中心人物"。他很疑惑到底是哪里出了问题。当然，利德盖特医生还是蛮有趣的，但他的故事不如多萝西娅的故事"高贵"，至于倒霉的弗雷德·文西——为什么要如此"丰满

---

① 圣·特瑞沙（St. Theresa, 1873—1897），亦称里修的小德兰，法国加尔默罗会修女，1925年封圣。此处用她来类比多萝西娅的品格高洁。

详细地"向我们"呈现这么一个平凡、多少吃过一些苦、以自我为中心但无伤大雅的年轻绅士呢"?

《米德尔马契》第 29 章开头是一个著名的问句:"为何总是多萝西娅?"巧妙的是,詹姆斯的抱怨——根本就是"为何总是弗雷德?"——可说是与之相反,相映成趣。可以用这部小说对利德盖特和罗莎蒙德的描述,来形容亨利和乔治两个人:**俩人完全捉摸不到对方的精神轨迹**……詹姆斯不明白,为什么《米德尔马契》会如此偏离多萝西娅,徘徊于利德盖特、弗雷德等人身上。他小心地发问:这是出于潜意识的直觉,还是蓄意的安排?

有关小说构思的问题往往难以回答,但《米德尔马契》却是例外。艾略特保存了一部日记,1869 年,她记录道,"一部名为《米德尔马契》的小说"的创作,在跟"写提木良①的一首长诗"的研究较劲。这部《米德尔马契》讲的是一名有上进心的青年医生利德盖特的故事,他来外省小镇的那一年,适逢 1832 年《修正法案》的大讨论。这部作品进展缓慢,令人苦恼——还是那首长诗更有望完成。到那年年底,她把这两部作品都放弃了。接下来发生的事十分有趣。11 月,艾略特开始写第二个故事《布鲁克小姐》,她发现自己一个月能写一百页。对小说家来说,下笔流畅绝对是好兆头;突然,种种难题迎刃而解,难解的结构之结也自行松动,就好像意外发现,原来钥匙就在自己手上。1871 年底,利德盖特和多萝西娅的故事终于(通过布鲁克先生的晚宴这一勉强行得通的老套情节)合二为一,就像钢琴曲的两个声部,对位的结构发动起来,其中有不少乐句需要我们给予同样的关注。其结

---

① Timolean,希腊名将,公元前四世纪的科林斯将领。

果便是著名的艾略特效果,叙事跟环绕声同样重要。英国小说在这本书里臻至了极限,它起用了空前多样的"中心人物",与奥斯汀那种离心式叙事相去甚远。这部小说极富主观性。对玛丽·高斯而言,弗雷德·文西是《米德尔马契》的中心人物。对拉迪斯洛而言,多萝西娅是中心人物。对利德盖特而言,则是罗莎蒙德·文西。对罗莎蒙德而言,则是她自己。作者的关注当然是发散式的;并非仅仅聚焦于最优秀、最迷人或最有趣的人物,而是对每个"在场的"人物都有所涉及。这是出于潜意识的直觉,还是蓄意的安排?利德盖特和多萝西娅的生活独立存在,多萝西娅的故事是后来添加的,这无疑表明,是蓄意的安排。可是这样说,等于是给了虚构的问题一个切实的答案,应该从另一个角度回复詹姆斯才算恰当,不该从事实的角度,而应该从情感的角度。詹姆斯理会错了这部小说的感性:

读者有时会想抱怨一种我们不知该如何形容的倾向——将故事中举足轻重的要素轻描淡写,让位于琐碎内容的倾向。

在詹姆斯看来,多萝西娅可谓举足轻重,弗雷德则无足轻重。眼见聪颖的亨利读起书来就像武断的青年一样,以青年人的自信,相信我们的生活中哪些事最为重要,我们难免觉得奇怪。不过话又说回来,《米德尔马契》这部作品**写的**就是人生阅历会给人带来哪些效果,人会**随着**阅历的增长而改变。等你上了年纪,就会觉得这本书更精彩了,毕竟它被伍尔夫誉为"为成人创作的屈指可数的小说之一"。《简·爱》这部小说,既能为十四岁的青少年所理解,也能为四十岁中年读者接受和理解,很可能前者理解得更透彻。当然,很少有十四岁的读者能真正理解利德盖特和罗莎蒙德的婚姻。年轻人会觉得家庭事务无足轻重。至于弗雷德，重读的读者会觉得越来越不能确定，弗雷德·文西的麻烦是否比多萝西娅·布鲁克的焦虑更无关紧要。随着时间流逝，我们也逐渐发现，不只是那些披着"重要"外衣的事情才重要。这一点之所以切题，是因为它也反映出艾略特本人的历程：同为年轻女性，她跟多萝西娅一样，有股清教徒式的、自觉的严肃，以及没有被现实生活所淡化的高贵情操。年轻的玛丽安·埃文斯[①]先是全身心地信奉上帝，后来又以同样激烈的程度，全心全意地反对他；她着装朴素，常常披着贵格会教徒式的斗篷，梦想着有一天要去殉教（《米德尔马契》开篇便令人难忘地嘲讽了朴素着装的艺术）；和多萝西娅一样，她想成为伟人的"掌灯人"——对文学来说，幸运的是，她选中的那些伟人都嫌她长得难看。在遭到接二连三的拒绝之后，玛丽安更加坚信，她的生命中不会再有爱情了。最终，她放弃了人生体验，满足于知性的慰藉：阅读、翻译、评论。她对自己后来植入利德盖特头脑中的骄傲想法并不陌生：**生活太愚蠢，唯有读书高**。这似乎是被人生体验拒绝的人（如艾略特）和拒绝人生体验的人（利德盖特）所采取的必要防御姿态。不过在艾略特年过四旬之后，情况大为改观。正是思想和阅历，爱情和哲学的结合，促成了这种变化。五十岁的她在创作《米德尔马契》时，已经能以愉悦的自嘲（在很大程度上，多萝西娅就是她讽刺性的自画像）和客观的自我认知，来审视年轻时的自己了。她能看清自己的错误：

　　纯真的年轻人第一个冲动的念头，就是对哪怕只是在料想中掺有少

[①] 乔治·艾略特的本名。

许错误的一切,都毫不认同。当灵魂刚刚从教条这张不幸的巨人之床①上——自从灵魂开始思考,它就在这张床上经历折磨和拉肢——获得解脱时,它有一种狂喜和满怀希望的感觉。

如今,要做批判性的解读,就要对小说家的人生体验漠不关心。艾略特本人则没这么死板教条。她主张,人生体验就像理论或披露的事实一样强大有力。阅历改变观念,对艾略特来说,正是观念的改变,才促成了人世间真正的变化。"我们对各式学派和宗派最细致微妙的分析,"她写道,"必定与根本的真理失之交臂,除非由爱将它照亮,爱能从人的各种思想和作品中,看到个人的生死挣扎。"对艾略特来说,人生经历是一种强有力的认知方式。例如,她毫不怀疑自己从对伴侣乔治·刘易斯的爱中学到的东西,跟她翻译斯宾诺莎时学到的东西一样多。多萝西娅真正变得伟大(只是在这部小说后三分之一的内容里,当她为利德盖特和罗莎蒙德提供帮助的时候),是因为她终于认识到感情经历的价值:

> 她此前一直在想象利德盖特坎坷命运的所有活跃思绪……所有那些鲜明的同情感受,她觉得,如今都化成了一股力量:它就像学到的知识一样彰显自身的存在,却不会让我们在无知时看见。

原先,她是透过模糊的镜子观看,如今,她很少被蒙蔽……多少维多利亚时代的小说,都能用这句话来加以概括啊。我们推崇十九世纪英国小说的原因之一,在于其写作手法、创作目的和语言表达三者

---

① 即希腊神话中的普罗克汝斯特斯之床。巨人普罗克汝斯特斯冒充和善的主人,请路人来家休息。如果客人身形比床长,巨人便砍去他的腿,如果客人身形比床短,巨人就将他拉长。

的完美融合。作者、人物和读者都朝着同一个方向努力。艾略特在说到多萝西娅的想法时,是这样描述这一过程的:"一心想要追寻最完整的真,最全面的善。"这话很好地描述了所有优秀小说家各显神通,想要做到的事。但艾略特将这种过程奉为一种信仰;它取代了她自幼浸淫其中的古老宗教。有些瞬间格外能激发她的想象力,用通俗的话来说,就是"障眼物从眼前脱落"的时候。布尔斯特罗德认清了自己的选择,罗莎蒙德意识到,其他人和自己一样真真切切地活在这个世界上,利德盖特意识到,他处处都在误解自己的妻子,多萝西娅意识到她丈夫也是如此("一旦开始了婚姻的航海之旅,你就不可能意识不到,你无路可走,大海根本不在视野范围之内——其实,你在探索的是一片封闭的水湾"),就连布鲁克老先生也意识到,生活在他土地上的农民其实并不喜欢他……艾略特以解剖刀般的笔触,剖析着人们单纯的意愿,在我们本人也不甚明了的决定中,找出了深藏其中的意志中隐藏的欲望中隐藏的冲动中隐藏的刻意行动。(她的做法十分现代;她明白无误地道出了自觉与自欺构成的强迫性循环,就像另一位采用冗长文体的大师大卫·福斯特·华莱士一般犀利。或许我们应该说,大卫·福斯特·华莱士深具维多利亚时代的风范。)她把一切都暴露在阳光之下,就像基督坚决要从我们的灵魂中拔除罪孽一般。艾略特是书写启示的世俗桂冠诗人。我喜欢多萝西娅和妹妹最后那段欢快的对话:

"我想不出这是怎么回事。"西莉亚觉得,这件事听起来会很有趣。

"就知道你想不出,"多萝西娅捏了捏妹妹的下巴。"如果你知道是怎么回事,就不会觉得奇妙了。"

"你就不能告诉我吗?"西莉亚说着,舒舒服服地搁好胳膊。

"那可不行，亲爱的，你得亲身体会到我的经历才行，否则你永远都不明白。"

哦，你必须亲身体会才能明白！"十年的人生经历，"艾略特在信中告诉一位朋友，"已经使我内心世界发生了巨大的变化。"她相信，这是一次重要的思想变化，让一心殉教、专注于自我的玛丽安·埃文斯变成了最有智慧的作家乔治·艾略特，有时间关照弗雷德，有时间关照每个人。她在完成《米德尔马契》之后，还给年轻的男通信者答疑解惑（这位通信者像许多人一样，在读完《米德尔马契》之后，写信来讨教处理私人事务的忠告），让他放心，她对他的问题和她的建议中最简单的方面都感兴趣：

你应该跟我一样相信这些古老的真理，尽管肤浅的客厅谈话将它们轻蔑地斥作"老生常谈"，但它们更有活力，也像冒充新颖的种种精明一样，很少糅入精神习惯之中。

写信的人也许像弗雷德·文西一样，为自己和玛丽·高斯的恋爱问题所困扰。对成熟的乔治·艾略特来说，像弗雷德这样的人的琐碎问题，他所思所说中的那些老生常谈，也是人生经历，因此是神圣的。对年轻的亨利·詹姆斯来说——此时他对老生常谈还没有耐心——为何要写弗雷德（或者为何这么**多**篇幅写的都是弗雷德），还是一个谜。但对艾略特来说，弗雷德是"形形色色、容易犯错的人类"中的一员——这是她最喜欢的一句歌德的话。她总是希望自己的作品能体现出"纯洁、自然的人类关系的治疗性影响"。不过，还是需要极大的艺术技巧来安排《米德尔马契》，才能将自然的枝枝蔓蔓、自然的真切模仿得惟妙惟肖。艾略特的自然是高度风格化、高度知性化的。她是很有思想的作家，也许比我们称道的任何小说家都更胜一筹。为了关注弗雷德，艾略特不得不采用迂回的方式。最早令她相信人生阅历重要性的，是哲学家斯宾诺莎。理论将她引向实践。近来，**"有思想的作家"**这个词已经被用滥了：我们认为，"思想"跟我们所说的"生活"是相反的。艾略特却不这么想。事实上，她为思想赋予活力的本领是如此高明，以至于能骗得伟大的亨利·詹姆斯认为，弗雷德·文西是个在《米德尔马契》中漫无目的地游荡的普通青年，这种想法实在是大错特错。

玛丽安、弗雷德和斯宾诺莎

不过你能看得出，亨利为什么对弗雷德没什么耐心。他完全不是亨利喜欢的那类人——只是一个有点自私的单纯男孩。他喜欢骑马、打牌，还喜欢挥霍无度。他爱着一位聪明朴实的姑娘玛丽·高斯，后者不确定弗雷德是否值得自己去爱。考虑再三，弗雷德也认同了她的看法。在《米德尔马契》中占据主要位置的三大爱情难题——多萝西娅和卡苏朋、利德盖特和罗莎蒙德、弗雷德和玛丽——弗雷德的问题似乎最没有教益。但对艾略特来说，这三个爱情难题是一样的，有同样的趣味和篇幅。她笔下所有的角色都想奋力达成最圆满的真，最无私的善。只不过艾略特心目中的奋斗，不只是奥斯汀希望的缔结良缘，或者狄更斯梦寐以求的解开谜团。她所思考的是斯宾诺莎的那种奋斗，自然倾向①。艾略特从斯宾诺莎那里学到：我们奋力追求的善，不外是"我们确信对自己有用的东西"，而不是一成不变的观点，也不是特定

---

① 拉丁文，conatus。这个词在斯宾诺莎的哲学中，指的是每种动物维护自身存在的力量。

的道德体系,确切地说,更不是道德规范。与多萝西娅所相信的不同,善并不能在对超验回报的追求中寻获;也不能从个人遵循一套规范的能力中寻获,后者正是利德盖特屈从于传统婚姻时的尝试。相反,智者追寻的,是他们天性中最美好的东西,也是**对他们的性情最有利**的东西。在智者看来,所谓善,便是各种力量充满活力、出人意料的组合,这种组合因人而异。正是**这一**基本信念,令《米德尔马契》这部作品熠熠生辉。像斯宾诺莎笔下的智者一样,艾略特笔下的角色总想将他们自身的美好,与人世间其他美好的事物结合在一起。在《伦理学》这部艾略特花了数年心力尝试翻译的著作中(她最终还是未能完成),智者遵从感性的允许和要求,在花园漫步,欣赏戏剧,愉悦地用餐,从事对他们来说有意义的工作。他们喜爱并在意自然的法则,因为它们亘古不变,因此象征着至善。艾略特只要用这种理念,就足以反驳家人遵从的死板循道宗教教义了;她对世俗化的奋斗这一理念给予热切的回应,对他人的优秀品质坚信不疑,归根结底,正是这些巩固了个人的力量。她正是这样做的。这一理念将崭新而圣洁的光投到她最关注的两件事上——自然科学和人际关系。斯宾诺莎似乎能够理解玛丽安的处世之道。她跟乔治·刘易斯(他也翻译斯宾诺莎)令人震惊的"真心相属的婚姻",实为同居不婚,这场婚姻堪称真正的自然倾向:它是带来喜悦的强强联合。她对教会的抵触,令家人大为惊恐,其实是对虚假、抽象道德观的回避。她对新兴自然科学的兴趣,用斯宾诺莎的话来说,就是一种崇拜。玛丽安发现斯宾诺莎时,发现了与切身经验的最为贴近的哲学表述:

的确,人体由诸多器官组成,它们各有不同的性质,离不开持续而多样的养料供应,这样整个人体才能按照其本性完成各种功能,头脑才能想出各种不同的念头。

在智识生活和私生活中，艾略特同样离不开持续而多样的养料供应——她也想出了不少东西。其中之一就是弗雷德·文西，一名看起来更适合出现在大小轮脚踏车爱情故事里的普通青年。但《米德尔马契》里的事实，即书中情感方面的事实，仍然值得我们再作思考。弗雷德爱上了一个好姑娘，这姑娘不爱他，因为弗雷德不配；弗雷德也认同她的看法。或许重点在于：在《米德尔马契》里，所有努力奋斗的人当中，**只有弗雷德是在为值得奋斗的事物而努力奋斗**。正如利德盖特误解了罗莎蒙德一样，多萝西娅也深深误解了卡苏朋。但弗雷德觉得玛丽值得拥有，因为她就是这世间的善，或者至少对他来说，她就是善（"她是我认识的最好的姑娘！"）——他的判断完全正确。在所有人当中，弗雷德既没选择空想的善，也没有理会错自己的本性。他并不像看起来那样糊涂。他没有像多萝西娅那样，把自己中意的对象理想化，把卡苏朋想象成下一个弥尔顿，也没有像利德盖特那样，先入为主地认定，从事科研的男人需要的，正是稀里糊涂、没有主见的姑娘。弗雷德对善的揣测几乎是误打误撞，只是因为他肯充分融入生活、接受生活的变幻莫测，只是因为他没有任何先入为主的理论，可以强加于它。在许多方面，笨拙的弗雷德是理想的斯宾诺莎式研究对象。吉尔·德勒兹是这样评说斯宾诺莎笔下的智者的；这些话同样适用于弗雷德：

所以斯宾诺莎才以他特有的方式，向我们发出呼唤：你事先并不知道，你能做出什么样的善行或恶行，你事先也不知道，一副身体或头脑会在特定的邂逅、特定的安排、特定的组合里，做出什么事情。

弗雷德就不知道自己会做些什么。他的道德运气①全是邂逅、安排、组合。玛丽·高斯**就是**这场邂逅；她就是弗雷德向善的理由。弗雷德通过她，为了她，改变了自己：

哪怕比弗雷德·文西强得多的人，也会因为他们的最爱，保留一半的正直。"我举办所有演出的剧场不复存在了，"一位古人在挚友过世时这样说道；能拥有一个剧场，场中观众要求他们尽力演好，这样的人是幸运的。如果玛丽·高斯当初没有认准，什么样的性格才令人爱慕，那么对弗雷德来说，情况准会大不一样。

简单说，如果弗雷德不爱玛丽，那他或许不及现在的一半（弗雷德也是软化玛丽那教条式棱角的机缘，因为她也觉得惊讶，自己竟然会爱上弗雷德这样的人）。爱的艰辛与其他责任凑在一起，导致难上加难。因为弗雷德爱玛丽，所以他草率地向她家借钱，却无力偿还时，他发觉自己所犯的过错压在心头，沉重得惊人。这不是《圣经》里的道德，而是现世的道德。弗雷德在尘世犯了错，会在现世受到惩罚，而不会等到来世再报。这惩罚就在他造成的痛苦之中：

十分奇怪，先前他在这件事中考虑的，几乎只有他自己，只觉得他的行为极不光彩，高斯家从此会瞧不起他；他从没想过，他的失信会给她们带来什么困难，或者造成什么伤害，因为万事顺遂的公子哥心里，没有为别人设身处地着想的能力。实际上，在我们大多数人从小接受的观念中，不做错事的最高动机和这种错事的受害者，似乎毫不相干。但此刻他突然

---

① 可简单理解为对道德评价有影响的、无法控制的外部因素。

觉得，自己是个抢走两个女人积蓄的可鄙流氓。

在《米德尔马契》中，是爱情在促进认知。爱情本身**就是**一种认知。如果弗雷德不爱玛丽，他恐怕也不会想象她的家人如何如何。正是爱情让他意识到，没了积蓄的两个女人是真实存在的，而不只是他的耻辱感附带的产物。是爱情让他感同身受地体会到他人的痛苦。对艾略特来说，在上帝缺席的情况下，我们所有的道德考验必定会在这个世界上发生，在这个世界上给出奖惩。我们给彼此带来教训，也彼此关照。原来，秉持这样一种信念，特别适合创作某种小说。《米德尔马契》是一部熠熠生辉的戏剧化作品，它讲述的是尘世的奋斗，以及自然倾向的结合。艾略特采用的复杂结构，让她得以树立出诸多榜样——每位读者都会找到自己最心仪的人物——但其中有一个榜样，在我看来是最美的，它就像落入巨大池塘的卵石，被深深投进小说的中间部分，荡出一圈圈扩散的涟漪，揭示出艾略特作品的形散而神不散。当教区牧师费厄布拉泽决定，看在好朋友弗雷德的分上，他要放弃娶玛丽·高斯为妻（因为他也爱她）时，他心里略有所悟："想想一个小女人能在男人的人生中扮演何种角色吧，所以放弃她或许不失为英勇之举，而娶她或许是一种惩罚呢！"费厄布拉泽在此感受到的心满意足，就像《米德尔马契》里展现的所有满足一样，并非形而上的，而是世俗化的。艾略特用人际关系取代了形而上学。她在这样做的过程中，从斯宾诺莎那里——他的形而上学其实相当广博——撷取出想要的东西，撇下了自己无法付诸运用的东西。为了把作品写好，她安排了许多圣人和王子，也安排了愚人和罪犯，以及介乎其间的形形色色的人。她需要弗雷德这个人物，就像需要多萝西娅一样。

《米德尔马契》和每个人

这准是《米德尔马契》里最有名的段落：

如果我们有敏锐的目光和感受去体察普通人的生活，那种感觉就会像聆听青草生长和松鼠心跳的声音，寂静另一侧的巨响或许会要了我们的命。正因如此，我们当中最敏锐的人在四处走动时，用愚蠢封闭了自己的感官。

我们为何如此喜爱这段文字？因为它看起来极富人性。我们为此而感动：艾略特给自己关注的对象设定边界，准是大为痛苦，她对位于寂静另一侧、未曾被人讲述的众多存在，是如此的敏感。看来，她关心大众，对他们一视同仁，据说上帝原本也是如此。她认为，总写多萝西娅，简直就是罪过！为了赎回文学上的罪过，艾略特在小说里增添了超出小说负荷范围的关注对象。我们必须为亨利说句公道话：《米德尔马契》**的确**凌乱、没有中心、令人疲惫。它似乎隐晦地提出了对叙事效果的质疑，接下来的那个世纪将会继续深入探讨这些质疑。为什么总是多萝西娅，为什么要有主人公，为什么故事要以特定的人物为中心，为什么要有故事呢？艾略特作为一位维多利亚时代的作家，并没有沿着这条路一路走到底。对艾略特来说，在1870年，人真正拥有的，只有人而已；只有我们对彼此的认知，我们对彼此的感受。一百多年来，正是这一乐观的信念让读者和艾略特紧密相连。看起来，她不正是在着手解决我们的文学作品中头脑与心灵的分裂吗？她既不像我们这个时代的流行小说家一样多愁善感，也不像我们这个时代的实验派一样理智刻板。在斯宾诺莎的影响之下，她通过自己对弗雷德的理解，用心来思考，用头脑来体会。她塑造的小说人物之一威尔·拉迪斯洛，将小说创作的这一步骤完美地表述如下：

要成为诗人，就要有敏于认知的心灵，不放过一丝一毫，就要有敏于感受的心灵，他们的洞察力就像一只手，在情感的弦上弹奏出精心编排的节奏——在这样的心灵中，认知瞬间化作感受，而感受又瞬间闪现成认知的器官。人只是偶尔能达成这样的条件。

任何一位十九世纪经典英国小说的作者，都得认清这两者之间的有机联系：个人对自己对人类行为的认识有何感受，以及个人对自己对人类行为的感受有何认识。如今依然有人在频频创作十九世纪式的英国小说，其频繁程度令人感到困扰，由此证明了艾略特作为榜样的力量，以及我们对那种高贵的形式心怀眷恋。艾略特想必会引以为荣。但我们应该引以为荣吗？之所以这样问，是因为**我们的**小说呢？我们二十一世纪的小说在哪儿呢？我们不时瞥见它的踪影，当然远没有我们期望的那样频繁，毕竟我们身处这样一个时代。无论是作为作者、读者还是评论家，我们英国人始终为我们保守的品位感到自豪。每年的民意调查结果都显示，《米德尔马契》是国内最受欢迎的小说，接下来是《傲慢与偏见》《简·爱》(有时候顺序会颠倒)。哦，主题的普适。哦，文字的永恒。但英国人在用**普适**和**永恒**这两个词来形容我们的经典作品时，心里未免存有误解。在文学中，称得上普适和永恒的是**需要**——我们依然**需要**善于认知和感受的小说家们，他们能完美自如地穿行于这两者之间。但形式并非普适和永恒的。形式、风格和结构——不管你更喜欢用哪个词来表达——都会发生变化，就像裙子的长短一样。它们不得不如此；否则我们就会把某种形式确立为规则，奉为宗教了；我们就会说："**这种**形式，就是现实的样子"，而且我们这么说的时候，会感到心情愉快（如果是英国人，就更是如此），因为这意味着，我们用不着再去阅读，去思考，去感受了。最终，我们变成像布鲁克先生一样的人，文学作品会变成我们"一度沉迷的东西……"乔治·艾略特，**那**才是作家。他们为什么不再像她那样写作了？只不过今天的乔治·艾略特——对人类感情的每个细微之处都十分敏感，对我们的彼此依赖十分看重——不会再像昨天的乔治·艾略特那样了。她所采取的形式也会截然不同。她不会再创作十九世纪的经典小说。也许她甚至不再是英国人。她也许会像，比方说，玛丽·盖茨基尔①，或者劳拉·赫德②，或者A.L.肯尼迪③这样。在一百年后的今天，我们可能会觉得，乔治·艾略特的作品看起来既亲切又保守，但她位于新派的边缘——她的后裔亦将如此。艾略特在她的随笔《女小说家的愚蠢小说》中，展示了她创作伟大小说的激进规划，之所以说"激进"，是因为这种规划并无章法可言："就像大团的水晶，无论是什么形状，都会很美。"

　　二十一世纪的小说家们从艾略特身上继承到的，是将小说的形式推向极限的极度自由，不论这种极限是何种模样。只因为感叹人心不古的人喜爱《米德尔马契》，就憎恨它，是错的。那样，就会无缘接触斯宾诺莎建议我们紧紧抓住的美好事物之一。**感受化为认知，认识化为感受**……当我们说，艾略特是最伟大的维多利亚时代的小说家时，我们指的是，这一过程在她那儿，比在任何人那儿进行得都要顺畅。

---

① 玛丽·盖茨基尔（Mary Gaitskill, 1954—   ），美国女作家。
② 劳拉·赫德（Laura Hird, 1966—   ），苏格兰女小说家。
③ A.L.肯尼迪（A. L. Kennedy, 1965—   ），苏格兰女小说家。

重读巴特与纳博科夫

Rereading Barthes and Nabokov

> 读者之生必定以作者之死为代价。
>
> ——罗兰·巴特《作者之死》

> 真是奇怪,人不能阅读一本书,只能重读。优秀的读者,一流的读者,积极主动而富有创造力的读者,必定是重读者。
>
> ——弗拉基米尔·纳博科夫《独抒己见》

1

我们最熟知的长篇小说,自有其如同建筑一般的架构。不光有供人出入的门户,还有房间、走廊、楼梯、前后小花园、暗门、暗道等等。哪位重读者若是在一生当中,见识过六本这样的长篇小说,那他可够幸运的。我见识过一本,纳博科夫的《普宁》,我把它读了六遍。等到你多次步入一部心仪的小说,才会觉得,自己拥有了这栋建筑,才会觉得,那里从未有人居住过。你尽量对那群没有耐心、成群结队穿过厨房的观光客(在前往《洛丽塔》大峡谷的路上,《普宁》只是一处小景点而已),或者那些排成完美方阵、曳步前行、在后院里悄悄跟踪一只松鼠(或一群松鼠,视其方法论而定)的学术大军视而不见。跟你的惬意安居比起来,就连建筑师声称他创作的作品归他本人所有这一主张,也显得不那么重要了。

  对这样的重读者来说,罗兰·巴特给作者宣判的死刑并无多大争议。在得到巴特准许之前,重读者们早已擅自占住了心仪的小说,每个人对楼面如何布置,都有自己的主意。"文本的和谐统一在于其终端而并非起点。"对,没错!别的且不说,我们都已经住在这里了!我初次接触巴特的作品,还是在大学期间,那篇文章给我的感觉,就像对我由来已久的愿望——将一部长篇小说完全据为己有——给予了肯定。如今,我向写作班的学生讲授这篇文章时,整个课堂会平均分成两部分,一半人把它当作显而易见、合乎经验的真理,从容接受,另一半人则将其视为一种冒犯。对前者,我在上文尝试描述过的这类读者来说,他们对巴特那看似激进的权力交接,早已视为理所当然。他们向来都是大胆地闯进书里,既不敲门,也不担心房主会怎么样。但对那些倾向于以恭顺的姿态面对写作这一行为的学生来说,《作者之死》不啻是一场邪恶的攻击,它攻击了作者的特权,攻击了文意确定无疑的可能性,乃至"真理"本身。作为一篇仅有七页的辩论文章,它有扰乱人心的巨大力量,似乎能让柔弱的学生不再认为文本是可以弄懂的,不再认为自己是能够领会意义的重要个体:

  然而这一终端跟个人因素再也没有什么关系了:读者成了没有过往、生平和心理的人;他只是将文本赖以构建的种种痕迹归拢到某个场域的**某**

人而已。

与此同时,在课堂另一侧,那些大胆的读者在发现自己被称为"终端"时,仍然处之泰然,并不觉得惊讶——恰恰相反,这种非个体化的属性很适合他们。他们绝不会在大学课堂里说:"我觉得,对我这个来自爱荷华州、不再信奉天主教的女权主义者来说,这本书不疼不痒。"如果把读者比作磨坊,那所有文本都是待磨的谷物:绝不会掺入私人的情感。他们兴奋地把他们**自身的**不确定性,添加到**文本**突然具备的不确定性上。观察这两种与生俱来的自然反应,的确让人着迷:这两种反应在这场著名的意识形态争论中,揭示出的是更私密更重要的性格问题,对这个问题,教师并没有干预的必要。为什么不让每个学生自己发现自己属于哪类重读者呢?用不着散布敌对的情绪(当年我上大学时就是那样)。毕竟,你既可以像巴特一样,冲进小说的宅邸,随心所欲地重新布置家具,也可以像朝圣者纳博科夫认为的那样,双膝跪地地进去,尝试搞清那里的精巧布局——反正不管怎样,这座宅邸都会岿然不动。

在我自己的阅读生涯里,我先是被拉到了一边,然后又被拉到了另一边。阅读始终是我的至爱,我的赏心乐事,因为天性的缘故,我常被那些为读者赋予力量、帮他们拓展行动自由的命题所吸引。不过等我变成作家,写作变成我的戒律和实践时,我才觉得自己有必要相信,写作是一种蓄意而为的、有导向性的行为,是一种个体意识的表达。而且,当我试着按评论家巴特的推荐,阅读作者纳博科夫的作品时,这两种阅读方式之间的关系变得格外紧张起来。一方面,巴特激进地援引读者的权利。("作者的排除……不单是历史事实或写作行为;它彻底改造了现代文本,或者说——其实是一回事——

从此以后，文本的制作和阅读都是在作者全面缺席的情况下进行。"）另一方面，纳博科夫大胆断言，作者享有特权（"我笔下的人物都是服服帖帖的奴隶"）。你根本进行不下去。尽管这位伟大的批评家和这位伟大的作家写的是同样的主题：两人同样关注狂喜、文学的极乐（尽管他们对它的界定有所不同），以及阅读这一富有创造性的活动。巴特说的是文本的愉悦，纳博科夫则让学生"用大脑和脊椎"来阅读，"……正是脊椎的刺痛向你透露了作者的感受，以及作者希望你有何感受。"但巴特对作者的感受和作者想让读者体会到的感受不感兴趣，这就是我的烦恼之源。

*

人们不难将《作者之死》解读为一系列革命性的要求，然而值得牢记的是，它也只是一根舔湿的食指，伸出去试探早已刮起的风。因为除了作者的遇刺，巴特还陈述了他对一种新式"文本"的展望，1968 年的读者或许会认出它来：

> 多维的空间，其中各类著作无一具备原创性，它们相互融合、相互碰撞。（它是）从无数文化枢纽中提取出来的一系列引述……在种类繁多的作品中，一切都需要**解析**而非**破译**；结构可以追查，可以在每个节点、每个层面"抽丝剥茧"（像给袜子抽丝那样），但底下却空无一物：作品的空间可以探寻，但不能穿透。

这正是新小说振奋人心的空间，是罗伯-格里耶、娜塔莉·萨洛特和克劳德·西蒙的空间——新式的写作已经出现在我们身边。不过,为了正确解读这些新文本,作者有必要闪到一旁,考察让位给了宣言。作者已死,被与文本同时诞生的"誊抄员"取而代之(因此每个文本都"永远写于**此时此地**"),此人在之前或此后均不存在:

> 接替作者之后,誊抄员不再怀抱激情、幽默、情感、印象,只带着一部厚重的词典,从中不停地抽取出作品:生活只是在模仿书本,而书本本身只是一系列符号,是对已然逝去、无限延宕之物的模仿。

誊抄员万岁!像我大学时代的许多重读者一样,我倾心于这种法国"新"批评(尽管等我们接触到克里斯蒂娃、福柯、德里达等人的作品,它的许多内容都已经问世三十年之久了)。就我自己来说,我热情、贪婪地阅读着这种新批评作品,把各种复杂的哲学理念当做一种私人化的"诗的破格"[①]予以接受。巴特是我最喜爱的一位,因为他的作品相对来说更平易近人,还因为他好像将无限的权力置于我的脚下。既然文本永远写于此时此地,那我当然不用顾忌什么历史题材的特色,大可抛开 1848 年的大革命,直接阅读《情感教育》,或者全然抛开诸如农奴解放之类的阅词,直接阅读《樱桃园》。他的文本理论对我也很有吸引力:滑稽古怪、枝蔓横生、多重声部、不同寻常。我寻找过能证明或示范其文本理论的"新式"小说。纳博科夫,以其不可靠的叙述者,他对传统的生活/艺术这两者的等级的颠覆("比起'现实生活'对我的剽窃所需担负的责任,我模仿'现实生活'的这点程度何罪之有,"他曾这样声称),以及连高高在上的六翼天使都会嫉妒的指涉风格——纳博科夫**本应**位居榜首。只是还有一个问题。表面看

[①] 指艺术家为了艺术创作,可以在作品中突破常规束缚的创作特权。

来，纳博科夫的作品非常符合理想化的巴特的**文本**。但写文本的人呢？难道是**誊抄员**吗？难道要剥夺他不可剥夺的激情、幽默、感受和印象吗？很难想象纳博科夫会加入这个俱乐部，或者任何俱乐部[①]。胆敢告诉弗拉基米尔·纳博科夫他"只是一座即将淡出文学舞台的小雕像"，不再是"他本人作品的过去"，仅仅是其作品的附带因素，这样的评论家真可谓是无惧的勇者。同样很难想象，有一位全能的读者能比纳博科夫更善于"解开"他编的花绳。"天才这个词，"他写道，"对我来说——以我身为俄国人，对语言措辞的严谨和骄傲——仍然意味着独一无二、令人目眩的天赋。"对纳博科夫来说，作者不只是东拼西凑的卖艺人，也不只是陈旧素材的重组者。他的感性、他的知觉、他的记忆、他表达这一切的方式——必须独一无二，绝无仅有。纳博科夫对自身的天才如此自豪，对自己的艺术处理如此讲究，他拒绝倒下和死去。

2

将纳博科夫与法国新批评联系在一起的部分难度，在于这种批评观有失偏颇的政治立场。巴特所推崇的理念投合的是左派的美学观点，这跟喜欢给资本主义特别是越战大唱赞歌，来折磨左倾友人的人极不相称。纳博科夫认为，作者正是西方式自由的真实体现，巴特所见略同，却并不欣赏：

> 作者是现代的人物，是我们的社会发展到如今的产物，它与英国的

[①] "我不属于任何俱乐部或团体。我不钓鱼、烹饪、跳舞、给书作推荐、给书签名、与人联署声明、吃牡蛎、醉酒、去教堂，找精神分析医生，或参加示威游行。"——原注

经验主义、法国的理性主义以及宗教改革运动的个人信仰一道诞生于中世纪，它发现了个人的威望，或者更冠冕堂皇地说，"人的位格"的威望。因此，在文学中，这种实证主义——资本主义意识形态的体现和顶点，将作者的"位格"看得无比重要，也是合乎逻辑的了。

逃离共产主义革命的纳博科夫，并不赞同那些轻视西方自由、个人特权乃至（和包括）作者的个人特质的意识形态。不过，从更深层次来说，纳博科夫与新批评的分歧是哲学上的，它与纳博科夫对真实的看法有关：

> 真实是很主观的。我只能将其定义为信息的缓慢累积和特定化。比如，一朵百合或其他任何天然的物品，在博物学者看来，要比常人看来真实许多。而在植物学家眼里则更加真实。但对专门研究百合的植物学家来说，则达到了另一阶段的真实。可以说，你能愈来愈接近真实；却终究难以抵达真实，因它是感知阶段和水平的无限延伸，有层层的阻隔，因此真实无法满足，不可触及。你可以越来越了解某个事物，却永远不能了解它的全部：没有希望。

但这是另一种解释性的无望。对巴特来说，解释学和认识论已经陷入了一场双重危机：**那里**根本就不在那里。随着作者的"死亡"，一同消逝的还有其文本的过去，滋养文本的源泉，以及文本的最终意义，誊抄员只是在"描摹一个没有起点的场域——或者，至少，除了语言本身再没别的起点，而语言不停地质疑着所有的起点"。对巴特来说，这场作者身份的危机所带来的后果，远远超出了小说和读者组成的小小世界：

正是以这种方式，文学作品（从现在开始，我们最好称之为作品），通过拒绝将"秘密"，将终极意义分配给文本（以及犹如文本的世界），从而解放了一股可以用反神学来形容的活力，这是一种真正具有革命性的活力，因为拒绝将意义予以固定，归根结底，就是拒绝神及其神格——理性、科学和法律。

正如我们必须抑制探究文本真实的冲动，我们也必须放弃认识世界终极真实的希望。"破译"不复存在，我们必须满足于"解析"。权力被放弃了。纳博科夫的世界却并非如此。在纳博科夫对主观的生动刻画中，你还是可以**渐渐地**破译。那朵百合可能**或多或少是真实的**，哪怕我们无从知晓，终极真实也始终**存在**。而且，我们还可以向其靠拢。作为读者，若想接近小说的真实，纳博科夫要求我们在着手时，带上传记①、历史、文化、昆虫学和语言学的专业知识，还有细致入微的关注、情感的共鸣、敏锐的通感和犀利的视觉意识。永远都会有对百合更加精准的解读。因此也会有平庸的误解，而巴特描绘的享有特权的读者（欣喜若狂地选取着路线，从纷繁的潜在意义中穿过，像玩耍一般，无拘无束地构建出文本）拒绝承认这一事实。

但纳博科夫并非冷酷无情的经验主义者，他也不会对作品的不确定性视而不见。他也认为，存在着一种无比快乐、无拘无束、无分等级的意义领略体验——只是它来得比较早。不是在读者阅读的时候，而是在作家提笔之前，在创作开始之前，"灵感"迸发的那一刻。纳博科夫把这个老式的字眼分解成两个俄语词汇。对他来说，前半部分是 vorstog（最初的狂喜）。Vorstog 描述的是整本书孕育构思的

---

① 他在 1944 年翻译的诗歌读本《俄国三诗人：普希金、莱蒙托夫和丘特切夫诗选》中，精心收录了三篇才华横溢的诗人小传。——原注

那个瞬间:

你吸纳了整个宇宙和你融入整个宇宙这两者相结合的感觉。自我的监狱高墙突然土崩瓦解,非自我从外面冲进来营救囚犯——囚犯已经在门口翩翩起舞。

在这里,作者才暂时死去了;**在这里**,意义才是模糊不定、自由流动的。Vorstog"没有任何有意识的明确目的";在 vorstog 中,"时间之环被孕育出来,也就是说,时间变得不复存在"。不过之后就是第二阶段了:vdokhnovenie(重温)。正是在这里,真正的写作得以完成。以纳博科夫的经验来看,这两者有着本质的区别。Vorstog"炽热而短暂"。而 vdokhnovenie"冷静而持久"。在前一种状态下,你迷失了自我。在后一种状态下,你投入到构建作品这一有意识的工作当中。在做出出色的写作所要求的种种选择时,作者是存在的,他圈定范围,他全盘把握,他在游乐场的任意一边建起围墙。读者要正确地解读他,最好还是承认这些围墙的存在。正是作者限定了读者嬉戏的空间。

与此同时,我们在《文之悦》和《S/Z》里,发现巴特将构建的工作交给读者本人完成。"读者式"文本和"作者式"文本这一奇妙的巴特式划分由此产生。读者式文本对读者要求甚少;它们行文流畅,含义稳定,可以被动地接受阅读(多数杂志稿件和拙劣的类型作品即属此类)。与之相反,作者式文本公然昭示其**书写性**,对读者要求甚高,要求读者作创造性的参与。身处作者式文本的读者,在阅读的同时,实际上也是在对写作这一行为进行重构,纳博科夫也会同意这一令人振奋的理念,因为他本人的作品所需要的,正是这样积极主动的读者①。但巴特接下来，作了进一步的推想：通过解读他认为镌刻在作者式文本中的种种"符码"（语言学的、符号的、社会的、历史的，等等），读者在积极的意义上，凭借每一次阅读，**彻底重新**构建了这一文本。巴特用这种方式，颠覆了作者—读者的互动等级。读者"不再是文本的消费者，转而成为文本的生产者"。

很难确定纳博科夫对**这一看法**作何感想。我猜，他会觉得这是发疯。总的来说，他对文学理论不感兴趣。（"每个优秀的读者在一生中都享受过几本好书，何必再去分析双方都知晓的愉悦呢？"）幸好他没在有生之年，目睹那种后巴特（和后福柯）的学院式批评在八九十年代，在大洋两岸遍地开花的景象。轻率的类比；对符码和话语过于大胆生硬的解读；喜欢文化符码胜过文本细节。你还记得这类玩意儿吧：

《跨性别的求婚者：〈傲慢与偏见〉中达西作为伊丽莎白亲姐妹的映射》

《黛西、金钱以及福柯的"压抑假说"理论：〈了不起的盖茨比〉对性资本的刻画》

《求您了，先生，我能再吃点儿吗：〈雾都孤儿〉里的贪食性自我拒斥》

我写过不少这样的文章。感觉妙不可言，无拘无束。小说是我的，我可以随心所欲，颠倒着看，从后往前看，或者完全不按照时代顺序看。这种自由把读者变成了作者，把我们从学校教的被动专制的阅读模式（《艰难时世》＝维多利亚时代英格兰的英式教育体系）中解放了出来。

---

① 或许可以用另一种方式来看待这种区分：有种风格相信，写作应该模仿阅读（乃至说话）的快节奏、轻松感和流畅感。另有一种风格相信，阅读应该模仿写作的壅阻和艰难沉滞。雷蒙德·卡佛属于前一类。纳博科夫绝对是后一类。乔伊斯则走得更远。—— 原注

当我们改用积极主动的方式阅读时,即便是无聊的老小说也能重新激起我们的兴趣与忧思。这种乐趣就好比:让某人把**他们的**蝴蝶交给我们,好让我们用二十页的篇幅,说它是**我们的**长颈鹿。

但纳博科夫相信,蝴蝶就是蝴蝶。正因如此,我第一次读他的《文学讲稿》时颇为失望①。这真是纳博科夫的作品?一目了然的简单分析,不加评论的冗长引用。对(我眼中)平庸至极的细节的痴迷:格里高尔·萨姆沙外壳的形状,都柏林的地图,曼斯菲尔德庄园的确切地理位置。还有他给学生们准备的那些问题!艾玛·包法利的眼睛是什么颜色?荒凉山庄是何种建筑?里面有几**间房**?你得先重新整理你的头脑,躲开英语系的狂热喧嚣,才能体会出这些讲稿有多么优美。多么细心,多么特别。在谈到阅读时,纳博科夫认为,"应该多关注和玩味细节"。这些讲稿正是这一准则细致具体的绝佳示范。

对思想与后马克思主义分析紧密相连的巴特来说,拙劣的读者是消费者,而理想的读者是生产者。对纳博科夫来说,读者跟这两者都不相干。纳博科夫心目中的理想读者,有点像是收集蝴蝶的人,经验丰富又颇具审美情趣。对他的理想读者来说,文本非常特殊,要欣赏和留意它的特质。起码,我们从这些讲稿中,看到了纳博科夫本人希望读者如何阅读他的作品。因为他认为,自己的作品是复杂的,但其实并没有多重含义——纳博科夫没有把解释的责任推卸给别人,他从一开始就把细节摆了出来。在他心目中,他的一篇篇文本自有其和谐统一的地方(它们最真的真实)。

因此对他来说,对他小说各种各样的解释十分 poshlust②,跟"弗洛伊德的象征主义、过时的神话、社会评论、人道主义的教训、政

---

① 这些篇目原本是纳博科夫为康奈尔大学本科生开设的《欧洲小说大师》课程构思的讲座稿。这些讲稿在他身故后汇编出版。——原注
② 准确写法是 poshlost,在俄语中意思是粗俗。纳博科夫将它定义如下:"不止明显没有价值,还在很大程度上具有虚假的重要性,虚假的美,虚假的机智,虚假的吸引力。"——原注

治讽喻、对阶级或种族的过度忧虑,以及尽人皆知的新闻业的泛泛而谈"都是一路货色。这让他成为一位难以评说的作者。除了他自己,他似乎不承认有谁是理想读者。我将他视作二十世纪最后一位信奉作者自主权的伟大信徒,正如弗兰克·劳埃德·赖特是最后一位信奉这一点的建筑师一样。他们两位都擅长做戏剧式的访谈,摆出一副唯我独尊、孤芳自赏的姿态,若不是他们将作者身份的局限和特权编入其作品的肌理当中,所有这一切也就没有了意义(作者已死,你也不必再听他的自我描述了)。的确,每次我步入《普宁》的世界,都感觉到作者(以一种强迫式的明确性)在控制着我的一切反应,就像在赖特设计的联合教堂里一样,人们踏入一扇狭小而低矮的边门,不得不转过一连串别扭的直角弯,才能来到宏伟的正堂。纳博科夫的作品里有一种非同寻常、几乎不可抵挡的美——同时也有一种沉重的刻板。你得按他的方式住在他的房子里。纳博科夫的方式意味着,放弃读者从小说里径直穿过的权利(从第一页开始直到最后一页结束),面对相互关联的主题、引文、线索和谜题组成的网络,与其说它们需要被阅读,毋宁说它们需要被破译。面对纳博科夫的长篇小说,你无法摆脱被出了一道难题的感觉,就像一位象棋大师在报纸上出了一道难题一样。我总觉得自己看漏了一些内容,总是为此感到苦恼——纳博科夫让我认识到了自己的失败。他声称,作者"跟读者身份存在冲突,因为他是他本人的理想读者,其他读者往往只是嘴唇翕动的鬼影和健忘症患者而已"。他说,自己创作,"主要是为了艺术家、艺术家同伴和效法艺术家的人",用意是"分享的并非书中人物的情感,而是作者的情感——创作的乐趣与艰难"。**效法**艺术家的人!这话等于是把你的存在纳入了他的存在当中,直到把你变成纳博科夫的分身，知他所知，爱他所爱，恨他所恨①，留意每一处细节，追查每一处引文，等于是把读者变成了作者创作活动的油印机（也正因如此，很多人反感纳博科夫）。这跟巴特的构想刚好相反：在这里，**读者**必须死去，**作者**才能活着。有个明智的观点派别主张，**所有的**作品都要求我们做到这一步②——但很少有作家能像纳博科夫那样，让你俯首帖耳。纳博科夫所建房屋唯一完美的住客，是纳博科夫自己③。

3

你向学生们讲授纳博科夫的作品，并提到人们常抱怨他的辞藻没必要那么雕琢时，他们想知道，所有这些游戏，所有这些语带双关的复杂性，究竟是不是**为了**读者着想。他们皱着鼻子，让你看某一段："看，这难道不是纳博科夫在**自娱自乐**？"这个问题问得好。纳博科夫文本里的回避、暗示、乐趣——究竟是谁的乐趣呢？纳博科夫在《花花公子》访谈中被问及"写作的乐趣"时，回答说："它们很像阅读的乐趣，作者与读者，与心满意足、心怀感激的读者一同分享文辞的那种欣喜和幸福感。"

这段旁白不是很重要吗？满足岂非远胜感激？二十一世纪的我们热切地向往平等，而对作者的感激似乎是一种奴性的态度。这真的就是我们效法纳博科夫，一读再读，追逐每只蝴蝶，每个消失已久的俄罗斯流亡诗人获得的奖赏吗？纳博科夫认为，正是如此；他觉得，他

---

① 纳博科夫的书迷往往像奴隶一样，重复他强有力的见解："我想，我不是第一个被纳博科夫毒害，结果读不进去陀思妥耶夫斯基的人。"——原注
② "从很多方面来说，写作都是这样一种活动：自我宣示，将自我强加于别人之上，说'听我说，照我这样看，改变你的想法'。这是一种富有侵略性的，甚至富有敌意的活动。你尽可以随意掩饰它的侵略性，拿从句、修饰语、试探性的虚拟语气，拿留白和回避当幌子——用暗示代替明言，用影射代替声明——但你怎么都回避不了这个事实：在纸上落笔写字，是一种不事声张的欺凌，一种侵犯，是把作者的感受强加于读者最私密的空间。"——琼·迪迪恩——原注
③ 他的妻子——"他的第一位也是最好的一位读者"薇拉仅次于他。——原注。

向读者,尤其是**重读者**提供的,并不是让他们自行解读这种可笑的愉悦,而是**与创作情感充分共鸣**后,收获的严肃的满足感:

> 我想说,我要严肃评论家帮的大忙就是,用充分的洞察力去理解我笔下的任何措辞和比喻,我的目的并不在于营造俗丽浮华的虚饰,或是怪诞的晦涩,而是要以最大限度的真实和洞察,表达我的所思所感。

若是追随他所有的思路,那你做到的不仅是阅读,而是有幸精确地重构 vdokhnovenie(重温),重构纳博科夫本人写作时的那份狂喜。(或许还能领略到一丝 vorstog。纳博科夫认为,"最初进发的灵感中包含的力度和独创性,与作家行将创作的作品价值成正比"。这样的话,我们或许可以怀抱这样的希望:但愿在爆炸之后,还能找到些许的火药。)区别在于,纳博科夫要求我们承认,真正具有意义,并且生成意义的,是**作者**在构思上的天赋,而非**我们**将点连接成线的天赋。无论我如何努力,想把纳博科夫和巴特放在一起,纳博科夫总是陪巴特走出一段之后,就止步不前了。阅读是有创造性的!巴特坚称。没错,但创造出内容来的,是写作,纳博科夫流利地回答,然后又扭头摆弄他的注解卡片去了。

我们或许可以说,是纳博科夫的作品把他的读者变得如此富有创造力,以至我们觉得,自己也创造出了一些东西。《普宁》的重读者可以循着莱蒙托夫暗示(读到一首题为《三重梦》的诗)和托尔斯泰暗示(读到《伊凡·伊里奇之死》),在这些文本中找到《普宁》俄罗斯套娃式结构的微缩版本,找到纳博科夫以范·艾克[①]般的精细笔触,

---

[①] 范·艾克(Van Eyck,1390—1441),荷兰画家。

置入小说的戏中戏①②。这些特殊的细节很难发现,你甚至会以为是自己把它们放在那儿的。对《普宁》的重读永远也难以臻至完美,也永远不会结束——总有新的细节需要玩味。初识纳博科夫的读者往往只会注意到,那些蝴蝶四处翻飞;等你读得再深入一些,你开始发现,原来蝴蝶的纵横排布大有学问。这些纳博科夫式的辞藻,发挥的是截然不同的作用,只有密切观察,它们才会显露出隐秘的翅膀和腹部(比如 bole、crepitation、Punchinello③)。直到最近一次重读时,我才想到跪在我的书桌前,把一杯水举到跟视线平齐的高度,拿一把梳子竖着放在杯子后面。斑马鸡尾酒④!纳博科夫看过这个——现在我也看到了。它可真美。所以心怀感激并不为过。

无论你赞同与否,纳博科夫都这样认为:如果你努力将他交给你的东西交还给他,这(对你来说)应该已经是一份足量的褒奖了。他的学生们很快就理解了这一点⑤。当然,薇拉在生活中也是这样践行的。

---

① 警告:该脚注仅供《普宁》书迷参考。加利娅·戴门特(Galya Diment)富有启发性的专著《普宁亚特》(Pniniad)揭示出,纳博科夫本想让普宁死掉,他把这本小说写到好长一段时间,心里都是这样盘算的。常有作家对自己创作的人物太过喜爱,不舍得让他死掉,普宁似乎就是这样的例子。不过这也说明,与托尔斯泰和莱蒙托夫的呼应(这里指你被别人随意议论或调侃,而你本人正在体验一种极为私密的真实)最终并未彻底实现(因为普宁死后地度过大清洗、完好无损的玻璃棺相互呼应)。我们可以隐约设想出,最后一章原本是什么样;叙述者和杰克·科克雷尔模仿着普宁惨兮兮、可怜巴巴的样子,而普宁奄奄一息,或者已经死掉了。(由此引出这样一个问题:干吗要写俄国人在临终之际被人说三道四呢?)——原注
② 当然,范·艾克的画作真的出现在普宁成功举办的小派对上,当时劳伦斯·克莱门茨拿着一本词典,沉浸在自己的思绪里,作者将他比作这位杰出画家描绘的范叶贝莱神父的肖像。也是在这场派对上,片刻之后,别人发现烦闷无聊的劳伦斯在"翻阅着一本《佛兰德杰作》画册"。——原注
③ 这些词都在《普宁》中出现过。"Bole"的意思是"树干",不过也有蝴蝶翅膀上的小腹的意思;"crepitation"是纳博科夫很爱用的词,不过除了"噼啪作响"这层常见的意思,它也指(放屁虫这种)甲虫"伴着突然响起的尖锐爆裂声,射出一种气味刺鼻的液体。"Punchinello"在《普宁》中当然是指模样丑怪的意大利即兴喜剧里的角色,他又矮又胖,因此,作者用他来比喻苦头。不过这个词也指一种非常美丽的蝴蝶。——原注
④ 出自《普宁》:"他依次把各种东西——苹果、铅笔、象棋卒子、梳子——放在一杯水后面,然后透过玻璃杯仔细窥视:红苹果变成一条轮廓鲜明的红带子,边缘是一条平直的水平线,就像半杯阿拉伯福地的红海水。那支短铅笔如果斜着拿,就像一条用特殊风格描绘的弯弯曲曲的蛇,如果竖起来,就变得奇胖无比——几乎呈锥形。那个黑小卒如果前后移动,就会分成两只黑蚂蚁。那把梳子竖着放,玻璃杯里就像充满了美丽的条纹状液体,成了一杯斑马鸡尾酒。"——原注
⑤ "我的教学方法不包括与学生有真正的接触。他们顶多会在考试的时候,把我的少许想法重复出来。"——原注

（以薇拉为原型，将她刻画得颇为贴切的那个人物——《天赋》里的济娜——被叙述者称赞为，"对他本人喜爱的一切"拥有"完美的理解力……"）就在这里，巴特在纯粹的纳博科夫面前碰了壁。巴特不以为然地说："平庸文化中的文学形象，专横地以作者、作者的体貌、生活、爱憎为中心。"此后，福柯在一篇回应巴特并作了进一步深化的文章中，将作者（或"作者功能"）视同"克制意义过度增殖的准则"①。就纳博科夫而言，这一评价可谓正中靶心：这位作者给阅读定下了霸道的规矩，他对别人的诠释多有谴责，他还心怀戒备地羞辱自己的潜在读者（尤其是说到信奉弗洛伊德学说的评论家和《洛丽塔》的时候②）——这所有的一切都是为了"阻止小说的自由流通、自由运作、建构、解构和重构"③。但大学期间，作为一名重读者，有个问题我一直没有问，如今它令身为作家的我感到困扰：**即便如此，那又如何？**

在当年还在读大学、身为重读者的我们看来，明摆着，对文学意义多元、自由流动的任何限制，都不应该给予支持。但就我个人而言，我已经改变了想法。这一假定——读者想要的是无拘无束的自由，而非受人限制和引导的游戏④，或者人们对集体匿名创作的古老时代怀有下意识的怀旧之情⑤——在我看来，再也不是明摆着的事了。小说有哪些入住规则，作者如何拟定特殊条款——这些才是我感兴趣的内容，我的乐趣所在。不过话说回来，我的态度转变在一定程度上也的确代

---

① 《作者为何物》，福柯著，1969。此处引用的英译系由约瑟夫·V·哈拉里翻译，最初发表于1979年。——原注
② 他称他们为"爱窥探别人的恶魔，那些快活的粗人。"《洛丽塔》那篇机敏的跋也发挥了类似的作用。——原注
③ 《作者为何物》，福柯著。——原注
④ 就纳博科夫来说，更像是 SM——一种你希望福柯能解释清楚的体验。——原注
⑤ 一种相当不切实际的观念。举的例子不总是那几个吗？要么是"荷马"；要么是某个不特定的"民族志团体"，在其内部，"从不认为叙事是某个人的事，而是由某个中间人、萨满祭司或诉说者承担，其'表演'——对叙事符码的掌握——有可能受到赏识，但他的'天才'绝无受到赏识的可能"（巴特语）；要么是未必站得住脚的博蒙特和弗莱彻。——原注

表了一种职业需要，我需要相信纳博科夫的全盘掌控观。纳博科夫对弗洛伊德的满腔敌意并非空穴来风——正是无意识理论令他感到恐惧。他根本无法承认，还有一种次要的力量在指引和转移着他本人的力量。很少有作家能承认这一点。我想到了昆德拉的这个可爱的观点："伟大的小说总要比它们的作者聪明一点。"在某种程度上，这正是巴特非要告诉我们，而纳博科夫想要驳斥的观点。或许，每一位作者都要支持纳博科夫，而每位读者都要支持巴特。因为如果相信巴特，你哪里还能写作呢？不过，我还是为自己已不再是大学校园里的读者感到庆幸，我来告诉你为什么吧：因为那让我感到孤独。当年，我想捣毁作者的圣像，还想废除"有特权的读者"这一理念——文本应该是自由的、无拘无束的，向所有人开放，不属于任何一个人，拒绝终极意义。这是一种强有力的感觉，但也很孤独，因为它摒弃了交流的理念，摒弃了作者和读者真正建立联系的可能性。如今，我明白了，我阅读的真正目的在于缓解孤独，与他人的意识建立联系。为此，我开始小心翼翼地相信读者与作者之间存在艰难的合作关系，这种合作通过断断续续的努力，试图通过语言这种不稳定的媒介，来揭示个体在人世间的经验。这样说来，它并非对意义的拒绝，而是对意义的探求。至于意义究竟是"终极的"还是"隐秘的"，在我看来都不是重点，那更像是巴特在玩弄手法；他通过这样的措词，推动了对这样一种相互关系意义重大的、实在论的、神学式的探讨，其实，这种关系的犹疑和微妙远远超过了他容许的程度。纳博科夫并非上帝，我也不是他的造物。他是作者，我是他的读者，我们步履蹒跚，在追寻意义的道路上一道结伴前行。斑马鸡尾酒！

Five:
F. Kafka, Everyman

五 凡人弗朗茨·卡夫卡

1

如何描述卡夫卡这个人呢?或许应该这样:

他仿佛毕生都在自问到底长相如何,从未发现还有镜子这种东西。
一个裸体站在穿戴整齐的人群中的男人。
一颗带着亚伯拉罕的灵魂生活在罪恶中的心灵。
弗朗茨是位圣徒。①

又或者,用他的生活细节来描述,比如我们在路易斯·贝格利据实写成、令人耳目一新的《我脑海中的巨大世界:弗朗茨·卡夫卡传略》中读到:他六尺多高,外表英俊,衣着得体;是一名普通的学生,一名游泳健将,一名健身运动迷,一位素食主义者,同时又是影院、卡巴莱酒馆、通宵营业的咖啡馆、文学沙龙和妓院的常客;一位在短暂

---

① 分别是瓦尔特·本雅明、米莱娜·耶森斯卡、埃里希·黑勒和费里斯·鲍尔的看法。——原注

一生中出版了七本书的作家；曾三次订婚（其中两次是和同一个女人），为雇主所赏识；就职期间曾得到提拔。

不过，这最后一位卡夫卡，却像逛食品店、看棒球赛的品钦① 一样，像在新罕布什尔州科尼什镇变老，带孩子的塞林格一样，让人很难记住。读者们都是无可救药的寓言家。不过笼罩在卡夫卡身上的，远不止是文人的神秘。他远不止是神秘人——他简直可以用形而上来形容。那些对这位超级卡夫卡尤为喜爱的读者们，很难接受对平凡卡夫卡的介绍。反之亦然。有一次，我在一个犹太文学协会讲到卡夫卡作品中的时间主题，探讨了评论家米夏埃尔·霍夫曼提出的观点："在卡夫卡的作品中，时间总是太迟"。后来，有位年届九旬、精神矍铄的妇女，带着浓重的旧式口音，匆匆穿过房间来到我身边，拽了拽我的衣袖："你讲得根本不对。我在布拉格的时候认识卡夫卡先生，**他从不**迟到。"

近些年来，出现了某种卡夫卡修正主义，不过关注的并非其作品的质量②，而是作品确切的本质。卡夫卡**是**怎样的作家？首先修正的是卡夫卡先生的传记给人的印象。以下摘自年轻小说家兼评论家亚当·瑟尔威尔的一篇同类型的机敏文章：

> 现在，有必要陈述一下人们公认的有关弗朗茨·卡夫卡和卡夫卡风格的事实真相……卡夫卡的作品游离于文学之外：它并不完全属于欧洲小说史。他没有先驱——他的作品仿佛凭空出现——同时，又没有真正的继承人……这些小说表达了现代人的异化；它们预见到了极权化的警察国家和纳粹大屠杀。他的作品表达了犹太式的神秘主义，一种非宗

---

① 托马斯·品钦（Thomas Pynchon, 1937— ），美国后现代主义文学代表作家，以其晦涩复杂的后现代小说著称。
② 此种做法在埃德蒙·威尔逊发表《对卡夫卡的不同看法》之后，就再没受到过严肃的抨击。——原注

教的神秘主义，不信神之人的苦恼。他的作品非常严肃。他拍照的时候从来不笑……所以在读卡夫卡的小说时，有必要了解他情感生活的状况。在某种意义上，他所有的故事都是自传性的。他是天才，不受常规文学限制的束缚；他是圣徒，不受常规处事之道的束缚。然而，所有这些事实真相，都是错的。

瑟尔威尔将有关卡夫卡风格的庸俗意见归咎于马克斯·布罗德，他是卡夫卡的朋友，也是他的首位传记作者和文学遗嘱执行人，他在行使后一种身份时，违背了卡夫卡的遗嘱（卡夫卡希望烧毁自己的作品），这件事至今仍在影响布罗德的名声（说他不守信用），不过影响不大。布罗德本人一直主张，卡夫卡知道，他是不会烧的：要是他的朋友卡夫卡是认真的，那他早就换别人做遗嘱执行人了。更难辩解的是，布罗德后来决定，出版那些书信①、日记，以及极其私人化的《致父亲的信》（不过在作者死后，出版其作品的道德观很难衡量：如果抽屉里找出来的东西很糟，读者和出版商都会深感羞耻；如果它跟《致父亲的信》一样精彩，世人都会睁一眼闭一眼）。

如果说，很少有卡夫卡的读者当真对他生前未曾发表的作品得以面世感到遗憾，那么，倒是有很多读者为布罗德选择呈现其作品的方式感到遗憾。问题不仅出在布罗德笨拙的诠释上，他甚至对文本本身作了干预。在编辑几部长篇小说时，布罗德对神学的认同似乎影响了他的工作。卡夫卡给章节排定先后顺序的方法常常含糊不清，有时根本不存在；是布罗德把《审判》整理成了我们熟悉的形式。如果说，

---

① 贝格利告诉我们，布罗德并未直接出版卡夫卡写给密伦娜和菲丽丝的信，但也没有敦促她们"交出卡夫卡的信，供他销毁，或者由她们亲手销毁。"结果，布罗德失去了对这些信件的控制。随着德军进入布拉格，密伦娜将这些信件托付给维利·哈斯，后者于1952年将它们发表；至于菲丽丝，她移民美国，1955年将她的信出售给了朔肯出版社。——原注

它给人的感觉就像一次寻找缺席的上帝的旅程——故事梗概也是这样写的——那是因为，布罗德在末尾安放了一个上帝形状的窟窿。包含伪犹太文献风格的寓言《在法的门前》的倒数第二章，放在哪个位置都行；放在别处会弄歪上升的轨道；不再是通向不可理解的至高存在的旅程，而成了一次没有目的地的旅程，其中戳进了一个谜，之后又是平平淡淡的内容。当然，有可能卡夫卡也会把这一章置于全书末尾附近，就像布罗德做的那样，但卡夫卡爱好者们，却并不倾向于让卡夫卡拥有布罗德那样的寻常见识。毕竟卡夫卡的**特点**，全在于他的非同寻常。无论布罗德如何解释，我们总觉得卡夫卡不会加以解释；无论布罗德将何种因循守旧的解释强加于作品之上，这些作品本身都会做出抵制。我们认为莎士比亚也是如此，是会因为我们的尝试界定而失色的作家。从这个意义上讲，文学天才的思想，是我们送给自己的礼物，是一片可以供我们永远尽情嬉戏的广阔天地。瑟尔威尔还说：

> 重要的是，在阅读卡夫卡的时候，别太相信布罗德的理解。
>
> 就拿布罗德1947年的传记这一段来说吧："这是一种新的微笑，它让卡夫卡的作品变得与众不同，一种类似终极事物的微笑——可以说是形而上的微笑——有时候，他给我们这些朋友朗读他的一篇故事的时候，我们远不止是微笑，我们哈哈大笑。不过我们很快又会安静下来。那不是与人类相称的笑。只有天使们才会那样笑……"天使们！人们往往低估成为伟大的读者所需要的才能。而布罗德连伟大的读者都算不上，更别提伟大的作家了。

的确，也许我们可以说，布罗德是个善于发现天才的人[①]。他对

[①] 布罗德追捧过许多艺术家，包括莱奥什·雅纳切克、弗朗茨·韦费尔和卡尔·克劳斯。——原注

自己的文学才能并没有多少幻想。他同卡夫卡的友谊从一开始就是单向的,源自于一种纯粹的敬畏。他们是在一场有关叔本华的讲座之后认识的,主讲人是布罗德,讲座结束后,卡夫卡来到主讲人身边,一路陪他回家。"我身上似乎有吸引他的地方,"布罗德这样写道。"他比平时更坦率,似乎没有尽头的回家路上,尽听他强烈否定我的粗糙表述了。"这副朝圣者的姿态颇为常见:跟在先知身后两步远的地方,接住掉落下来的智慧。① 如今,我们厌倦了布罗德粗糙的表述:由它们确定调子的时间已经太久了。我们不想再按布罗德确定的调子阅读卡夫卡的作品了,战后,美国人颇为热切地那样读过。这样想颇为诱人:倘若我们是第一批读者,我们——无需借助沉重的提示——马上就能看出,这些故事在文学上的伟大之处:一位原先的猿给研究院做报告,娇小的约瑟芬为鼠民"尖声歌唱"。我想知道,我们是否真能做到。

布罗德对卡夫卡的大声朗读,还作过第二段记述:

他第一次让我们听他念《审判》第一章时,我们这帮他的朋友笑得很没节制。他本人笑得太厉害,有时都念不下去了。想想这一章严肃得可怕的内容,你会觉得怪惊讶的。

卡夫卡的首位传记作者在这里犯的错无伤大雅:文人的敬重稍多了点儿。卡夫卡在搞笑的时候,布罗德却不大敢相信,卡夫卡是在搞笑。毕竟,像卡夫卡这样严肃得可怕的人,怎么可能搞笑呢?不过奇怪的是:卡夫卡修正主义在某种程度上,也热爱卡夫卡式的纯粹。我

---

① 真正的圣徒传式文本,要数古斯塔夫·亚瑙赫的《与卡夫卡的对话》。年轻的古斯塔夫在柏林,与生命只剩最后一年的卡夫卡结为朋友。在本文中,我引用此书的地方,你要明白那是"转录的言辞",很可能为了出版,还作过润色。——原注

们不能苟同布罗德的看法,他认为卡夫卡写的是"现代人的异化"——这太一目了然。卡夫卡怎么可能一目了然?卡夫卡怎么可能跟我们有丝毫相同之处?就连我们给卡夫卡去神秘化的工作,都充满了神秘。

2

可要是我们不按布罗德的方式来读卡夫卡,我们又该如何读呢?我们不妨像贝格利那样读。尽管贝格利对传记里的传奇故事持温和的怀疑态度,但他仍然相信作品"形而上的微笑",相信它有可能表达了我们当代的异化——在作品中,先知卡夫卡和凡人卡夫卡并不冲突。贝格利透过凡人卡夫卡来了解先知卡夫卡,效果相当不错。像其他写日记的人一样,卡夫卡沉溺于不断地将自我戏剧化;这位写信成瘾的人问过一名通信人:"难道你体会不到,尽可能夸大惨痛的事,很有乐趣吗?"对卡夫卡来说,从柏林去布拉格之旅的前景是这样,"这种有勇无谋的莽撞,你只能从回顾历史中找到,比如拿破仑进军俄国。"对未婚妻的短暂拜访"不可能更糟了,跟剌刑相差无几"。日记也是一样,甚至更出格:很少有人,即便在这种唯我论的体裁中,能像他那样频繁地书写"我"字。人与事很少出现;第一次世界大战爆发,跟他那天去游泳,占的分量差不多。写小说的卡夫卡是个很有故事可讲的人;而私下里的卡夫卡歌唱的是自己:

我完全沉浸在每一个想法当中,也充斥着每一个想法……我不光在自己的界限内感受着自己,还在人类的界限处感受着自己。

我就是初或终。

生活糟透了;别人很少跟我有同感。我经常——在内心深处,简直是始终如此——怀疑自己是人。

人们可以长篇累牍地引用类似的观感：研究卡夫卡的专家经常这样做。值得庆幸的是，贝格利比大多数卡夫卡专家更有幽默感，他倾向于称赞卡夫卡的其他情绪；有时爱发牢骚，偶尔花言巧语，经常虚伪狡黠，不时不加掩饰地说谎。他这样做的结果，有些出乎我们的预料，还挺有趣：

原来，我们也在写相同的东西。有时候，我问你是否生病了，然后你把它写了下来，有时候，我想死，然后你也想，有时候，我想重重地跺脚，然后你也想……

这，贝格利写道，正是"卡夫卡（在失望的时候）和密伦娜通信的特点，很多信都是这样。很多写给菲丽丝的信更是如此。"当然，情书总是重复的；其中有一些机械呆板的因素，至少，不会给人以深刻的感受，至少收信人体会不到——更像是一个男人写给自己看的。简直无法相信卡夫卡竟会爱上可怜的菲丽丝·鲍尔，这个女人"骨瘦如柴，面无表情，公然显露出空虚……鼻子像断了似的。一头金发有点直，没有多少魅力，下巴粗壮"；固守中产阶级道德观的她，提出在他工作时坐在他身旁（"那样的话，"他在回信中写道，"我根本无法创作"），她对"笨重家具"品位不佳（"一座完美的墓碑，"卡夫卡在形容她挑选的一个餐柜时这样写道，"或者一座布拉格官员的纪念碑"）。对卡夫卡来说，她是个象征：是他磨砺自我感官的磨石。他在他们订婚时，向她（还有她父亲）解释，他为何永远都不应该结婚。与她共同生活的前景，激发了他对孤独的赞颂，他就此写了好几页。贝格利本人就是一名小说作家，他对作家执迷于维护私人空间的方式,乃至看似放弃私人空间的方式,看得很透彻。你可以说,他摸清了卡夫卡的心思:一言以蔽之,卡夫卡的目标是用魅力攻势征服菲丽丝;一旦得手在即,就立刻折返;他坚持按照自己的方式来对待她和他们的未来;他用自我诋毁充当强有力的防御手段,防范文字以外的亲密关系。可怜的菲丽丝!她从来都没机会。在他最初的信中,卡夫卡写道:"我是个反复无常的写信人……另一方面,我从不指望寄出去的信会收到回音……尽管没有回信,我也不会失望。"事实上,贝格利这样反驳道,"情况恰恰相反:卡夫卡写信写上了瘾,洋洋洒洒写了许多封。如果这些信没有回音的话,他就会变成歇斯底里的暴君,并会连珠炮似的发电报向菲利斯提出抗议。"卡夫卡疯狂地追求菲丽丝,随后,又努力避开她,贝格利写道,就像"一只狐狸为了挣脱陷阱,不得不咬掉一条腿来逃生"——这话颇能体现卡夫卡的想法。"女人就是陷阱,"卡夫卡曾这样说过,"她们等待着四处的男人,为的是把他们拖进有限的事物当中。"[1] 这分明是厌女症的典型论调,这样一个不俗之人竟会这样想,真叫人沮丧。顺便说一句,曾经有一位年轻的朋友向卡夫卡提起,毕加索是一位"任性的漫画家",他画的"女人有着玫瑰色肌肤,却长着一双大脚"。卡夫卡回答说:

> 我不这样认为……他只是把尚未进入我们意识的畸形记录下来。艺术就像一面镜子,它有时就像手表,会"跑快"。[2]

卡夫卡的思维就像这样;转得飞快——然而,在对待女人的问题上,它转得就不快了。那些会因为作家私生活的失败而感到不快的读

---

[1] 《与卡夫卡的对话》,古斯塔夫·亚瑙赫著。——原注
[2] 同上。

者，了解到这一点，就会对卡夫卡产生厌恶感，一如读者会因为类似的原因，对菲利普·拉金产生厌恶感一样（拉金本人指出，他和卡夫卡的家庭不无相似①）在这方面，卡夫卡的传记作者不如拉金的传记作者安德鲁·穆申那么有判断力；贝格利虽然完全清楚卡夫卡的"姑娘问题"，却并不为此感到懊恼。喜欢文学的书迷也许乐于知道，对这两位热衷于沉浸在悲观里的文学家（在任何像样的书架上，这二位都挨得很近）来说，现代取暖设施似乎充当了可以称之为"女性化的平庸生活"的提喻：

他娶了一位女子，免得她离开

如今她整天都在

他拼命工作赚来的钱

她当做津贴拿去

买了小孩衣服和烘干机

还有电暖炉②

理想的生活安排必须完全为我的工作着想，我对这一要求不会有丝毫的退让；她对每一个无声的请求都无动于衷，她想要的是平常的东西：一个舒适的家、我赚到的工钱的一部分、好吃的食物、十一点入睡、集中采暖……③

不过就像拉金的情况一样，卡夫卡对女人的看法，与他的女性

---

① 不过当然，拉金认为自己的情况要极端得多，他在他的诗《文学世界》中清楚表明了这一点："我亲爱的卡夫卡／如果你经历了五年，而不是五个月，／五年间，一股不可抗拒的力量，／与一个不可移动的物体在你的肚子里相遇，／那你就知道抑郁是怎么回事了。"——原注
② 《自我的男人》，菲利普·拉金著。——原注
③ 摘自卡夫卡的日记。文中的"她"是菲丽丝。——原注

经验其实是两回事。女性是他偏爱的通信对象和灵感来源（1912年，跟菲丽丝的通信[①]与在《美国》上发表的写作互相角逐，1913年，通信胜出）、他最具启发性的智性争论伙伴（他与米莱娜·耶森斯卡讨论过"犹太人问题"）、他最亲密的朋友（他最喜欢的妹妹奥特拉），最后也是他逃离的手段（朵拉·迪亚曼特，他在生命中最后一年跟她移居柏林）。不，女性没有把卡夫卡拖进有限的事物里去。正如贝格利所说：**情况恰恰相反**。好在，贝格利是个精明的人，他频频使用修饰词和纠正语。**其实，真实情况是，情况恰恰相反**。卡夫卡在日记里写道，他唯一能过得下去的生活方式，就是做一个克己禁欲的单身汉。**真相是**他对妓院并不陌生。贝格利尤其在意卡夫卡对写作时间的奇特分配。在忠利保险公司，卡夫卡为自己的12小时轮班制感到绝望，自己几乎没有时间写作；两年后，他升任保险协会的首席办事员，此时他开始每天轮一班，上午8点30分上班，下午2时30分下班，然后呢？午餐吃到3点30分，然后一觉睡到7点30分，然后锻炼身体，然后全家吃晚餐。之后，他在晚间11时开始工作（正如贝格利指出的那样，每日写信和日记的时间至少一小时，有时是两小时），然后"要看我的意志、心情和运气，工作到一点、两点或三点，有一次甚至干到了清晨六点。"然后，发觉"要想睡觉，简直是难以想象的努力"，他会在再次动身上班之前，休息上几阵。这种规律让他长期处于崩溃的边缘。然而，"当菲丽丝给他写信……说有可能更合理地安排他每天的时间时，他生气了：'目前的办法是唯一可行的；如果我无法忍受，可就糟了，但我会设法忍受的。'"布

[①] 传统上，批评家至少将《审判》的部分灵感归功于菲丽丝·鲍尔，这是第一个让卡夫卡感到满意的故事。证据是间接的，但颇有说服力：它是题献给菲丽丝的，其创作始于他们的通信之初，小说中与主人公订婚的女主人公，她的姓名首字母与菲丽丝的一样："弗丽达·布兰登菲尔德，一个富家女"。—— 原注

罗德认为，卡夫卡的父母应该送他一笔钱，"以便他能离职，去里维埃拉地区某个花销不贵的小地方，创作那些上帝借助弗朗茨的头脑，希望人世间拥有的作品。"贝格利撇开上帝这部分，温和地表示不同意，他觉得布罗德的愿望：

> 或许有误导性。卡夫卡甚至无力尝试摆脱保险协会和居所的双重牢狱，或许跟他似是而非地选择最适合自己的生活方式一样。小说作者很少有每天坐在自己书桌后面，当真写好几小时以上的。如果卡夫卡能有效运用自己的时间，那么在保险协会的上班时间之余，他有足够的空闲时间写作。正如他承认的那样，真相是他浪费了时间。

真相是他浪费了时间！ 给作家揭示的这个真相，就像给约会者揭示的真相"**其实他没那么喜欢你**"一样振聋发聩。"将长期写不出东西归咎于保险协会和父母住所的状况，给卡夫卡提供了掩护：让他得以保全自己的自尊。"贝格利在这里介绍了我们很少想到的另一位卡夫卡，一位在布拉格这个小文学圈子跟其他作家竞争的作家，他用同侪的成就来衡量着自己。因为在1908年，卡夫卡只在《许佩里翁》上发表过八个短篇，而布罗德从二十岁起就一直在出版作品；他的密友奥斯卡·鲍姆是一位成功的作家，著有一部短篇集和一部长篇小说，弗朗茨·韦费尔——比卡夫卡小七岁——出版过一本备受好评的诗集。1911年，卡夫卡在日记中写道："我恨韦费尔，不是因为我嫉妒他，不过我也嫉妒他。他健康、年轻、富有，我没有的他都有。"同年后来还有："嫉妒我非常喜欢的鲍姆取得的明显成功。这种嫉妒感就好像，在我体内有团迅速缠拢的毛线球，它把无数根线从我的体表扯离，缠到自己身上。"当然，这个毛线球——日记里随手一写的一句话！——

提醒我们，他根本用不着嫉妒任何人。

3

停止创作不可能，用德文写作也不可能，换种样子来写也不可能。或许还可以再加上第四个不可能，写作的不可能……由此得到的，是一种各方面都不可能的文学，一种吉卜赛文学，它把德国儿童从摇篮里偷走，匆匆让他接受某种训练，因为必须得有人在钢丝上跳舞。（但那不是德国孩子，它什么都不是；人们只说，有人在跳舞而已。）

一片完美的卡夫卡切片。1913年5月3日，卡夫卡在日记里设想，有把屠刀"带着机械的规律性，从侧面飞快切入我的身体"，像切帕尔玛火腿似的，切得很薄，切出了卡夫卡薄片……上述引文就是如此：它的内里遍布着卡夫卡特有的大理石纹路。它记录了典型的卡夫卡式思路，从具体到隐喻，到寓言，到抽象，到最后，似乎表达得越是精确，意思就越模糊难辨——卡夫卡的作品往往如此。从这一段引文中，贝格利卓有成效地解读出卡夫卡在诡异历史时刻萌生的"可怖的内心困境"。一个中产阶级的布拉格犹太人（"犹太人中最西化的一个"），对自己从不了解的东方犹太小镇生活既感到喜爱，又感到恐惧；一个身处于恶意反犹时期的犹太人（"我每天下午在街上游荡，沉醉于反犹的恨意之中"），对犹太复国计划怀有矛盾的心情；一个说德语的人，围绕在他周围的是些捷克民族主义者。那种不可能的"吉卜赛文学"，正是不可能呈现的吉卜赛自我的一个侧面，一种被同化了的犹太身份，注定两头不靠。

在卡夫卡的世界里，的确存在两个"犹太问题"。第一个是外在的，由非犹太人提出，早已广为人知："该如何处置犹太人？"这个问题的答案无外乎迫害或"容忍",这真是个卑劣的词[①](在意大利的一家膳宿公寓,卡夫卡在写给布罗德的信中,描述了一位奥地利上校在午餐时间刚刚发现他是犹太人之后,对他难以容忍,"出于礼貌,他把我们短短的谈话作了个了结,然后大步流星地走了出去……为什么他们一定要将我看作眼中钉肉中刺呢?")。第二个犹太问题,也是卡夫卡自问的一个问题,是存在主义式的:**我和犹太人有何共同之处**?贝格利毫不隐讳地引用了这句,还有好多句别的引文,它们"被学者们用来支持这样的论点:卡夫卡本人是个反犹的犹太人,一个自我憎恨的犹太人":

> 我赞赏犹太复国主义,同时又对它感到恶心。
>
> 有时候,我真想把这些犹太人(包括我自己在内)通通塞进洗衣橱的抽屉里,只因为他们是犹太人。接着,我会等一会儿,再把抽屉拉开一点儿,看他们是否都闷死了,如果没有,再把抽屉关上,如此反复,直到最后。
>
> 离开一个如此令人憎恶的地方,难道不是很自然的事?留守的英雄气概,不过是蟑螂的英雄气概,它们无法被消灭,甚至无法从浴室中驱除干净。

弗洛伊德学说的信奉者们给这一现象添上头号展品的标签:自我杀戮的幻想("喉咙和下巴之间,似乎最适合捅刀子"),掩盖了卡夫卡的出身(沃塞克村屠夫的孙子),以及跟反犹主义一样古老的犹太教杀人献祭

---

① 如今更常用在刚移民到西方民主国家的人身上。——原注

的传说①。但对贝格利来说,那种自主反犹的指控是"不公正的,而且最终是不得要领的。"他看到的是关于同化的冲突剧:"那种恐惧就像外表的一道裂纹……犹太小村或中世纪犹太聚居区的恶浊气息或许能透过裂纹侵入其中。"这样说来,喜爱和嫌恶只是同一枚硬币的两面:

> 他对自己父亲在餐桌旁和言谈间的粗俗都感到十分反感,他对那些犹太人(因为相信那些犹太人跟自己有同样的社群精神、凝聚力和真正的温情,他对他们盲目崇拜)的着装、习惯、手势和言论中的怪癖若是不同样反感的话,才会让人惊讶呢。

将厌恶感重新表述成卡夫卡周围"无所不在的反犹主义在卡夫卡身上的累积效应",反过来导致了一种"深刻的疲劳",迫使他"超越他的犹太经验和犹太身份",这样才能书写"人类的状况",这样的论点未免有些令人尴尬——这个结论之所以完全不得要领,是因为卡夫卡觉得,人类的兄弟情谊跟犹太人的兄弟情谊同样难以理解。对卡夫卡来说,集体这种东西本身就不可能成立:

> 我和犹太人有什么共同之处?我和我自己几乎都没有什么共同之处,我应该非常安静地站在角落里,满足于自己还能呼吸。

卡夫卡的恐惧与犹太身份无关,因为这恐惧不仅仅涉及犹太身份:这是对所有共享的经验、所有共享的存在、所有群体的恐惧。在民族、语言和种族群体被越来越精准地荒唐定义的时空,共性这一观念怎么会

---

① 贝格利:"在他的一生中,发生了三起上溯到中世纪的'宗教谋杀审判',难以相信的是,犹太人竟然相信,他们生活在一个道德与物质都在进步的时代。"——原注

不显得同样荒谬？他的奥匈帝国同道格雷戈尔·冯·雷佐里在其《反犹分子回忆录》中，提出了这样一个令人不安的想法，亲犹者和反犹者在本质上有共同的地方（叙述者身兼两种身份）：都相信存在着一种**集体共有的犹太本质，一种犹太性**。相反，卡夫卡已经不再相信了。他无法再选择属于某个民族，分享一种共同的特性。他经常希望不是这样（因为他对犹太村庄生活抱有感情），但**的确**是这样。在这一点上，贝格利赞同地引用了汉娜·阿伦特的话，不过他并不完全赞同她卓越的结论：

> ……这些人（同化了的德系犹太人）并不希望"回到"犹太人的各个阶层，或是回归犹太生活方式当中，也不可能希望如此……并不是因为他们被严重"同化"，与犹太传统严重疏离，而是因为所有的传统和文化，还有所有的"归属"，对他们来说都同样可疑。①

犹太性本身成了疑点。这一真正称得上卡夫卡式的观念有多么令人焦虑，从它在贝格利本人的心中激起了多少冲突，就能看得出来。

"我的民族，"卡夫卡写道，"假如我真有一个民族的话。"拥有一个民族，是什么意思呢？没有哪个对象能像民族这样，让我们更感情用事，却更无法表达清楚我们的意思。比如，连贯的"黑人性"存在于何处？或者"爱尔兰性"？或者"阿拉伯性"？血统、文化、历史、基因？犹太民族的出身为何？他们在历史方面颇为幸运，可以借由母系找到一个美好的答案，这个答案有着优雅的循环性：犹太性是一名犹太母亲馈赠的礼物。但犹太母亲又是怎么回事？卡夫卡发现，这位母亲并不怎么可靠，或许，一次误译就能抹去她的存在：

---

① 摘自她给瓦尔特·本雅明所著《启迪：随笔与反思》撰写的导言。正如贝格利指出的，本雅明和卡夫卡是"非常接近的同时代人，因此阿伦特的评论意见可以直接用在"卡夫卡身上。——原注

昨天，我突然发现，我不像我母亲应得的那样，尽我所能地爱她，仅仅是因为德语在作梗。犹太人的母亲不叫"Mutter"，称呼她"Mutter"会让她显得有点滑稽……对犹太人来说，"Mutter"太德国化了，这个词下意识地包含着基督教的辉煌和基督教的冷峻，因此，被称为"Mutter"的犹太女人不仅滑稽，而且奇怪……我相信，如今仍在维系着犹太家庭的，只有犹太聚居区的记忆，因为"Vater"这个词跟犹太父亲也相去甚远。

卡夫卡心目中的犹太性像是一种梦，其真切的瞬间总是停留在令人缅怀的往昔。他对内波希米亚区青年犹太人昆虫般的处境所作的概述，几乎再贴切不过："他们的后腿还黏在父辈的犹太性上，他们挥舞的前腿还没找到新的地面可供落脚。"

自我的疏离，移民们充满冲突的同化，失去一片地盘却没得到另一片地盘……就好像卡夫卡披上了存在主义先知的外衣，展现出他属于二十一世纪的一面（如果我们假定，卡夫卡就像莎士比亚一样，在每个新世纪，我们都会从卡夫卡那里找到与我们关切的问题相近的东西）。因为在某种意义上，卡夫卡的犹太人问题（"我跟犹太人有何共同点？"）已经成了每个人的问题，犹太人的异化已经成了我们所有疑问的检验标准①。什么是穆斯林性？什么是女性特质？什么是波兰性？什么是英国性？如今，我们都发现，我们的前腿在我们身前挥舞。如今，我们都是昆虫，都是 Ungeziefer（害虫）②。

---

① 西尔维娅·普拉斯对此做过暗示："我有可能是犹太人。"——原注
② 一天早晨，格雷戈尔·萨姆沙从不安的睡梦中醒来，发现自己在床上变成了一只巨大的害虫。不同的翻译将它译为虫豸、蟑螂——纳博科夫大为惶恐，他坚称这种东西有翅膀——虫子、金龟子，准确的字面翻译是"害虫"。只有大卫·怀利、约阿希姆·诺伊格罗舍尔和斯坦利·康戈尔德的译文保留了这个词的字面含义。——原注

 **长篇小说的两个方向**

Two Directions for the Novel

> 那些知道
> 这里正在发生什么的人
> 必定要让位给
> 所知不多的人。
> 以及所知甚少的人。
> 最后是一无所知的人。
>
> ——维斯拉瓦·辛波丝卡《结束与开始》

1

从最近的两部长篇小说里,可以看出英语长篇小说未来的走向。两者都经历了漫长的历程。约瑟夫·奥尼尔的《地之国》历时七年写成;汤姆·麦卡锡的《残余地带》耗时七年,才找到一家主流出版商。这两部小说截然相反——的确如此,一部强烈排斥另一部。《残余地带》对《地之国》这样的小说的激烈排斥,在某种程度上,是我们病态的文学文化使然。所有小说都想从神经通路①穿过大脑,以说服我们相信,只有沿**这条**路走下去,才能抵达小说真正的未来。在健康的时代里,我们可走的道路很多,既允许出现让·热内,也允许出现格雷厄姆·格林。如今这个时代可不怎么健康。如今,一种抒情式的现实主义大行其道,而其他出口大多遭到封锁。就拿《地之国》来说,我们的接受方式过于一成不变,以致我们在读这部长篇的时候,会感到一种强烈的、有时令人气馁的认同感。这部小说写得很完美——从某种意义上来说,这正是问题所在。这部小说一丝不苟地反映出,我们学会从小说里看重哪些内容,结果却让这种反映陷入了某种存在的危机,就像摄影让肖像画这门艺术精神崩溃一样。

《地之国》名义上是荷裔股票分析员汉斯·范登布鲁克的故事,他跟妻子和年幼的儿子从英国伦敦移居纽约市区。双子塔倒塌时,他们一家人搬进了切尔西酒店;没过多久,夫妻俩便开始尝试分居。妻儿重返伦敦,把汉斯撇在了这个变得虚无缥缈的世界里:"生活本身变得空洞起来。我的家庭,我的生活支柱,已经分崩离析。我迷失在失去了支柱的时代里。"每隔一个周末,他都去探望妻儿,希望"飞入云霄,越过水汽形成的绵延不绝的山丘,或是像天马的粪便般,稀稀落落地撒落在看不见的大气平台上的小小云团,能将我从内心的阴霾中解脱出来"——这是对云、光和水所作的第一句巴洛克式描写。另一个周末,汉斯则会去斯塔滕岛打板球,那家板球俱乐部里只有他这么一个白人,另一名俱乐部成员恰克·拉姆克森,一个自以为是的特立尼达人,最大的梦想就是在纽约建一座板球场,这个梦想象征着对美国梦／人类的可能性／汉斯本人努力保持的信念,所作的盖

---

① 此处系双关语,"神经通路"亦有"神经质的道路"之意,后文有所解释。

茨比式的承诺。因此，这个舞台是为"思考"个人与国家的身份、移民关系、恐怖活动、焦虑（对人的意识的徒劳无益所作的攻击）和意义（对人的意识的捍卫）而设定的。换言之，这本正是合乎我们期待的后 9/11 小说。（1915 年，可曾有人盼望读到卢西塔尼亚号的小说？1985 年，可曾有人急切企盼写博帕尔的小说面世[①]？）仿佛经过我们集体的祷告，这一愿望变成了现实。但《地之国》仅仅蜻蜓点水般地写到 9/11、移民、板球，仅仅把它们当成好公民身份的象征来写。当然，它写的**是**焦虑，但它的种种忧虑是形式化的，总是围绕着对真实性的质疑来展开。《地之国》处于焦虑的十字路口，身处近代危机的群体（持自由主义立场的英美中产阶级），与身处长久危机的文学形式（巴尔扎克和福楼拜的那种十九世纪的抒情式现实主义）在这个路口相遇了。迄今为止，对这种文学形式的批评，已经变成了这种文学形式内部的，以及隶属于这种文学形式的一项悠久传统。自从罗伯-格里耶指出"古老的'深度'神话之贫乏"，这种批评就演变成了对现实主义形而上倾向的一种现象学式的怀疑；这种批评的极致，便是这样一种激进的解构性质疑，它对语言本身是否能够准确描述这个世界，提出了质疑。它们都注意到现实主义赖以建立的（往往未经检验的）种种信条：形式具有非凡的重要性，语言具有揭示真理的魔力，自我必不可少的丰满和连续性。尽管在理论上发起了上述种种攻击，但反对现实主义的美国超小说，已经被流放到文学史的一个与人无害的角落里，被纳入到后现代单元，供人研究学习，被我们最杰出的公共批评家们斥为令人着迷的失败，不得要领的边缘化智力活动。巴斯、巴塞尔姆、品钦、加迪斯、大卫·福斯特·华莱士——他们全都是误入歧途的观念学家，

[①] 1915 年 5 月 7 日，英国远洋班轮卢西塔尼亚号被德国潜艇击沉。1984 年，印度博帕尔市的一家杀虫剂工厂毒气泄漏，造成 2000 多人死亡。

这些小说家就像弗朗西斯·福山在《历史的终结与最后之人》中提到的那些社会主义者。在我们的文学史中,那个屹立不倒的最后之人应该是巴尔扎克、福楼拜那个类型,因为他的坚持不懈非同寻常。但种种批评亦始终存在。这种类型当真最符合我们的现状吗?或者,它只是最能安慰我们的睡前故事而已?

《地之国》与诸多抒情式现实主义作品不同,它对上述争议有所了解,因此这是一部焦虑的长篇小说,异乎寻常地焦虑。《地之国》绝对是一部后灾难小说,不过这里的灾难并非恐怖事件,而是现实主义。在作品开篇,我们就初次体会到了这样的暗示。汉斯在伦敦的办公室里收拾东西,准备前往纽约,一位高级副总裁非要跟他聊聊,此人"回忆了好几分钟他在伍斯特街上的一间顶楼房间,还有他去'原先的'迪恩-戴卢卡食品店的经历"。汉斯觉得,他的这番怀旧令人懊恼:"不过说到底,他很可怜——就像从前那些被迫到乌拉尔山另一侧当差的彼得堡人。"不过紧接着便是:

结果,从某种程度上来说,他是对的。如今我也离开了那座城市,我发现自己难以摆脱劫后余生的感觉。有人跟我讲过,"劫后余生"这个词的原意,是指在同一个季节里第二次割草。假如你是那种喜欢泛泛而论的人,你可能会说,纽约市的长久维持离不开对记忆的重复删刈——离不开那种蓄意而为的事后检讨,我们听说并可怜巴巴地盼望着,这种事后检讨能割除杂草般丛生的往事,将它维持在可以控制的水平。因为它难免还会不停地生长出来。这并不意味着,此时此刻我想回到从前;自然,我宁愿相信,自己的回忆比那位年迈的高级副总裁的回忆重要得多,我在最初听到后者的回忆时,觉得那不过是一种廉价的渴望。不过如今我倾向于认为,并不存在什么廉价的渴望,哪怕你只是对着一片裂开的指甲哭泣。谁知道那家伙在那儿遇到过什么事？谁知道他买香醋的故事背后隐藏着什么？他把它说得就跟长生不老药似的，这可怜的杂种。

这一段从结构上看，有些像是公认的陈词滥调（比如，我们已经，像俗话说的那样，走到了头）。它向我们披露，它所忧虑的，或许是一种陈腐的效果：比如这段话，就是将一个男人的回忆，用融入怀旧之情的调子叙述出来（以此奠定整部小说的基础）。它承认这种叙述效果并不真实，缺乏新意，甚至有可能比较枯燥——但它还是采用了这种效果。《地之国》打算用诉说忧虑的方式来缓和它们。这是一部想让你知道它知道你知道它知道的小说。汉斯邀请我们淡然嘲笑那些"喜欢泛泛而论"的人们，不过只是为了引出这样一句泛泛而论，这话用毫不掩饰地故作文雅和多少有点过时的语言写成（"我们听说并可怜巴巴地盼望着"）。这是廉价的渴望吗？不可能是，因为——这正是抒情式现实主义最根本的、令人慰藉的神话——自我就像一口无底的深潭。在天堂里（再也）无法找到的东西，可以在灵魂中寻获。不过在《地之国》里，仍有对灵魂是深还是浅的深重焦虑（这便是《地之国》的全部叙事课题）。作品前两页出现香醋和迪恩-戴卢卡食品店，绝非偶然。所有表明社会阶层的标志都被公之于众，这好比先发制人的一击：读者是否想要暗示，隶属白人中产阶级的期货交易员，比其他任何人都更不可信、更无趣、更没内涵？

再看恰克·拉姆克森。恰克没有这样的焦虑。他没有神经质的自我意识。他只是**存在于**小说通篇当中,毫无顾忌地说一些这部小说——鉴于它在小说史中处于较晚的阶段——生怕显得幼稚因而不敢说的话。是恰克毫不掩饰地道出了这部小说的核心隐喻，即板球是"一门学习文明的课程。这点咱们都知道；就不用我多说了"。是恰克将球场上的良好品行与移民的公民身份作了毫不掩饰的类比:"如果我们越位出线,相信我,这种迁就就消失了。也就是说……我们更有义务正儿八经地打球。"借恰克之口来表达理想主义和热忱时,不会带出焦虑来:

"我喜欢这种国鸟,"恰克解释说。"高贵的秃鹰象征着自由的精神,它在广阔无垠的天空中生活,人也要像它那样。"

我转身看他是否在开玩笑。他没有。恰克时不时地会冒出一两句这样的话来。

同样还有:

"这个主意很离谱,对吧?不过我能肯定,它能行得通。百分百肯定。你知道我的座右铭是什么吗?"

"我还以为,人们已经没有座右铭了。"我回答道。

"异想天开,"恰克说,"我的座右铭就是,异想天开。"

恰克在此充当了某种"可信性"的偶像,为汉斯(和读者)赋予了故地重游般的乐趣,带领他们回到了这样一个叙事时代:那时象征和座右铭饱含意味,小说也不神经质,还颇为单纯地将目标设定为传达超验的感受。这一点在板球场上的白日梦里体现得淋漓尽致。恰克指点汉斯,让他抛开以往的忧虑,把球打得高高的("要不然你怎么跑动?这是美国。"),汉斯于是照做,动作出乎意料地流畅,形式上无可挑剔。汉斯用一个没有间歇的连贯长句,道出了他的顿悟,就像所有书写顿悟的句子一样:

所有这一切或许能解释，我为什么当真憧憬起了这样一座球场：黑人、棕色人种，甚至还有几个白人簇拥在看台上，恰克和我在会员包厢举杯畅饮，谈笑风生，并不时地向熟人挥手致意，选手席顶棚竖着凝滞不动的旗帜，还配有崭新的白色显视屏，穿运动球衣的板球队长们仰望着在空中飞舞的 25 美分硬币，以及两名裁判走上方形草皮和金黄色球道时全场观众因为满怀期待而躁动不安的声音，球场上空，云彩从西边飘来，板球明星们从选手席台阶上小跑着下来，踏上美国的这片奇迹般的草坪，一切突然变得明朗起来，我终于融入了美国。

又是这些云彩。云彩下面的汉斯，展现得可信、真实、自然。这是柏拉图提出的梦想，汉斯依然葆有这份梦想。

但《地之国》仍是一部充满焦虑的作品。它明白世界已经改变，我们跟世界的关系也已经变了，跟巴尔扎克写作的那个时代已经有所不同。在《高老头》里，巴尔扎克用伏盖公寓的壁纸透露出房客的生活状况。汉斯远没有这种超然的自信：他没有能力为恰克充当完美无瑕的诠释者。于是《地之国》借汉斯的妻子蕾切尔之口，揉入了不无偏颇的批评意见，蕾切尔"最真实的自我抗拒俗套，即使是富有创意的浪漫俗套，在她看来也是虚伪"。是她提醒汉斯注意读者业已有所怀疑的事情。

"基本上，你没拿他当回事。"

她指责我拿恰克·拉姆克森当外国人看待，对他宽容迁就，没对他抱有适度的怀疑，犯了白人过分高看黑人的幼稚病。

汉斯否认这一指控，但这场谈话标志着，恰克的优越地位走到了尽头（赋予其这一优越地位的是身份政治，二十世纪留存下来的唯一一样真实的东西）。小说披露出，种族特性的真实其实是假的——恰克看似自然随性，只是他过度自负的表现，这种自负很快就走过了头，发展到谋财害命和坑蒙拐骗的地步。恰克一度让汉斯对他信任有加，但后来，掩藏的愤怒难免还是冒了出来：再说又是什么让恰克比汉斯看起来更可信？汉斯对恰克的厌恶（汉斯感到愤怒，是因为恰克把他扯进那见不得光又颇为极端的商业交易里），在恰克长达三页的独白之后，达到了顶点，这倒也合乎情理。在独白中，恰克讲述了一段岛上的生活，其中充满可信的西班牙语人名、当地风俗和动植物，读起来就像一部特立尼达小说：

至于他后来如何来到纽约市，他几乎没提。恰克根本没有道歉或作出解释。或许他觉得，自己出现在轿车里，就等于是道歉了，而他讲的故事，就算是解释吧——或者起码，他赏赐给了我洞察他内心的宝贵机会。我可不打算从他的童年，得出他作为一个美国人，有权做我看到他做过的那些事的结论。他希望**我**能调整自己的道德观——这样的调整我可做不到。

恰克的文化真实性刚一推翻，便引入了有可能取而代之的东西：世界大事。**它们**是真实的吗？在一场暴风雪期间，汉斯和蕾切尔像别人一样，有过一番争执（"她说：'布什想把伊拉克的做法，说成是破坏国际法和国际秩序的右翼计划的组成部分，而布什想用美国武力这一全球通用的规则将国际法和国际秩序取而代之'"），这场争执的结果跟许多人争执的结果一样，不过你能感觉到，汉斯觉得自己的供认有些过火的地方：

伊拉克真有能带来真正威胁的大规模杀伤性武器吗?我不知道;说真的,我连自己的麻烦事都没什么兴趣考虑。我才不在乎呢。

但他从未怀疑过自己的这一结论:就连蕾切尔余怒未消的时候,汉斯的心思也总是回到这场风暴上来,风中夹杂的少许雪片好像"小黑苍蝇",也像"(覆盖)整座城市的冰冷外袍"。十九世纪闲游者的倦怠,被移植到二十一世纪中产阶级的政治冷漠上来——还得到了美化。其他人的政治参与,被揭示为另一种不真实。("一桩桩世界大事终究设计出一场富有意义的测验,考察人们本着良心思考政治的能力是高是低。我发现,我认识的很多人在过去一二十年里,在智力和心灵方面,一直盼望着这一刻的到来。")唯一可做的老于世故的事,唯一可做的**富有文学性**的事,就是不再听雷切尔说些什么,转而回想一片夜空的光景:

回忆起我和蕾切尔乘飞机去香港度蜜月的情形,我在昏暗的机舱里向舷窗外眺望,看到点点灯火组成了微光闪烁的小小网络,从下方难以测算的黑暗中浮现出来。我把它们指给让蕾切尔看。我想就这些仿佛拥有生命的宇宙之光说点什么,我想说,它们让我觉得,我们穿越到了另一个世界。

这里写到的天空跟小说临近末尾处的另一片天空——"一朵无忧无虑的云拖着一片雨幕组成的褴褛蓝色斗篷"——作用十分相似,后者颇有几分"挑逗式的形而上意味",给汉斯提供了"一处庇护所:因为除了在幻想的神圣场地,还能在什么地方找到它呢?"真的,还能在什么地方找到这样的意味呢?英裔美籍的自由主义者经历过一段艰难的时期。我们只能相信自己。

在《地之国》里,只有个人自己的主观性才是真正可信的,只有个人的主观性才能带来这种超乎寻常,"穿越到另一个世界"的可能性。所以作者才将私人因素不断加以美化:这样才能突出它们的重要性和深度。这个世界为语言所覆盖。作者对神秘事物的神圣大加赞赏:

(在荷兰长大)给性情方面带来的一个后果就是,我总觉得神秘的事物十分宝贵,甚至不可或缺:因为神秘的事物,在这个拥挤、不难看透的小国家里,不啻是一种空间。

然而实际上,《地之国》通过贪婪的意象,占据了所有的空间。由此平添了许多美感("一扇静止不动的旋转门就像发掘出土的怪兽骨骼"),和几分怪异(一只板球飞了过来,"就像一只巨大的流星蔓越橘"),不过在这两个例子里,仍然透出过度的忧虑。所有一切都是用优美的文笔写就。无一例外。电视上,"美国的炸弹在黑魆魆的巴格达闪耀着火光"。就连中产阶级微不足道的精神创伤,都以高度抒情的笔调写就,这种写法在运用得当的时候,给人的感觉就像在无情地讽刺二十一世纪中产阶级生活的愚昧。意外发现妻子无法耐受乳糖,成了"我们婚姻中的一片未知的腹地";在车辆管理局略感不快地体验到美式官僚作风,(从隐喻的层面)拉近了汉斯与反恐战争的距离:

因此,我走进午后颇为反常的昏暗天色时,心中倍感焦灼无助……我第一次觉得美国,这个接纳我的闪闪发光的国家,让人觉得恶心,它暗中鼓励着强权的不公和冷漠。冲洗过的出租车,从刚形成的积水中嘶嘶驶过,闪烁着葡萄柚般的光泽;然而,若是你低头看看马路和汽车底盘中间的位置,排气管上黏满结冰的东西,污水从挡泥板流淌下来,你会看到一片不堪的、机械式的黑暗。

对此，有人或许会说，既然写得这样抒情，那这种黑暗岂不是很难体会得到？再说，葡萄柚又是怎么回事？

在一篇创作于半个世纪之前的随笔中，罗伯-格里耶设想了小说的未来，那时，物品不再是"主人公模糊灵魂的模糊映象，他所遭受的磨难的隐喻，他内心欲望的投影"。他害怕"那些绝对而独特的形容词，它们企图统一所有内在的品质、物品隐而不显的整个灵魂"。不过对形容词的强烈热衷，仍然是我们的主流写法，而《地之国》正是这种写法最近问世的杰出范例。为何不应如此？文学史上历来认为，《芬尼根的守灵夜》对现实主义进程的动摇，并不像杜尚的小便池在视觉艺术中那样，动摇了现实主义根本：小说由语言构建，语言中的最小单位依然能够传达意义，因此它们总会带有些许现实的痕迹。不过就算文学上的现实主义经受住了乔伊斯的猛烈攻击，也留下了累累伤痕。《地之国》就带有这种焦虑的痕迹；它彰显了自己在叙事方面的怀旧心态，请求我们对此加以留意，并善意地看待：

这片水边的景色再度令我感到惊愕，我们刚从乔治·华盛顿大桥底下穿过，就觉得这片氤氲朦胧的晨光仿佛把我们带回了几百年前……

几百年的时光被恰当地抹去了。接下来的一页都是对火车车窗外的景物描写（"悬崖顶上腾起的朵朵云团让人完全分辨不出纵深，在我眼里，它们就像是遥远的崇山峻岭"）。把这一页插入任何一部十九世纪小说（最早提出这一检验方式的人，也是罗伯-格里耶），都会衔接得天衣无缝。这一段的结尾，是瞥见一名"近乎赤裸的白人男子"在林间小径中穿行；文中既未解释他的情况，也没有再提到他,这也是抒情式现实主义的原则之一:随意安插的细节为现实赋予了真实性。虽说它看似完美,却以奇特的方式,让你对小便池心生期待。

小说过半处写到,汉斯想象着自己成了职业板球球员,那段写得既抒情又详尽。他幻想着球悬在"我面前,就像一件圣诞饰品",还幻想着球拍借由"对回忆的特别专注",变得异常敏捷,幻想过后,他请求我们宽容一些:

> 我们当中,有多少人能彻底摆脱这样的幻想?谁不曾略为惭愧地体会过,它们带来的那份愉悦?

分外焦虑反倒是《地之国》的一大优点。抒情式现实主义大多无忧无虑地走在欢乐的老路上,对这个世界没有形而上的关注,其践行者很少能写得像约瑟夫·奥尼尔一样好。我本人的写作沿袭的也是这一传统,我谨慎地希望这一传统能流传下去,不过它要流传下去的话,抒情式现实主义者们就得更严格地筛选他们的写作题材才行。《地之国》承认人的自我是贫乏的,好像"极细的白线穿行其间,年复一年",汉斯思索着,语言或许并不能精确地描述世界("这一观念击中了我,简直就是意识上的骇人一击:物质——可以用'实在'来形容的万物——与其难以名状的对立物,很难区分开来"),但《地之国》归根结底还是想要安慰我们,它向我们承诺,美妙的完满终究会到来。哲学家斯拉沃热·齐泽克在《变态者电影指南》中,对这种个人的完满不以为然地一带而过("你知道……什么人格上的富有之类的……"),转而将我们的注意力集中到那些反崇高的电影大师身上(希区柯克、塔可夫斯基、大卫·林奇),他们望着大他者的眼睛，从中完全看不到自我，只能看到一种未知的虚无，一道深渊。《地之国》也考虑过这种想法。汉斯不知如何处理自己年幼儿子的照片，干脆把它们交给了恰克的女朋友伊莱莎，她靠帮人们组建家庭相册谋生：

"人们想要编出故事，"她说。"他们喜欢故事。"

我想起了我们对那些与我们息息相关的人怀抱的令人痛苦的忧惧。见证人生，哪怕是相爱的人——哪怕是借助照相机来见证——也无异于见证一桩巨大的罪行，而没有注意到公正所需要的种种细节。

"故事，"我突然说。"没错，我就要这个。"

我没开玩笑。

一个有趣的想法试图赢得我们的关注，但文学的幽灵却将其驱散，只留下些许残迹：一个优美构建的句子，读音和句式堪称华丽，却（几乎）什么也没有强调。《地之国》其实并不想探究误解。它是想为我们讲述一个有关自我的真实故事。不过这真的是拥有自我的感受吗？到最后，自我总是追求自身的善吗？它们从不反常吗？它们总想获取意义吗？它们会不会有时想要获取跟意义相反的东西？回忆真是这样运作的吗？我们会经常在连贯、抒情的幻想中回想起童年吗？这就是时间带给我们的感受吗？世界万物真是这样，点缀着对旧时代措辞的偏爱，进入我们脑海的吗？这真的是现实主义吗？

说到底，《地之国》令人印象深刻之处在于，它对读者的忧虑和软弱一清二楚。而令人失望之处在于，它对它们太过迁就。《地之国》就像一名已经背教的圣公会信徒，出于一种平淡无奇的喜爱，明知那些超验的仪式和装扮毫无意义,却依然坚持如故。《地之国》在它的最后一幅甜蜜画面中(汉斯和家人在伦敦眼——摩天轮这一曼陀罗上重聚),也展现出它能兼得鱼与熊掌的狡黠本领:

缓缓登顶的过程中,可以体味到一种不言而喻、早已存在的象征意味,我们并非傻里傻气地爱挖苦讽刺,或者盲目自信,以致错过这样的机会:用意味深长的目光彼此对望,心里冒出登顶之人此刻都会有的想法,这个想法当然就是他们做到了,来到了山顶,从这里可以看到前所未见的地平线,古老的大地呈现出新的面貌。

这番顿悟自然会让人想起另一番顿悟,那是数年之前,斯塔滕岛渡轮驶近纽约,天空的颜色就像一盒"卡达牌"铅笔,紫色渐渐变淡,褪为蓝色:

不用说,这是一片最迷人眼目的地方,在一片淡紫色的空间里,两座高度惊人的高楼大厦远远高过其他高楼,随着轮船驶近,太阳在其中一座上面洒下了一片灿烂的金黄。若要揣摩此时此刻有着什么样的意义,未免可疑和煞风景;不过我觉得,没有必要费心揣摩。完全可以做出确凿无疑的论断。我可以说,渡轮上并不是只有我一个人看到了一轮水汪汪的粉色落日,我可以说,我们这些人当中,并不是只有我一个人,从眼前的景象中——不断逼近的高高海角,犹如在光芒中站起身的人——看出并接受了一个非同寻常的承诺。

这便是让双子塔还原其本来面目的契机:它们就是高楼大厦而已。不过它们倒塌的时候,它们受到文学语言的掩护,留在了这里……

2

如果说,《地之国》这部小说只是在一定程度上认识到了为它提供支持的种种观念,那《残余地带》这部作品则对为它提供支持的观念有着充分的认识。不过该怎样来写它呢?甫一下笔,就遇上了难题。我们写抒情现实主义作品时,花色繁多的引文就是我们的强大工具。但《残余地带》中可供引用的优美文字并不多见;其效果是靠累积和重复来达成的,它用渐弱的循环来围拢它的主题,就像遭受创伤的人围绕着创伤事件的绝对恐怖打转。它玩的是一场冗长而精雕细琢的游戏,开篇便是一个不动声色的平淡段落,它有着喜剧性的简洁:

对事故本身,我没什么可说的。几乎无话可说。就是天上有什么东西掉了下来。技术、零件之类的。就是这些,真的:我只能透露这么多。我知道,这不算多。

并不是我不好意思说。只是——好吧,其一,我压根儿就不记得那件事了。一片空白,一片白板,一个黑洞。只有不清不楚的模糊画面:自己被——或者更确切地说,**就要**被——砸中了;蓝光;栏杆;其他颜色的光;被固定在某种托盘或床上。

这就是我们的主人公,不过这个词用在这种小说里,恐怕有些讲不通。或许用"**扮演者**"这个词更恰当。这就是我们的扮演者。他无名无姓,住在布里斯克顿,最近被某个庞然大**物**击中头部,陷入了长时间的昏迷。他的意识"还在昏睡,却躁动不安,编造出了我栖身其间的空间……板球场,草坪上画出了白色的球门区和界线"。过了一段时间，他康复了，不过他得重新学习移动和走路。不过还有残余事项需要处理：似乎"对所发生的事难辞其咎的种种团体、机构和组织——我们暂且称之为**社团**"会支付他一笔赔偿费，但前提条件是他必须保持沉默（尽管他也想不起到底发生了什么）。他的律师打来电话，告知他赔偿金数额是850万英镑。这位扮演者朝着窗户猛一回身，不小心把电话从墙上拽了下来：

通话中断了。我又在那儿站了一段时间，不知站了多久，手里攥着没有声音的听筒，低头望着从墙上散落在地的东西。看起来有些让人恶心，就像从什么东西里跑出来的东西似的。

差不多有五十页的篇幅都是这样，这就是《残余地带》玩的游戏，它是一场反文学的恶作剧，一副终结的姿态（但文笔无可挑剔）。它一丝不苟地处理着我们对长篇小说怀抱的种种期待，欣然将其大卸八块，层层剥离。听说这笔赔偿款后，他"感觉不温不火……我抬头望着天空：它也一样不温不火——一个不温不火的春日，有阳光却不怎么亮，既不冷也不热。"那是一大笔钱，但他既不爱好服装鞋帽，也不迷恋跑车游艇。随后是一系列颇为重要的顿悟。他跟交往平淡的恋爱对象和最好的朋友一起去了酒吧。那姑娘觉得，他应该用这笔钱建立一个非洲村落；那个朋友认为，他应该用这笔钱去吸毒嫖娼。由此表明，利他主义和享乐主义同样空虚。我们了解到，他在做物理治疗——他的大脑中控制运动功能的部位受了损伤，需要建立新的神经通路："要（在大脑中）开通出新的回路，他们的办法就是让你用视觉来想象各种各样的事。比如把胡萝卜送到嘴边这样简单的事情。"你必须运用视觉来想象这个动作的每个要素，不断重复，但他发现，当他们最终把真正的胡萝卜放在你手中时,"它坑坑洼洼、脏乎乎的、形状畸形,跟你想象的胡萝卜大不一样",这根胡萝卜妨碍了他的视觉想象。他只好从头来过,将种种新的要素一并整合进去。所有这一切都是用直言不讳的第一人称来叙述的,这让我们想起,先锋派对现实主义发起的挑战,大多集中在叙事的口吻上,集中在"我"这个神秘第三人称的由来上。结果导致人物内心的回环往复(不妨想想大卫·福斯特·华莱士的经典短篇《抑郁者》:它以备受困扰的第三人称,来传达第一人称的意识,自言自语)。恰恰相反,《残余地带》彻底清空了人物的内心:叙述者发现自己的所有姿态根本就不真实,别人的也是一样。只有在布里斯克顿豪华影院观看电影《穷街陋巷》时,他才体味到了人的连贯感,以及一种人为制造的真实:德尼罗打开冰箱门的样子,以及点烟的手法。如此自然!但扮演者发现,他做不到像德尼罗那样自然,他的动作并不连贯。他只擅长完成一系列重复性的动作。比如,他从弗里斯街和老康普顿街交叉口那儿的一家"西雅图主题咖啡吧"拿到盖章的奖励卡时,会感到一股刺痛式的喜悦(字面意义上的刺痛;这种刺痛是他的身体的真实感受)。盖十个章,喝十杯卡布奇诺,就会领到一张新卡,以此类推。他坐在窗边看着人们。他发现不真实无处不在:

> 媒体类型的人……他们的身体和面部洋溢着喜悦——那是一种喜气洋洋的体悟,他们知道自己此时此刻,在这个十字路口,无须坐在电影院里,无须坐在客厅里的电视机前,望着其他俊男靓女欢声笑语,结伴同游:他们本人就是这样的俊男靓女。明白了吗?像我这样,只能获得间接的感受。

> 逛夜总会的人、发生争吵的同性恋、去会所喝酒的老男孩们——

全都是格式化的人物。这时他突然注意到一群无家可归的流浪者,他们在街上互相传达信息,满有目的性,看起来好像这条街确实归他们**所有**,他们跟这条街有着真正的互动。他跟其中的一个接触了一下。他带他到当地的餐厅,请他吃了一顿饭。他有事想问这个男孩,却不知如何开口。这时酒撒了出来:

侍者走了回来。他……她很年轻,戴着黑框大眼镜,是个意大利裔女人。胸挺大。不大。

"你想知道什么?"我找的这个流浪者问。

"我想知道……"我开了口,但服务员俯身在我前面,把桌布扯走了。她把桌子也搬走了。我们中间连张桌子都没有了。其实,这都是我编的——有关这个流浪者如何如何。的确有这么个人,不起眼地倚着店面橱窗和垃圾桶坐着——不过我并没过去找他。

因为,流浪者跟别人其实并无不同:

他们想要证明:他们和街道已经融为一体;只有他们说的才是街头语言,他们真正**拥有**周围的地盘。胡扯:尽是胡扯……至于他们耀武扬威,他们傲慢自大:纯属装模作样。他们是篡夺者。是骗子。

胸挺大。不大。这样的叙述有些神经崩溃的感觉。这是决定性的情节要素,是开端的终结,就好像这部小说在问:**满意了吗?我可以按自己的方式来写这部小说了吗?** 原来,《残余地带》的路数是一种极端化的辩证唯物主义——这是一本讲述一个人如何建立自身感受的故事。获得流浪者是冒牌货的顿悟几天之后,扮演者在一场派对上,在主人家卫生间的墙上，发现石灰裂了一道缝。这让他想起了另一道裂缝，在一栋十分具体、但他不记得自己住过或见过的六层楼里，"他的"公寓墙壁的裂缝。这栋楼里的许多住客做着各种各样的事：烹煮肝脏、弹钢琴、修理自行车。屋顶上还有猫！种种记忆终于浮上脑际，尽管他一开始并未想起来。至此《残余地带》才**真正**拉开序幕，他要重建这栋公寓楼，把种种角色安排在那栋楼里，让他们按照他的心意从事种种活动（烹煮肝脏、弹钢琴、修理自行车），不断重复，直到他感觉这些行为变得真实可信，而他能像德尼罗一样，在自己公寓里连贯地反复打开冰箱门为止。要实现这一目标，850万英镑应该够用了，何况他还把钱委托给一个像股票交易员汉斯·范登布鲁克的人，此人为这位重复扮演者（现在他变成了重复扮演者）代为理财赚钱，赚钱速度跟花钱速度几乎持平。为了能让这项重演顺利实施，这位重复扮演者雇用了纳兹鲁尔·拉姆·维亚斯，一名"高等种姓家庭"出身的印度人，他在一家致力营造个人虚假身份的企业供职，担任协调员：这家公司名为英国时间控制公司。它接管人们的生活，对其进行安排管理。纳兹鲁尔并非（现实主义意义上的）人物，正如笔者不是椅子一样，但他是最完美的协调员，全靠他，这场再现的每个细节都得以实现。他思虑周全。我们没有得到堆砌华丽形容词的快感，而是得到了一个想象出来的世界，在这个世界里，要精心实现的是合乎逻辑的细节和合乎逻辑的后果。如果你要重建整座楼，给楼里安排满按你的心意重现各种活动的人，那到最后，得到的正是这样的结果。每个细节都照顾到了，只有一个例外，这也是我们在小说中最看重的一点：它让人**感觉**如何。《残余地带》中的重复扮演者始终只有一个感觉——刺痛——尤其是每到重现进展顺利的时候，他就会有这样的感觉。这种感觉令人上瘾，这种重现活动朝着令人着迷的方向稳步发展着。一名黑人男子在重复扮演者的大楼附近遭到另外两名黑人男子枪击。这名重复扮演者马上要求纳兹鲁尔"布置场地,再现黑人男子的死亡。否则,我觉得我会发疯,我再现其死亡的冲动是那样的强烈"。在这场重演中,重复扮演者本人扮演了"死掉的黑人男子"(每次提到此人,都是这般措辞)。他的刺痛感简直妙不可言。他开始陷入恍惚。在此不可能注意不到,当代小说仍然没有底气处理非白人的主题,在现实主义传统中更是显而易见,不过这里遵循的是先锋派传统,处理得更为巧妙。这位营造虚幻的杰出协调员为什么是亚洲人?为什么最接近顿悟的东西是一个死掉的黑人男子?因为《残余地带》还有意破除文化真实性这一迷思——但其理由要比《地之国》来得单纯。倘若你打算祛除自我的神圣性,击败唯我独尊的念头,那么回避任何肤色的自我,都是哲学意义上的伪善。无名无姓的"死掉的黑人男子"是麦卡锡的蓄意挑衅,在写这名黑人时,没有忸怩作态的脉脉温情,这样的写法给人以越界的真实战栗感。不过,刚刚摆脱客观性,就要放弃主观性,似乎还是有些困难。我觉得历史只朝一个方向发展。不过用另一种方向来回应《残余地带》提出的挑衅,颇为诱人:在这部小说种种有意识的观念之下,留有一丝下意识的痕迹,流露出淡淡的种族反感,这种种族反感是心理和社会层面的,而不是理论层面的。(如果可以别出心裁地阅读《地之国》,亦即从理论层面来读,那为什么不能从心理学角度来读《残余地带》呢?)因为这两部小说虽然看似风马牛不相及,但其作者出奇地相似。相仿的年龄,相似的阶层,一个读的是剑桥,一个是牛津,如今两人均已跻身出版的主流,两人都喜爱板球,都受典型的英式阶级/种族焦虑影响,这种焦虑如今仍未散尽。喜欢做心理重现的弗洛伊德门徒,或许会勾勒出两个杰出青年的形象,大学刚毕业,都渴望写出属于未来的小说,他们大为沮丧地发现,真实性这根接力棒（当然，它完全是假货）已经传到了别人手中。传给了女性，传给了有色人种，传给了性取向有所不同的人，传到了饱受战争蹂躏的远方……要参加真实性的派对，却来迟了整整一个世纪！这是怎样的挫折感啊。

3

这种不无助益的挫折感的方方面面，已于 2007 年 9 月 25 日，在纽约绘画中心被公之于众，当时两名男子，汤姆·麦卡锡和哲学家西蒙·克里奇利，在半明半暗的光线中坐在桌旁，轮流宣读国际灵航协会的最新宣言《非真实性联合声明》。他们只说自己是该协会的秘书长和首席哲学家。他们的声调很平，带有鼻音，英国味儿十足；他们会突然对某些词加以强调。听起来就像一首史密斯乐队的歌。

"我们先从，"秘书长宣布，"失败的超验体验开始讲起，这一失败是秘书长所著小说[①]的核心，也是首席哲学家著作的核心。**存在**并非完全的超验、一种完满或无穷无尽的丰富，而是一种**省略**，一种匮乏，一种规模宏大得令人难以理解的缺失，散布着——"秘书长此处有些吐字不清，他作了纠正，然后继续发言，"——残骸与碎屑。**哲学**，作为对**存在**的思考，只能源于**失望**的体验，这种失望既是**宗教的**（上帝已死，已消失了），也是**认识方面的**（我们所知甚少，几乎一无所知；所有的知识都始于对界限的体认），也是**政治的**（鲜血像香槟一样洒落街头）。"在沙沙作响的现场录音[②]里，听众们神经质地咳嗽几声，沉默不语；别人给你朗读宣言的时候，也没有别的事可做。灵航协会

---

① 麦卡锡还著有长篇小说《太空中的人》。——原注
② 可在 http://www.listen.to/necronauts 收听。——原注

会员们继续读道：通过希腊理想主义者们，尤其是柏拉图和亚里士多德简短（如今成了传统的）、虚假的破坏，柏拉图和亚里士多德相信，形式和本质比其他任何东西都要真实，因此是完美的。"但如果形式是完美的，"秘书长问，"如果它本身就是完美的，那又该如何解释这个世界显而易见的不完美呢？因为这个世界并不完美。由此说到了我们毁灭的诱因——物质。对希腊人来说，不完美的起源便是物质。物质是形势恶化的缘由。"

顾名思义，灵航者，其感受与众不同。他们是"残骸的现代爱好者"，对他们而言，最真实的事物并非形式或上帝，而是"外在世界残酷无情的物质存在……简而言之，我们在哲学上反对理想主义、理想主义者或超验的艺术观——艺术就是完美无瑕的形式——我们确立了唯物主义的信条……"于是，尽管道林·格雷[①]以完美的形象投入世界，灵航者却相信"他的阁楼里挂着一堆腐肉"；英国探险家欧内斯特·谢克尔顿极力将他征服的幻想推进到广阔的极地时，灵航者在意的却是"他和同伴不得不从脚上剁下冻坏、变黑的脚趾，放在炉子上炖着吃"。凡此种种，不一而足。像恰克·拉姆克森一样，他们也有座右铭："我们始终是、已经是灵航者"，这是把德里达的话正话反说（正如"如血的香槟酒"是把陀思妥耶夫斯基的话正话反说一样）。也就是说，我们都是难逃一死的生灵，受制于物质——不过我们多数人在多数时间里都佯装不知。

国际灵航协会秘书长在小说《残余地带》中，将他的理论思想付诸生动而朴素的实践。因为重复扮演者本人并不知道他是个灵航者；他只是一个凡人，有纳兹鲁尔在一旁帮忙，他像我们所有人一样，希

[①] 著名爱尔兰作家王尔德的长篇小说《道林·格雷的画像》中的主人公。

望支配物质,如果能让物质脱离实体的存在则更好。为表明这一想法的愚蠢,小说《残余地带》的中间来了一则朴素的宗教寓言,寓言的舞台是一家车行,重复扮演者去那儿修理漏气的轮胎。到那儿之后,他想起风挡玻璃的雨刷清洗液已经所剩无几,于是让店员把它灌满。注入两升蓝色液体之后,他按下"喷射"按钮时,却不见有液体喷出。这两升液体并没有漏掉,但储液槽里也看不到:

> 这些液体或许是蒸发,挥发了。你知道吗?这种感觉太棒了。别问我为什么:事实就是如此。我仿佛亲眼见证了一场奇迹:物质——也就是这两升清洗液——变成了非物质——没有多余的东西,没有杂乱和狼藉,变成了纯粹无形的蓝色。发生了质变。

几分钟后,发动引擎的时候,物质发动了不可避免的反击("它溅了我一身:我的衬衫、腿上,还有腹部"),质变现了原形:它只是对消失的残余物的美好伪装而已。在日后重现的这一场景中(纳兹鲁尔在希思罗机场的一间空飞机库里,反复操演了数周之久),那些液体真的消失了。重复扮演者雇来的技师让这些液体喷了上去,变成了一片难以分辨的薄雾。

麦卡锡和灵航者们热衷于通过艺术和文学,来寻找消失的残余物留下的痕迹,他们还把这两类人作出基本的区分:一类人消灭物质,将它们擢升为形式("他们试图消化现实的一切,把它变成一种思想体系,将它吞噬,研究并占有……这是黑格尔和萨德侯爵的共同点"),一类人则想让物质变得举足轻重:

> 让橘子是橘子,花是花……我们站在**物**的一边,试图唤起它们夜间

和矿物化的特征。对我们来说，这就是诗歌的本质，这一点在弗朗西斯·蓬热、华莱士·史蒂文斯的诗作、里尔克的《杜伊诺哀歌》、佩索阿的某些异名的诗作中得到了表达……那就是在尝试和失败中，言说物本身，而不是言说与物有关的想法。就是说出："壶。桥。香烟。牡蛎。果蝠。窗沿。**海绵**。"

这里所说的"失败"至关重要。小说《残余地带》能够得以完成，皆缘于此——毕竟这部小说不只是一连串恰当名词的列举。当然，先锋派小说家们矢志追求诗歌明晰的特性，这种情况并不少见。聆听秘书长宣读清单，强调其明晰和并不可爱的特点时，我想起了维斯拉瓦·辛波丝卡，尤其是《结束与开始》的开篇：

每场战争过后
总得有人清理，
毕竟，各种东西
不会自行收拾利落。
总得有人把瓦砾
推到路边，
好让装满尸体的大车，
驶过。

总得有人身陷
垃圾和灰烬、
沙发的弹簧、
玻璃的碎片，

和血污的破衣烂衫。
总得有人拖来梁木
支起墙壁。
总得有人擦亮玻璃,
重新安上大门。

哪怕是对文学理论心怀反感的人,也会承认这首诗里萦绕着文学化的感受性,在这样的感受性里,国际灵航协会占据的是一个虽说极端却不难理解的位置。两者的联系在于:他们对种种局限,都给予了乖戾的承认。它并不寻求事物隐秘、真实的核心。它相信——正如奈保尔所说——世界如其所是,此外,我们同世界的所有关系,必定是不真实的。结果,这样的态度常常被误解为语言学和哲学上的虚无主义,然而其真正的力度,源于对受损、残缺、缺失或不可言说之物的严密关注。《残余地带》把它最细致的关注,留给了那个黑人丧命之处的破损路面,"泥泞、坑坑洼洼的褶皱"、口香糖和瓶盖,"沥青、碎石、土、水和泥",所有这些在叙述者心中,形成了一种不可抗拒的叙事("这儿太过火了,头绪太多了"),不过这也是一场由缺失和一知半解来定义的叙事,因为我们能够看到的,只有现场遗留的痕迹。《残余地带》像辛波丝卡的诗一样,承认到最后,我们"所知甚少/最后一无所知",因此它总是尝试承认不属于我们的虚无,不能为我们理解或掌控的凌乱残余物——其终极标志便是死亡本身。要蹚进这样的浑水,我们用不着读一个字的海德格尔。在我们的"主流"文学经典中,便流淌着这样的浑水。这样的浑水从贝克特的否定、卡夫卡悖谬而具体的抽象、乔伊斯对排泄物的滑稽留意、奥登的名句("诗不能让任何事发生")中流过。

对**真正**崇尚理论的人来说,整篇灵航协会的宣言(在此仅作了粗略的概述)都值得推荐:它机智、浮夸、略显荒谬、令人振奋且了无新意。作为对自身不真实性的庆贺者,国际灵航协会的会员们大方承认,他们老调重弹,公然剽窃了布朗肖、巴塔耶、海德格尔、德里达,当然,还有罗伯-格里耶。宣言中提到的内容,大多在首席哲学家本人的"著作"(尤其是《极少……近乎乌有:死亡、哲学、文学》)中,有更从容的表达。至于秘书长,他在国际灵航协会的挑衅性程度范围内,可算是一名理论方面的原教旨主义者,尤其是在著作出版方面。2003年,他开除了两名灵航协会会员,因为他们与社会出版商签约,他控诉他们"与这样的出版业沆瀣一气,其中'作者'已沦为企业市场调研部门所发布命令的执行人,重申了平庸美学的确定无疑"。这些观点如今是否发生了变化呢,考察一下会很有趣,因为麦卡锡本人的经济情况也已经有所改变:2007年,美国古典书局出版社出版了《残余地带》,Film Four 电影公司还签下了这本书的电影拍摄权。不过,灵航协会就当代出版业发表的简短言论很难驳斥。说到文学事业,这话倒是真的:市场的确有问题。文学经济把摊子摆在通往《地之国》的路上,在这一路上,我们可以向简·奥斯汀、乔治·艾略特、F·司各特·菲茨杰拉德、理查德·耶茨、索尔·贝娄挥手致意。文学经济很少在意(或不感兴趣)通向《残余地带》的路上有什么新鲜货色,在这条歪斜的岔路上,我们可以问候乔治·佩雷克、克拉丽丝·李斯佩克朵、莫里斯·布朗肖、威廉·巴勒斯、J·G·巴拉德。冲突、恐惧和赤裸裸的仇恨,经常在这两大传统之间迸发,但它们也有内在的联系。在十字路口,我们会遇到一些杰出的作家,双方都说这些作家属于自己的阵营:梅尔维尔、康拉德、卡夫卡、贝克特、乔伊斯、纳博科夫。因为虽说分裂会促使宣言更多地问世,但艺术作品本身自有其一以贯之的连续性。《残余地带》也是如此。重复扮演者那强迫性的、无关是非对错的一次次重演，亦有其先驱可寻：亚哈船长和他的鲸鱼、亨伯特和他的小女孩、马洛顺流而下的旅程。《残余地带》所展现的荒诞剧，其叙述的口吻就像格里高尔·萨姆沙本人的口吻一样，既认真又迂腐。《残余地带》对人物心理的残忍切除，容易让人觉得，它是来行刺文学的刺客，要将长篇小说置之死地。而我觉得，确切地说，它是想要震动长篇小说，让它脱离目前这种自鸣得意的境地。它清除了少许枯枝，让人看到了另一条小说的可行之路，或许行走起来不无困难。或许我们可以称之为建设性的解构，对我来说，这一品格足以令《残余地带》成为过去十年最伟大的英语小说之一。

也许《残余地带》最令人振奋的地方，就是它的理论基础并未妨碍它那自我解嘲的幽默表达。事实上，它越是坚持其自己的原则，就越是好笑。重复扮演者在用半本书的篇幅，在一栋不真实的楼里跟重复扮演者们重现场景之后，他决定做些改变：

有一天，我突然想亲自出去看看外面的世界。没什么好说的。

看到这句极简的拒绝性叙述，我哈哈大笑。《残余地带》拒绝了它的读者，但它这样做的时候面带笑容。之后，临近结尾处，一位神秘的"矮个子议员"登场亮相，他就像大卫·林奇的小矮人，他提出了小说一直不肯向我们披露的问题，也得到了问题的答案。你为什么这样做？你这样做感觉如何？在开诚布公的一刻，我们发现重复扮演者最强烈的刺痛感伴着他最微不足道的重演来临了：站在火车站，伸出双手乞讨，他根本没必要这样做。这让他觉得"置身于某种事物的另一侧。至于是面纱、屏风，还是法律，我不知道……"先锋派最大的一个真实性之梦，就是成为罪犯的可能性，就是与热内和约翰·范特[①]共命运，与怪胎和失意之人、遭到摒弃的人共命运。（值得注意的例外是J·G·巴拉德，《暴行展览会》的作者，这本书或许是最伟大的英国先锋派长篇小说，他在谢珀顿的一栋双拼式住宅里，过着安宁的家庭生活，独自将三个孩子抚养长大）对英国先锋派来说，自传式的绝境已经成为文学真实性的标志，在读者看来，亚历山大·特罗基[②]和安娜·卡万[③]的吸毒跟他们的散文，至少同样重要。灵航协会要求"放弃所有对真实性的崇拜"。它可没说该如何处置先锋派对真实性的崇拜。从这个意义上来说，重复扮演者拥有真正的先锋派精神，他希望成为常规之外的事物，成为无法纳入意义这一社会经济的、不合时宜的残余物。但这样还不够。唯一真正**不可除尽**的余数，真正将自己置身于意义之外的方式，唯有死亡，这一思考将《残余地带》的结局带到了书中难得一见的表现主义时刻。这个结局做了一次奇怪的文学替身表演，它跟《地之国》迎头相撞：

法庭辩论程序是一种艺术形式，真的。不，还不只是这样：它比任何艺术形式还要高明，还要精细。为什么？因为它是真实的。只拿一个方面来说吧，就拿它的图表来说吧……它们是对暴行的记录。每个线条，每个数字，每个角度——油墨本身洋溢着几乎令人无法忍受的暴力，在白纸的沉默中暗暗尖叫着：这里出了事，有人死掉了。

"这就像板球。"有一天，我告诉纳兹。

[①] 约翰·范特（John Fante，1909—1983），美国著名作家、编剧。
[②] 亚历山大·特罗基（Alexander Trocchi，1925—1984），苏格兰小说家。
[③] 安娜·卡万（Anna Kavan，1901—1968），英国小说家、画家。

"怎么讲？"他问。

"每次传球时，"我说，"击球都会把白线震得嗡嗡响，接缝上会留下记号……"

"我没听明白。"他说。

"嗯……就是那么回事，"我告诉他，"每个球都像是一桩犯罪，一宗谋杀。然后，他们做了一遍，一遍又一遍，评论员也不得不加以评论，不然他也会完蛋。"

在《地之国》里，板球代表了象征符号战胜残酷事实的成功（板球成了美国梦迟来的承诺）。在《残余地带》里，板球却是纯粹的真实，它裹挟着死亡，不断向你袭来，留下它的痕迹。一切必定都会留下痕迹。一切都具备物质的实体。一切都在空间之中发生。你在阅读《残余地带》的时候，它会让你对空间萌生非同寻常的感受，就像罗伯-格里耶在《嫉妒》中所做的那样，《嫉妒》无疑是《残余地带》的先驱之作。正如书中描写和赞美的运动员的运动一样，《残余地带》通过将物理运动拆解开来，放慢它们的速度；或者通过将布里克斯顿的一条潮湿、隆起的公路的层次和质地当作一系列的物理事件，而不是情感象征来研究，从而达成"用空间填满时间"的效果。它强迫我们承认，空间是一种并非中性的事物——这与现实主义不同，现实主义无视空间的特殊性。现实主义的执迷之处在于，让我们相信时间一去不复返。现实主义是用时间去填补空间。

这里出了事，有人死掉了。一场精神创伤、一次重复、一次死亡，一通评论。《残余地带》想要创造出嗡嗡作响、气氛紧张的空间，纯粹而不加掩饰，就像它明确表态十分欣赏的那些古代戏剧那样——《俄瑞斯忒亚》《俄狄浦斯在科罗诺斯》《安提戈涅》。古人也会因为创伤、重复、死亡、（合唱队的）评论，因为团体的法律地位，因为该如何处置剩余物，而感到困扰。但古人总是以悲剧收尾，总是让这世界冷漠的真实性成功地制服高贵、痛苦的自我。而《残余地带》则以喜剧收尾，它有意拒绝了悲剧那种自我神化的庄严。事实与自我，二者在喜剧化的误解中持久存续，在空间中绕着彼此兜着圈子（就像在一架遭到劫持的飞机里那样）。正是在《残余地带》新揭示出来的空间里，多重讽喻的实现才成为可能。这本书写到了文学模式（现实主义在何种程度上是人为炮制的？）、存在（真正的存在，我们能做到吗？）、政治演讲（身份政治还剩下些什么？）和法律（我们在何处划定边界？将何人何物排除在外？原因何在？）。单从表面来看，《残余地带》的构思就已经十分丰满、极富想象力了，只用内容丰富来形容它的话，还远远不够。

存 在

Being

Seven: 七　那种巧黠的感觉

That Crafty Feeling

以下内容改编自笔者 2008 年 3 月 24 日在纽约哥伦比亚大学写作班上的授课内容。概要：谈写作技巧的某个方面。

1. 前二十页的强迫性视角紊乱[①]

我想先给你们讲两个不怎么中听的专用名词，它们形容的是两种类型的小说家：那就是宏观规划者和微观管理者。

你们能从某个作家使用的便利贴、他坚持长期购买的硬皮本上，看出他是宏观规划者。宏观规划者做笔记，组织素材，安排情节，创建结构——这些在他写下书名之前，都已经完成好了。这种结构方面的安全无忧为他赋予了极大的行动自由。宏观规划者常常从中间开始创作小说。随着他们的顺叙或倒叙不断推进，他们面临的困难跟他们面临的选择一样，都会成倍增加。据我所知，宏观规划者常常痴迷于更换小说的结局，把人物抽出来再放回去，调换章节顺序，并且对他

---

① OPD（obsessive perspective disorder 的缩写），系作者仿造"强迫症（obsessive compulsive disorder）"一词创造出来的说法。

们的长篇小说频频动刀，大肆删改——对我来说，这简直不可想象：比如，把一本书的背景从伦敦改换到柏林，或者更改书名。听他们说起这样的改动，我完全无法忍受，倒不是因为我不赞同这样做，而是因为别人的写作方法总让我觉得费解和恐怖。我是微观管理者。我从小说的第一句话写到最后一句话。我从来不会从三个不同的结局中挑选一个，因为在我写到结尾以前，自己也不知道结局是怎么样的，凡是读过我的小说的人，对此都不会感到意外。宏观规划者从第一天起，就把他们的作品之屋大致建成了，因此他们执迷于内部的调整——他们总是在来回摆放家具。他们会把一张椅子摆到卧室、休息室、厨房，最后又摆回卧室。而微观管理者则会一层一层地搭建房屋，每一步都万无一失。每一层都得确保牢固，要完成装修，摆好家具，然后再着手修建上面一层。哪怕还没设计好楼梯通到哪儿，也要先把大厅里的壁纸贴好。

因为微观管理者没有宏观的规划，他们的小说仅仅存在于当下一刻，存在于感受性之中，存在于这部小说一行又一行的音调频率之中。我开始写小说时，除了将要写下的句子，对其他内容一概不知。我不得不万分小心：只言片语的选择可能造成重大改变。由此，我们可以说到一种特殊的病症，我给它也取了个不中听的名字：OPD或强迫性视角紊乱。这种情况主要出现在小说的前二十页里。可以说，它就像是某种存在主义戏剧，是对"我正在写的是一部什么样的小说？"这一问题所作的冗长回应。其症状是对视角和叙述口吻的强迫性迷恋。在一天之中，前二十页内容可以从第一人称现在时，变成第三人称过去时，又变成第三人称现在时，又变成第一人称过去时，等等。一天之内就会变好几次。因为我是一名受制于古老传统的英语小说家，我写的每本小说开头和结尾，采用的都是第三人称过去时。不过来回调试,会让我耗费好几个月的时间。翻开别人的小说,你一眼就能认出微观管理者:开篇堆砌的句子都是经过精心挑选,在强迫性的过分担忧中反复斟酌过的,直到二十页之后,满篇矫揉造作的冗词赘句才松弛下来。就拿《关于美》来说吧,我的强迫性视角紊乱完全失控了:前二十页我反复写了将近两年。翻看旧作总让我感到恶心,但前二十页尤其令我心悸。那种感觉就像重新造访以前待过的牢房似的。

不过尽管有强迫性视角紊乱发作,但小说的其余部分却不知怎的就搞定了。这一点蛮奇怪的。就好像你把玩具小车的发条上得越来越紧……最后你一松手,玩具小车就会疯狂地飞奔出去。一旦我最终定好小说的调子,全书剩下的内容,五个月之内我就能顺利写完。为前二十页忧心忡忡,也算是完成整部小说、找准结构、情节和人物的一种方式——所有这些,对微观管理者来说,都包含在句子的感受性当中。一旦定好调子,别的就全有了。你会听到,室内装潢设计师对于色调,也会说出同样的话。

2. 别人的话(一)

创作小说是个信心活儿。你最需要哄出信心的人,就是你自己。在你独自一人的时候,要做到这一点很难。我会收集一些句子,存在手头,让它们充当文字化的拉拉队。只不过,这种类比有些奇特——拉拉队应该**欢呼喝彩**才是。而我打出来的标语让我看了难受。有五年的时间,我把《万有引力之虹》里的一句话贴在我的门上:

> 我们必须找出计量单位尚属未知的计量器,绘制我们自己的图表,获得反馈,建立联系,减少错误,尽力了解真正的变数……调整那些无法

预知的情节。

我猜想，那时我觉得，小说的职责就是一丝不苟地追寻隐匿的信息：个人的、政治的、历史的。我之所以说**我猜想**，是因为如今我已经不敢认当年的我了，如今我觉得，自己当年的小说压抑、陌生、没有价值。我不认为这种感觉有什么特殊，尤其是刚起步的作家，更容易有这样的感觉。不久前，我曾在一场晚宴中坐在一位年轻的葡萄牙小说家邻座，我告诉他，我想要拜读他的长篇处女作。他神情痛苦地抓住我的手腕说："哦，千万不要！那时候，我只读福克纳的作品。**毫无幽默感**。上帝啊，那时候的我，简直就是另一个人！"

情况就是如此。别人的话相当重要。然后突然有一天，他们的话，还有你收集来激励自己创作的话，都变得不再重要了。创作小说的刺激之处，很大程度上就在于破旧立新。别人的话就像桥梁，借由它，你能从过去跨越到未来。

上星期，我偶然看到一则新的名句，现在已经被我用作电脑屏保了，我尝试写长篇的时候，它多少能让我重拾信心。这话很简单：

如果我们连保密的权利都无法葆有，那我们准是身处极权主义的空间。

也就是说，对人加以解剖，进入人物的头脑，将它们强行撬开，发掘每一个秘密的做法，已经够过分了！眼下，这就是我最新的态度。三年后，等我写完这本书，开始写另一本书的时候，还会有新的变化。

"上帝啊，那时候的我，简直就是另一个人！"我相信，所有作家完成旧作，转向新作的时候，都会发出这样的感慨。每一本小说新作，起初都是在希望和激情中诞生，但过不多久，就会变得令作者感到羞耻和陌生。每写完一本书，你就会做好嫌恶它的打算（你也用不着等多长时间）；感觉糟糕透顶的时候，反倒会催生出奇特、悖谬的信心，因为感觉糟糕透顶，就会弃旧图新，也就意味着自己的面前有了可供发挥的空间。不妨想想莎士比亚借约翰王之口道出的真相吧："现在我的灵魂有了伸展自如的空间！"从小说创作的角度来说，丧失前行的愿望才是真正的噩梦。

3. 别人的话（二）

有些作家写小说的时候，别人的小说一字不看。一字不看。甚至连小说封面都不想看。他们写作的时候，小说的世界消亡了：没有任何人写作过，没有任何人正在写作，以后也不会再有人写作。他们遗世独立，沉默不语。这类作家写作期间，你要是向他推荐一本好小说，他看你的眼神就像你刚用厨刀刺进他的心窝一般。这是性情使然。有些作家就像独奏的小提琴家一样，他们需要完全安静的环境来调音。其他作家则需要听到整个交响乐团每一位成员的演奏——他们可能会从单簧管，甚至双簧管那里得到提示。我就属于这类作者。我的书桌上摆满翻开的小说。我阅读一个个句子，沉浸在某种特定的感受之中，奏响某个特定的音符，在我过于多愁善感的时候激发心中的严酷，在我的句法陷入局促时，可以汲取一些文辞上的宽松闲适。我认为广泛阅读好比均衡饮食；比如，如果你的句式太松松垮垮，太花哨，就读一读文辞肥腻的福斯特·华莱士吧，再读点卡夫卡，充当粗粮。如果你的审美过于精细，面对白纸无法落笔，就别再担心纳博科夫会说些什么；拿起陀思妥耶夫斯基的作品吧，他是以实质胜过风格的守护神。

从事教学会遇到这样的学生，他们觉得，写作期间不宜阅读。他们觉得,自己的叙述口吻难免会受到影响,而且,阅读伟大的文学作品会让人感到苦恼。因为卡夫卡笔下为鼠民歌唱的约瑟芬唱出嘹亮动听的歌声时,你如何还能唱出老鼠般微弱的歌声呢?这样说来,关键在于个人的自主性,必须不惜一切代价地保护个人的自主权,哪怕这样做,意味着离开E·M·福斯特所说的作家们跨越时空,彼此对话,互相启发的文学回声室。我觉得,人各有不同。

对我来说,回音室必不可少。我十四岁的时候,在回音室里听到了约翰·济慈的声音,在心中与他结下了不解之缘,这层缘分的基础是阶层——虽说这话在美国,听起来未免有些老套。其实济慈并非工人阶层,更不是黑人——不过大致上,相较其他作家,他的情况跟我更接近。他没有弗吉尼亚·伍尔夫、拜伦、蒲柏、伊夫林·沃,甚至伍德豪斯、阿加莎·克里斯蒂那样优越的条件。济慈为读者提供了从边门步入文学生涯的可能性,那扇边门上还标有"欢迎学徒光临"的字样。济慈着手写作时,就像学徒一样;他在位于汉普斯特德的小房子里用功,学到了如今艺术硕士般的才学,不过他没花学费,靠的全是自己。那时的他是个来自郊区、身份低微的少年,距离文坛有些遥远,于是他把自家的藏书变成了文坛。他从不害怕受人影响,他对影响来者不拒。他想要从中汲取养分,哪怕要冒着牺牲独到见解的危险。他总觉得自己是个学徒:你可以从他早期写诗的尝试中窥见一二;在他写给友人的信里,谈到了自己羽翼未丰的文学观念;他在对查普曼译荷马史诗的著名解读中就曾提到,他生怕天不假年,来不及把多产的头脑中酝酿的作品全部完成。"**榜样**"这个词太不讨人喜欢,但事实上,没有榜样照样能行的作家,其实很了不起。我觉得,济慈就是这样。济慈奋力拼搏、埋头苦读、剽窃、模仿、改编、努力、成长,写下许多令他脸红的诗作,之后写出了几首令他引以为傲的诗作。无论是前人还是今人,只要有可资借鉴之处,济慈就会抓住一切机会向他学习。

4. 小说写作中途的奇思异想

在小说写作中途,作者会萌生出某种奇思异想。需要澄清的是,这里所说的小说写作中途,未必便是篇幅上的正中央。我说的**小说写作中途**,指的是你心无旁骛的时候,这时你不再是家庭成员,不用再考虑爱人、孩子、购买食物、喂狗、看邮件——除了你的书,世间再没有任何东西,哪怕你的妻子跑来告诉你,她要和你兄弟上床,你都会觉得她的脸像巨大的分号,她的双臂像括号,而你心里想的是,用"翻腾"这个动词,是不是要比"搜寻"来得好。小说写作中途是种心态。奇妙的事情会在此时发生。时间崩溃了。你早晨九点坐下写作,一眨眼的工夫,晚间新闻已经开始播报了,这时,4000字也已经写好,比你去年用三个月写出来的字还要多。有某种变化发生了。这种变化并不仅限于家中。如果你能走出去,外面所有的一切——我是说,**所有一切**——都有可能无拘无束地融入你的小说。巴士上的闲谈——简直就是从你的小说里冒出来的。你打开报纸——**每篇报道都跟你的小说有关**。如果你足够幸运,有人正等着出版你的小说,这时候你就会大为惊慌地拨打出版商的电话,尝试将出版日期提前,因为你无法相信,**此时此刻,这个世界跟你尚未出版的小说是多么合拍啊**。如果下个星期二,它还没有出版,那么良机就会错过,你会恨不得自杀。奇思异想足以让你发狂——也使得一切皆有可能。原本麻烦得出奇的结构难题,如今迎刃而解。看到那段话了吗?只需把它拿掉,整个章节就到位了!为什么之前没看出来?你从书架上胡乱抓起一本诗集,读到的第一句诗行就变成了你的卷首引语——这句话简直就是专门为你而写的。

5. 拆除脚手架

搭建小说，会用到很多脚手架。其中一部分对于辅助支撑结构必不可少，但多数并非如此。多数脚手架的存在，只是为了让你获得安全感，实际上，即便没有脚手架，这栋建筑本身也立得住。每次我写长篇小说，都觉得自己需要很多脚手架。在我看来，脚手架有多种多样。要创作这部小说，唯一的方法就是把它划分成三大部分，每一部分再细化成十个章节。或是分成五大部分，每一部分细化成七个章节。或者阅读《旧约》，并效仿先知各书来设置各个章节。或者，效仿《薄伽梵歌》来划分章节。或是《诗篇》集。或者《尤利西斯》。或者"公敌"乐队的歌。或者格蕾丝·凯利的电影。或者《启示录四骑士》。或者参考《白色专辑》唱片的内页文案。或者，仿照唐纳德·拉姆斯菲尔德任职期间向新闻采访团作的二十七场演说。

要是你没有信心，脚手架能帮你树立信心，减轻绝望，创建目标——无论它有多不自然——兼终点。你可以用脚手架来分割看似无穷无尽、毫无标记的路程，不过这样一来，正如哲学家芝诺所说，你也把要走的路给无限延长了。

待到后来，作品印制完成，被人翻得旧了，书角都卷边的时候，我会发现，其实自己当初没必要搭脚手架。或许没有脚手架，作品还会好得多。不过当初搭建脚手架的时候，我觉得它必不可少，一等它搭好，费的许多工夫又让我不愿再把它拆掉。如果你正在创作小说，正在搭建脚手架，我非常希望，它能帮到你，不过别忘了过后拆掉。又或者，你决定把它留在那里让众人观摩，那至少给它披上一层华丽的外观,就像罗马人装饰大屋那样。

6. 重温前二十页

在小说创作的后期,写到后四分之一处,我的笔以滚石之势奔向终点时,我会折回到作品开头,重读前二十页的内容。这部分文字的密度胜过罐头里的金枪鱼。我冷静地揭开罐头的盖子,透进一点儿空气去。前二十页的有趣之处——三年之后重新再看,它们怪好笑的,已经不再让我倍感困扰了——在于你提笔创作之初,对你的读者多么缺乏信心啊。你简直是把**所有一切**,都一勺一勺地喂给读者吃。你让一个人物走过房间,也要把她的背景交代一番。你就不能对读者的耐心和智商多几分信心。尽管你知道,这位读者读过托马斯·伯恩哈德、《芬尼根的守灵夜》、格特鲁德·斯泰因、乔治·佩雷克——但**你**担心,要是你不在头三页交代清楚,莎拉·马龙是个丧父的社工,这位蛮有天分的读者就有可能跟不上你的思路。文学行骗的钟摆摆动不息,这很糟糕:有时候,你拿不准自己和读者当中,谁才是上当的傻瓜。对喜欢运用大量性格描写的作者来说,重温前二十页,你会发现,人物性格这东西,要比你下笔时所**想**的更微妙。用合乎语法的从句来塑造人物,未免太异想天开,于是你把自己的恐惧隐藏在精巧的句式后面,仿佛只要把某些形容词堆砌起来,人物的性格就硬生生地塑造出来了。其实,人物的性格是靠轻描淡写的笔触来塑造的。自然,也可以轻描淡写地毁掉。我想起一个叫做奥德拉德克的人物,第一眼望去,他像是一个"扁平的星形线轴",当然,其实并没有这么夸张。奥德拉德克总是从楼梯上滚下去,身后还拖着线,他笑起来像没有肺一样,像极了树叶在风中窸窣作响。这位无法模仿的奥德拉德克的形象,出自卡夫卡仅有一页篇幅的短篇《居家男人的忧虑》。对我来说，跟我花费三年，用五百页篇幅塑造的那些人物比起来，古怪的奥德拉德克要令人难忘得多。

7. 最后一天

与宏观规划者相比，微观管理者有一个显著优势：小说写完那天，真的就是最后一天。如果你边写边修改，就不会有什么第一稿、第二稿、第三稿之分。只有一稿，如果写完了，那就写完了。在完稿的最后一天，有谁还会觉得不痛快？那是一种令我难以形容的幸福感。有时候，我觉得，写小说的最佳理由，就是体验一番写完最后一个字之后的四个半钟头。上次，我打开一瓶保存已久的上好桑塞尔葡萄酒，手握酒瓶，站着喝了起来，后来，我躺在自家院子铺的卵石上，哭了好长时间。时值深秋，阳光明媚，到处都是苹果树，熟透的苹果散发着腐烂的气味。

8. 离作品远一点

这次演讲的其他几条都可以忽略，唯独不能忽视第八条。这绝对是我给大家的 24K 金的宝贵建议。我自己从未遵行，不过我希望自己有朝一日能够做到。建议如下：

写完小说之后，如果并不急需用钱，如果并不急于售出或出版——那就**把它放进抽屉**吧。能放多久就放多久。放上一年或者更久，是最理想的——不过三个月也行。**离作品远一点**。修改作品的秘诀说来简单：你要做的，就是成为它的读者而非作者。无法告诉你们有多少次，我跟一排小说家坐在某个文学节的后台，我们全都手拿红笔，疯狂地修改着我们已经出版的小说,以至我们能够上台朗读。说来不幸,不过要想具备修改小说的最佳心态,需要等到小说出版两年之后,登上文学节舞台朗读的十分钟之前。在那一刻,每个冗词赘句,每个有意卖弄、毫无意义的比喻,所有繁冗、愚蠢、无用、乏味的地方,都令人痛苦地暴露无遗。两年前,拿到校样时,你看着相同的一页,不会觉得有一个逗号标得不是地方。顺便说一下,就算是专业的编辑也是一样;他们把稿子读过多遍之后,已经看不出它的真实面貌了。修改小说的时候,你需要的是另一重眼光,在很大程度上,它并不是作者的眼光,也不是已经读过十余个版本的专业编辑的眼光,而是一个从书架上找到这本书,开始翻阅的聪明陌生人的眼光。你需要具备这样的眼光。你要忘记这部小说出自自己的手笔。

9. 校稿时不堪承受的残酷

校稿是如此残酷!在不毛之地培育出紫丁香,将记忆和愿望混合在一起,用春雨催发出迟钝的根部。校样就是你梦中的小说消逝,而冰冷的现实现身的荒原。我看到这些刚从信封里取出来、用厚橡皮筋捆绑、有认真的样本编辑做过标记的活页校样时,我非常肯定,要改好校样,我一定得彻底变成另一个人。对做满编辑的样稿所作的恰当回应,只能是"**把它还给我!让我重新来过!**"然而,没有几个人会这样说,因为此时此刻,作者已经疲惫不堪。这并不是合乎你期望的作品,也许有些地方还需要继续加工——但你已经没有动力了。接下来也不会有动力。所以校稿才会如此残酷、如此令人难过:校样的存在本身就已经表明,一切都来不及了。我只在国王学院图书馆里看到过一份可喜的校样:T·S·艾略特《荒原》的手稿。艾略特在疲惫不堪之际，十分幸运地遇到了埃兹拉·庞德，一位非常聪明的陌生人，后者为他做了修改。这是怎样的修改啊！他的笔触无处不至，修饰、删减、分行，疯狂地编辑，修改的理由往往并不明显；有时近乎荒谬；有时近乎随意……有好多页都用一条线给划掉了。

庞德的修改标记之下的《荒原》，像其他校样一样可怜——太冗长，有许多没有保留价值的诗行，结构不清晰。艾略特能遇上埃兹拉·庞德，真是幸运。菲茨杰拉德能遇上麦克斯韦尔·珀金斯，真是幸运。如今我们知道，卡佛能遇上戈登·利什，真是幸运。**虚伪的读者！——我的同类！——我的弟兄！**① 所有那些聪明的陌生人都去了哪儿？

10. 多年之后：恶心、惊讶、感觉不错

我发现，自己的书出版之后，自己就很难读进去了。我再也没有读过《白牙》。五年前我试过；只读了十句话，就感觉恶心得不行。最近，有人告诉我，他们刚刚读过这本书，我努力让自己感到愉快，却有一种疏离的感受，就好像有人告诉你，他在印度果阿的一家酒吧里见到你的远房表兄一样。我怀疑，自己和《白牙》或许永远也无法达成和解——我想，二十一岁开始写书，或许就会这样。后来，一年前，我在某地的机场里看到一本《签名收藏家》，一时兴起，便买了下来。待上了飞机，为了有开始阅读的胃口，我不得不小酌了两小瓶红酒。我没能通读全书，只读了三分之二左右，而且毕竟是自己写的书，只要能读进去，便读得飞快。感觉其实没那么糟——我笑了几次，但叹息的次数更多，酒喝光之后，便停止了阅读——不过我头一次有了

---

① 原文为法语。系法国诗人波德莱尔《恶之花》中的诗句。

恶心之外的感受。我感到惊讶。我感觉这本书真的非常陌生；甚至有好几页，我对整页的内容毫无记忆，不记得自己的思路了。正因感觉如此陌生，我没有什么特殊的敌视的感觉。于是，我和这部作品之间，如今有了一种类似休战的关系，既非愉快，亦非不快。

最后，在撰写这篇讲稿期间，我拿起了《关于美》。我读了大概有三分之一，不是连着读的，而是跳着读的。像往常一样，感到恶心；像往常一样，感到上当受骗；再要大幅修改，已经来不及了——不过时不时地，也会有别样的感受，新的感受——这种感受与其他感受相互隔绝，就像装在袋子里——我感到这句话，那个段落，正是我原先想要表达的，而我把它们写了出来，对此，我感觉不错，甚至可以说，感觉良好。我把这种感受推荐给在座诸位。这种感觉的确不错。

Eight: 在利比里亚的一周

One Week in Liberia

星期一

  没有从英国直飞利比里亚的航班。你要么在布鲁塞尔转机,要么预订阿斯特赖俄斯航空公司的机票,这是一家以罗马正义女神之名①命名的专业航空公司。它设有飞往邻国的塞拉利昂首都弗里敦的航线。多数乘客是非洲人,打扮得像是要去教堂。礼帽、锆石首饰、路易威登手袋十分常见。就连机舱内通道上蹒跚学步的孩童,都穿着三件套西装,打着领结。只有非洲人以外的乘客,才是一身特意为"非洲"准备的行头:皱巴巴的 T 恤衫配卡其裤、凉鞋。他们的行装之简单,十分引人注目:磨得发白的帆布背包、破旧的手提箱。像极了流浪者的行李。

  形形色色的旅客坐成一排。一个身穿丝绸短衫的迷人非洲姑娘、一名英国修女、一名美国救援人员,还有一名自称"修理工"的黎巴嫩男子:"我在弗里敦修东西——电气系统、楼房。"他说那些衣着讲

---

① 此说不确。阿斯特赖俄斯实为星空之神,是正义女神阿斯特赖亚之父。

究的非洲人"行色匆匆"。"他们来也匆匆,去也匆匆。他们的家人以为他们非常富有——他们努力不负众望。"说话间,飞机即将着陆。那个修理工望了望窗外,喃喃自语道:"白人的坟墓。"这似乎与人们抵达约翰·肯尼迪机场后嘟囔一声"大苹果"的心境颇为相似。这话像飞机上许多其他事物一样,引起了人们对非洲的无限遐想。

在塞拉利昂,每个人都怀着对非洲的遐想,下了飞机,起码候机楼的楼层看起来还满平常的。谁还留在飞往利比里亚的候机楼层里?只有十二个人,被领着往前走,穿过商务舱的宽阔通道时,大家面面相觑。那位修女还要继续旅行:她是加尔默罗圣体会的安妮修女。她穿着棕色短袜、棕色凉鞋,戴着棕色修女头巾;和蔼可亲的长脸盘上爬满皱纹。从八十年代起,她就一直在利比里亚工作,管理着格林威尔市的一所教会学校。"我们因为不堪战乱,离开过——现在我们又回来了,继续教书。这可不是件容易事。我们的学生目睹了那些可怕的情景。简直超乎想象,真的。"被问及利比里亚人的性格时,她面露难色。"他们要么是很好很好的人——要么相反。在这样的环境下,做好人很难。"

飞机低低地掠过蒙罗维亚上空,不见一丝灯光,只有暴雨和闪电将棕榈树的枝干和差劲电影中的丛林照亮。机场比乡村学校大不了多少。环形行李传送带暴露在风雨之中;透过小窗口,可以看见闪电的亮光。行李操作工比乘客还多。他们无所事事地转来转去,颇为厌倦,衣衫尽湿。尽管下着暴雨,却依然酷热难当,真是不可思议。唯一能看见的东西,就是必不可少的第三世界可口可乐广告牌,其讽刺的程度跟它与美国故土的距离适成正比。这块广告牌上写着:**可口可乐——将它变成真的**。就在可口可乐广告牌后面,还有一条内容相反的标语,表示讽刺在利比里亚并不流行。这条标语印在倚着出口的一个女孩穿的 T 恤上,内容是:"**真相必须披露**"。

利比里亚的真相不无争议。它由人们既言之凿凿又相互矛盾的"事实"组成。据《中情局世界概况》记载:"1980 年,塞缪尔·多伊领导的一场军事政变,带来了十年之久的独裁统治,"却没有讲明利比里亚人广泛相信的这一情况:正是美国中情局资助了这场军事政变和独裁政权。多伊的继任者查尔斯·泰勒,1987—1997 年利比里亚内战的煽动者,目前正在海牙国际法庭上等待反人类罪的审判,那场内战导致约三十万人丧生,但蒙罗维亚到处都有支持查尔斯·泰勒的手绘标语牌(查尔斯·泰勒是无辜的!),机场里还在卖他的演讲集,书里对他大肆赞扬。在欧洲和美国,利比里亚内战被描述成一场"部族冲突"。而在利比里亚的课堂里,来自六个不同部族的孩子们坐在一起,如果你问他们,他们这样共处一室会不会引起麻烦,他们好像并不明白你的意思。

利比里亚尚未建成真正的公路网。去年夏天的雨季里,国内很多地方无法通行。今晚的暴雨来得有些不合时宜(这时才三月),不过这里的公路却是最好的,路面平整:一条笔直的公路从机场直通蒙罗维亚的曼巴岬酒店。牛津饥荒救济委员会的官方发言人利斯贝斯·霍尔达韦,坐在一辆全天候四驱越野车后排,简要描述了利比里亚的当前局势。她刚到中年,有着栗色的长发,穿着肥大的亚麻衫;她长得酷似女演员佩内洛普·威尔顿。她"喜爱园艺以及 BBC 广播四台的多数节目",曾在 BBC 供职多年。她每年都会去一些贫穷落后的国家访问四五次。哪怕按照她熟知的标准来衡量,利比里亚也显得非同寻常。"四分之三的利比里亚人生活在贫困线——日均收入一美元——

以下,一半人日均收入不到 50 美分。原先的基础设施——公路、港口、市政电力、水利系统、卫生设施、学校、医院——被战争给摧毁了,全部处于严重短缺或不复存在的绝望境地;失业率高达 86%,没有路灯照明……"透过车窗望去,可以看到废弃的路灯,其零件已经在战争时期被拆除殆尽。一道道闪电揭示出一幕幕场景:用泥砖搭建的简陋棚屋;瓦垅面的铁板和垃圾;许多无所事事的年轻人坐在一起,呆滞地望着街上来往的车辆。这些车辆不外乎两种:一种是我们坐的这种大型丰田陆地巡洋舰皮卡,引擎罩上通常印有"联合国"字样,另一种是出租车,破旧的日产牌黄色轿车,从它的车后窗望进去,只见六个人挤在后座上,前排还有四个人。有人问我们的司机约翰·弗洛默,这些重要设施——水利、卫生系统、电力、学校——在战前是否存在。"有过一些,没错,都在城里。乡下少一些。"就连机场的照明用电都不是市政提供的,而是来自凡士通公司下属的一家水电站,这是一家美国橡胶制品公司,以其轮胎著称。1926 年,凡士通公司购买了该国一百万英亩土地,以每英亩 6 美分的价格,订立了为期九十九年的租约。它用自营的水电站来维持自身经营。机场供电是凡士通公司送给该国的"礼物",不过这家公司的业务也离不了机场。"这都是凡士通的,"弗洛默指着黑暗地带说道。

星期二

曼巴岬酒店是一栋少有的利比里亚建筑。它配有空调、马桶和清洁的饮用水。停车场里停着十二辆联合国的卡车。早餐餐厅的客人都是同一副模样:穿着带衣领扣的衬衫、浅色卡其裤,用着苹果笔记本电脑。"疯狂之处在于,"一个男的吃着羊角面包,告诉另一个男的,

"疟疾在这里都不算什么棘手的问题。"在墙角的一张桌子旁边,一位年长妇女对一名新人一口气说出一串生硬的统计数字,后者边听边记:"人口,三百五十万。艾滋病毒携带者逾十万人;男性预期寿命,三十八岁;女性,四十二岁。六十五利比里亚元兑换一美元。识字率为百分之五十七,不过这个数字是战前统计的——何况又耽误了整整一代人……"在墙角的酒吧里,十二名利比里亚男侍者倚着吧台,全神贯注地看着美剧《海滩救护队》。

所有外国游客,无论行程多近,都要乘坐非政府组织的陆地巡洋舰。前往牛津饥荒救济委员会总部大楼的两分钟车程里,会经过一个露天垃圾场,里面有捡破烂的人和瘦骨嶙峋、正在觅食的猪。非政府组织的大楼都建在"联合国大道"上,连成一排。每栋楼都设有厚实的界墙,墙上印有自家的专用标识,大楼还配备了利比里亚的巡逻保安。美国大使馆更夸张,占了整整一条街。牛津饥荒救济委员会和联合国国际儿童基金会同处一幢大楼。这些办公机构看起来就像英国的预科学院,俨然一片白色的混凝土街区,配有旋转门和石质的楼梯间。每扇门上都有一张标贴:严禁携带枪械。全国项目经理菲尔·桑韦斯,在这里领导着一支小小的开发团队。他是个五十四岁、淡黄色头发的瘦高个儿,身上穿着会计夏天爱穿的短袖白衬衫。不同寻常的是,他并没有搞开发的工作背景:他曾在盎格鲁水务公司供职二十年之久。他头脑理智,行动务实,语言精确,语速很快:"我们现在正逐步摆脱人道主义灾难——水利设施和卫生系统,等等。目前我们更关注长期的发展。主要着眼于教育和谋生的规划,以及数千名原参战人员的复员情况,其中很多人还是孩子。我们希望你们能同他们谈谈。此外,你们参观期间,还会参观我们的几个学校项目,还有邦县和西岬的农村项目,后者是我们的旗舰工程。西岬是一片贫民区——蒙罗维亚人有一半都住在贫民区。如你们所见,这里的气候很极端——这样的雨能下八个月,简直把这个国家变成了一片沼泽。霍乱是大问题。不过毕竟只能针对某一个领域进行全力整改,我们选择了教育。我们发现,我们问人们他们最需要什么的时候,他们往往说,最需要教育,其次是厕所、基础卫生设施。这样的回答能说明一些问题。"

走廊上的气氛像校报一样,令人感到愉快和振奋。工作人员大多是利比里亚的年轻人,他们在八十年代初,教育体系瓦解之前受过教育,或是在非洲的其他地方读过书。他们对未来充满信心,对埃伦·约翰逊-瑟利夫寄予厚望,她是哈佛毕业的经济学家,也是非洲的首位女性国家元首。埃伦·约翰逊-瑟利夫于2005年赢得总统选举,险胜利比里亚的球星乔治·维阿。她目前正在国外招商外资。利比里亚人在翘首期待她的归来。每次提到她的名字,人们都会说"我们满怀希望地祈祷"。截至目前,她带来的实际影响还只是观念上的,而不是切实发生的:利比里亚正处于女性执政的时代。到处都在说,新一代年轻女性会"引领利比里亚走向未来"。非政府组织的员工口中最时髦的词汇就是"性别战略"。在参观的第一天,我们走访了牛津饥荒救济委员会出资赞助的一家"女子俱乐部"。

三十七岁的利比里亚人亚伯拉罕·帕耶·柯奈看起来比实际年龄小十五岁,他负责陪同参观。他说一口华丽、极富表现力的英文,时不时蹦出几个非政府组织常用的缩写词汇。在成为牛津饥荒救济委员会的教育项目负责人之前,他同时身兼三份工作:在基督教会大学任讲师,在利比里亚浸信会神学院教书,在西非培训学院担任教育主管,这一成绩令他每天能赚到十美元。他是团队里的"大人物"。他会做诗。他对牛津饥荒救济委员会的工作颇为狂热:"女性的时代到来了!我们正在了解利比里亚当前的性别趋势。以前,利比里亚的妇女是没有机会接受教育的；我们原先没有看到她们辉煌的潜质！但现在，我们希望利比里亚女性能够崛起！没错！就像埃伦一样崛起！我们说，男人能做的事，女人同样可以圆满完成！"

菲尔·桑韦斯喜欢听亚伯拉罕的即兴演讲，但不鼓励后者一直讲下去，他转而谈起了实际的问题。"现在，安全还是问题。现在还有午夜戒严，所有人都要遵守——希望你们也能做到。偶尔会有暴乱——自发的小范围暴乱。不过跟着亚伯拉罕，不会有安全问题——运气好的话，你们还能听到一首诗。"

除了利斯贝斯和亚伯拉罕，我们又增加了一名摄影师，三十一岁的英裔荷兰人奥布里·韦德。他身材瘦削，发色暗黄，头戴一顶软耷耷的太阳帽，帽檐下是唐突鼓起的鼻子，上面涂有白色的防晒霜。他把相机镜头架在车窗上。路边尽是手绘的告示牌。上面写着：你被强奸过吗？还有：制止利比里亚的强奸行为。利斯贝斯问亚伯拉罕"利比里亚妇女还面临哪些特殊问题"。说来话长：女性割礼、十一岁可以结婚、一夫多妻制、配偶所有权。"利比里亚历来不鼓励女孩接受教育"。在某些部族，做丈夫的甚至偷着逼妻子搞仙人跳，他们好向那些做错事的男人收"通奸税"，让他们以免费干活的形式支付。这种轻视女性的文化始于战前。再前面的告示牌告诫女生，不要用身体换取学分，这样的事十分普遍。利比里亚的道德观或许可以归结为"找出弱点，加以利用"。这种道德观并非利比里亚人所独有。2006年5月，BBC一项调查揭发了利比里亚"系统化的性虐待"状况：联合国维和人员用食物，换取少年难民的肉体。同年十一月，利比里亚的一名非政府组织员工匿名向组织反映："维和人员还在利用困难形势，对年轻女孩进行性侵害。尽管有声明称，此类行为已经受到约束，但事实上仍然十分猖獗。"

在联合镇的一所学校里，女子俱乐部选出的十四名女孩与我们在新的学校"图书馆"座谈。那是个闷热的小房间。利斯贝斯双颊泛红，汗湿的头发黏在前额上。我们的衬衫都被汗水浸透了。书架上胡乱堆放的小开本教科书，都是十年前的。隔壁屋是俱乐部引以为豪的打字室。学生们在那儿用十台老式打字机学习打字。这并非一所通常意义上的"学校"。这是一座容纳了一千个孩子的建筑，等待着真正的学校能够发展成型。提前准备好的那些问题——你们喜欢学习吗？你们最喜欢哪门课？——都成了无稽之谈。她们用难懂的"利比里亚式英语"忧伤地低声作答。老师替我们翻译那些含糊的答案。她的翻译同样难懂。你们长大了想做什么？"飞行员"是最普遍的答案。还有人说"海军的水兵"。无论是从海上还是从空中，她们都想要逃离。其余孩子有说"护士"、"医生"的，也有说想"进政府"的。救援和政府，是利比里亚显而易见的两大出路。你们的父亲是做什么的？他们要么死了，要么就是采割橡胶的工人。一个小姑娘深深地叹了一口气。这些问题或许问得不合时宜。愠怒的老师提醒我们："问问她们多久能来一次学校。"绝望的气氛弥漫开来。一个女孩趴在了课桌上。大家一言不发。"问我吧。"是刚才叹气的那个小姑娘。她叫伊芙琳·B·莫莫；今年十四岁；她长着一张瓜子脸，五官就像洋娃娃。她的聪慧和急躁都那么明显。"我们要和妈妈一起去市场干活。我们要生存，可是没有钱。很难留在学校里读书。没有钱，你们懂吗？身无分文。"我们把这些记了下来。打字室有用吗？伊芙琳眯起眼睛。"没错，没错，当然有用——这东西不错；我们很感激呢。"给人的感觉是她尽量忍着，不让自己发出尖叫。这跟其他姑娘截然不同，她们只是看起来非常疲惫。那些书呢?又是伊芙琳回答:"我全看过了。我擅长算术。我把所有的算术书都看完了。我们还需要更多的书。"你家里有书吗?伊夫林慢慢眨着眼睛,不说话了。我们鱼贯而出,去了打字室。奥布里趁伊芙琳佯装打字时,为她拍了些照片。她耐心配合着,就像政客在拍一张虽然丢脸却又不得不拍的合影。我们走了出来,外面燠热难耐。奥布里四处转了转,试图取景拍照。这所学校孤零零地座落在一片布满灰尘的空地上,四周是单调的橡胶园。伊芙琳和她的同学们在一棵橡胶树下站好队,准备唱一首亲密、和谐的歌,它的旋律是典型的西非曲调。"利比里亚同胞们,战争结束了!告诉你们的姑娘,把她们接来上学吧!你们的战争结束了——她们需要接受教育!"她们的歌声很美。姑娘们面无表情地唱着;目光呆滞,面无笑容。百无聊赖的男学生们在我们周围躲躲闪闪。没人同他们说话或拍照。老师并不担心这种厌烦倦怠和不满会变成仇恨和暴力:"噢,不,他们为这些女孩感到高兴。"访客们准备离开的时候,伊芙琳在台阶那儿拦住了我们。她的神情奇怪极了,倔强、迫切,却又不抱希望。"孤注一掷"这个词常都被人们用错地方。此情此景才是真正的孤注一掷。"你们记下我们需要什么东西吧。你们有铅笔吗?"她们需要的东西有:书、算术书、历史书、理科书、练习册、习字簿、钢笔、铅笔、更多书桌、一台电脑、电力、一台发电机、老师。

乘车返回蒙罗维亚途中:

"亚伯拉罕——政府没有教育预算吗?"

"哦,有!当然有。瑟利夫女士承诺即刻恢复必要的公共机构。但她每年只有一亿两千万美元的预算。联合国每年拨给利比里亚的预算有八亿七千五百万美元。我们有三十七亿美元的债务!"

"我们刚刚参观的学校花费多少?"

"一万。我们扩建了学校,提供了各种物资之类的。要是我们或别的非政府组织不去做,就根本没有人去做!"

"你们给教师们发薪水么?"

"我们不**打算**发——我们不想搞出两种待遇的体制来。不过,举例来说,我们可以培训**他们**。利比里亚的很多教师在十二三岁就辍学了!现在简直是文盲教文盲!"

"可是这样一来,你们做的事就像政府一样了——你们在做**他们的**工作。非政府组织应该这么做吗?"

"(叹气)你看,现在是既缺人又缺钱。我们所有人都得把这个窟窿补上:联合国、牛津饥荒救济委员会、联合国儿童基金会、基督教儿童基金会、挪威难民理事会、国际红十字会、无国界医生组织、圣德肋撒修道院、日和风——"

"?"

"日本和平之风。另一个非政府组织。我可以列张很长的清单。但不同的援助附带不同的义务。而我们不要求义务。直接将钱送走。"

"所以人们可以将钱送到你们这儿,指定拨款的特定项目吗?"

"噢,没错!(大笑不止)请把这一点写进你的文章。"

星期三

蒙罗维亚的街景犹如世界末日之后的景象:原先的城市成了空壳,人们挤在里面。洲际酒店成了上百人居住的贫民窟。原先的总统府破破烂烂,好像儿童游戏房;年轻人坐在骨骼般的螺旋楼梯上乘凉。亚伯拉罕指出了印在墙壁上的利比里亚国徽:一艘停泊的船,上有题词:

"对自由的热爱将我们带到这里"。1822年,获得解放的美国奴隶们(美裔利比里亚人,俗称刚果人)在美国殖民协会的煽动下,建立了新的殖民地,该协会是奴隶主和政客们的联盟,他们的动机不难分析。利比里亚就连根都扎在恶念之中。第一波移民半数死于黄热病。到十九世纪二十年代末,只有为数三千的一小拨侨民活了下来。他们在利比里亚复制了原来的生活场景:种植园风格的居所和白色尖顶的教堂。当地的马林凯部落对他们的到来和扩张始终怀恨在心;零星的武装交火时有发生。美国殖民协会在十九世纪四十年代破产时,它要求"利比里亚国家"宣布独立。这只是诸多范畴性错误的开端:当时利比里亚还不是一个国家。因为进口费用高昂,其农业出口很快便陷入停滞。十九世纪七十年代,兴起了一种"欧洲贷款"(同期亦开始拖欠)。这笔款项主要用于美裔利比里亚黑人在内地发展现代化,同时却忽视了陷入停滞的本地人的内政。这两个种族之间的关系,揭示出"种族"问题的人为性。对美裔利比里亚黑人而言,这些本地人是"土著"——非法贩卖马林凯人的奴隶贸易一直持续到十九世纪五十年代。直到1931年,国际联盟才曝光了强迫本地人劳动的现象。坐在前排的亚伯拉罕扭头问坐在后排的利斯贝斯:"你知道我们怎么说那个国徽?正是在这里我们才萌发了对自由的热爱。"这是利比里亚很流行的笑话。他笑个不停。"这才是真实情况,他们来到这里,从不让我们掌权!他们成立了自己的真辉格党,而我们133年来都是一党制的和平国家。只不过没有正义。原住民占这个国家人口的95%,但我们一无所有。噢,那些刚果人——他们把每一丁点儿权力都攥在手中。政府里全是刚果人。他们互惠互利。而我们直到很久以后——六十年代——才有了投票权!"

利斯贝斯问了一个情理之中的问题:"如何**分辨**一个人是不是刚

果人？"

"噢，你能**分辨**出来。他们有自己的一套说话方式和着装习惯。他们总是相互称呼'先生'。总是身材魁梧。日子过得**很舒坦**。原本，"他说着，朝蒙罗维亚的荒芜景况挥了挥手，"这里一切都好。"

那些最大的混凝土结构建筑——原来的卫生部和国防部，真辉格党总部——是杜伯曼总统（1944—1971）和托尔伯特总统（1971—1980）和平而非正义的政权留下的残迹，利比里亚人对他们抱有反常的怀念。大学、医院、中学，它们的资金来自真辉格党大规模的国际贷款，以及取消对外商特许经营权的管制，这些特许权通常交到了消耗农业资源的公司手中，它们直接将资源运输出国，而不从事任何产生附加值的加工活动。二十世纪的多数时间里，利比里亚有个绰号：凡士通共和国。迫使利比里亚人接受超低工资和不人道生活条件的交易，就是在这些建筑里达成的。从这些交易中获益最多的人，原先就在这些建筑里面工作。如今这些建筑窗口挂着破布，墙面满是弹孔，数千人擅自住在里面，没有厕所，没有自来水。自然，修建起了新的建筑，达成了新的交易。2005年1月28日，临时"代理"政府暂时管理这个破败的国家期间（选举在同年晚些时候进行），凡士通迅速捞到了新的特许权：未来三十七年里，每亩地的租金是五十美分。这笔交易中没有提到成立加工厂——而利比里亚人从二十世纪七十年代起，就一直要求成立加工厂。未经人民委任并将于几个月后离职的财政和农业部长们，商定了这一协议。签约地点是总统府的内阁办公室，见证人是当时的美国大使约翰·布莱尼。同一时期，米塔尔钢铁公司获得了这个国家的铁矿，这使该公司实际控制了广阔的宁巴开采区。运动团体"全球目击"将米塔尔公司的交易描述为"跨国公司利用国际管理的空白，从东道国获取特许权和待遇优惠的合约，以寻求利益最大化的典型个案"。

利比里亚人并未将他们面临的困窘，归咎于消耗资源的外国企业或他们在政府的说客，这让激进分子颇为沮丧。利比里亚人不那样想。多数利比里亚人知道，橡胶工人能赚多少钱：一个月35美元。人人都知道一位政府部长赚多少钱：一个月2000美元——这在利比里亚算得上是巨款。没人能告诉你，凡士通公司的年利润是多少（2005年，单是其在利比里亚的产值，就有81242190美元）。在没有中产阶级和工人阶级、没有**有效公民生活**的国家里，政府就是一切。政府意味着钱、住房、医疗、教育、正常的生活。政府也是汇聚所有渴望和愤怒的焦点。民主政府疲软无力的可靠标志之一，就是**政府**和政府大楼成了同义词。袭击唐宁街，杀死首相，政府的权力并不会发生转移。而在利比里亚，就像在海地一样，情况刚好相反。过去二十五年间的暴力冲突，部分表现为一场摧毁刚果人地产的战争，尤其是臭名昭著的第二栋总统府。很难找到一个对这栋建筑的诡秘气氛完全无动于衷的利比里亚人。在记录1989—1997年战争可怕情况的《利比里亚：黑暗之心》一书中，作者在描述二十世纪九十年代那场灾难性战争给蒙罗维亚带来的影响时，一半内容是战争报道，一半内容是地产杂志：

（查尔斯·泰勒的）利比里亚全国爱国阵线从大学校园里，向设立防御重重的总统府发起猛攻：这栋宏伟的建筑由以色列人建于1964年，耗资2000万美元。其背后是美不胜收、临近大西洋的白色沙滩，总统府邸所在的海岬，是在西非与巴西最近的地方。

1990年，塞缪尔·K·多伊总统寓居于此，拒绝离开。再往前十年，

1980年，二十八岁的多伊，肚子里没多少墨水的克兰族成员，也是利比里亚军队中的二级军士长，发动了政变，他把重点也放在了这座总统府上。他冲杀进去，在托尔伯特总统的床上将他开膛破肚。

我们参观了红灯市场。奥布里问："为什么叫红灯呢？"

亚伯拉罕回答："因为以前这儿有一组交通信号灯。"

这里是一片圆形地带，四周是小店，挤满了商贩。这些小店有着阿伦兄弟和齐亚德氏这样的店名，店主都是黎巴嫩人，就像曼巴岬酒店里的商店一样。利比里亚的小生意几乎都是黎巴嫩人开的。亚伯拉罕耸了耸肩："他们只是在我们没钱的时候有点钱而已。"利比里亚的公民法就是一个冷笑话：任何非"非洲出身"的人士，不能成为公民。黎巴嫩人赚到的钱，直接流回了黎巴嫩。

妇女们蹲伏在市场周边，叫卖小塑料袋包装的肥皂粉。她们中的一些人来自牛津饥荒救济委员会出资筹建的利比里亚妇女儿童发展协会。该协会每天借给她们一百利比里亚元（不到两美元）。这让妇女在红灯市场多少占了一些经济优势，这很像二十世纪五十年代的时候，黎巴嫩人比利比里亚人在经济上更占优势：别人没钱，他们有钱。除了这些妇女，红灯市场上没有谁能买得起一整盒肥皂粉。于是这些妇女将肥皂粉散装出售，留下利润后，再把一百利比里亚元还给利比里亚妇女儿童发展协会。奇怪的是，把一盒肥皂粉拆散零卖的话，在第三世界赚到的钱比在第一世界赚得还多。一位五个孩子的母亲向我们透露，这项生意足以供她的五个孩子中的两个上学。另外三个孩子跟她一起在市场干活。你如何决定送哪个孩子上学呢？"我送十四五岁的去上学，因为他们很快就会毕业。五岁、六岁和七岁的孩子跟我一起干活。"

星期四

从四驱车里望过去,西岬看起来并不像"旗舰项目"。狭长的通道污秽不堪,两端尽是些由垃圾、烂泥和金属碎片搭成的小屋。孩子们肚皮肿胀,手捧腐烂变质的食物,男人们砸着石头。这副光景绵延数里。汽车卡在狭窄的小巷里,动弹不得。参观者只好下车步行。走近再看,这副光景变了模样。这不是一条通道,而是许多相互交错的网状小巷。俨然是一座城市。还有现做的食物。小小的货摊上正在卖烤鸡肉串。孩子们跟在奥布里身后,希望奥布里能给他们拍上几张照片。他们摆出无所畏惧的姿势:握紧大拳头,露出疙疙瘩瘩的细胳膊。没有一个孩子乞讨。我们在一家堆满木质桌椅的作坊门前驻足,这些桌椅结结实实,也不难看。有人在给这些桌椅上焦糖似的棕色油漆。一名高个子白人青年陪着我们参观,他是牛津饥荒救济委员会驻西岬的项目经理。"**这个**,"他说着,双手用力按在离他最近的一张桌子上,以示强调,"做工很棒,不是么?"利斯贝斯瞅了瞅那件木制品:"嗯,你知道那张桌子还没干吧?"

帕特里克·阿里克斯年届三十,仪表堂堂。他有一半的法国血统,总是不苟言笑,令人有说蠢话调节气氛的冲动。在西岬供职之前,帕特里克在赞比亚做过应急工作,他有注册会计师资格,曾在印度尼西亚的世界野生动物基金会任职("我原先是个生态激进分子"),还为法国的一个核聚变反应堆项目做过管理评估,他在海地出过一张雷鬼风格的专辑,还在利物浦的爱乐交响乐团演奏过小提琴。以上只是简要列举,并不详尽。他见证了利比里亚局势从可怕的紧张态势,转变为如今的初步"发展"阶段。"基本上,我们一直关注着这些复员军人——很多人都在这儿安了家。六万五千人住在这里,其中有三万名儿童。目前,这个贫民区有十九所学校,对吧?所以——"等等,贫民区里还有学校?帕特里克皱着眉头停下了脚步。他捏了捏自己的双鬓。"当然,不过我们只去唯一一家政府开办的学校。其他都是私立学校,跟教堂和清真寺合用场地,教师都是志愿者。这里还有一个教师委员会,一位专员,小镇理事会——这片贫民区是个小镇,这你们明白吧?这里有明确的街区划分。地区代表们会定期召开会议,否则,一切事务都无法进行。"

他迅速穿过一片混乱的小巷,对自己走的路很有把握。我们到那儿的时候,帕特里克说:"你们真应该看看它之前的样子。这是'之后的'面貌!"奥布里给这栋长而低矮的混凝土建筑和内部四间空屋拍了照片。帕特里克说:"说起来,利比里亚有这样一段解放黑奴的独特历史……这意味着,政府的组织架构只是从别国那里借鉴过来的,很多头衔——这个部长、那个部长——都是装点门面的……现在,一切都变了;他们承诺拿出百分之十的预算经费投资教育,就比例来说可不小,但**全国**也只有 1200 万美元而已。眼下要做的事太多了。非政府组织尽力填补空缺。你刚才看到的是我们的民生工程的一部分:教做父亲的人制作学校里用的家具,我们校方会以合理的价格,向他们收购这些家具。他们也会向西岬的所有学校出售。做母亲的加工校服——这话听起来,是不是太符合传统化的性别角色了……"

约翰·布劳内尔和艾拉·科尔曼正站在学校门前,前者是民生项目负责人,后者之前一直是西岬地区的专员。布劳内尔先生是西岬的名人:他代表利比里亚参加足球赛事,去过美国和巴西。"里约热内卢。"他满心欢喜地笑着说,就像说起了天堂。尽管烈日炎炎,他还是穿着笔挺的衬衫,身形像橄榄球运动员一般魁梧。科尔曼女士也算是西岬的名人。她像牧师般,切身关怀着人们。她会走家串户,检查可疑的性虐待情况。如果她担心孩子们的安全,就把他们留在自己家中照料。她热情澎湃,慷慨激昂:"我们这里有七岁女童被成年男子奸污!我找父母谈话——我教育人们。人们如此贫困和绝望。他们不明白。比如,如果一位母亲为了在市场赚五十利比里亚元而将孩子留在家里,我会对她说:'这样只能维持一天!将来怎么办?'再举个例子:我们这里有一个小男孩,他总是摸一个小女孩——所以我和他交了朋友。他被停课了——但这不能解决问题。于是我去了他家,只见全家人都睡在一间屋里。我告诉他的父母:你们让孩子知道这些事情为时过早。如果那个小女孩出了什么事,我会让你们负责!"

你有当过兵的学生吗?"噢,丫头,"科尔曼女士悲伤地说,"这里到处都是当过兵的。人们就生活在杀害过自己家庭成员的男孩旁边。我们,作为一个民族,还有很多伤口有待愈合。"

帕特里克解释了后勤方面的细节。校长的月工资是三十美元。在贫民区租一个月的窝棚,租金是每周四美元。利比里亚的老师很容易买通。你花点小钱就能顺利通过考试。在大学里,这一问题更是普遍:教师资格证书通常都靠不住。"说多了也乏味,所有这一切都源于极度的贫困。如果你是一个住在垃圾堆上的破窝棚里的教师,你可能也会这样做。"布劳内尔先生满怀希望地说起快车道计划,利比里亚已就此申请拨款。他从宽阔的胸腔里自豪地呼出一口气。目标之一就是将班级人数由原来的344人/班缩减到130人/班。帕特里克连连点头:"是啊,大个子……但是要花三年的时间——就在制定战略期间,这些孩子们也是有需要的。看看他们吧,他们正等着呢。"

"这是个令人难过的事实。"布劳内尔说。

他们找来四名女生，在树荫底下和我们聊聊。我们的谈话很简短。她们都想做医生。她们踢着地上的尘土，不愿跟我们有眼神的接触。毕竟我们给不了她们什么。你们都想做医生，这真是太好了。医生会培养出新的医生。利比里亚很快就会有很多医生了！

利斯贝斯叹了口气，喃喃地说："但利比里亚全国差不多只有二十三名医生，十四名护士。"

参观者们有些沮丧地坐在一堵墙上。女生们带着遗憾在旁观望——这一逆转简直让人难以忍受。她们跑开了，去市场给母亲帮忙去了。与此同时，科尔曼女士仍滔滔不绝；她解释说，有朝一日，政府会清理这片贫民区、这所学校、里面的每样东西和每个人。她不认为眼前的困境无法解决。她还没有"行善的疲惫感"。她说："我相信，今后会好起来的。我们从尘土中建起了这个社区，但我们不能止步不前。"

星期五

邦县风光旖旎。丛林葱郁茂密，微风宜人。这里有倭河马和猴子出没；让人感到利比里亚有多种可能。这里自然资源丰富，山间凉爽，沙滩炎热。尼安·P·济凯是牛津饥荒救济委员会在本地的项目经理。他体格结实，长相帅气，像个大男孩。他是在托尔伯特政权时日无多的时候受的教育（"他是在我读高中的最后一年被杀的"）。尼安协助完成了邦县的村庄重建工作，这里曾是各个交战派别激战的战略要地。如今，这里的人们住在围绕中间空地搭建的传统小茅草棚里。这里既清洁又宁静。这里的住户关系亲密，他们围在参观者周围，想要加入谈话。在一个村子里，一位妇女介绍了食物方面的状况。她是"1-0-0",她的孩子们(通常)是"1-0-1";而其他很多人都是"0-0-1"。这个二进制系统揭示出的,是他们一日三餐的进食情况。不过情况正在好转:这里已经有了学校;还有公共厕所。尼安在规划中鼓励开辟稻田;男人下地干活,女人去市场上卖米。这一安排远远超过战前赖以维持生计的农事规模。他梦想着把这里所有村落联系在一起,形成一个贸易圈,充分利用邦县的战略重心地位,将产品销往蒙罗维亚。尼安说:"你们必须明白,这里的一切都毁掉了。这里有过规模最大的难民营。我们帮助流离失所的人们重返家园,也帮助他们重建家园。你们在这里目睹的一切,都是用 DFID——国际发展部的钱来实现的。这个英国组织先后两次共拨款 271000 英镑。我现在可以很高兴地说,我们已经百分之百地实现了目标。创建了基础设施,提供了个人培训。这笔资金起了很大作用。为培训利比里亚用工提供了帮助。为卫生部在县级开展工作提供了帮助。确实帮了大忙。"

"这是个很不错的援助案例,"利斯贝斯说,"但人们不爱听这个。"

我们离开村落的时候,爱好园艺的利斯贝斯环顾四周,寻找准备耕种的田地。厚重、潮湿的棕榈树层层叠叠,却没有农田。尼安向来得意于自己的坦白:"我们不能怪别人。事实上,我们不掌握农耕的技术和知识。一直以来,都是刀耕火种。唯一够得上产业规模的农事,就是种植橡胶树。这也是我们的人民掌握的唯一一项大型产业。别的都没发展起来。"

有些东西被称为第三世界产品。在市场上,妇女卖米的地方,一个男孩的 T 恤衫上印着"大卫·贝克汉姆"字样,但下面却是蒂埃里·亨利的头像。妇女们拿着的塑料桶上印的字会掉色——像扎染一样。那些没人要的产品,都流入到利比里亚来。"我们这里的肉类也是一样,"尼安解释道,"鸡爪,猪蹄,人们买到的就是这些,筋多肉少,没什么营养价值。"

沿着公路开出半英里,我们遇见了肖太太,一位年届八十的利比里亚教师,她正坐在自家小屋门前。她已经教了三代学生,自称工资拿得比"橡胶工人还要少:每月只有二十五美元"。她告诉我们,她的学生们随着时间的推移而改变。现在他们都非常"性情暴躁"。他们是对自己的处境感到愤怒?她皱起了眉头:"不是,他们相互仇恨。"我们走的时候,利斯贝斯瞥见院子里有三座坟墓。"我的三个儿子——他们都被毒死了。"利斯贝斯以为这话是隐喻,亚伯拉罕却摇了摇头。他并不知道那种毒物具体是啥:可能是某种树叶的萃取物。上车后,他解释说:"她的儿子们曾经在政府部门供职,这是很不错的工作。往往就在你称心如意的时候,你就被毒害了。他们会在你的杯子里下毒。所以我每次出门,都会格外留心我的水杯。"

参观者们坐在利比里亚郊区最好的酒店"杜鹃巢"门廊上用晚餐。酒店以塔布曼总统情妇的名字命名,店主是他的女儿;如今她在美国生活。她不在的时候,这家酒店由卡马尔·E·加南打理,他是个声名狼藉、不停抽烟的黎巴嫩人,穿着一身游猎长裤套装,他会客气地提醒你晚七点以后不要开灯。卡马尔还负责管理酒店后面的橡胶园。亚伯拉罕和尼安交押金的时候,他拿出了桑格利亚汽酒。他们两位是利比里亚的一个规模很小的团体成员:这个团体就是利比里亚暂时性的中产阶级,这一阶层的形成在很大程度上源于非政府组织的出现。"不好办哪,"亚伯拉罕解释道,"甚至哪怕是我粉刷了房子,人们就会开始议论纷纷。**他现在可是刚果人了。**一旦你不再一无所有,人们就会疏远你。"他们炫耀着他们在战斗中留下的伤疤,在路边遭劫时留下的刀伤。刚才去拍摄橡胶园的奥布里回来了,他带来了新消息:他刚才在田里遇见了一个橡胶工人。

"他叫大卫,不知道自己年纪多大——不过我们用一场场战事,推算出他有三十五岁。他有六个孩子,其中三个夭折了。他生在橡胶园里,他觉得自己从十岁或十二岁起,就开始在那儿工作了。他希望能供孩子们上学,但他现在的收入还不够。他一周工作七天。他说,橡胶工人们还住在1952年建的营地里。附近没有学校,也没有医疗设施——再说就算有,他也付不起那个钱。他每天大约能割五十磅的天然胶乳。他说,一天相当漫长,从早干到晚……"

奥布里气喘吁吁,情绪激动:我们感觉自己像是勇敢的记者,揭发了不为人知的恶行。其实,利比里亚橡胶种植园的状况早有充分的文字记载。美国CNN电视台2005年报道称,凡士通公司总裁丹·阿多米提斯解释说,每名橡胶工每天"只能"采割650~750棵橡胶树,每棵树耗时两到三分钟。按照保守的两分钟计算,橡胶工人每天要工作二十一个小时。以前,父母常带自己的孩子来橡胶园帮忙完成指标;这一情况被曝光之后,凡士通公司禁止了这种行为。如今,橡胶工人赶在天亮之前,把孩子们带过来干活。

卡马尔抽着烟,一边听,一边叹气。他说:"听着,就是这么回事,"他的口气就像在谈论某种无法阻止的自然天气现象一般。他顿了顿。然后用更强烈的语气说:"要小心这个橡胶工人。我感觉,他不是凡士通公司的。他是别家的。"尼安笑了。"卡马尔,咱们都熟悉那家橡胶园——他们把货卖给中间商,再由中间商转卖给凡士通公司。"卡马尔耸了耸肩膀。尼安转身跟参观者们说:"凡士通公司在这里是忌讳话题。人人都知道,那里条件恶劣——工人宿舍没有水电供应——

但薪水比这里的绝大多数工作要高。除非在美国政府有个极富影响力的游说团,才能制止他们。凡士通公司最初进驻利比里亚,完全是为了给美国军方提供长久的橡胶供应。英国提高了马来西亚橡胶的进口关税——美国不想支付这笔费用。他们需要长远的解决方案,于是他们自己种植橡胶树——利比里亚并非橡胶树的原产地。确实,整个产业都是他们创造出来的。虽然听起来有些奇怪,但这是利比里亚最好的工作之一。"

卡马尔进去拿甜点。亚伯拉罕朝桌子俯下身来。

"你知道人们怎么说吗?2003 年,战争形势最恶劣的时候,**利比里亚还算安全的地方只有**美国大使馆和凡士通公司。别处尽是烧杀抢掠。美国海军不在岸边——我们一直希望他们能登陆支援。他们在等什么?我们望眼欲穿,他们驾船远去,**什么也不做**。人们这才感到失望。"

桌边的每个人都被问到,他们认为战争爆发的原因何在。尼安说:"我先告诉你我的真实感受吧:每个利比里亚人都以不同方式参与了战争。要么是在精神上,财力上,心理上,要么是切身参与。下面回答你的问题:从某种意义上说,没有原因。兄弟和朋友之间自相残杀,第二天又心生悔意。对我来说,唯一真正的原因就是贪婪。还有贫穷。混战的军阀只想得到财产。他们袭击蒙罗维亚时,甚至都没有装作彼此交战。他们入室杀人,把自己的名字涂写在墙上。瑟利夫女士接管格特里奇的橡胶园时——价格是每月两百八十万元——反政府武装仍旧霸占其中,并在一年半的时间里拒绝撤离。他们想要从事橡胶业,却毁了橡胶树——他们的采割方式欠妥。重新栽种还要用十年的时间。"

星期六

我们在蒙罗维亚的"好餐厅""岬角"用午餐。窗外的风景是悬崖峭壁直插沼泽，远处则是蓝绿色的水面。战争时期，海滩上一度尸骨遍地，如今则空荡荡的。在牙买加，游客们会在类似沙滩上举行婚礼。他们身穿结婚礼服，赤足站在德国连锁酒店名下的白色沙滩上，手持香槟酒杯，再现了旅行宣传册上的画面。这种结果——正常的，哪怕是利用现有资源的"旅游经济"——对利比里亚而言，似乎也是种奢望。如今，光顾"岬角"的只有非政府组织的员工、政府官员和外国商人。这时，一位衣着体面的利比里亚人从我们身旁经过。亚伯拉罕说："他是最高法院的法官。"又过去一个打领带的男士。"噢，他是尼日利亚人，拥有一家航空公司。"利比里亚各个地方的情况都一样：只有很穷的人和很有权势的人。目前，缺失的中间阶层只有"国际团体"。监管机构 GEMAP（统治和经济管理援助计划）已经就位。未经 GEMAP 认可，不得签署超过五百美元的支票。**在这样的状况下，很难好得起来。**约翰逊－瑟利夫总统承诺，要重新审核 2005 年的米塔尔钢铁公司和凡士通橡胶公司的特许权。**我们满怀希望地祈祷。**

我们的餐桌后面，一个英国人、一个黎巴嫩人和一个利比里亚人正在开午餐会：

英国人：你们知道，我很担心管理层的士气。如果管理层士气低落，下属很快会感觉到。现在这里就像他妈的蒸桑拿。或许我们可以给他们一些东西……一张好的床，床单，一些让他们不会在晚上被叮咬致死的东西。如果你们这么做，他们会很高兴的——简直令人难以相信！

利比里亚人：我的朋友，总会**有人**感染疟疾。这是不可避免的。

黎巴嫩人：的确如此。

利比里亚人：我希望你不要过于担心疟疾——利比里亚一向疟疾盛行。我向你保证，我们已经习惯了！

利比里亚的历史上，类似的对话出现过很多次。

丰田车开到了佩恩斯维尔学校门口。这所学校的校训是"依靠发展实现自救"［原文如此］①。奥布里的出现在操场上引发了一场不小的骚乱：所有人争着来拍照。有的身着校服，其他人身穿非政府组织的T恤衫。五十来个学生身穿衬衫，上面印着**中国和利比里亚：友谊长存**。我们从一家专门帮助童兵恢复正常生活的天主教组织——唐博斯科收容院——得知了一个男孩的名字，我们到这所学校就是为了找他。

按十五岁的年龄来说，他个子很小，圆溜溜的光头，漂亮的长睫毛。浑身上下散发着一股少年喇嘛的不凡气息。三个大男人把他带到校园一角，带到我们面前，又去拿了一把椅子过来。他用一根手指按住一个男人的手腕，摇了摇头说："在这里说话太热了，我们还是进去吧。"

在学校后面的一间小办公室里，四个神情紧张的成年人在监督我们的谈话。利斯贝斯，作为几个十几岁孩子的妈妈，似乎在理查德开口之前就快哭出来了。这一周的时间实在太漫长了。理查德尽力让我们轻松一些。他冲着口述录音机温和地笑着说："好了。你们确定这个打开了吗？"

---

① 原文为 Helping our selve through Development，不合文法，故此作者作了"原文如此"的标注。

"我叫理查德·S·杰克。2003年时,我十二岁。第二场内战打响时,我和母亲住在一起。有一天我在球场上踢足球,几个男的过来抓住了我。是他们逼我的——我一点都不想参战。他们自称是海军,强行抓走了两支球队的所有男孩。他们把我们扔上了一辆卡车。我还以为我再也见不到我的父母了。他们把我们带去了洛法大桥。在那儿发生了什么?我们学会了一些东西。我们学会使用AK-47自动步枪。我跟他们待了一年半。我身边都是形形色色的利比里亚人和塞拉利昂人,好多男孩。头一两个星期,我惊恐万分。后来我慢慢习惯了这种生活。我脱离了自己原先正常而自然的生活方式。战争让人脱离了自己原来正常而自然的生活方式。战争摧毁人们的思想。人们直到现在仍然不知道,这场战争是为什么而打。我知道。这是可怕的误会。现在我已经不再参与其中。我再也不想让暴力留在我的心中。每当我坐着回首过去,都会得出这样的结论:**我要振作起来**。于是,我会向人们提及我的过往。他们应该了解从前的我。有时候很难做到。不过向我母亲解释倒不难。她能理解发生的一切。她知道我心地并不坏。如今我希望自己能充满智慧。我梦想着能在这个国家做一个好人。我觉得利比里亚能成为一个伟大的国家。不过我也想周游世界。我喜欢学习地理。我想当飞行员。你想让我开飞机送你去什么地方吗?没问题。十年之后再来找我吧。我保证我们会翱翔蓝天,周游世界。"

Nine: Speaking in Tongues

九

多说几种话

以下内容基于笔者 2008 年 12 月在纽约公共图书馆的一次演讲。

1

大家好。如今我讲话的口音,圆润的元音和辅音位置多少还算准确的英音——并不是我小时候的口音。这是我在大学期间,与对未删节版《克拉丽莎》的欣赏、对葡萄酒的品味一起发现和学到的。或许这件事就是表面看起来的样子——一种露骨的向上钻营的行为——但当时,我真心认为这是文化人的口音。如果我没学会这样优美的口音,就算不上真有文化。或许比我勇敢的人,会坚定自己的立场,以身作则,给同辈一份实用的经验教训:并非所有文化人都身处同一社会阶层,说同样的话。但我走上了另一条路。部分原因是怯懦和生来就爱取悦别人的品性,同时还因为,我本人并不认为,习得这样的语言是一种直接的交易,用这种口音换来那种口音。我自己的童年经历,就是各种事物的杂糅,各种异质事物的综合。我从不觉得自己是因为剑桥而离开威尔斯登[①]。我觉得,我是把剑桥经验添加到威尔斯登经验上面,把这种说话方式添加到那种说话方式上。是将一种新知识融入我已经掌握的不同知识里。有一段时间就是这样:休假在家的时候,我用原来的口音说话,似乎能感受到、说出我在大学里无法表达的事物,反之亦然。这种灵活性让我感到有些惊奇。感觉就像活了两回。

不过要维持这种灵活性,需要付出努力才行。近来,我的双重口音退化成了单一口音,这也反映出,我的努力将我带入了一个更狭小的世界。如果说威尔斯登是广阔、多彩的工人阶级的海洋;剑桥是意义近乎单一的优雅小池塘;那文学界就是一个小水坑。我一路上习得的口音,不再是我可以随心所欲地选择穿上的一种奇装异服,如同学士服一样——如今它已经变成了我唯一的口音,不管我想不想要。我有些后悔;我本该保持两种不同的口音,它们原本都是我的一部分。但文化告诫我们,切勿如此!萧伯纳在戏剧《皮格马利翁》的序言里,巧妙地阐述如下:"成千上万的(英国)男女……舍弃了自己的方言土语,掌握了新的语言。"不过很少会有人承认这一点。语言适应依然是英国人的原罪。监督和揭发此类公民,是一项全国性的娱乐,就像性丑闻和诽谤案一样受欢迎。如果你学美国东海岸那样抬高尾音,你就是叛徒;如果你按原有的方式来念那些欧洲外来词——哪怕你无伤大雅地把帕尔玛干酪说成 parmigiano——你就是骗子。如果你(以比喻的方式来说)沿着英国的阶级等级往下走,不说伦敦腔,而是说一种"伪伦敦腔",你就等着被群众涂上柏油,粘上羽毛游街示众好了。倒行逆施,是一种不可原谅的阶级背叛。口音本该是恒定而单一的。要侮辱一个客居伦敦的苏格兰人,最快的办法就是告诉他,他已经失

[①] 英国伦敦布莱特区的地名。

去了自己的口音。我们认为,我们的口音代表了我们的身份,若是拥有多种口音,或者在不同场合使用不同的口音,往好里说,是要两面派,往坏里说,是失去了我们的灵魂。在英国,任何改变口音的人,都会陷入古怪的悲惨境地。他们背叛了那句令人费解的格言"忠于你的自我",这句话经常被人满怀赞同地引用,似乎它代表了莎士比亚的智慧,而非波洛尼厄斯①的大话。"我会变成什么样?我会变成什么样?"伊丽莎·杜利特尔②意识到自己进退维谷的处境时,发出这样的哀号。作为卖花姑娘,她的口音过于优雅,但希金斯太太客厅里的贵妇们听了,却难免想起贫民窟。

但伊丽莎——悲惨地拥有双重口音者的主保圣人——值得细加审视。首先要注意到,伊丽莎和《皮格马利翁》都是说教的,这正是萧伯纳的初衷。"我很高兴,"他这样写道,"能(把《皮格马利翁》)扔到那些自作聪明的人头上,这些人鹦鹉学舌地重复着,说艺术绝不应该是说教的。它证明了我的论点,艺术绝不应该是别样的。"他执意要讲一个一清二楚的故事:一个姑娘改变了口音,失去了自我。她来的时候是这样:

你别这么无礼。你没听见吗,我是来干什么的。你跟他说过我是坐出租车来的吗?……噢,我们是很自豪!他可不会不屑教课,不会的:我听他说过。好吧,我可不是来让人恭维的;要是我的钱不够,我可以去别的地方……现在你明白了,不是吗?我是来上课的,没错。我会付钱:别搞错了……我想做花店里的淑女,而不是在托特纳姆法院路的街角卖花。不过除非我讲话更得体,要不然他们不收我。

---

① 莎士比亚剧作《哈姆雷特》中的御前大臣,也译作波隆尼尔或波洛纽斯。
② 前面提到的萧伯纳戏剧《皮格马利翁》中的女主人公。

她离开时是这样的：

我做不到。我以前还能做到；但现在，我已经回不去了。昨晚，我在外面闲逛，一个女孩跟我搭话；我想用原来的方式回答；结果行不通。你跟我说过，你知道的，如果把一个孩子带到外国，他会在几星期内学会那里的语言，忘掉自己的母语。好吧，我就是被带到你的国家的孩子。我已经忘记了我的母语，只能说你的语言。

在实验接近尾声的时候，希金斯教授把伊丽莎置于不上不下的尴尬状态，她既不是卖花女孩，也不是贵族淑女，失去了一种语言，学到了另一种。所付出的巨大代价，便是她原先的身份和她知晓的一切。他还有些画蛇添足地，把伊丽莎的父亲，阿尔弗雷德·杜利特尔给毁了，他给后者谋到了一笔每年三千英镑的生活费，条件是后者每年给万纳费勒道德革新世界联盟做六次讲座。这一负担让这位爱好哲学的清洁工，无奈地落入他轻蔑地称之为"中产阶级道德"的怀抱之中。在剧作落幕时，杜利特尔父女发现他们进退两难，对萧伯纳来说，他们的处境是更偏向悲剧的悲喜剧境地。他们更适合什么样的生活？他们会变成什么样？

这个中间地带的恐怖，是何等的持久！它一直延伸到悲惨的黑白混血儿的恐惧，变性人的困境，再到我们今天对当代移民的焦虑——伪装成了优雅的关切——我们确信，他们被不同的世界、观念、文化、口音悲惨地割裂——他们今后会变成什么样？总得有所付出——牺牲一种口音，换取另一种。双重的必须变成单一的。但伊莉莎的故事中，表面化的说教寓意，却被这部戏剧本身的一点所削弱，那就是它正是一支拥有多重乐音的管弦乐队，它们被同时、完美地展现出来，没有牺牲丝毫的色彩或语调。希金斯那份哈利街的专横，跟皮尔斯夫人的中下层阶级的优雅适成对照；皮克林那仁慈的、贵族式的粗疏，其说服力丝毫不亚于阿尔弗雷德·杜利特尔的尼采式、带威尔士味的伦敦东区方言。萧伯纳耳力极佳，他差不多像莎士比亚一样，善于再现各种各样的俏皮话。萧伯纳不愿，或者不能把他拥有的这份天赋赋予伊丽莎：他会说好几种话。

由萧伯纳那忧郁的《皮格马利翁》的故事，转向另一个故事，美国新任总统所撰写的、充满无限希望的版本，给我一种怪异的感觉。当然，他的耳力也不差。在《源自我父亲的梦想》①里，这位新任总统展现了令人艳羡的对话能力，他将它善加运用，将一干人物描绘得栩栩如生，他们就像詹姆斯·鲍德温——他显然受了詹姆斯·鲍德温的影响——本人在其多声部小说《另一个国度》中塑造的人物一样多姿多彩。奥巴马能模仿年轻犹太男性、南方黑人老妇、堪萨斯州的白人妇女、肯尼亚老者、哈佛大学的白人书呆子、哥伦比亚大学的黑人书呆子、女性激进分子、牧师、保安、银行出纳，甚至还有个英国人，叫威尔克森先生，他在旅途中的一个满天星斗的夜晚，说了这样的话，这话的确是英国人说的："我相信那就是银河。"这位新任总统并不只是替民众代言。他会讲他们的话。一位总统居然有这等天赋，未免令人不知所措；让我们很难适应。我不得不掐自己一下，让自己记住是谁写出如下观察细致的场景，看起来就像选自一部喜剧小说：

"伙计，我再也不会参加普纳荷学校的狗屎派对了。"

---

① 奥巴马的回忆录。

"是啊,你上次也这样说过……"

"这次我是认真的……这些女生都是美国农业部认证的头号种族歧视者。所有人都是。白人女孩。亚洲女孩——该死,这些亚洲人比白人还差劲。她们以为我们有病什么的。"

"可能她们是看了你的大屁股吧。伙计,我记得你在健身来着。"

"别碰我的炸薯条,你又不是我的女人,黑鬼……你自己买该死的薯条去吧。我刚刚说到哪里了?"

"就因为女孩子不愿意跟你出去约会,也不能说明她就是种族歧视者啊。"

这是奥巴马记得自己十七岁时的口吻。但还是可以看出,它是出自奥巴马之口;他已经开始尝试将貌似简单的事,拆解开来,把它变得更加复杂("就因为女孩子不愿意跟你出去约会,也不能说明她就是种族歧视者啊");他对别人激情昂扬的信念,已经有些玩世不恭("是啊,你上次也这样说过")。他有幽默感("可能她们是看了你的大屁股吧")。只是那时的口吻有所不同:他的转变几乎跟伊丽莎·杜利特尔的转变一样大。但奥巴马从他自己《皮格马利翁》般的经历中得出的结论,要比萧伯纳的结论更微妙。他讲述的故事,并非失去真实口音,获得新的虚假口音的古老悲剧。他讲的故事全都跟加法有关。他的故事是拥有多种真实口音之人的故事。如果它有道德寓意,那就是每个人都必须忠于多重的自我。

对奥巴马而言,能听取多种声音并非负担,或者说,不仅仅是负担——也是天赋。这是一种有趣的天赋,出版社给取的枯燥书名《源于我父亲的梦想:一个种族与传承的故事》并未充分体现出这一点,这个书名暗示出一种简单的、线性的传承,父亲的梦想和渴望传给了儿子，在儿子身上得以实现。"源于我父亲的梦想"这个书名比较适合约翰·麦凯恩的书《我祖辈的信仰》，后者关注的正是线性的、男性的传承，这本书里写的是士兵传承给士兵。不过安在奥巴马的书上，就不对了，而且有失偏颇。他在第一章，便开门见山地纠正了这个书名的谬误，当时他探讨的是父母失败的婚姻关系，他们的独子把这段关系描述成一个梦想的终结。"甚至在魔咒被解除时，"他写道，"他们认为已被他们抛弃的种种，将他们重新召唤回去时，我占据了他们的梦想原先所在的地方。"

占据一个梦想，生存在（由父母两人构想出来的）梦想之地，与简单地继承一个梦想，显然大不一样。这更有趣。保利娜·克尔①是怎样称呼加里·格兰特的？"来自梦想之城的男子"。当布里斯托人阿奇博尔德·利奇变成了温文尔雅的加里·格兰特，这一变化体现在他的口音上，他的口音接受了一种奇怪而难以名状的操控，形成了一种美妙、独特的口音，既非英国西南部的腔调，亦非上流社会的腔调，既非美语，亦非英语。这种口音没有出处；**他这个人**就没有出处。格兰特像是一个集体梦想的产物，是艰难时代的影迷梦想的产物，正如艰难时代的选民们用梦想虚构出了奥巴马这位总统一般。两人都有深思熟虑的奇特特征，这在那种善于自我创造的人身上，颇为典型——我们从他们身上，能看到我们希望看到的一切。"人人都想成为加里·格兰特，"加里·格兰特说，"就连我也想成为加里·格兰特。"不难想象，奥巴马在格兰特公园的后台，听到满怀希望的民众呼喊着自己的名字时，心里也会有这样的想法。人人都想成为巴拉克·奥巴马。就连我也想成为巴拉克·奥巴马。

---

① 保利娜·克尔（Pauline Kael，1919—2001），美国影评人。

2

不过,我还没有描述梦想之城的样子。我试试看吧。这是一座融合了多种口音的城市,在那里,统一而单一的自我只是一种错觉。自然,奥巴马就是在那里降生。我也是。当你的个体多样性印在你的脸上,以几乎太过鲜明的主题风格,印在你的遗传基因里,印在你的头发里,印在你那不伦不类的浅棕色皮肤里——那么,任何人都能看出,你来自梦想之城。在梦想之城,一切都是双重的,甚至是多重的。你别无选择,只能跨越边界,说各种各样的话。只有这样,你才能从理解母亲转为理解父亲,从跟一帮觉得你肤色不够黑的人交谈,转为跟另一帮觉得你不够白的人交谈。这是那种聪明人会小心使用"我"字的城镇,因为用"我"这个音素来代表他复杂的体验,给人的感觉太过直接和单一。而梦想之城的市民更愿意使用集体人称代词"我们"。

在奥巴马的竞选过程中,他颇为注意地总是说"我们"如何如何。在说"我"的时候,他显然颇为谨慎。通过这样说,他不光回避了与他的感受有出入的单一性;他还把我们争取到他这一边。他大胆地暗示:虽然你看不到他们脸上印着那样的字,但大多数人也都是来自梦想之城。我们中的大多数人,都有过错综复杂的人生经历,混乱的过往,多种多样的故事。诉诸我们集体的、人性的混乱,对奥巴马来说,是种冒险的策略。他的对手明白它的有失严谨,于是大力渲染梦想之城那非美国的外来特征,在这个界定得不清不楚的地方,你可以同时做夏威夷人、肯尼亚人、堪萨斯人、印尼人,你可以像站街女那样胡言乱语,也可以像参议员那样发表演说。这是怎样一个疯狂的地方?但他们低估了来自梦想之城的居民数量,以及有多少美国人在日常生活中诉诸对比鲜明的腔调,在迥异的事物中寻找整体。原来,他们对梦想之城并不陌生。

又或者,他们从未真正看到它的样子?如今,我们知道,奥巴马在依阿华讲的是《大街》,在费城西北部,讲的是红薯派,可以说,他能成功,是因为他很少说错话,他精心修饰自己的语调,来适应听众的感受。有时,他是在一次演讲中,在一句话里,做到这一点的:"我们在蓝色的州,崇拜令人敬畏的上帝,我们在红色的州,不喜欢联邦探员在图书馆里四处窥探。""令人敬畏的上帝"这一说法,让你直接想起了乔治亚州教堂的长椅,"四处窥探"给人的感觉,就像在印第安纳州南本德市家中的餐桌旁边。其中有着完美的平衡,它经过了精巧的权衡,从无意外。直到现在,竞选结束之后,他才稍微卸下防备,在《60分钟》节目上,不经意地说出了黑人的句法结构:"嘿,我不傻,伙计,所以我才是总统。"哪怕在三个星期之前,也很难想象他会说出这样的话。某些人准会有面具脱落、现出原形的感觉吧。

这种想法把我们带到了单声部的奥巴马国(Obamanation)人群当中。他们在博客上,在电台上大发雷霆,痴迷地等待着面具的滑落。他们对奥巴马耍两面派的作风大为恐惧。"他说的是一回事,但他指的是另一回事"——这就是这场恐惧运动的本质。他说他是资本家,但他会分散你的财富。他说他是基督徒,但其实,他要给穆斯林赋予权力。诸如此类。这些恐惧源于一种因腔调而生的焦虑。"他是什么人?"人们不停地问。我的意思是,这家伙究竟是什么人?他在费城说"红薯派",在依阿华说"大街"!他跟我们说话时,听起来像是我们的人——但他背着我们,说我们紧抓着我们的宗教,我们的枪不放。当杰西·杰克逊[①]听说，奥巴马曾给一座黑人教堂的会众宣讲，黑人父亲不在子女身边尽责的弊病，他也把这一点看成是口吻上的背叛；说奥巴马"居高临下地教训黑人"。在这两个例子里，都有一种耍两面派的感觉，有修饰自己的言辞以适应听众的情况，他不属于民众（因为他能够客观地看待他们），而是始终高高在上。

杰克逊的失态，还有他那恋母情结式的暴力（"我想割了他的卵蛋"），格外尖刻，因为它正中黑人社区代际冲突的核心，它与哪些话我们公开说，哪些话我们私下说有关。因为在民权时代，这事关荣誉：对我们的群体所作的任何批评或负面分析，白人政客往往并不怀有真正的同情或理解，断章取义地表达出来，在有白人群体聆听的时候，黑人政客更是不应该重复宣讲，哪怕这种批评（大多数美国黑人儿童，的确生活在单亲家庭）恰好是真实的（这更不行）。我们的事就是我们的事。要关起门来讲；家丑不可外扬；要团结如一。（当然，杰克逊听到某些话之后便失了态，也在无意间打破了他自己的规则。）

奥巴马之前的黑人政治家们，始终恪守这些不成文的规则。他们用这样的方式捍卫自己，对抗黑人政治生活的两大妖魔：汤姆叔叔和众议院黑鬼。黑人政治家迎合，或者哪怕只是回应白人对黑人群体的担忧、愿望和希望，都有可能被扣上这两顶帽子，甚至就连马丁·路德·金都难以幸免。然后奥巴马出现了，还有他宣告的新世界，后种族的世界，在这个世界里，最重要的不是盲目的种族忠诚，而是事实真相。有人感觉，杰西·杰克逊跟这个后种族的新世界不合拍，就连他儿子都觉得，有必要公开否定他的"丑陋言论。"但杰克逊的愤怒并非无法理解，他的不信任并非不可理喻。杰克逊经历过痛苦的斗争，

---

① 美国黑人民权牧师。

痛苦的斗争会以微妙、复杂的方式，扭曲参与斗争的人。在讲话时首先忠于自己的文化，其次再忠于事实，这样的想法正是此种扭曲的反映。

直到最后，奥巴马都未能博得杰克逊那一代的许多黑人男女的信任。能以如此的灵活性，游走于文化上的黑人和白人语调之间的人，怎么**会**是诚实的人？来自梦想之城的人**会**如何信守承诺（Keep it real）？他为什么不用一种清晰、统一的口吻说话？这些便是生于真实之城的人心中真实的疑问，他们出生时，那些城市发生了无从和解的分裂，当时黑人运动必须以清晰而统一的口吻喊话，否则别人就有可能听不到。然后，奥巴马赢了。看着杰西·杰克逊在格兰特公园落泪，周围簇拥着各种肤色的美国民众，给人的感觉是，他至少得到了他需要的答案：只有拥有多种声音的人，才能对众人说话。

清晰而统一的声音。在这样的背景之下，身为半黑半白的混血儿，颇为尴尬。在他的回忆录里，奥巴马小心地拿一个名叫乔伊丝的黑人女孩打趣——那是他大学时代的一个混血女孩，她刚好有一部分意大利血统，一部分法国血统，一部分美国原著民血统，她很爱提起这些事，她喜欢说：

我不是黑人……我是多种族混血……我为什么要在它们之间作出选择？……让我作选择的，不是白人……不——是黑人总爱拿种族说事。是他们让我选择的。是他们告诉我，我不能做我自己……

他记下了她的声音，因此用她自己的话谴责她。因为她是黑人生活的第三个妖魔，悲惨的黑白混血儿，她总是希望自己能悄悄"过关"，总是急于让你知道，她有白人血统。正是乔伊丝这种害怕被人误解的恐惧，让我在填表时总是在"黑人"那个框里打勾，对"混血"那个框视而不见,让我总是模棱两可地以黑人作家自居,对坚持认为奥巴马不是第一个黑人总统,而是第一个混血总统的人白眼相向。但我心里明白,这是模棱两可的态度,我知道,奥巴马具有双重意识,既有黑人意识,同时也有白人意识,像我一样,除非我们认为,一个人的基因遗传和文化传承之间,总有高下强弱之分。

但要说到双重,无异于暗示单一令人羞愧。乔伊丝坚持她有多种血统,是因为她对单一的黑人血统感到恐惧和羞愧。我觉得,很可能在潜意识中,我也是个悲惨的黑白混血儿,被自豪和羞愧的情感撕扯着。不过,在我意识清醒的内心生活中,我做不到老老实实地说,我为自己的白人血统感到自豪,为自己的黑人血统感到羞愧,或者我为自己的黑人血统感到自豪,为自己的白人血统感到羞愧。我觉得,无论是自豪还是羞愧,自己都不可能体验到,因为基因方面的偶然变化,我并未积极参与。我了解那些话是如何融入种族问题的论述的,但我对它们并不认同。我也不为自己身为女性感到自豪。我甚至不为自己身为人类感到自豪——我只是喜欢身为人类而已。正如我喜欢身为女性,喜欢身为黑人,喜欢有一个白人父亲。

奥巴马在《源自我父亲的梦想》中讲到了许多人,人们对他们给予广泛的同情,显然,乔伊丝的话是被摈除在这份同情之外的少数声音之一。她完全是一个说教性的存在,是奥巴马不得不提出的妖魔,哪怕只有一页的篇幅,也好让每个读者能看到,奥巴马是如何消灭她的。我明白那种感受。我上大学的时候,觉得我宁愿跟黑豹党[①]徒逃走,也不愿跟偶然遇见的乔伊丝之流为伴。正是乔伊丝这样的人"居高临下地教训黑人"。因此,为了避免成为乔伊丝那样的人,或者

---

① 美国极左翼激进黑人团体。

被人看成是乔伊斯那样的人,你得让自己一致起来,用一个声音说话。统一的黑人声音,这种观念很有说服力。在过去四十年里,这种观念渗透到了黑人群体的各个层次,在"信守承诺"这一难以实现的强令中安定下来,这项强令的初衷便是要实现统一。我们要统一"黑人性"这一观念,将它予以强化。结果我们却限制和束缚了它。对我来说,"信守承诺"这一指令不啻是2×5英尺的因牢。事实上,它太过狭窄。我没法在那儿舒舒服服地待着。"信守承诺"用一种薄弱的指令,取代了黑人神圣而牢固的、基因方面的事实。这样一来,"黑人性"成了每个黑人都有可能丧失的品质。几乎任何事都能让一个人失去黑人性:去上某些大学,从事各种令人印象深刻的工作,喜爱歌剧,有白人女友,喜欢打高尔夫。改变口音更是如此。有种颇为流行的思想认为,保持口音是真正的关键;无法守住自己的口音,你的黑人性就再也看不到了。如今再看,这种说法是何等的荒谬啊。这倒不是因为,我们生活在后种族的世界——我们没有——而是因为种族的现实是多样化的。黑人的现实是多样化的。有的黑人说话像我,有的黑人说话像李尔·韦恩[①]。黑人有保守主义者,也有自由主义者,有运动员,有律师,有计算机技术人员,有芭蕾舞者,有卡车司机和总统。我们都是黑人,我们喜欢做黑人,我们全都照着自己的赞美诗歌单唱歌。我们虽然都是黑人,但我们最后会抵达这样的历史阶段:你们再也无法赞扬或教训我们,只能跟我们平起平坐地说话。他在居高临下地教训白人——这样反过来说,听起来多怪啊!要说出这样的话来,必须要把白人当作一个集体来考虑,当作一个万众一心的群体——我们没做过这样的思想实验。不过值得试一试。只有将唱片倒着播放,你才能

[①] 李尔·韦恩(Lil Wayne, 1982—),美国黑人说唱歌手。

听到隐秘的信息。

3

出于我并不理解的缘由，我们在艺术家身上看重的那些品质，若是出现在政治家身上，我们便会加以谴责。我们在艺术家身上，寻找多姿多彩的声音，多种多样的情感。当然，将这些做到极致的，非莎士比亚莫属：莎士比亚缺乏忠诚意识，我们对这点的看重，胜过对他那些文字游戏的看重。我们的莎士比亚能看到事物的两面；他既是黑人又是白人，既是男人又是女人——他是每一个人。其传记中留下的巨大空白，不过是一种方便合宜的东西；就算我们有了新发现，发现他隶属于某一宗教或政治阵营，我们也不会当回事儿。比如说，他是不是罗马人？在一代代读者看来，他并不属于一种宗教，而是属于两种宗教，其实不止两种。他出生时，英国天主教与新教的文化战争正开展得如火如荼，那个年代的荒谬，怎会不给他留下强烈的文化偶然感？

对威尔来说——就像对巴拉克[①]来说一样，这场观念之战始于父亲的梦想。因为我们知道，新教时代的市政官员约翰·莎士比亚，负责重新绘制中世纪壁画，负责破坏斯特拉特福本地优美的同业公会礼拜堂中的十字架坛和祭坛，但我们也知道，约翰·莎士比亚把一份隐秘的天主教《属灵盟约》藏在自家椽子里，这是一份签过字的、宣称忠于旧信仰的宣誓书。眼看着自己的父亲行为分裂，公然宣誓是这样，私下里又是那样，实在是一种奇怪的经验。约翰·莎士比亚是那种行

[①] 威尔即莎士比亚的名字"威廉"的昵称。巴拉克指巴拉克·奥巴马。

事模棱两可的人：要是你不能同时做天主教徒和忠诚的英国人，你就只能这样。要是你不能既是黑人又是白人，你就只能这样。有时候，在一个被教条所分裂的国家，那些想在双重意义上保住脑袋[①]的人，必须学会行事分裂。在四百年后的此时此地，我们仍然懂得这个道理。无论是谁，若是不公开宣称自己信仰两件事：上帝存在，以及美国的例外主义[②]，就不可能当上美国总统。但是美国历任总统里，有多少人含糊其辞呢，设身处地地想一下吧，换作是谁，谁会不含糊其辞呢？

好在莎士比亚是艺术家，所以他有父亲没有的宣泄渠道——拥有众多声音的剧场。莎士比亚的艺术，它所采用的媒介，让他得以做出市政官员和政治家们似乎无法实现的事：说出同时存在的多重真理。（例如，人既信上帝又不信上帝，这种经验是否真实？）在他的戏剧中，他是女人、男人、黑人、白人、信徒、异教徒、天主教徒、基督徒、犹太教徒、穆斯林。他是在模棱两可的气氛中长大成人的，但他生活在自由之中。他也向我们提供了自由：认准他就是某种单一的身份，无论是对莎士比亚，还是对我们来说，都是一笔显而易见的损失。一代又一代的批评家，都坚持捍卫这种无法简化的多重性，不过隔着时代的玻璃，他们每个人的表达方式各有不同。这是济慈在1817年做出的著名尝试，他想给这种品质赋予一个名称：

> 我马上想到，是什么品质造就出成就斐然之人，尤其是文学成就，而且莎士比亚拥有的那样多——那就是出色的否定能力，就是置身于不确定、神秘、怀疑之下，丝毫不觉烦躁地追寻事实和理性的能力。

[①] 此处的"保住脑袋（keep one's head）"是双关语，另有"保持镇静"之意，因此是"双重意义"。
[②] 又称"美国卓异主义"、"美国优越主义"，语出法国政治思想家亚历西斯·德·托克维尔的著作，原指美国独特优越，后衍生出许多新的内涵。

这是斯蒂芬·格林布拉特①在2004年的尝试：

莎剧中有很多种英雄主义，但意识形态方面的英雄主义——狂热的、不顾自身地信奉一种观念或制度——并非其中之一。

对济慈来说，莎士比亚的多种声音是半神秘的，跟济慈那个时代的浪漫主义狂飙刚好合辙。对格林布拉特来说，莎士比亚的负面能力，其根源是社会政治的。威尔曾目睹太多怒目圆睁的烈士，太多遭到处决的恐怖分子，太多反抗天主教恐怖活动的战争。他曾目睹人们冲着圣坛屏莫名其妙地发火，目睹人们写论文赞美桌子。他曾目睹施刑者将人活生生地剖出内脏，然后当着他们的面，将他们的内脏烧掉，只因为他们喜爱拉丁弥撒胜过一篇普通祈祷文，或者相反。他明白激烈而单一的确定，无疑能创造出什么，又能毁掉什么。为此，他把自己变成了某种散漫而不确定的事物、大量的矛盾、道出多种真理且无法分解的多重声音。透过2008年的玻璃望去，"负面能力"看起来就像是"意识形态方面的英雄主义"的完美解药。

尽管如此，我们还是从我们的政治家那儿，寻找意识形态方面的英雄主义。我们认为实用主义者软弱无力。我们说那些保持平衡的人是天真的傻瓜。对这样的人，英国有过一种侮辱性的叫法：骑墙派。在十七世纪中叶，骑墙派指的是试图占据拥护查理一世者和圆颅党人，国会和国王之间的中间地带的政客；管一个人叫骑墙派，是指责他不肯为某种意识形态彻底献身。不过19世纪英国历史学家托马斯·麦

---

① 斯蒂芬·格林布拉特（Stephen Greenblatt, 1943— ），美国文学评论家、学者。

考利在向我们讲述这些时代时，让我们注意枢密院的杰出政治家哈利法克斯，伦敦发生大火时，是他着手调停国会与国王之间的纷争。哈利法克斯满怀自豪地以骑墙派自居，麦考利解释说，他认为这一称号是：

> 荣誉称号，还十分快活地证明，这一称号是尊贵的。但凡好的事物，他说，总是在两个极端之间保持着平衡。温带区，夹在酷热地带和严寒地带之间。英国教会夹在再洗礼派教徒的疯狂与天主教徒的无精打采之间。英国宪政夹在土耳其的专制统治和波兰的无政府状态之间。美德不是别的，只是对一旦过度纵容，就会走向邪恶的两种倾向所做的恰当调和。

这些话听起来非常合理，颇有亚里士多德的风范。麦考利对哈利法克斯性格的描述同样吸引人：

> 他的才智丰沛、微妙而恢宏。他那优雅、富于启迪、充满活力的口才……令上议院倍感喜悦……他的政治短文的文学价值值得研究。

事实上，哈利法克斯给人的感觉并不陌生——听起来，他像是来自梦想之城。这让麦考利的提醒显得更为动人：

> 然而，与许多满足于获得较小收益的人比起来，他在政治上不太成功。其实，这些为其作品增色的智识方面的特异之处，常常妨碍他在仕途上的竞争。因为他看待时事的角度，往往不是局内人常见的角度，而是事隔多年后富有哲学素养的历史学家的角度。

对我来说，这是个令人悲哀的结论。我一直希望在政界看到的，正是具有这般智识特色的人。不过，也许麦考利是对的：也许哈利法克斯这样的人，归根到底，更适合当作家，胜过政治家。很多事取决于这位总统究竟如何——不过，这要留待日后才能讨论。而我想在此冒险提出一个小小的理论，有关某种声音的发展演变，其典型代表便是哈利法克斯、莎士比亚，可能还有这位总统。因为麦考利所说的"富有哲学素养的历史学家"的声音，在我看来，是不乏价值和不无特殊的，我认为应该有人专门做一番适当的研究。这种声音会随着人的成长而发展，我的小小理论大致分为四个发展阶段。发展演变的第一阶段是偶然的，不可能是人为的。在这第一个阶段，声音本身并无过错，却发现自己被困在两个极端之间，两种相互竞争的信仰体系之间。所以这第一个阶段势必引出第二个阶段：这种声音学会在这固定不变的两点之间，采取灵活变通的姿态，甚至到了模棱两可的程度。然后是第三阶段：这种原生的灵活性，让人能够"看到事情的正反两面"。然后是最终阶段，我认为这是某种天才的标志：这种声音放弃自身的所有权，发展出一种独特的分裂感，这时的它并不认为，它觉得特别的主张，比别人的主张更有力。这就是我的小小理论——我宁愿把它称作是一个故事，一个美好声音的故事，这种声音经常为公民所采用，却很少被掌权者所采用。在2008年文化战争的喧嚣中，难得听到这样的声音。

在本次讲座中，我一直在尝试提出，这样无拘无束的声音，这样不受教条和个人偏见所累的声音，这样充满同情心的声音，或许会成就一位好总统。直到现在，我才意识到，在所有这些事关功利的叙述中，我把喜悦给漏掉了，从而忽略了我自己的民众中的一个关键选区——那就是诗人们！拥有多重声音，对一位总统来说，或许是一项复杂的天赋，但在诗人们当中，这是一种无须辩白或解释的纯粹喜悦。柏拉图早已将诗人们逐出了他那紧张、恼人的共和国，诗人们已经失去了所有的焦虑。他们无拘无束。

"我是爱上一匹马的小赫梯人[1]，"弗兰克·奥哈拉[2]写道。

> 我不知道什么样的血液
>
> 流淌在我的体内，我觉得自己像非洲王子，我是正在下楼的女孩
>
> 穿着红色百褶裙，脚踩高跟鞋，我是来了一次假摔的冠军
>
> 我是扭伤屁眼的骑师，我是薄雾
>
> 一张面孔从中浮现
>
> 这又是一张金发碧眼的面孔，我是正在吃香蕉的狒狒
>
> 我是看着妻子的独裁者，我是吃小孩的医生
>
> 孩子的母亲还在笑，我是爬山的中国人
>
> 我是正在闻父亲内裤的孩子，我是印度人
>
> 正在倒立酣睡
>
> 我的小马正在
>
> 桦树林中顿足
>
> 我刚刚看见了
>
> 妮娜、平塔和
>
> 圣玛丽亚号[3]。
>
> 这是什么土地，如此自由？

---

[1] 公元前2000—1200年间居住在叙利亚北部及小亚细亚的古代部族。
[2] 弗兰克·奥哈拉（Frank O'Hara，1926—1966），美国作家、诗人、评论家。
[3] 哥伦布1492年从西班牙出发时的三艘船。

当然，弗兰克·奥哈拉的共和国属于想象。这是唯一一片绝对自由的土地。总统这号人物，倾向于对这片土地不予理会，认为它没有什么东西可以教给他。如果这位新任总统有所不同，那作家们真该谢天谢地，不过无论总统是否跟我们同在一条船上，作家们还是应该谢天谢地。奥哈拉的一句话提醒了我们这一点。它刻在他的墓碑上，是这样写的："对出生心怀感激，尽量活得多姿多彩。"

但多姿多彩的生活并非出生就有的礼物。它需要不断努力，再接再厉。我在选举之夜，对此深有体会。当时我在纽约的一个可爱的派对上，里面尽是可爱的人，几乎全是白人，他们思想开明，受过良好教育，在各个州变蓝之际，他们欢呼起来。正当他们高喊"爱荷华州"的时候，我的手机响了，一个刺耳的德国嗓门说："扎迪！来哈莱姆区吧！这里的气氛好热烈。我在一个疯狂的雷鬼音乐酒吧——它是如此美妙！何不现在就过来呢！"

我提到他是个德国人，是因为这样的话，我们就不会轻易接受这样的想法：灵活性为棕色皮肤的人、同性恋，或其他边缘人群所独有。灵活性是一种始终面向所有人开放的选择。（不过他原先是个作家。随你怎么理解都行。）

不过，且慢：一路赶到上城区？一家疯狂的雷鬼音乐酒吧？我犹豫了片刻，因为我正在可爱的派对上享受美好时光。是这个原因吗？还有别的理由。其实，我当时心想：我会显得很可笑，穿着傻乎乎的礼服，操着一口傻乎乎的时髦英音，出现在一家纽约黑人欢庆的拥挤酒吧。令人惊讶的是，我们有多少跨文化和跨种族的邂逅，并未受制于仇恨、骄傲或羞耻心，却受制于另一种同样诡诈却较少被人谈论的情感：尴尬。几分钟后，我坐在一辆开往上城区的出租车上，同行的还有我那北爱尔兰的丈夫和一半印度血统，一半英国血统的朋友。然而，我最初的犹豫还是有些不妙；那是典型的英国人出行时迈出的第一步。面对差异，心生犹豫，结果对差异产生戒备，最后对差异萌生恐惧。用不了不久，你承认的唯一一种声音，你能认同的唯一一种生活，就只是你自己的了。你会觉得，这是小说家古怪的逻辑跳跃。嗯，这就是我的小说家信条，我相信它。我相信声音的灵活会促成方方面面的灵活。我对奥巴马所抱的大胆希望，恐怕就是以这样脆弱的前提为基础的。

我的大胆希望便是：在对立的教条、不同文化、不同声音之间出生、长大的人，会不由自主地意识到文化的极端偶然性。我进一步大胆地希望：这样的人不会把自己的文化感情中令人满意的偶然，错当成一套放之四海而皆准的自然规律。我甚至希望，他会同意萧伯纳的话："爱国主义从根本上来说，就是这样一种信念，即相信某个特定的国家是全世界最好的，因为你出生在里面。"但这个希望可能过于大胆了。我们将会看到，奥巴马毕生的语言灵活性，是否能让他用一种声音自豪地说出："我爱我的国家，"同时用另一种声音说："这是一个国家，同其他国家一样。"我希望如此。他似乎正是那个合适的人选，他能够表明，这两种声音之间不存在矛盾，没有模棱两可，只有人类正当而得体的和谐。

观看

Seeing

赫本与嘉宝

Hepburn and Garbo

1. 本色明星

凯瑟琳·赫本是主演我最喜爱的电影——《费城故事》——的明星。她还演过好多让我能安心看完的电影，让我不至于朝银幕丢东西或是昏昏睡去。在凯瑟琳·赫本息影之后的二十年里，能成功塑造我们再熟悉不过却又不同寻常的人物（我们的母亲、姐妹、妻子、情人、女儿）的女星日渐稀少。正因如此，凯瑟琳·赫本留下的财富也随着时光的流逝，变得弥足珍贵。

我从小就非常喜欢赫本。我少年时的卧室，犹如为好莱坞黄金时代而建的神殿，有半面墙是专门为她留的。在加里·格兰特、吉米·斯图尔特、唐纳德·奥康纳、艾娃·加德纳等明星的照片里，唯有赫本女士——一副盛气凌人的王者风范、一头红发（不过在公开的照片里，这一点往往被掩饰起来）——坐在高高的天花板檐上，像圣母俯瞰地位较低的圣徒一般。我在太多时间里，担心她的健康问题，并一再让父亲（他也是赫本的影迷，只比她小十八岁）向我保证，她会比我们所有人都长寿。当她安然无恙地步入八旬高龄，我多少相信，她会长生不老的。或许是因为她早早步入了我的生活,她给我带来的影响远远胜过任何一位影星,而我对此始终心怀感激。她在银幕上塑造的女性,以及她的本色形象,如今仍是我理想的楷模,还有她在《费城故事》里偶然说出的一句台词,在我每次提笔写作时,都像北极星般指引着我:"永远别用一成不变的眼光看待别人!"这句台词出自唐纳德·奥格登·斯图尔特的手笔,但话里流露出的对人的个性和美的肯定,百分之百是赫本的风格。

那部电影里的问题是阶级差异;赫本饰演的崔茜·罗德试图让抱有阶级意识的吉米·斯图尔特相信,正如荣誉感并非富人所独有,美德也不是工人的专利。同样,赫本以她在好莱坞独特而真实的观念立场,祛除了美国人的一些陈腐、令人压抑的成见。每当好莱坞自以为它了解女性、黑人、知识分子或"性感"是怎么回事,赫本就拍一部电影,扭转公众观念,让人们见识一些无法简单理解的非凡特质。有时他们喜欢,但更多时候——特别是早期——他们不喜欢。赫本的另一个特点就是决不让步。当大卫·奥·塞尔兹尼克[①]告诉她,因他"看不出白瑞德会追求你十年"而不让她演郝思嘉时,她傲慢地对他说:"有些人对性吸引力的看法跟你不同",然后冲出了他的办公室。赫本从不考虑改变自己去适应好莱坞;应该是好莱坞改变自己适应赫本才对。

她的倔脾气可以追溯到她在美国东海岸长大的经历:身为新教徒、勤奋努力、热爱运动、才智过人、追求自由却又严谨苛刻。洗冷水浴是她童年的家常便饭。赫本说,她的家人"让她懂得良药苦口利于病这个道理",这很符合她的银幕形象留给我们的印象;她从不放纵,历来务实;有的放矢。倘若艾娃·加德纳是在大浴缸里洗泡泡浴,

---

① 大卫·奥·塞尔兹尼克(David O. Selznick,1902—1965),美国制片人。

那么赫本就是在康涅狄格州的寒风里,站在一桶冰水里。赫本将自己所有的良好品德归功于自己的童年,她总把父母生活和相处的方式视为自己效仿的典范。她母亲凯瑟琳·玛莎·霍顿,人称基特,是一位坚定的女权主义者,早年毕业于美国布林茅尔学院,它是首批授予女性博士学位的院校之一。她是潘克赫斯特夫人[①]的朋友,还曾担任康涅狄格州妇女参政权协会会长,后来还成为计划生育直言不讳的支持者,尽管她育有三儿三女。她的丈夫托马斯·诺弗尔·赫本医生,祖先可以追溯到詹姆斯·赫本,博思韦尔伯爵和苏格兰玛丽女王的第三任丈夫(赫本曾于1936年在电影中扮演落魄的玛丽女王,后来她发现,脾气火暴的伊丽莎白更适合她扮演)。赫本从他那儿继承了发色和家里的昵称"红顶草",对各项体育运动的热爱,以及对女性受到种种制约的不解。赫本医生对儿女一视同仁,让儿女都玩触身式橄榄球,学习摔跤、游泳和帆船,他还鼓励他们逐步意识到,智力和活力是一枚硬币的两面,并无男女之分。赫本的父亲恰好是赫本欣赏的那类男人:"有些男性富有活力,有些男性善于思考,如果能将二者结合起来,那么,就完美无缺了——这样的人就像我爸一样了。"凯瑟琳·赫本生于1907年,比父母的第一个孩子汤姆小两岁,她从小就是个快活、爱爬树、穿裤装的假小子,她喜欢哥哥,却不善于跟家庭以外的人交往。她十二岁那年,发生了一场悲剧,改变了她的人生,似乎也在某种程度上,促使她成为日后那位女演员。在一次去美国的途中,凯瑟琳和汤姆一起看了戏剧《康州美国佬在亚瑟王朝》,剧中有一场绞刑戏。第二天早上,凯瑟琳去哥哥的房间叫他起床时,发现哥哥竟用床单自缢在屋椽上,已经死了五个小时。他才十五岁。赫本父母双方的家族

[①] 英国妇女运动的领袖。

都发生过自杀事件,但她父亲始终相信,这是儿子搞惊险表演时失了手。无论如何,哥哥的离世深深刺激了赫本。她开始尝试着模仿哥哥的许多个性,希望在某些方面能取代哥哥的位置;她会说起去耶鲁学医,这正是哥哥原先的计划,她还积极参加他喜欢的各项体育运动——高尔夫、网球和潜水。她没有真正的学习天分,未能进入耶鲁求学,而是勉强通过了布林茅尔学院的入学考试,追随了母亲的脚步。人们常常觉得这所学校不乏势利作风和女才子气息,对它倍加奚落,赫本在这所学校开始从事表演,而且她也是从这里开始——正如日后的评论者抱怨的那样——学到了那种叫人难以置信的口音,那种"布林茅尔式的鼻音腔调",英伦腔的元音发音,与美国人屈尊俯就的高傲口吻奇怪地结合在一起。她的阶级出身以及暧昧不明的女性气质,对其日后的银幕形象颇为重要,也正是因为这些特别之处,她才会在十年间的多数时间里,成为"票房毒药"。塞尔兹尼克不愿让她扮演郝思嘉,显然是针对她的体貌来说的,我们不妨从这里开始说起。她那位了不起的情人斯宾塞·特雷西曾这样说过:"她身上没有多少肉,不过她身上有的,都是精华。"确实如此,赫本身材苗条却不骨感,浑身上下仿佛是一整块肌肉,胸部并不丰满,但从后面看,身段非常优美。她能像任何好莱坞小明星一样,成功地诠释礼服,可要是你看到她穿着宽松长裤和洁白、硬挺的衬衣,你的心跳几乎都要停止了。她的面孔像猫,却不显轻浮,她颧骨微凸,但嘴唇丰满盈润。她的眼睛——说到底,没有哪个电影明星靠的不是她的眼睛——以聪颖、热切的眼神望向远处,这种目光正是总统们希望拥有却鲜有企及的。她的鼻子更成问题。有人觉得她的鼻子显得高贵而活泼,但对许多人来说,它显得过于高雅、顽皮和高傲。她早年拍摄的一些电影中,百分之七十几的表演都是挺着鼻子扬着脸的,二十世纪三十年代正值大萧条时期,人们不愿被镜头里如此笔直而严厉的鼻子上方的目光所注视。他们不怎么喜欢她在《克里斯托弗·斯特朗》(1933)中饰演的杰出女飞行员,更不喜欢她在《烈性女子》(1934)中扮演的那个目不识丁的山村姑娘。不过要让观众真正讨厌你,你或许得在整部电影中,都以男性装扮示人,还要让布赖恩·艾亨①——在你依旧身着男装的时候——爱上你,还要让他说出这样的话来:"我看你的时候,不知为何会有一种古怪的感觉。"赫本在失败的易装喜剧片《西尔维娅·斯卡利特》(1935)里就是这样做的。大萧条时期的美国观众没什么心情欣赏莎剧式的情节,他们有其他事需要劳神,不愿多想身着绿绒面革的凯瑟琳·赫本搞同性恋的可能性。《时代》杂志借机指出:"《塞莉娅·斯卡利特》揭示了一个有趣的事实,即凯瑟琳·赫本的男装形象要比她本人好看。"她在二十世纪三十年代拍过不少票房大作,其中最有名的要数《小妇人》,她在片中饰演最了不起、最能给人代入感,也最美丽的乔·马奇,她对这一角色的诠释可谓空前绝后。不过此时她只是在票房大作中扮演出彩的角色——还不能独自扛起整部电影。赫本在片场的率性作风,也没有给她帮上什么忙,这些行为被各家杂志派来调查这位潜力新星的洛杉矶八卦专栏作者注意到,他们说了不少闲话。制片厂向他们宣传的是,赫本是一位一头红发、东海岸出身、上流社会的女神,所以当他们发现一个不化妆的女人穿着工装裤,在各个电影场景间昂首阔步时,难免有些惊讶。雷电华电影公司的公关部建议她不要再穿工装裤,被她一口拒绝。翌日,她发现那条工装裤从化妆间里消失了,于是她只穿着衬裤,在片场来回走动,直到他们把工装裤还给她为止。还有一次,她在记者面前否认自己结过婚(她结过,

---

① 布赖恩·艾亨(Brian Aherne, 1902—1986),英国演员。

但时间很短,对方是勒德洛·奥格登·史密斯,她在学院舞会上认识的一名男子),记者们问她是否育有儿女,她回答道:"有,两个白人孩子和三个黑人孩子。"

就在这段时间前后,赫本决定重返舞台,出演一部名为《湖区》的剧作,她受到多萝西·帕克[①]有些刻毒的贬低:"凯瑟琳·赫本的情感范围只有从 A 到 B 而已。"说起来,这一评价倒也中肯——赫本还不能超越自我的极限。但她像所有黄金时期的演员一样,成功地看出银幕表演跟舞台表演相反,无须拓展什么范围。现如今,人们欣赏全才型演员,他们凭借多样的口音和保持下巴前探、用下唇包住上唇的怪相,既能扮演严重残疾的人,也能扮演英雄人物和风流人物——这对博加特、格兰特、斯图尔特,或者对赫本来说,都毫无意义。赫本或多或少,正是通过在后来的电影生涯中不断学习扮演自己,才成了人们心目中的银幕偶像和电影女神。

《生活》杂志曾这样评价《费城故事》:"当凯瑟琳·赫本开始本色出演凯瑟琳·赫本自己时,委实令人瞩目,无人能及。"我现在写道,我想不出,世上有什么乐趣,能胜过看到她穿着晨衣,被吉米·斯图尔特搂在怀里,醉醺醺地唱着《Somewhere Over the Rainbow》(这姑娘有很多过人之处,但她不是唱歌的料)。那部电影里还有一句台词,对赫本来说,或许至关重要。她即将抛弃的未婚夫乔治·基特里奇(约翰·霍华德饰)抱怨道:"丈夫希望妻子注意言行举止,这很自然。"她的前夫 C·K·德克斯特·海文(加里·格兰特饰)作了纠正:"言行举止能自然。"句子的重点随着逗号的消失而转移,我们也随之发现,赫本在二十世纪四十年代的喜剧片中,变得更有女人味了,这可以说

[①] 多萝西·帕克(Dorothy Parker,1893—1967),美国女作家,以其聪明才智和善于讽刺闻名。

是奇迹。

赫本在三十六岁时,与斯宾塞·特雷西合拍了她的第一部喜剧片,她在《小姑独处》(1942)中的表现,驳斥了女性在十六到二十五岁最美这一当代最大的谎言。只说当年的她正处于全盛时期,尚且不够。她是一位自然地展现本色的女人,她没有畏惧和羞愧,对自己的才能信心十足。赫本和特雷西在对手戏中上演的较量和悖论,跟他们在生活中所要面对的问题一样:如何驯服一股强烈的激情,而不用一方向另一方彻底臣服。这让《小姑独处》《亚当的肋骨》(1949)以及《帕特和麦克》(1952)听起来枯燥无味——这样想就大错特错了。《亚当的肋骨》对性别战争这一主题的展现,既诙谐又尖刻——我是说,简直尖利入骨——我跟两位恋人看过这部电影,两次都是看完之后,分房而睡。平等婚姻中的竞争问题,被刻画得入木三分,看得你如坐针毡。你能想起,赫本和特雷西饰演两名律师,他们就同一起案件上演了一场唇枪舌剑的攻防大战。一天晚上,经历了法庭上漫长的一天之后,特雷西在赫本屁股上友好地拍了一下(他在给她按摩),引出了一段无与伦比的对话:

特雷西:什么,你现在不想按摩?你怎么啦——就因为我拍了你一小下,你心里不痛快?

赫本:你是故意的,对吗?

特雷西:为什么这么问,不是啊……

赫本:就是,你就是故意的,我能分辨出来……那一巴掌很用力!

特雷西:唉,好啦……好啦……

赫本:不,我还不确定,我还不确定自己愿意……遭受典型的男性本能攻击行为!

特雷西:哎呀,你冷静一点……

赫本：我感觉，你不但是故意的，你还觉得自己有权利那样做！我看得出来！

特雷西：你在身后装了什么？雷达装置？

哦，去把它租回来看吧。

虽然我特别容易被凯瑟琳在二十世纪四十年代的表演打动，但在她的演艺生涯里，她在每个十年，都会有令人叹服的演出。她始终保持着奥斯卡提名的记录，直至梅丽尔击败她为止，每个赫本迷都会记得《夏日痴魂》（1959）里的那场恐怖戏，尽管赫本既看不起这部电影，也看不上她在片场的待遇——在电影拍摄的最后一天，她往导演脸上吐口水。此外，赫本在《非洲女王号》（1951）中与汉弗莱·鲍嘉堪称天作之合的合作，绝不亚于她跟特雷西的联袂演出。赫本在鲍嘉身上，看到了她所喜爱的、父亲身上长于行动的一面，而鲍嘉发现，赫本跟他妻子芭考尔一样胆大妄为。芭考尔曾尾随他们，去了人迹罕至、虫子肆虐的拍摄地点，据说她在报上看到丈夫与合作的女星如此登对的照片，有些放心不下。其实，她不必如此担心：赫本对特雷西的爱如今已经成了传奇，如今我又一次想起，自己小时候所向往的浪漫爱情，就是他们那样的，赫本在特雷西弥留之际，仍每天守护在他的床边。他们始终没有结婚，因为他已经结了婚，作为天主教徒和有妻室的人，特雷西始终没有离婚。他妻子被迫在全世界面前承认，他们的婚外情闪光不朽，想想就令人不寒而栗，扼腕叹息。特雷西声称："我的妻子和凯瑟琳喜欢顺其自然。"这话是真是假，只有他们三个清楚，从未对外公布。特雷西和赫本最后一次合演的《猜猜谁来吃晚餐》（1967），是我看的第一部赫本演的电影，那时我才五岁，母亲在一旁不断评论着西德尼·波蒂埃①的完美身材。这部电影有些感情用事,不过这种政治的和个人的感情用事,起码是真诚的;我绞尽脑汁地去想,还有哪部电影如此真实。长期酗酒的特雷西,在拍摄期间就已经命不久矣,当他说出最后一句台词"只要他们对对方的感情能有我们的一半,那就够了"时,赫本真的哭了。六个月后,他去世了。他们双双获得奥斯卡提名,当她听说自己再次获奖时(赫本没有出席典礼;她四次荣获奥斯卡奖,一次也没有领过),她的第一个也是唯一一个问题是"斯宾塞也获奖了吗?"他没有,但她认为,这是两人共同荣获的奖项。

赫本年轻时很有活力,总是执意亲自完成特技镜头,年老力衰令她感到深恶痛绝。她从不像容颜失色的小明星那样,觉得自己完了(其实她的美貌从未褪去),却常常因为无法完成原本轻而易举的事而倍感沮丧。有一次,因为不得不请一名二十四岁的特技替身演员替她骑自行车,她沮丧地哭了起来。当时,赫本已有七十二岁高龄。就在两天前,她悄然离开了这个世界,享年九十六岁。我不明白自己为什么感到惊讶,但我的确有这样的感觉,当我注意到的时候,已经潸然泪下,同时也觉得,自己哭得有些荒谬。你怎么会为素未谋面的人哭泣呢?两年前,我曾去布赖恩特公园,看大银幕上放映的《费城故事》。时值炎热的七月,白天我和弟弟一直在动物园里看企鹅展(当时我们的住处没有空调),后来我们听说,这部电影——我最喜欢的电影——要搞露天放映,便冲向了市中心。

我们到得太晚,已经没有座位了。我从未见过这般拥挤的景象。我们正闷闷不乐地寻找矮墙来坐,突然有两个可恶的傻瓜,两个白痴,改变了主意,让出了他们的第二排座位。我们的激动之情简直难以言

---

① 西德尼·波蒂埃(Sidney Poitier, 1927—   ),美国演员、导演。

喻。这时,大喇叭里传来消息:当晚,赫本生病了——我感到透不过气来,我是说,真的透不过气来——但没有大碍——欣慰的叹息——她已经出院,并祝我们大家都好。我们欢呼起来!然后电影开演了,我每次都能提前说出台词,弟弟叫我闭嘴。但这么干的人不止我一个。当凯瑟琳对吉米·斯图尔特耳语:"把我放进你的口袋吧,迈克!"上千人跟她一起悄声细语。这是我度过的最美好的电影之夜。

我在少年时代,常常会独自操办悲伤的小型葬礼。我为弗雷德·阿斯泰尔办过葬礼,也为贝蒂·戴维斯和加里·格兰特办过。在这些场合,我会在自己屋里点燃蜡烛,哭上一阵,在墙上照片的右上角画个小十字架。不过这次,我没那么疯疯傻傻,我打算在接下来的几个星期,欣赏赫本主演的每一部电影和纪录片,这些作品无疑为电视屏幕增添了光彩。我强烈建议你尽可能地多看。她是最后一位巨星,绝对是最后一位,我的上帝,我会怀念重看《亚当的肋骨》时,得知她依然健在,依然住在东四十九大街的那栋褐砂石建筑里,神采不减当年时,兴奋得几欲战栗的感觉。人们为大众艺术家的去世,由衷地感到难过——狄更斯和瓦伦蒂诺出殡时,曾有数千人跟在棺材后面——这只是对他们带来的快乐,理应给予的回报而已,而且这种回报永远都不嫌多。不论是以何种媒介见长的艺术家,很少有人能像神圣的 H 女士这样,给我带来这么多的快乐。事实上,这份快乐的分量,足以令所有陈词滥调变得高贵,我真希望能在讣闻上读到"后无来者"、"苍穹中最耀眼的星"之类的废话,因为这一次,它们都是真的。

2. 大自然的艺术品

2005 年 9 月 18 日是葛丽泰·嘉宝的百年诞辰,这位偶像能引起我们的共鸣，却又遥不可及。这是岌岌可危的一百年。再过二十年，没有谁会为庆贺玛丽莲·梦露的百年诞辰辩白，毕竟她有着沙漏般婀娜的倩影和妖娆的金发。而嘉宝则不然：你得找出支持嘉宝的理由才行。她能引起共鸣，是因为她这一生拍摄了许许多多的照片，正是这一点赢得了我们的认可。之所以说她遥不可及，是因为嘉宝那些最出色的照片颇为抽象；它们拍下的不是一个女人，而是一副面孔。这与嘉宝的身材毫不相干。我们要求二十一世纪的偶像拥有傲人的身材：能让人欣赏、觊觎和——只要你付出足够的努力——赢得的身材。如果你努力尝试，你甚至能拥有麦当娜那样的身材。但你却无法拥有嘉宝那样的面孔。那是只属于她一个人的，她尽可能长久地运用这份天赐的礼物，让它变得非同凡响，然后在年仅三十六岁的时候，便离开公众的视野，将这副面容隐藏起来，直到离开人世。

哲学家罗兰·巴特曾对她的面容作过令人难忘的评价，他认为它是两个符号学时代的过渡，两种欣赏女人方式的过渡。嘉宝标志着从敬畏到迷恋，从观念到实质的转变："嘉宝的面容是观念，而奥黛丽·赫本的面容是事件。"嘉宝脸上有种本质的、柏拉图式的、普遍的特质。她是女性的化身，这与作为**一名**女性的奥黛丽不同，我们喜爱后者，是因为她的美貌如此奇特、如此特别。嘉宝的容貌一点也不奇特。她的面部特写所显露的特征，似乎比我们这些人还少——大片雪白的肌肤——点缀着极少的细节，刚好能让你知道这是血肉之躯，而非幽灵。她那脆弱、善变的面庞，远不止是一张美女引人注目的面具——她就是那些面具所追寻的美的典范。在嘉宝之后的时代，我们已经将她那善变的性感与神秘中引发共鸣的特质提取出来，加以强化，把它变成了商品。就以嘉宝沉重而深陷的眼睑为例吧：它已经变成了名伶特有的标志，先后在玛琳·黛德丽、玛丽莲·梦露，还有离我们更近的麦当娜身上流传,这样的眼睑在麦当娜身上,已经变得有些讽刺。麦当娜的面容是最现代的嘉宝式面容,与之相连的,是刻意塑造过的形体,以及女性的抱负、意志和才能这样的理念。不知何故,嘉宝的理念更为崇高——它不会屈尊俯就,去追求和实现才能。它只是**存在**着而已。嘉宝跟贝蒂·戴维斯完全不是一类演员。嘉宝是一种存在。实际上,在一百年后,是否可以说,嘉宝并非十分出色的演员?她的一些最好的作品,是照片和默片?可以说,她最好的导演其实是一位擅长拍摄照片的摄影师,即米高梅公司大名鼎鼎的克拉伦斯·布尔。他没有像她的其他导演那样,试着去了解或"揭示"她,让她去说那些笨拙、啰唆的台词,而事实上,只要让她轻挑眉梢,就能传达出更多的内容。布尔明白她那种自我克制的魅力。多年之后,他回忆起,在其他摄影师竭力刺探这种神秘的时候,"我接受了它的本来面貌——大自然的艺术品……她有姣好的面容,我有照相机。我们俩尽量利用自身的条件,取得最好的成果。"

嘉宝的条件并非始终这般优越。她原名葛丽泰·古斯塔夫松,是瑞典裔,她原本身材颀长,却体重超重,长着大脚丫。尽管好莱坞后来暗示过,嘉宝拥有贵族血统,但贫穷的她原本和家人一起,住在斯德哥尔摩的一间只供应冷水的四室公寓里。她做园丁的父亲因肾衰竭而离世时,葛丽泰只有十四岁,她辍了学,开始在斯德哥尔摩的保罗·伯格斯特龙百货公司的女帽部上班。她一直想当演员。她在镜前试戴女帽时,被经理发现,被推荐去演给女帽做宣传的商业片《怎能不打扮》。这让她得以出演了另外几部商业短片。在担任店员时,她会留意前来光顾的著名瑞典女演员,并确保由自己来接待她们。

通过在那里认识的一名熟人介绍,嘉宝获得了一次在国立皇家戏剧学院试镜的机会,在她十七岁那年,她被学院正式录取。她在那儿认识了导演毛里茨·斯蒂勒，嘉宝的第一位良师益友。他帮她改了名字，建议她减掉二十磅的体重，让她出演了电影《哥斯塔·柏林的故事》（1924），这部电影在瑞士和德国大获成功，同时也让米高梅公司的路易·B·梅耶注意到了斯蒂勒。他们在德国见了面。梅耶原本只对执导过不下四十五部电影的斯蒂勒感兴趣，但他在嘉宝身上看到了闪光之处。他随即邀请两人来到美国，不过在邀请之前，他悄悄对斯蒂勒说："在美国，我们可不喜欢胖女人。"嘉宝吃了三个星期的菠菜，最终病倒了，体重减轻了不少，身上的肌肉也不见了。她始终保持着这样的身材——身材苗条，没有什么体型，弱不禁风——贯穿了她的整个演艺生涯。她凭借刚瘦出来的颧骨和纤细的身段，在纽约拍摄了第一张照片。其他有望成名的小明星会拍摄半裸照、泳装照，摆出挑逗的表情——这是好莱坞的标准套路。而嘉宝的照片，是以令她出名的"伦勃朗式灯光"照明的、雕像般的肖像，不流俗，却有罗丹的风格。嘉宝的形象尚未形成，但她已经开始显露出明星相。她跟灯光的关系，不同于其他女星；不论何时，将灯光打在她的脸上，她的面孔都会变得光彩照人。她不需要将灯光调柔和或调暗，来遮掩面部的缺陷。她根本没有缺陷。她有的是欧洲式的倦怠感和厌世感，这是米高梅的演员们从未表现出来的。他们有荡妇，他们有性感炸弹，却从未有过存在主义式的抑郁。"在美国，你们每个人都很开心，"她告诉一名记者，"为什么你们一直这么开心？我可做不到，我有时开心，有时难过。我生气的时候，情况很糟。我会关上门，一句话也不说。"

她一到好莱坞，八卦杂志就狂热响应，针对的主要还不是她在早期默片中性感的演出，而是那种性感背后隐藏的悲哀。有一条典型的标题是《葛丽泰·嘉宝有什么问题？》不管究竟是什么问题，她都无法说清。她谢绝了所有的采访，她屈指可数的私人信件也都平淡无奇——她常抱怨美国电影粗鄙不堪，却从不提出她自己的想法。她对《瑞典女王》（瑞典女王放弃王位的故事，它是嘉宝十分看重的电影）的导演，只是提出应该有穿长裤的戏这样的建议。她把自己完全交给别人摆布。先是斯蒂勒，然后是男主角约翰·吉尔伯特，梅塞德斯·德·阿考斯塔的女同性恋圈子，以及制片人欧文·托尔伯格。路易·B·梅耶被所有这些建议者和调停者逼得发疯；他觉得她太容易受人影响。但电影里出现的却是一个内心刚毅、不可侵犯的自我，完全不为他人所动。公众也察觉到了这点，这从他们为她取的绰号中，可以看出一二："瑞典的斯芬克斯"和"女神"。

《肉体和魔鬼》（1926）是她大获成功的电影，它创造出一种嘉宝模式，这家电影公司将这一模式运用了十五年之久。这部默片可能是她最杰出的电影。当时她只有二十一岁，但她在银幕上流露的厌世情绪，令她显得更年长一些，她被小狗般幼稚的约翰·吉尔伯特向往和追求，他后来也成了她在现实生活中的情人。这段恋情就像银幕中上演的那样，让美国感到愤慨：一名年轻男子躺在一个有经验的女人身下，她吻他的时候，就像从他口中取食一样贪婪。这就像是逼奸——女观众很爱看。她代表了一种新型的女性。因为这一点，她在影片中受尽惩罚（在《肉体和魔鬼》里，她溺死在冰水里；在《茶花女》里，她患上了肺结核；在《安娜·卡列尼娜》里，则是那趟讨厌的火车），但现实生活中的嘉宝自由自在、无拘无束。她不肯结婚，难受的是吉尔伯特；她拒演粗俗的电影（《女人爱钻石》），发疯的是梅耶。

嘉宝有什么问题？梅耶无法理解。她怎么就不知道感恩呢？不过在拍完《肉体和魔鬼》之后，形势变了：嘉宝成了米高梅的金矿。嘉宝那帝王般的冷漠，令大萧条时期的女性赞赏不已，其程度连梅耶都感到意外。那些女性依赖别人；而她却无拘无束。她感到喜悦或悲伤的原因,来自她的内心,而非外物。影评人常常提起她那不同寻常的反应:其他女演员笑的时候,她会哭,她们神情肃穆时,她却轻轻松松。她似乎在回应着自己内心深处的某种东西,而并非和她演对手戏的男主角。她置身于属于她自己的世界,那是一个精彩纷呈、值得欣赏的世界。

嘉宝的演艺生涯可以分为两部分:有声电影出现之前和之后。她尽可能晚地在1930年完成了这一转变。"嘉宝说话了!"公众这样宣告,对米高梅公司来说,幸运的是,她的声音和面容十分般配。她以深沉、悲惨、性感的男中音,说出自己的第一句台词("来杯威士忌,还有姜汁汽水——别太吝啬哦,宝贝!"),这让她的影迷们欣喜若狂,因为他们潜意识里对此期盼已久。但开口的嘉宝并没展现出多少为她增彩的地方。她的念白既怪异又不合传统;她对英语的掌握时好时坏,她演起有对话的戏来,表现不佳。别人说话时,她会一脸厌烦。接下来的十年里,她在有声电影上取得的成功,取决于她可以在多大程度上发挥她真正的优势:她的面容和她的眼神。正因如此,《瑞典女王》(1933)无声无息的最后一幕才会如此有名。她宁可放弃皇位也不肯舍弃的爱人,刚被一个妒忌的情敌杀死;她走向船首,然后成了船舵的一部分——你可以回想一下《泰坦尼克号》中的场景。在李奥纳多向世人宣告自己存在的地方,嘉宝却一动不动,一言不发,面无表情。这一幕是冰冷的海水和个人思绪的瑞典式结合。摄影机渐渐推进。你看到的是富有人性的坚忍。她正在承受着自己的经历,内心活动深刻而强烈,却不形于色。她断然坚持着自我。

这种内心戏很快受到琼·克劳馥这样的新生代女星的威胁,她们向公众展现一切,毫无保留。克劳馥对嘉宝十分仰慕,却已经准备好取代她的位置,成为米高梅公司的女王。她描述过自己在拍摄电影

《大饭店》（1932）期间，跟嘉宝在楼梯上有过一次邂逅："她停下脚步，双手捧起我的脸，说：'真可惜。我们第一次合拍电影，以后就不会再合作了。真遗憾。你有一张绝美的面孔。'如果我这辈子有过可能变成同性恋的时机，就是那次了。"

克劳馥没有屈从，但很多人都沦陷了，包括玛莲娜·迪特里茜、编剧梅塞德斯·德·阿考斯塔和路易斯·布鲁克斯，她说嘉宝是"一个很有男人味儿的女同性恋"。亲朋好友则认为，她的双性恋十分复杂，就像她饰演的瑞典女王，伪装成男人，与约翰·吉尔伯特同床共枕。她生命最后二十年里的熟人，作家戈尔·维达尔断言："她觉得自己是男孩子，跟另一个男孩子在一起，这就是她的性幻想。"她习惯把自己当作男性，当作"单身汉"；她会在派对上问："男洗手间在哪儿？"

他们仍然决定，在影片中把她塑造成淑女。在《异国鸳鸯》里，她饰演一名苏联间谍，从一名男子气概十足、缺乏幽默感的俄国人，变成了迷人的巴黎派对女孩。很出名的一点是，嘉宝笑了。她不应该笑的。她以讽刺手法展现自己的欧式哀伤时，好笑极了。（"公开审判十分成功，"她面无表情地说，"俄国人会越来越少，但也会越来越优秀。"）但她变得情绪高涨、无忧无虑时，电影也完了。《异国鸳鸯》的票房大获成功（多亏富有创意的宣传活动），但电影公司却会错了意，以为这种新发现的欢乐会更有票房。刚刚快活起来的嘉宝在《双面女人》（1941）中大跳伦巴，下水游泳，简直是一场灾难。你不会让斯芬克斯穿泳装吧。

这是她的最后一部电影。《双面女人》受到一致恶评，令她大为伤心，更严重的是，她在照镜子时发现，自己嘴巴两侧有了浅浅的法令纹，从鼻子延伸到下巴。这张面孔不再经久不衰，优美空灵。它完了。嘉宝于1941年退出影坛。她在二十世纪隐退榜单上名列前茅。

但更确切的说法，应该是像她的传记作者巴里·帕里斯那样，称她为"城中隐士"。因为她每天都会在纽约城走上好几英里，浏览商店的橱窗。二十世纪六十年代，几乎每个曼哈顿人都会说起，自己曾与嘉宝偶遇。她说那时的自己是"一只软体动物。我不搬家，什么也不做，只是存在而已"。这也不完全正确：她还有朋友，一起散步的伙伴，她会去拍卖行购买画作和古董，来装饰豪华的公寓（她逝世后，留下一栋三千两百万美元的房产，里面有两幅雷诺阿的画）。这并非一个悲剧故事。她只是希望自己的生活不为外界所扰。她会随心所欲地穿衣、行事。琼·克劳馥在自己的晚年，跟一名记者说："除非我打扮得像电影明星琼·克劳馥，否则我是不会出门的。如果你想看邻家女孩，就去邻家找她吧。"嘉宝看起来甚至还不如邻家女孩。她的面容（尽管她不肯相信）依然姣好，她的衣橱就不那么令人满意了：有不少毛衣、帽子、围巾、宽松裤、雨衣。如果有人想给她拍照，她会用左手攥着的起皱面巾纸遮住脸庞。如果她看到影迷走上前来，就会对一起散步的同伴说："来了一个家伙。"并改变前进的方向。她不想被人打扰。偶像嘉宝已经一去不复返。流逝的时光把葛丽泰变成了一个平凡的人，但嘉宝的平凡生活从来都是非卖品。她宁愿要么是神话，要么什么都不是。

Eleven: 十一 维斯康蒂的《小美人》札记

Notes on Visconti's Bellissima

请别修掉我的皱纹。我花了很久才长出来的。

——安娜·玛格纳尼①

前言

在罗马蒙蒂区的圣母广场上,竞技场的阴影里,外国人聚在一起抱怨着。倒不是抱怨广场本身,毕竟这里被公认为罗马最美的地方之一。正中央的咖啡馆掩映在粉色的九重葛里,遥望着一座双层喷泉,喷泉上难得没有小天使像。那根乌克兰东正教教堂的细白柱颇为朴素,出人意料。这时,我们望着对着瓶子喝廉价白葡萄酒、小腿粗壮的美国孩子;身披从孟买买来的晚霞绸缎,一根接一根地抽着烟,皮肤晒得发黑的罗马女孩们;衣着时尚、赶往泰斯塔西奥区的男同性恋们;三只拳师狗;以为是他们率先发现此地的快活德国游客;早已年

---

① 安娜·玛格纳尼(Anna Magnani,1908—1973),意大利女影星。

迈却精神矍铄得可疑的意大利老人；拿教堂大门当球门的两个男孩；一个跟女友吵架后在这里睡了六个月的帅小伙。这位小伙子博得了众人的欣赏——我们最初决定来罗马，正是为了领略像他这样的地方特色。他把自己的体味变化记了下来：第一个月还不难闻，到第四个月，把人熏得眼泪汪汪，到第六个月，让咖啡馆里的人一走而光。我们喜欢星期日，乌克兰教堂里的会众蜂拥而出，嘴里还唱着近乎和谐的赞美诗。其他一切都值得抱怨。意大利不可理喻的官僚作风，电视没法看，政府不可信，报纸看不懂。身处罗马的外国人可以始终保持着愤慨的惊奇感，尽管他们两年前坐飞机时，早已读过《意大利的黑暗之心》[1]。意大利女性这个话题，可以从早晨喝咖啡时，一直聊到中午吃意大利方饺。"女权主义遗忘的土地！"这一暗示难免让人浮想联翩：将女性屈辱地性欲化，在午夜电视中羞辱她们，贝卢斯科尼自认比她们高一等，危险的堕胎权，微薄的薪水，少得不能再少的国会席位，不能担任圣职等等。但这里也有一些令人困惑的信号。任何聚会都欢迎怀抱婴儿的年轻妈妈参加。旁边桌的四个女人正直白地谈论着性快感的话题。那位好看的女杂货商有着巨大的二头肌和临盆在即的肚皮，她从送货的卡车上卸成箱的啤酒，制止街头斗殴，威吓她的男亲戚，教训本地的酒鬼，宰过往的游客，跟牧师们商量事，管理着这片广场和里面的每一个人。受人尊敬，令人向往，让人畏惧。

这些信号并不统一：它们并非都指向同一个方向，所以作为外国人，我们很难理解——也许是天主教徒和新教徒的情感差异使然。最强烈的信号便是安娜的脸。走到哪儿都能看到它，它从餐厅、酒吧卫生间、私人住宅望了过来，在报摊上一字排开，还用很大的字写在这

---

[1] 英国记者托拜厄斯·琼斯所著意大利游记，2003年出版，是英美畅销书。

座城市的墙上，因为今年夏天是她的百年诞辰。Nannarella①。罗马妈妈。L·A·玛格纳尼。安娜是个令人困惑的信号，在这片被女权主义遗忘的土地上。

1

一个女子合唱团正在录音室里唱歌。普通妇女，并非女演员，她们三十出头，身着黑衣，脖子上戴着朴素的珍珠项链。演职人员名单显示，她们是RAI②合唱团。高音主唱的嘴上隐约有小撮胡子。歌名叫《这可能吗？》，出自多尼采蒂③的《爱情灵药》，这是一部傻乎乎的歌剧，讲的是一个农夫急于向一个遥不可及的美女求爱，从一个江湖骗子那里买来一剂爱情灵药（后来才发现这剂灵药原来是红酒）。维斯康蒂以冷静，甚至有点儿残酷的摇拍镜头，从这支合唱团中扫过，似乎在精准无误地配合着生气勃勃的男指挥手中的指挥棒打出的节奏。合唱团成员都是意大利女人，她们急于讨好听众。歌唱完了；我们转入一个小录音棚。桌旁的一名年轻男子正对着麦克风说话，说出了这部电影的剧情前提：

我们要招录一名六至八岁的女孩。漂亮的意大利女孩。请带你的女儿去图斯科拉纳大街离罗马9公里处，电影城的斯泰拉电影公司。或许那天就是你和她的幸运日。

---

① 意大利语，是安娜·玛格纳尼的昵称，意为"很小的小安娜"。
② 意大利国家广播公司——原注。
③ 多米尼科·葛塔诺·玛利亚·多尼采蒂（1797—1848），意大利著名的歌剧作曲家。

下个镜头出人意料。一大片荒地：看起来更像是城市的废墟，一栋栋大楼爆出的骨架，一群带着女儿的妇女，背上是她们最漂亮的衣服（她们是被流放至此？还是逃难的？）。另一阵节拍揭开了无伤大雅的真相：这里是一个摄影棚的外围。那些骨架是搭建筑布景用的，尚未加工完成。女人们是带女儿来试镜的。不过还有男人用扩音器大声喊话。（"保持安静！"）摄影机架得很高。此时的维斯康蒂镜头简练、令人陌生，再过十年，他才会拍《豹》。从新现实主义那里借来的冷峻，他运用得并不十分自然。他耽于幻想的本能倾向，只能从风格转到内容上去，转到这支出色的女子合唱团心中的希望上去，她们朝一个狭窄的门口挤了过去。

一名妇女。这名妇女跟别的女人既相似又不同，她穿了一套黑色裙装，腰束得很细，丰乳肥臀，穿着黑鞋，一头黑色的乱发，双眼下面还有黑眼袋，她号啕大哭的样子就像希腊悲剧的女主角。她丢了孩子！但摄影机仍旧保持着遥远的距离，若非玛格纳尼正处于合适的取景角度，我们或许会误以为，这是维斯康蒂为人熟知的厌女症发作了呢。不妨把它看成是导演送给女主角的礼物。我们同玛格纳尼的距离如此遥远，以致听不见她的声音，但这并不妨碍我们理解她。我们看出她的愤怒、惊慌、绝望——甚至看出这些感情既真挚，又有点过火，不过这种过火的程度也是精心算计过的，如果因此唤起了别人的同情，或许对待会儿的试镜不无帮助。所有这些都是通过她的双手流露出来的（这是意大利演员天生的优势），也是通过她的顿足，她的头发飞离发髻的样子，还有她默默发怒时，臀部前后扭动的样子流露出来的。如果有机会，玛格纳尼会是一位多么出色的默片明星啊！这时，她离开了合唱团，独自跑了，穿过这座荒凉的城市，就像她在《罗马，不设防的城市》中一样。没有了她的合唱团穿过了机会之门。

《小美人》此处表现为一系列注重形式的古老姿态,其中全部成员都是女性的合唱团,像是要吞噬掉孤零零的女演员,这位女主角先是从人群中断然离开,然后第二名演员,她的孩子,凭借意志力,也离开了。这是以电影的形式,再现了埃斯库罗斯的革命性创新。

合唱团成员们涌向临时搭建的舞台。那部虚构的电影的名字,就在他们身后的墙上——《今天,明天,永不》——但影片真正的名字是《小美人》。片中导演的扮演者其实真的是一名导演,阿历桑德罗·布拉塞蒂①。他和着多尼采蒂的《江湖郎中主题曲》,穿过人群(他对自己的表演十分谨慎,希望自己能演得像模像样)。不过当时,他对此一无所知。(维斯康蒂:"有一天,有人把这件事告诉了他。他给我写了一封愤怒的信:'我真不敢相信,你会干出这样的事情,'等等。我回信道:'怎么了?我们这些导演,都是江湖郎中。正是我们将幻想植入了那些妈妈和女孩的脑袋……我们出售的爱情灵药并非真正的魔药,只是一杯波尔多葡萄酒而已。'")导演、助理、制片人、随从——倍感无聊的大人物们——他们爬上高高的舞台,准备评头论足,还摆出一副兴高采烈的轻蔑嘴脸。在意大利,女人总是被人欣赏,总是以这样的方式赢得称赞。古往今来,都是一样——这场选美就像帕里斯②的评判一样古老。这些人的后代仍会在每年夏天,到罗马来试镜 veline③。任何外国人都会告诉你,试镜队伍有好几里长。而此时此地,在战后的意大利,第一个小姑娘提起裙子,旋转,撅嘴,转动眼珠,

---

① 阿历桑德罗·布拉塞蒂(Alessandro Blasetti,1900年7月3日—1987年2月1日),曾执导过不下二十部电影,其中包括《云中四部曲》(4 passi fra le nuvole)(1942)和《女人万岁》(La fortuna di essere donna)(1956)。——原注
② 希腊神话中的特洛伊王子,曾作出三位女神哪个最美的评判。
③ 意大利电视上身穿比基尼的走秀女孩。——原注。

展现"蓓蒂·葛莱宝①那样的风情"时,男人们笑了起来。"你开始得太早啦!"布拉塞蒂喊道。

2

《小美人》(故事情节出自西萨尔·萨瓦提尼②之手)最初的构思,是审视电影业的虚伪。马达莱娜·切科尼(玛格纳尼饰),罗马市郊的一名工人阶级妇女,希望她的女儿玛丽娅(蒂娜·阿皮切拉饰)成为明星。她愿意倾其所有——她的积蓄、她那令人着迷的性魅力——只要能帮女儿拿到意大利人所谓的 raccomandazione di ferro③。到最后,她如愿以偿,但与此同时,她又放弃了:她看出电影城里有太多的空虚、残酷,那是资本家的世界。电影城的残酷虽然是萨瓦提尼的新现实主义关注焦点,却不是维斯康蒂的。"这个故事其实只是一个幌子,"他后来承认,"其实玛格纳尼才是全部主题所在:我想用她创作出一幅妇女的肖像,描绘一名当代女性,一个母亲。我感觉我们非常成功,因为玛格纳尼将她非凡的才华和个性都赋予了影片。"这话等于是说,玛格纳尼的个性推翻了萨瓦提尼的创作初衷。要让萨瓦提尼笔下的伦理故事成功发挥作用,可能得让观众感觉到,玛格纳尼必须**备受煎熬**才行。这根本不可能。玛格纳尼的个性独立,充满自信,乐观开朗。即便她遭到敲诈勒索时,也能笑得出来。她的角色——无论换谁来演——都会是一个通过孩子来追求自己年轻时梦想的悲剧角色。但玛格纳尼根本不是呆笨木讷的人,她跟诺玛·戴斯蒙德④。完全不同。

---

① 蓓蒂·葛莱宝(Betty Grable,1916—1973),美国女演员、歌手与舞者。
② 西萨尔·萨瓦提尼(Cesare Zavattini,1902—1989),意大利著名电影编剧。
③ 字面意思是"铁一般的推荐"。就是能帮申请者谋得位置的推荐语。——原注
④ 美国影片《日落大道》中的主人公。

不论她想要什么——些许名利——她都直接、直率地去要,像男人想要什么东西时一样。她的梦想是战略性的,而不是妄想性的。在她看来,孩子就是孩子:无一例外:"嗯,在这个年龄,她们**都**挺漂亮。"这是她对那个圆滑而年轻的陌生人安诺瓦齐(沃特·基亚里饰)的有意恭维,作出的明智回答。他是位于电影城食物链底层的制片助理,他愿意帮点小忙,得点实惠——这是再古老不过的意大利故事。"没错,那倒是真的,"他附和道,"但我更喜欢她们的母亲。"安诺瓦齐比马达莱娜更年轻,也更瘦弱,以一种平淡的电影欣赏电影的角度来看,也更英俊。但她和我们都知道:他是个徒有其表的人,连她的影子都不如。另一方面,他能接近导演布拉塞蒂。所有这些在刻意强调的一瞬间,掠过了玛格纳尼的面庞:她马上以锐利的目光回应了那个青年,还有他那多余而无礼的恭维(他竟没有发觉她是位女神,实在是粗鲁无礼)。很少有女演员能欣赏自己身上散发的质朴自然的魅力。银幕上的玛格纳尼,完全是神经质的反面。

3

异性恋女性和同性恋男性之间的电影合作关系颇为复杂(欧文·拉帕尔和贝蒂·戴维斯,乔治·库克和琼·克劳馥),通常不会将女性与世界的关系,描绘得这样轻松愉快。对贝蒂·戴维斯和琼·克劳馥而言,她们的角色总是与恐怖戏、夸张做作的悲剧、对女性心计的顽皮欣赏密切相连。这两位女演员都用作品中稍纵即逝、富有人性的东西,换取永恒的偶像身份这样一种蜡像般的辉煌。**"是我一手造就了如今的她"**是好莱坞的终极名言。话里总有些许苦涩,也许是因为占据支配地位的男同性恋心目中的缪斯女神,好似双面间谍。爱着这些不可能给出回报的男人,生活在同一个难以忍受的男权社会,却总要追求公众的真爱和认可(她可以成为整个国家的一笔财富)。玛格纳尼——这位性感的母亲,工人阶级出身的罗马人——所代表的,正是意大利梦寐以求的自我形象。维斯康蒂则代表着一个截然不同的意大利:同性恋的、贵族化的、米兰人的意大利。这种合作关系难免会有恶毒的一面。维斯康蒂这样说玛格纳尼:"如果单靠她自己的本事,我不得不说,她永远也不会有好结果。"这话让人很难相信——她靠的全都是她自己的本事。生气勃勃、不加掩饰地玩弄心计、不怕冒险、转动眼球、横眉竖眼、虚张声势,带着别的演员一起脱稿发挥。**我建议,哈?——哦!——你开玩笑!——耐心点!——我的天!——为什么不?——谢天谢地!**[①]意大利语是一门需要不断用口头语填充的语言。玛格纳尼就很善于融入抑扬顿挫的音调起伏。没有哪两句话中间的空隙,没填上感叹词。看看她是如何拉着玛丽娅的手,一路挤回合唱团的吧,她推开每个积极的母亲时,都让她们相信她这么做是没办法;为了能过去,她给每个女人她们需要的东西——微笑或辱骂。最终,来到导演布拉塞蒂面前,玛格纳尼开始施展魅力,不过还带有一种招摇的罗马人的狡猾,不会被人当作是卖弄风情。布拉塞蒂说:"可我说过,孩子的年龄必须是六到七岁,不能再小了……她看起来小了些。"马达莱娜说:"是吗?不,准是裙子让她显矮了。"贝蒂·戴维斯和琼·克劳馥的传奇,也是建立在装模作样的表演上的,对此,既有仰慕者,也有轻蔑者。**所有女人都是做作的。归根结底,每个女人都是演员。女性气质本身就是表演!**但玛格纳尼将表演变得截然不同。她就是这个自相矛盾的祈使句的化身:**表演得自然些**。无论何时何地,

---

① 原文为意大利语。

她总是真情流露,就像普通的罗马女人。由此得出一个奇特的结论:并非演员在演戏,而是**角色**在演戏。难道不正是马达莱娜(而不是玛格纳尼)视乎情况需要,时不时地做戏一番吗?

一天早晨,一位奇怪的表演老师找到了这家人,她想教小玛丽娅一些课程,马达莱娜付不起那些学费。马达莱娜独自在卧室里琢磨着陌生人的提议,梳着蓬乱的头发,对着镜子喃喃道:"演戏……到底什么是演戏?如果我把自己想象成别人……如果我假装自己是别人……那就是演戏……不过**你**可以演戏……你是我女儿,你能当上女演员的。你一定可以。如果我想的话,我也能的。"

从马达莱娜身上,我们发现女性气质完全是真实的——那就是为了生存,做必须做的事。

4

很多意大利电影围绕经典的意大利哲学问题展开:要金发女郎还是黑发女郎?对费里尼来说,答案通常是,两者都要。安东尼奥尼通过发现莫尼卡·维蒂,这个拥有黑发女郎面庞的金色女郎,在抽象的智识层面解决了这个两难的问题。在维斯康蒂的《小美人》中,没有能与安娜·玛格纳尼相抗衡的力量存在;话说回来,什么力量才能与之抗衡呢?她丈夫斯巴达克(加斯托内·伦泽利饰)有种天然的厚重之美,一如他的名字所暗示的(他是业余演员,是导演助理,年轻的泽菲雷里从罗马屠宰场的排骨商人里选中的)。然而,在角色和个性上,他还不能与她相提并论。他在片中和母亲一起密谋算计她("妈妈,我都懒得打搅她。反正她总是为所欲为!"),不过只是在短暂的午餐时间,他吃母亲做的饭的时候。他也没有找别的女人代替玛格纳尼。

《小美人》是意大利电影中的珍宝：片中，女人并非摆在男人面前的难题。更难得的是：她也不是自己需要解决的难题。她对自己非常满意，至少，她的缺点并未给自己带来多大困扰。这样的特点在女明星身上颇为少见。

有一幕小玛丽娅被带去理发店的场景：

理发师：（对着马达莱娜）我也可以给你做个好发型。
马达莱娜：想都别想，还没有人办得到呢。
理发师：我可以啊。
马达莱娜：（笑了起来）你会白费时间的！

像戴维斯和克劳馥一样，玛格纳尼是个不拘泥于传统的美人，与她们不同的是，她的美无须任何外在的粉饰和雕琢，况且，她本人对此也不感兴趣。换言之，装点出来的美并不能吸引她。

瞧！在她糟糕的住宅区大院里，有一个临时搭建的巨大屏幕，正在放一部好莱坞票房大片。马达莱娜看得颇为着迷。斯巴达克过来找她：

斯巴达克：马达莱娜，别看电影了。
马达莱娜：哦，斯巴达克，你不理解我。看看那些美丽的东西。再看看我们生活的环境。我看到这些东西的时候……
斯巴达克：马达莱娜，那是幻想。
马达莱娜：那不是！

我们或许希望在银幕上看到《吉尔达》中的丽塔·海华斯，看到

她缓缓脱下丝绸的及肘手套。结果却是霍华德·霍克斯的《红河》，一片荒野，两个牛仔骑在马上。马达莱娜想看的，是一群公牛过河的场景。

5

那班母亲合唱团正在一起闲聊八卦。据说某某拿到了铁一般的推荐。（"他说那个女孩很漂亮……但他眼睛看的是她的母亲！""啊，这下我明白了！""现如今就是这样！"）已经有人行了贿；试镜已经毫无意义——因为都已经内定好了。典型的罗马式暗箱操作。一定得做点什么才行，她们会联名抗议。这是可耻的事，她们要去找制片人！但一转念，就想出了更有吸引力，不那么激烈的解决办法：每个女人都去想法弄到自己的推荐。因为有个女士的丈夫认识电话公司的主任；（"这有什么相干？"马达莱娜问。回答是："他可是**重要人物**。"）还有一个女人的丈夫有朋友在这儿；另一个女人家里有人在电影城做侍者。

马达莱娜认识安诺瓦齐。他们在博尔盖塞花园碰头，阳光透过绿叶，变得斑驳，简直就是莎士比亚喜剧中的场景。"我从未来过这里！"她这样说道。因为有种罗马的生活，跟蒙蒂区的外国人、古罗马广场、万神殿、竞技场完全不沾边。他们二人走近一棵大树，像情侣那样斜靠在树上。安诺瓦齐扮起玩世不恭的样子："我们对推荐已经习以为常，不论是给人推荐还是接受推荐……在意大利，我们离不开推荐：'请别忘了。''我向你保证。''我答应你。'……但我们会记得谁呢？凭什么记得呢？"唯一保险的做法，他总结道，就是"把需要你帮忙的那个人，放在**求**你帮忙的位置上"。

他轻轻抚摸着她的胳膊，提出可以用性爱代替钱。她拿开他的手，笑着说："不，还是这样好得多。"他收下了她的 50000 里拉，这笔钱本该换成各种小恩小惠，给玛丽娅铺好路（"给制片人买束花，给制片人的情人买瓶香水"）。结果，他用这笔钱给自己买了一辆兰布列达牌自行车。

"你可真是奸诈！"
"这是维持生计的一种务实手段而已。"

甚至在她把钱包递过去的时候，她就知道他是个靠不住的人。后来，她发现自己受骗时，只是放声大笑。如果你不是意大利人，你看不明白这个情节。她花钱请他帮忙，他买了一辆自行车。她发现了。但她并没有生气，因为**他会一直记着她**。

6

维斯康蒂断言："在我看来，新现实主义的巨大错误，在于它对现实毫不宽容，有时过度苛责。新现实主义需要的是……现实和浪漫主义的'危险'融合。"

他在罗马住宅区的夏日生活里，发现了完美、客观的关联：里面是现实，外面（大院里）是电影。住宅区里面，马达莱娜面对的是严酷的现实：她靠挨家挨户地给伤残人士和患癌症的女人打针，赚取微薄的收入，这项生计靠的主要还是她的人缘，而不是她的"药物"。否则，很难和别的妇女结为同盟。在意大利，婆婆（suocera，这个词听起来就很邪恶）就是你的敌人。其他做母亲的是你的竞争对手，在楼梯间飞短流长的邻居，是平时折磨你的人。但也有一种务实、重要的姐妹情谊，在危机时刻显露出来。当斯巴达克打了马达莱娜的时候（她没什么钱，却买了条很贵的裙子，让玛丽娅穿去试镜），这个小区的妇女冲进了切科尼公寓，她们也是一个合唱团，她们身形魁梧，粗声大嗓，在人数上也胜过了斯巴达克。斯巴达克紧紧抓着玛丽娅，想把她像父亲的私人财产那样带走。马达莱娜陷入了歇斯底里，又哭又叫。在外国人看来，这是可怕的家庭纷争。愤怒的斯巴达克管这些女人叫"鲸鱼"（英译文译成了"母牛"，这是诸多翻译欠佳的实例之一），她们唱了一支充满谴责叠句的鲸鱼之歌。歌剧迷维斯康蒂把这一幕设计得像是对 RAI 合唱团的效仿：

"你这样做，是因为我比你软弱！"马达莱娜喊道。

"斯巴达克，你今天真的过分了！"鲸鱼们喊道。

"我想让女儿出名而已……我有没有权利这样做？……她不应该依赖任何人，或是像我一样挨揍！"

"斯巴达克，她大老远地赶到维托里奥广场去照顾患糖尿病的男人！"

"我浑身是淤青！都肿了！"

"斯巴达克，她做了那么多的牺牲！"

"马达莱娜，别**装**了！"斯巴达克对愤慨的鲸鱼们吼道，马达莱娜瘫软在一张椅子上。生怕自己已经做过了头，斯巴达克松开孩子，交由一个女人照看，跑出了屋子。

"像我这样的女人，"女演员安娜·玛格纳尼说，"只会屈服于那些能掌控自己的男人，我从未找到能掌控我的那个人。"这句话足以让外国人为之叹息。这种神秘、扭曲的意大利女权主义，只能悄悄掌权，绝不能将自己的打算明说出来，算是怎么回事？马达莱娜露出忸怩的笑容，她的泪水突然消失了，外国人又该如何理解呢？（斯巴达克说得没错!)鲸鱼们对这种手段赞许地点着头,把孩子手把手地交给母亲。危机解除了。

道贺的话适时响起。意大利真是一片充满隐语和暗号的土地,外人无法理解。马达莱娜笑了起来。

"我们赢了,亲爱的。要是我们不那么做,我们就没有机会试镜了。我亲爱的,你以为我是白忙一场吗?"

导演维托里奥·德·西卡说,马达莱娜的笑声是"响亮、势不可挡、悲惨的"。男人用"悲惨"这个词,形容被男人抛弃的女人。在美国电影中,女人的笑几乎总是轻佻的,是迎合男人召唤的。玛格纳尼的出人意料之处,在于她让自己笑了起来。

7

在意大利,恰当的推荐会让你叩开大门,登堂入室,转入幕后。马达莱娜拿到了这样的推荐,来到了剪辑室("安诺瓦齐先生让我来找您"),屋里,一个漂亮的年轻姑娘把试镜的镜头一字排开,准备拿下楼去,给导演布拉塞蒂和制片人。马达莱娜在求她帮忙时(她想躲在放映室里,看女儿试镜),认出了这个姑娘。她不是演过大院里夏天放的那部电影吗?《阳光下的罗马》?姑娘的表情扭曲了,其中既有骄傲,又有沮丧。在意大利,女性是被人欣赏的事物,等到人们看得厌倦了,她们就会被踢开:

"我以后再也没拍过电影……我不是演员了。他们只找我演过一次两次……因为我是他们需要的那种类型。那时我满怀理想。我失去了男友和工作……我让自己相信,自己很美,很出色,结果如今落到这般田地,做剪辑的工作。没人打电话找我,所以我就在这儿了。"

马达莱娜感到震惊,她让自己平静下来。对马达莱娜来说,梦想可以化作现实:"当然,不是所有人都能梦想成真!"在放映室里,马达莱娜躲在角落里看着。玛丽娅的试镜片段翻了上来。她的小脸画了精巧的妆。她穿着让马达莱娜换来淤青的裙子。还是那些男人,懒散地歪坐在椅子上,做着决定。但银幕上,玛丽娅结结巴巴地说着台词,哭了起来,然后发出尖叫。那是真正痛苦的尖叫,抗议的尖叫。男人们却觉得很有趣,爆发出阵阵残忍的笑声。("真是灾难!""她是个侏儒,看啊!")安诺瓦齐是头一个笑出来的。

稍后,是温情脉脉的新现实主义结局:马达莱娜高傲地拒绝了递到玛丽娅面前的电影合约("我把她带到这个世界上,不是为了取悦任何人。对我和她父亲来说,她就是最美的!"),考虑到她的处境,而且她还花了钱,这样的结果是不可能发生的。看到这样的结局,以及斯巴达克和马达莱娜这对夫妻之间在最后一幕的情爱迸发,观众会感到欣慰,但这一切笼罩着少许政治理想主义的色彩。因为他没有责备她,她也没有为自己辩解,当金融家夹着尾巴走掉的时候,这对罗马夫妇一起倒在床上("我这个疯老婆啊,"斯巴达克嘟囔着,伸出手来,这次并非要打她,而是爱抚她),两人紧紧相拥,享受着美好的生活。工人阶级婚姻的活力与神秘(听到窗外传来影星伯特·兰卡斯特的声音时,马达莱娜一时忘却了所有烦恼,低语道:"他可真迷人!"斯巴达克:"马达莱娜,现在你该挨打了哦!"马达莱娜:"怎么?我就不能开个玩笑吗?")并非维斯康蒂天生擅长的领域,而其中暗含的马克思主义观点(他们一无所有!但他们不需要任何东西!)推出得太过顺利。

其实,影片在十五分钟前就结束了。那时,马达莱娜用一只手掌捂着孩子的眼睛,就像牧师合上死者的眼睛一样。她领着玛丽娅走到地面上,把她带出我们的视野,离开了那道狭窄的门缝,门缝里透出暗室银幕上射出的光。如今依然有拒绝的权力。如今依然有这样的可能性:将被人观赏的女性从那些什么都不在乎,只在乎外表的人的目光下移开。**今天?明天?永不!** 但玛格纳尼本人的面孔却留在原处,跟我们和镜头贴得那么近,有些咄咄逼人,没有化妆,皱纹分明,眼袋低垂,嘴巴周围留有暗影,既有阳刚之气也有阴柔之美,鹰钩鼻出现在面颊中间,是对男性目光的另一种挑战。她多美啊!然后,她也转身走开了。

Twelve: 二〇〇六之视觉盛宴

At the Multiplex, 2006

整个季度，我都在写影评。每个礼拜，电影版面的编辑都会提供两部主流影片，让我从中挑选。偶尔，要是还有篇幅，我得再写一部。其中不涉及幻想题材的东西，也没有艺术片和外国片，纪录片只有一部。我希望这番解释，能说清字里行间记录下来的热情，不过我觉得恐怕并没解释清楚。我唯一想作的辩白，就是如果你看过《约会电影》，那么《V字仇杀队》就会显得有点儿像是杰作。

《艺伎回忆录》

罗伯·马歇尔执导的电影《艺伎回忆录》，开场便笼罩在一片蓝灰色光晕中，同样色泽的光线也曾贯穿于《百万宝贝》《神秘河》以及马歇尔自己执导的电影《芝加哥》的城市镜头中。从前，二十世纪七十年代，有望荣获奥斯卡奖的电影绽放着金色的光芒；而如今的奥斯卡色彩却是矿蓝色。出人意料的是，这一抹蓝光竟与我们的女主角那双明眸的光彩出奇地吻合，小千代子（大后寿寿花饰）年仅九岁,来自日本的一个贫穷的渔村。她的母亲命不久矣。故事背景是日本,四周一片喧嚣:雨声淅淅沥沥,海面波涛汹涌,就连摄影机都随之不停地晃动。突然,一名陌生男子走入画面,紧接着便传来千代子父亲的阵阵哭声。因为就在今晚,他迫于生计,忍痛将千代子和她的姐姐一同卖给了这名陌生男子。他在原著小说中长达150页的哭泣,被压缩成了四分钟的电影镜头。排箫奏出忧伤的旋律。这支排箫也曾在《泰坦尼克号》里吹响。

不久,甚至比我们想象得更快,这对姐妹已被转卖到了京都的置屋,这里素以训练培养艺伎而闻名(这也取决于你问的人)。这里的老板,即妈妈(桃井薰饰)和姨妈(周采芹饰)仔细检查了这对买来的姐妹。一个女孩因为拥有蓝灰色的迷人双眼而被允许留下。另一个因为没有,不得不去城镇的另一边,沦为一名普通妓女。即将成为出众艺伎的千代子,同姐姐相比,无疑是幸运的。当她和师姐南瓜(佐伊·魏泽鲍姆饰)一同爬上屋顶,放眼远眺绵延数里的蓝灰色影像合成的屋顶景观时,映入她们眼帘的是一片崭新的世界。电影《卧虎藏龙》中也曾出现过相同的屋顶场景。

如果是在舞蹈编导出身的罗伯·马歇尔训练有素的音乐片中,这时会插入一首歌。可是没那个时间:还有五百多页的情节呢。比如:恶毒的初桃(巩俐饰)是个脾气暴躁、专横跋扈的泼妇,她潜伏在置屋的楼下,让千代子过着地狱般的生活。她无疑给了我们的女主角上了人生中重要的一课:像妈妈这样年长的艺伎都是日本人。而像初桃小姐这样年轻的艺伎都来自中国,她们看起来并不像艺伎,却更像是维维安·韦斯特伍德时装旗下身材苗条的模特。

为了挣脱初桃的魔爪,千代子常常会在醉人的街道上徘徊,舞台背景采用了文森特·明奈利作品中的所有室内技巧。一天,她在桥上邂逅了一名四十来岁的帅气男子,他被称为会长(渡边谦饰)。和出演该影片的所有男人一样,他是日本人。当时年仅九岁的千代子对眼前这名男子萌生了仰慕之情,这股情愫一直延续到影片结束。个中原因不得而知,或许是因为他给她买了一只蛋筒冰淇淋。于是,她暗下决心:将来一定要成为一名出色的艺伎,这样才有可能被会长买回去(这样会长就会成为,用含糊其辞的术语来说就是,她的 danna[主人]),然后两人便能长相厮守。

可惜,事情没有这么简单。作为日本人,千代子注定只能做侍女。在遭到初桃小姐数次恶意的毒打之后,她终于认清了形势,并出落成一名迷人的中国女演员(章子怡饰)。她还演过《卧虎藏龙》。千代子随后改名为小百合,并被带到其他置屋的成功艺伎真美羽(杨紫琼饰)小姐身边学艺,真美羽(杨紫琼饰)既不是中国人,也不是日本人,而是马来西亚人。她也演过《卧虎藏龙》。

这三名艺伎的真实国籍问题,曾在日本引起一阵不小的骚动,我一度觉得,是人们过度敏感了,直到我发现,自己作为一个英国女人,在四十步之内就能分清爱尔兰人和威尔士人时,才改变了原来的想法。如果你是日本人,却亲眼看见电影中那三个长脸盘、高颧骨、明显不是日本人的女人充作日本人,准会心生愤懑。中国观众同样满腹牢骚:在西方人看来,章子怡只是稍微有点中国人的感觉,就像莲纳·荷恩①的肤色只是微黑一样。

而演员本身是没有错的,她的秀美就像随风飘动的樱花花瓣,漂浮在清透水面上的橘红灯笼、奢华和服的绸缎,以及修剪整齐、造型

---

① 莲纳·荷恩(Lena Horne,1917—2010),美国黑人女歌手、演员和舞者。

整饬的花园一样不言而喻、引人注目——我们被眼前美轮美奂的场景深深吸引，不免赞叹连连，然而，若是影片中始终不出现丑陋的事情，那你可能会被逼疯。日式滑动拉门向我们展示出形形色色的美，它们悄然开合，这种形式就像轻歌舞剧里的红色丝绒窗帘。不过，这份虚幻感在电影《芝加哥》里安排得甚是妥帖，在本片中却未得其妙。没有歌曲，没有欢乐，没有幽默，世间所有的技巧都遭到了闲置。

这部电影不时会有欠缺技巧的地方：就连电影《危险的关系》里的演员扑的白粉，都比本片要厚，每个女演员显然在艺伎装扮风格上，都有各自的品位。你能想象出片场里的热烈讨论（"噢，罗伯……我们是否一定要……？"）。章子怡是个大度的人，她扑了很多白粉，但不肯涂黑眉毛；巩俐适当搽了一些粉，但她不要那种滑稽的蓬松发式；杨紫琼完全回避了夸张的造型，画的妆很像她在《黑日危机》中的妆容。然而，你只需要用谷歌稍稍搜索，便不难得知，真正的日本艺伎其实都是方下巴、面白如鬼、矮胖粗壮的妇女，她们都身缠难看的粗布，脚蹬六英寸的木屐。在《艺伎回忆录》中，唯有木屐保留了下来。和服收腰束腹，疯狂的花蕾式唇妆不见了，膨大的发髻也改小了。那些让艺伎看起来别具异域风情（且遥不可及）的元素都被删除了。

故事情节还在继续推进：战争来临。我们再次目睹了蓝灰色的场景，还有那摇摆不定的摄像机镜头。置屋关闭了，我们发现，小百合也沦落到日本一处虽然偏远，看起来却仍不像在日本的山村，成了给和服染色的女工。一位老主顾前来拜访，他想帮小百合重现昔日辉煌。一位美国将军来到了城里，正要寻欢作乐。他们制定出一项计划："我们要让美国人知道我们有多殷勤好客！"作为一句战斗口号，哪怕是作为"我们要在这里大展身手！"的替代品，这句话还是缺了点些什么。而后便是电影里，特别是音乐片里最招人喜爱的惯例：东山再起。

这一情节将《第四十二街》的一部分，变成了《致命武器》的三部分，只不过这一次的致命武器是和服。真美羽被挖了出来；她经营着一家旅馆，不想参与此事。在很久以前，她就把一切都抛下了。她送走了所有的和服。除了一件……

最终，这部电影真正的问题是故事情节的贫乏，而不是文化背景的虚假。真实并不是电影的一切。[谁会在乎《杨朵》（Yentl）和《相逢圣路易》（Meet Me in St.Louis）在文化和场景方面是否真实？]《艺伎回忆录》伤及观众心灵和头脑的，是片中压倒性的单调、呆滞而智商低下的对白（更荒唐的是，片中的英语都是用伪日本腔来说的），而且马歇尔精打细算，想向我们兜售另一部好莱坞的卖淫童话故事。同样的童话也曾出现在《漂亮女人》一片当中。

马歇尔仅在一场戏里成功摒弃了幻想。妈妈把小百合请回了置屋，将她的初夜以最高价卖出。"现在你是真正的艺伎了！"妈妈喊道，双眼却噙满泪水。小百合眼中的蓝灰色光芒变得黯淡了。伤风败俗的传统却一直沿袭下去。这是美妙的一幕。它令永不凋谢的花簇看上去像是灌木丛。

《导购女郎》和《要钱不要命》

米拉贝尔可不是你想象中的普通洛杉矶女孩。她在萨克斯百货商场手套部工作，出售一种无人问津的产品。其实，卖手套只是米拉贝尔白天的日常工作：她是个画家。然而，由于常年背负着巨额的助学贷款，以及维持着一年三幅蚀刻版画的产出率，她不得不另谋生计。在她右边，空洞无神的模特手臂陈列着，似乎伸向谁，而那儿却空无一人。米拉贝尔常常独来独往。她来自美国佛蒙特州，开着一辆破旧的卡车,她养了一只经常下落不明的猫咪,还长期服用抗抑郁药。她为人低调、生性聪颖、天真无邪、待人友善,同时也渴望爱情。最重要的是,在电影《导购女郎》中,由克莱尔·丹尼斯担任女主角。丹尼斯女士可不是普通女演员。她形体优美,天生丽质,长着一只令人意外的大鼻子,她从未做过鼻部整形手术,我们为此感谢上帝。她那张富于变化的面容美丽,和善而富于表现力。丹尼斯之于这部电影,就好比米拉贝尔之于洛杉矶——她是一颗蒙尘的钻石。这蒙尘的一面首先以她的新恋人杰瑞米(贾森·舒瓦兹曼饰)的形式展现,他是她在自助洗衣店遇见的一个失败者,摇滚追星族。他的梦想——已经实现——就是将标志印在扩音器上。他找不到避孕套时,竟建议用塑料袋代替。然而,米拉贝尔却对杰瑞米充满希望,她对所有事物都很乐观。"你是那类人吗?"她问,"如果你逐渐了解他们,会发现他们……很棒?"哎,舒瓦兹曼这人的感觉呢,则是熟悉带来轻蔑。他在嬉皮经典《青春年少》(Rushmore)中的表演非常出色,但那部片子里为博得喜剧效果而表演的情感自闭症,在本片中却表现为演员本人的面部抽搐:他若是不在大脑中把台词加上引号,就一句也说不出来。无论如何,最终的结果都是一样:我们注定要为可爱的米拉贝尔感到绝望,我们确实如此。她的白马王子在哪儿呢?

你永远都不知道接下来会发生什么,就算你通读了史蒂夫·马丁的原著小说也无济于事:雷·波特(史蒂夫·马丁本人饰演)径直走向手套专卖柜,并向米拉贝尔提出了约会的邀请。你真该好好看看史蒂夫·马丁当时的面容,我是无法说明。无论他如何打扮,都不会让自己看起来比实际年龄年轻,哪怕年轻一天也好。他成功地让自己只留下一种面部表情:沾沾自喜。不,这样说还不够公正。他看起来还有些让人毛骨悚然。而且,这种可怕而极具侵扰性的画外音(依然由史蒂夫·马丁本人配音)还向我们保证:"米拉贝尔上下打量他一番,并未引起警惕。"真的吗?难道她甚至没有想过:"他足足比我年长四十岁?"画外音继续说道:"她并未提出她最先想到的那个问题:为什么会是我?"问得好。为什么一位像雷·波特这样的成功男士,希望与二十四岁、精致优美、肌肤光洁的米拉贝尔约会呢?我们只能任凭异想天开的画外音摆布。

这部电影不完全是荒谬的妄想。它有一定的真实性。就"忘年恋"的爱情故事而言,马丁在男性自我认知方面有了重大进展。他最终明白雷·波特和米拉贝尔的关系,从本质上看,不过是一种服务的交换。雷·波特只想跟一名涉世未深的天真姑娘,享受一段短暂的风月之情。而对脆弱敏感、感情抑郁的米拉贝尔而言,她更享受的是接受贵重的礼物和偿清助学贷款带来的快乐。而贫穷的杰瑞米却难以满足她的这些心愿。于是,影片中出现了这样一幕:年老的富商帮助年轻而贫穷的姑娘走出刻板的生活(同时与她同床共枕),接着便仁慈地提出分手,以便双方能各自展开新的一轮属于"同龄人"之间的恋情:改过自新的杰瑞米挽回了米拉贝尔的芳心,雷·波特也觅得一位时髦的贵妇。在(非常不错的)小说中,马丁优美的文笔几乎可以让你原谅他荒谬的构思。然而,银幕中的雷·波特将他那张漠然而蜡黄的老脸凌驾于米拉贝尔的青春面庞之上,并用粗糙老化的手指(这里就算注射肉毒杆菌都不管用)缓缓滑过米拉贝尔背上每一寸莹润细腻的肌肤——简直让人无法容忍。

于是,我们将视线转向米拉贝尔唯一的出路杰瑞米身上,而剧本对他来说,则是压倒性的不利。他的台词略显呆傻,衣服也污秽不堪,身高也比米拉贝尔要矮四五英寸。他最终的改过自新（他认真读了一本名为《如何爱女人》的自助图书，还买了一件白西服）仍然难以掩盖这些不争的事实。当不合时宜的小提琴旋律渐渐变强，雷一脸仁慈地建议米拉贝尔与他分手，另寻"同龄"爱人时，一切都对杰瑞米太不利了。设计成皆大欢喜的结局风格，看上去却更像进退两难。"你如何成为能去爱别人的人？"画外音沉思自语，就好像这是一个普遍问题。然而，这只是雷一个人的问题。是雷认为可以——不仅可以，还极富教育意义——只为一己之快而不惜利用他人，而自己除了信用卡之外，什么都没有付出。米拉贝尔却没有这样的问题。米拉贝尔爱着雷，她心安理得地收下他送来的贵重礼物，因为她需要它们。当杰瑞米改过自新之后，她也爱上了他。看到她在最后一幕中，对着雷那张呆滞的面孔说完再见便转身离开时，我忍不住哭了，她没有被周围的虚荣风气所污染。在环境如此恶劣之下还能保持自我，实属难能可贵，不知何故，她办到了。这些恶意可以完整地归纳如下：（1）雷告诉米拉贝尔他已经"年过五十"。饰演雷的史蒂夫·马丁出生于1945年8月14日；（2）史蒂夫·马丁的剧本对冒牌洛杉矶女孩的虚荣和她们的整容手术嗤之以鼻；他没这个资格；（3）最终促成雷和米拉贝尔分手的那句台词是："如果我想要一段严肃的关系，养些孩子，我就去找一套有三间卧室的住处。"米拉贝尔听罢，当即哭成了泪人。这番话无疑表明雷并没有对她付出真心。实际上，这部电影本身就不真诚。雷·波特并不想和同龄人展开一段真挚的恋情，与他同龄的妇人年纪太大，难以生育。他想找一个年轻姑娘，但是年纪太小也会让他显得像个傻瓜。当然，在影片结尾，我们看到雷·波特与一位四十出头、保养得很好的女人一同现身。倘若他真的与一位同龄老妪出现在我们面前，那这部电影就不是一部自鸣得意的独立制作了，它会变成一部喜剧片。

*

柯蒂斯·"50分"·杰克逊①。我的头脑想给你打一颗星,我的心却想给你打五颗星。我想让你知道,《要钱不要命》之于贫民区题材的电影,正如《龙妈出差》之于黑手党影片,我真的好喜欢、好喜欢、好喜欢它。我喜欢这部电影中的裸体男人比《断背山》中还要多。我喜欢你让你的帮派同伙承认他们爱你。还是在实施抢劫的时候,大声地说出来。我喜欢这段贝克特式的对话:"我加入进来只是为了钱。""好买什么?""运动鞋。""还有其他的么?""一把枪。""要枪干什么?""我不知道。"我喜欢你无数次地看《好家伙》和《疤面煞星》,决定跳过那些拐弯抹角的废话,以极简风格的画外音直击重点:"可卡因意味着金钱。金钱意味着权力。权力意味着战争。"我喜欢你把亨弗莱·鲍嘉模仿得活灵活现。我喜欢你们的帮派老大穿得像白兰度,还模仿《教父》的腔调,说着这样的话:"人都齐了。四个黑鬼为了一件事,只为这一件事奋不顾身:赚钱玩女人。"图派克,你可以安息了。理查德·普莱尔,你得当心点。

《慕尼黑》

美国著名导演史蒂文·斯皮尔伯格有时会被冠以"家庭电影制作人"的头衔,就好像家庭不是我们重大人生经历的一部分似的。他对

---

① "50分"是美国说唱歌手柯蒂斯·杰克逊的绰号和艺名。

家庭内部态势的直觉把握,令观众对许多大制作倍感亲切——电影《外星人》中那位艰苦奋斗的单身母亲,《第三类接触》中那对濒临离婚的夫妻,《夺宝奇兵》系列电影中印第安纳·琼斯博士那恋母情结式的挣扎。二十世纪九十年代,似乎到了一个临界点:家庭不再是行动的隐喻,它**就是**行动。随着斯皮尔伯格雄心勃勃地瞄向更庞大的族群,这一点也变得尤为明晰——《阿姆斯达》中的非洲黑奴暴动,《辛德勒的名单》中的六百万犹太人,以及《拯救大兵瑞恩》中那迷惘一代的美国人。这要么是他情感范围的扩展,要么是哗众取宠的电影实践,取决于你和谁讨论。

我应该摊牌:我个人认为,史蒂文·斯皮尔伯格是我们这个年代最杰出的大众艺术家之一,这一论点的基础,是我用来套用在大众艺术家身上的愚蠢/愉悦坐标轴:即,反映他们能为大家带来多少愉悦之感,与人们需要变得多么愚蠢来接受上述愉悦的比例。有关斯皮尔伯格的答案通常是:"没那么蠢。"他执导的电影常常会在紧要关头引人入胜,予人快感。当然,在回顾电影《慕尼黑》时,影评人们的观点看起来有所不同。其实,该影片本身既不"亲以色列",也不"亲巴勒斯坦",但这正是众多美国影评人觉得它生来就反以色列的原因,他们的逻辑是任何形式的不支持,实则,就是反对。正因如此,它越发对以色列虎视眈眈,充满敌意。人们无法跳出这一思想上的死胡同。因此,编剧托尼·库什纳和埃里克·罗斯在其独创性的电影剧本中,极力避免这条通向死胡同的道路。

《慕尼黑》这部电影讲的是一起真正可怕的恐怖袭击,以及对这场恐怖袭击的反应。它与道德无关,而与人们会为保护和界定家人、家族,做哪些事有关。那些同情一边的人,看过这部电影之后会改变想法:这就是辩证的本质。《慕尼黑》感兴趣的正是这个辩证的本质,它对卷入其中的人产生了哪些影响,而不是这个辩证本身。最重要的是,它被当作"历史虚构"来宣传,这让那些守着相反论据不放的人斥之为"幻想片"。这部影片让双方阵营都感到不快。因为它所讲述的真相超越了事实的范畴。不论你属于哪个家族,国家或小家,这些真相都是可以辨别而难以忽视的。

《慕尼黑》再现了针对1972年的"慕尼黑惨案"中的生还者和组织者的假想暗杀计划,该计划由以色列的摩萨德组织一手策划实施。倘若你还年轻,不曾经历过慕尼黑那场血腥的杀戮,那么最好去租一盘名为《九月的某一天》的纪录片影碟来看看,因为电影《慕尼黑》在第一时间便还原了当时的真实场景。斯皮尔伯格的与众不同之处在于,他将我们作为历史方面的成人来对待(我们可以发现,在地理方面却并非如此),该影片的中心人物亚弗纳(艾瑞克·巴纳饰)是一名以色列青年,他深爱着自己的家人,他日夜相伴的小家——怀孕待产的妻子戴夫那(阿耶莱特·祖瑞尔以精彩英文开场),和他心目中的大家:即以色列国。他是由摩萨德组织特工伊弗雷姆(杰弗里·拉什饰)精心挑选的一名经验不足却极具献身精神的年轻战士,他将带领一支由四名特工组成的混混队伍,包括:一名出生于南非的逃亡司机史蒂夫(丹尼尔·克雷格饰),一位曾经从事玩具制造业的比利时爆破专家(马修·卡索维茨饰),一名专门伪造文件的德裔犹太人(汉斯·齐施勒饰),以及一个"清洁工"(塞伦·希德饰)。他们一同徜徉在一丝不苟重新塑造的一系列二十世纪七十年代的欧洲城市,对敌人实施"以彼之道还施彼身",尽管这些城市布景都太过费力地使用象征标志(在史蒂文·斯皮尔伯格的巴黎,无论你身在何处,你都能一眼望见埃菲尔铁塔)。

我们开始渐渐了解,圣经的诫谕"以眼还眼"的致命程度比简单的复仇更为致命：它涉及身体。它允许我们用我们的鲜血来肆意地思考。斯皮尔伯格理解观众中的那些鲜血思考者：每暗杀一个阿拉伯人，电影的镜头都会闪回到——以免我们忘记——阴冷的九月的那一天，十一名无辜的以色列运动员死于野蛮无情的巴勒斯坦恐怖分子之手。相同的镜头不断闪回（时间稍有些长），几度打断了影片的正常放映。我们都不被允许遗忘这惨烈的一幕。我们更不能忽视亚弗纳在执行任务时的种种遭遇。艾瑞克·巴纳应该得到比奥斯卡更庄重的奖，他颇令人信服地演绎了一名为了维护国家使命而不远万里、四处征战的骁勇战士。他最突出的优势正是在于那张表情微妙的面孔，能够在传达其内心抵触和矛盾情绪时，自然而不做作。尤其是影片中亚弗纳双喜临门的那一幕场景——一边是喜迎新生儿，一边是击毙目标——无疑让他的优势展露无遗、妙不可言。通过亚弗纳这一人物——史蒂文·斯皮尔伯格使不情愿的观众承认，鲜血中有一种自然而危险的必要责任，一种我们都拥有的狂暴。"我是为家庭而战"是这部电影出现得最多的一句台词。尽管没有回音，我们仍能听见这样的声音：你会为你的家庭做些什么？但这部影片没有为任何人辩护。冤冤相报，何时能了。死亡渐渐降临在那些给别人带去死亡的勇士人们身上，新的死亡使者又将从他们的灰烬中诞生。孩子们在火线上迷失了道路。正常的人类关系已被扭曲，逐渐被摒弃。当巴勒斯坦激进组织"黑色九月"为了反击报复亚弗纳的暗杀行动，发起一场以邮件爆炸物为导火索的还击战时，你能感受到那种极度扭曲的恶意满足。"现在我们开始对话了。"一位摩萨德特工说。三十年后，我们仍然熟悉这种形式的对话，并深知它将带领我们走向何方。

　　这部影片不乏卓越的技术成就。最引人注目的就是摄影师贾努兹·卡明斯基（斯皮尔伯格的长期合作伙伴）的摄影，就像在电影《第三人》中那样,以淡化的窗户和天空——演员们唯恐避之不及,他们偏爱镜头里幽暗的角落——照亮全景的时候,他的摄影为每个城市都赋予了微妙的色彩层次。他塑造了类似于教堂、犹太教会堂和清真寺般的光影效果,令你不禁想要祈祷。在阴影中,演员们正在讨论着各自处境中的伦理观点,场面一度热闹非凡。如果观众畏缩不前进,对这位出生于南非的司机史蒂夫的话——"我唯一在乎的血就是犹太人的血!"——心生厌恶,那亚弗纳的话就好理解了:"内心的困扰令我不自在。"还是用血来思考比较容易,更容易得出确定结论。

这部影片讲的就是内心的困扰,它来得正是时候。然而,我们当中有多少人知道该如何对付这两种彼此矛盾、却同样真实的事实,一如我们所听见的亚弗纳和妻子戴夫那的交谈:"如果这些人活着,以色列人也会跟着丧命的。你是知道这一点的!"戴夫那说。"这一切终究难以善了。你也知道这一点的!"亚弗纳回答道。

《一往无前》和《灰熊人》

1944年,美国阿肯色州。两兄弟正走在玉米地中间那条又长又平的田垄上。哥哥名叫杰克·卡什,正在背诵圣经。弟弟更喜欢赞美诗的音乐;他有些烦恼,觉得哥哥讲故事的天赋更有前途。杰克只想成为传教士。"如果你不给他们讲述正确的故事,"他解释说,"那你帮不了任何人。"但是,众所周知,正是他的弟弟约翰尼·卡什,最后成为给我们讲述难忘故事的人,讲述那种我们可以歌唱的故事,那种最为重要的故事。

因为类型的缘故,音乐传记片所讲的,总是不错的故事:向着实现自我而奋斗。用的是歌曲。它们像圣经故事一样,可以预知,充满欢乐：蒂娜·特纳的受难，比莉·哈乐黛的升天。不相信音乐能带来救赎的人，是铁石心肠的无神论者。《一往无前》——尽管明显拍得很好——实际上和前人的努力别无二致，这是好事。它分享了类型片的魅力。它记录了卡什为了魔鬼的曲调，放弃了教会的音乐。它重现了卡什醉醺醺地摔倒在台上，还砸毁化妆室的往事。它记录下了低潮期（"难道你不曾……？"）和卡什的名字高居流行榜单的时期。

片中有着音乐片传记中最重要的比喻：被父母祸害的乐器。这让人不由怀疑，这是一种反其道而行之的心理策略：要让女儿未来成为杰奎琳·杜普蕾①，就要在她面前砸毁大提琴。卡什的情况是，他有个乡巴佬父亲，想要典当家里的钢琴，去买乡巴佬会拿当琴的钱去买的任何东西——也许是口嚼烟草。是约翰尼备受压抑的母亲挽救了它，但更糟的事发生了：亲爱的哥哥杰克死于农耕事故，约翰尼觉得自己有责任。卡什老爹认为，魔鬼带错了孩子。我们再次看到玉米田时，小约翰尼已成长为杰昆·菲尼克斯饰演的大人，独自走过那条田垄。

*

对许多女性来说，看这部电影的理由，有杰昆就够了。就本评论者而言，他天生的男子气概走得太远，都快赶上维克多·迈彻②了——不过我仍然尊重多数意见。当然当他浑身被水或汗浸透（他经常这样）并以他笨拙的块头充满银幕时，他有某种《旧约》的风格。他看上去像是在和自己斗争——他演亚伯拉罕会很不错。他把约翰尼·卡什演绎得无可挑剔。在早期的巡回演出上，我们看到卡什在"猫王"埃尔

---

① 杰奎琳·杜普蕾（Jacqueline du Pré，1945—1987），英国女大提琴家。
② 维克多·迈彻（Victor Mature，1913—1999），美国男影星。

维斯（泰勒·希尔顿饰）和杰瑞·李·刘易斯（威隆·佩恩饰）身边演奏时，菲尼克斯和另两位放荡不羁、光彩夺目的明星不同，这个壮硕的黑衣人在台上唯一的特殊表现，就是直截了当的自我介绍："你好，我是约翰尼·卡什。"看到这三位音乐界朝圣者刚起步时的样子，很有意思。"大家觉得约翰尼·卡什怎么样？"埃尔维斯叫道，慷慨大方且自信他自己有更好的才能。埃尔维斯开始演唱《猎狗》时，卡什在舞台侧翼看着，表情尘封着宾·克罗斯比当年对辛纳屈怀有的感情："我知道每一代都会有一位伟大的歌手出生，但**他**为什么要出生在我这一代？"

但卡什有比埃尔维斯更大的问题。在最近的采访中，伍迪·艾伦将这个问题表述得很好："阻挡在我和天才之间的，是我自己。"每部音乐传记片中的坏人，是音乐家自己。卡什陷入糟糕的婚姻，他酗酒，他从未走出杰克死亡的阴影。一天晚上，他因为"埃尔维斯也服这个"的担保，接受了一些安非他明，这无疑是有案可查的最糟名人健康贴士。上瘾后，菲尼克斯能够无拘无束地展现出他最擅长展现的状态：漆黑的灵魂暗夜。

谈论菲尼克斯与卡什在履历上的相似之处，未免肆意妄为，但毫无疑问的是，每当情节回到失去哥哥这一精神创伤时，菲尼克斯的表演愈加出色，而观众也变得紧张起来。有几场戏的情感之激烈，远超过人们对单调乏味的音乐传记片的预期。

然后，在恰当的时刻，瑞茜·威瑟斯彭接管了电影，把它带入了正轨。威瑟斯彭有种狂热的女性活力，伍斯特般性情的人无法忍受。我喜欢她。我喜欢她三角形的下巴和她女班长般积极肯干的态度。她在片中扮演卡什的救星，他后来的第二任妻子的琼·卡特，戏份很多：威瑟斯彭自己就如同十二步疗法。她如此能干、如此努力、如此正直和实事求是——这些都是女演员中被低估的美德。威瑟斯彭将自己的外表，还有所有其他方面，加以充分的利用。她完全诠释了琼钢铁般的独立自主。"嫁给我吧，琼。"卡什乞求道，这不是他第一次求婚了。"噢，请你别跪了；你看上去真可怜"是最合乎情理的回答了。

片中有这样一种严肃的观念：没有什么比悲惨的恋情更为致命。也没有什么比美好的恋情更能带来救赎。但要有美好的恋情，你必须比约伯更努力才行。在成功举办监狱演唱会、复出和我们正在欣赏的这圣徒传般的电影之前，我们看到卡什陷入低谷。真正的低谷。毒品、贫穷、绝望、暴力。每部传记片都有其自己的方式从这些困境中站起来。黑人灵魂歌手和白人朋克歌手的救赎方式不同——每个人都有他自己的轨迹——但原理是一样的：保持真实，重回正轨。约翰尼在他最低潮时，正要好转之前，向银行乞求借款："我需要钱，明白吗？用来开通我的电话……因为我有个女人……我需要和她说话。"这就是乡村音乐的逻辑，真的很美。

*

在十九世纪人类学的文化暴力之后，二十世纪强调缄默——我们不应该再刨根问底地解释人类，应该去观察他们，尊重他们的特异之处。幸运的是，没人告诉沃纳·赫尔佐格，所以他的《灰熊人》才会酷得这么要命。赫尔佐格（他的画外音真像《辛普森一家》中的硬汉雷尼尔·沃尔夫卡索）是个声名狼藉、极端利己的古怪导演（也就是说，他是一位伟大的欧洲导演），偏好德国式的平实风格。（他为了偿还赌债，拍过一部名为《沃纳·赫尔佐格吃他的鞋子》的电影。它并不令人失望。）赫尔佐格很强硬。他对你解释的怪人蒂莫西·特雷德韦尔与熊同住的原因不感兴趣。谁在乎你怎么认为？赫尔佐格手头有他的纪录片，解释了我们这儿有的"是一个令人惊讶的美与深度的故事"。他没有错。影片中的多数片段来自特雷德韦尔，但这部电影是两种声音不和谐的二重唱：赫尔佐格守旧的叔本华式悲观主义，对特雷德韦尔新式的乐观主义（赫尔佐格相信，后者掩藏着深深的绝望）。

赫尔佐格称熊为"原始遭遇"。蒂莫西称它们为巧克力先生和梅丽莎阿姨。赫尔佐格相信蒂莫西在"与将梭罗赶出瓦尔登的文明战斗"。按蒂莫西父母的说法，动机更为平淡无奇。不透露细节地说，"失败的电视剧演员"是这危机的根源。尽管如此，赫尔佐格还是决心从可怜的蒂米身上提炼出伟大来。虽然听到赫尔佐格呼喊"自然压倒性的冷漠"感觉很棒，但听到蒂莫西对狐狸说"我爱你。谢谢你成为我的朋友。我喜欢这样——你喜欢这样吗？"，才让人真正感到乐不可支。你只要看看狐狸的表情，就知道什么叫作冷漠了。

《相见恨晚》和《证明》

大卫·里恩指导的电影《相见恨晚》于1945年的春季首度上映，那一年，我的父亲才十九岁。我羡慕他赶上了这个电影空前繁荣的收获之年，也羡慕他赶上了1933到1955年间所有新片上映的周末。他虽然未曾一睹《艺伎回忆录》，却领略了《小姑独处》（Woman of the Year）；虽没看过《导购女郎》，却见识了《礼帽》的情趣。他看的第一部电影是《金刚》，比我一月看到睡着的版本仁慈地短了一个半小时。在纽约和巴黎，我们可以在每周的任何一个晚上，走进修缮一新的影院，再次领略我们父亲那个年代的电影；在伦敦，我们却要仰仗电影节和英国电影学院偶尔的赏赐。对那些深爱着它们的人而言，二十世纪四十年代上映的电影就好比一缕温暖的阳光。我从未看到一部没让我喜欢上的那个时代的电影，正如我从未碰到一块我不会品尝的奶酪。《相见恨晚》就是一块原产自英国的温斯利代干酪：一小片英国美食，令人倍感亲切，无意中流露出喜剧色彩。如今它已经沦为它自己的滑稽模仿。这让英国人对此略感羞愧，就像奥地利人被《音乐之声》惹恼一般。实际上，它作为时代作品的名声颇有些不公正。其中不全是雕花玻璃般的优美措辞，和古老悠久的高贵举止。这部影片其实讲的是英国人梦寐以求的生活场景，那是我们最重要却最遥不可及的神秘部分。我们走进影院，结果只是发笑（如同现代观众会觉得，另一部真诚的影片《扬帆》过分夸张而发笑），那未免太可耻了。哪怕你忽略过去六十年里的肤浅文化冲击（布茨药店内有出借书店！地铁咖啡馆中有弦乐四重奏！），它仍和当年一样，是一部精明地洞悉英国人性情的影片。

故事情节可以简单地转述如下：劳拉·杰森（西莉亚·约翰逊饰）与中年男医生阿历克·哈维（特瑞沃·霍华德饰）这两位素不相识的路人在车站相遇，并爆发出一场炽热的恋情。然而美中不足的是，他们又各有家室。劳拉有个感情冷漠、心思褊狭的丈夫，弗瑞德。他与英国人生活中的济慈气质唯一的联系，就是完成《泰晤士报》上的填字谜游戏，其中的问题提示类似于"当我望去，在夜晚那星光点亮的面容上，是……（七个字母）那巨大而模糊的象征"。劳拉建议填"romance（浪漫）"一词。这一答案是正确的，只是无法与其他答案相匹配。这时，整部电影似乎停滞了。有许多事物是英国人热切地期望、梦想、也相信的。然而，它们却始终与我们的其他答案格格不入。

里恩对不圆满的爱情那悲伤、审慎的叙述，与我们所有人和我们谨慎的天性有关。并不是英国人不想要真爱或自我认识。恰恰相反，与我们欧洲别国的同胞不同，我们不会舍弃真实，换取梦想。我们对为了"缺乏考虑的爱情的魔力"，抛弃弗雷德这样实实在在的资产，持怀疑态度，无论济慈如何极力推荐都无济于事。劳拉，英格兰中部地区的两个孩子的母亲，其性情气质算不上是仙女，尽管她有一副精灵般的面容。她可不会放弃弗瑞德这一现实，换取梦一般的阿历克。阿历克，作为一名绅士，对此也颇为认同。意大利人（或者这部影片的当代英国观众），会将劳拉和阿历克诊断为病态地压抑自我。而电影则给出了一个截然不同的前提：即，两个人的快乐不能建立在他人必然的痛苦之上。"无害为先"是这部影片恪守的原则。作为国家的座右铭，我们做得可不怎么样。

如今，及时行乐的观点颇受欢迎，而自我牺牲只会招致窃笑。然而，在我看来，劳拉和阿历克作出牺牲的背后动机，既不是沾沾自喜，笃信宗教，也不是自我牺牲。《相见恨晚》讲的并不是英国人的性压抑，也不是基督教的价值观，而是个人的崇高。在影片结尾，阿历克和劳拉真的很高尚；他们展现了最好的自己。如果说，影片中有什么道德教训，那它不是关于不忠贞的罪孽，而是不忠于自我的世俗罪孽。

他们彼此告别的最后几分钟，竟被劳拉熟识的一个名叫朵丽的蠢女人搅和了。她不请自来地坐了下来，开始大肆谈论列车时刻表。她代表了英国人生活中所有那些微不足道的糟糕事物、无关紧要的无聊事物，它们拦在我们现实生活的道路上，将我们与济慈深知英国人内心都有的"高度浪漫"隔离开来。阿历克和劳拉必须分手，这让人难过，但使其成为英国悲剧的是，他们在分手时，还要礼貌地听朵丽说话。他们本应袒露他们的灵魂，结果却在讨论天气。

*

好莱坞常常会重新启用风格类似的女演员。前人艾娃·加德纳变成了如今的安吉丽娜·朱莉。前人克劳黛·考尔白重生为瑞茜·威瑟斯彭。凯特·布兰切特或许有朝一日能够证明，她可以与人们从她身上联想起的凯瑟琳·赫本相媲美。格温妮丝·帕特洛，那位出演令人沮丧的失败的电影《证明》的美国女星，其实就是格蕾丝·凯利的翻版，这无疑是一盏金杯毒酒，如果它确实存在的话。在我看来，格蕾丝和格温妮丝的优秀资质可概括如下：当仁不让的感觉，冰山美人的外表下是明显对异性真正的顺从态度。她们崇拜男人却表现得相反，不怎么回应他们。正是她的这种沉默应对的天赋让格温妮丝·帕特洛凭借《莎翁情史》一举荣获奥斯卡"最佳女主角"，记忆中这是近来台词最少的奥斯卡获奖角色之一。她脸颊涨得通红，双眼噙满泪水。倘若你将她揽入怀中，甚至还会发现她的整个身体都在颤抖。在座的这些都是过时的好莱坞老牌女星。如果你是一位渴望爱情的男性观众，只想被爱而不想被贝蒂·戴维斯或蕾妮·齐薇格的问题和伶俐的谈话逼疯，那格温妮丝正合你意。尽管她是这样一位时髦优秀的姑娘，高雅有气质，她也一定会深深地爱上你，即便你们性格不合，即便你是雷普利或泰德·休斯。正如格蕾丝一样，格温妮丝已经厌倦了公主王妃的童话故事。她想成为一名真正的女演员。我们能够在电影《证明》中领略到她出色的表演功力。我由衷地坚信，舞台上的她已经彻底地融入了角色，并且凭借着对剧中人物凯瑟琳的深情演绎，博得了观众的阵阵喝彩，影片中内心脆弱、情感细腻的女主角凯瑟琳，她父亲是一位发疯的天才数学家。父亲去世后遗留在书桌抽屉中的数学证明，是否是父亲亲手完成？——还是出自女儿凯瑟琳之手？戏剧化的剧本用"证明"一词，来影射关于工作、爱情和生活的种种讨论。在舞台上令人如此印象深刻的那种唇枪舌剑，似乎搬上银幕就显得如此累赘和脆弱。电影的每一位参与者都尽心竭力，杰克·吉伦希尤其对整部剧本充满激情，但主宰它的全是帕特洛抬高声调的尾音，听上去她在反反复复地说着同一句话："看，我能演的，不是吗？"她试图去证明一些事情，但绝对与数学无关。

　　帕特洛的最佳表演方法，就是谨记她前辈的教诲，效仿她树立的榜样。这种公主戏的套路可以摆脱。格蕾丝·凯丽就曾在《上流社会》和《后窗》中打破过这样的套路。帕特洛在电影《艾玛》中，也窥见其道，实际上，她扮演的那个角色绝对有资格获得一项奥斯卡奖。保持那份脆弱，但别对已明显具有的沉着感到害羞。他朝你跪下，是因为你有这份价值——你知道的。如果他离开了，你会继续活着。格蕾丝·凯丽证明了公主也有力量。

《晚安，好运》和《卡萨诺瓦》

　　先发个免责声明。有关乔治·克鲁尼颇为尖锐的政治文献片《晚安，好运》，我发现自己身陷困境。我看过这部电影，喜欢上了它。然后我上了两个小时网，改变了主意。

　　我还是把我本打算作的评论写下来，不过它受到这个显而易见的事实限制：即，像这样宣扬自由主义的电影，就是拍出来取悦像我这样的自由主义者的。就史实内容而言，这部电影既不是很诚实也不是很准确。真是可耻，因为它是一部很棒的片子。限于篇幅，我无法讨论几处令人失望的扁差、事实的省略和故意模糊的处理。我能做的，只有将你引向互联网和约瑟夫·E·珀西科1988年的传记——《爱德华·R·莫洛：一个美国怪人》。然后是对一部出色的政治宣传类左翼电影的激情评论，我非常喜欢，正如立场对立的人会享受安·库尔特近期为麦卡锡主义所作的、博得喝彩的辩护——《叛国》一样，不是因为它完全真实可信，而是因为她为你的立场战斗。克鲁尼为我的立场战斗，而且颇有风格。

又是怎样的风格啊。这是一部制作精良，表面上条理连贯、富有感染力的影片，你需要掐自己一下，才能相信一名演员集编剧导演和制片于一身。强大的演员阵容、大量语言素材的把握、娴熟的节奏——这是一部成熟的作品。克鲁尼明白，你不会在意风格如何。在紧张的九十分钟里，他省略的东西如此之多，我们简直认为华纳公司会拒绝为影片提供资金。他省略了色彩。他省略了次要情节。他省略了感情戏。他撇开历史重现，动用了真家伙：档案镜头。

由此制成的东西，很容易令人联想到《公民凯恩》，不仅是因为它有多嘴饶舌、参与斗争行动的记者，而是因为它既赏心悦目，又能满足听觉享受。你可以闭上眼睛，也能理解一切。但别闭上。在奢华的黑白色中，完美重塑了卡普拉风格的编辑室。这儿有普莱斯东·斯特奇斯风格的快速对话。历史时期特有的细节，被机智的摄像（借鉴自索德伯格和科恩兄弟）带回了现实，从下方拍摄面部，用特写镜头拍摄因担心衬衫纽扣脱落而特意触摸的手指。

克鲁尼自己则躲避着镜头，尽一个明星所能，低调地潜行于整部电影中。在这部有关社论，且本身就有浓重社论色彩的电影中，克鲁尼为了素材起见，将他自己从中剔除。填补克鲁尼留下的空白的，是整个演员阵容的演出——泰特·多诺万、里德·戴蒙德、杰夫·丹尼尔斯、小罗伯特·唐尼、帕特里西娅·克拉克森——他们全都作为完全令人信服的记者,支持着大卫·斯特雷泽恩扮演的、火候拿捏得恰到好处的莫洛。不过,有一个人除外。我觉得你知道我在说谁。唐尼先生仍是好莱坞最能抢戏的。他在本片当中几乎不受限制,但如果不给他随意发挥的空间,恐怕会有自燃的危险。

我离题了。像莫洛一样——这位报道选举活动的电视播音员,在二十世纪五十年代中期,摆出了对抗参议员麦卡锡的姿态——克鲁尼用电视的"电线和光",提出了简单、有力的论点。他反对麦卡锡的立足点,是我们熟知和正确的:麦卡锡主义那偏执狂般的激情,对获得公平审判权和第一修正案赋予的权利,构成了严重的威胁。今天,这些权利再次受到了威胁。"我们在国内都抛弃自由的话,又怎能在国外为它辩护,"莫洛于1956年主张道,预示着我们当前的担忧。克鲁尼无须费力,就可以找到这样的类比——它们到处都是。事实上,它们还有些过于简单,而他是如此赞赏莫洛,以至于他严格地遵循其主人公的风格。(克鲁尼似乎总是孩子气地容易受到男子汉英雄崇拜的影响,从神圣化他自己的播音员父亲,到重塑——银幕上和银幕外——辛纳屈利益集团的全盛时期。)正如莫洛通过在自己的黄金时段节目《现在请看》上给予麦卡锡"回答的权力"来让他自掘坟墓,克鲁尼不安排演员饰演麦卡锡这一角色,而只是重播了档案镜头。经过剪辑的档案镜头。他选择的场景和莫洛挑来用于其电视节目的镜头如出一辙:没有防备的、表情抽搐的、焦虑不安的、歇斯底里的麦卡锡,问着无意义的问题,追寻着并不存在的幽灵。

克鲁尼和莫洛一样,显然相信,真理在他的社论这边。他有理由。有时并不存在"辩论的另一方"。纳粹分子就没有回答的权力。爱德·莫洛打赌,1956年的赤色自由派思想,在五十年后,会成为基本人权的前提。他错了。他所捍卫的基本人权再次遭到攻击。克鲁尼对此很是愤怒。

准是因为这个原因,他才将莫洛选择性剪辑的、麦卡锡审讯安妮·摩斯的镜头纳入自己的电影之中。安妮·摩斯是一名年老、未受教育的黑人妇女,她与共产主义的联系——麦卡锡认为——是她来五角大楼内找工作的动机。我们看到这名温顺的妇女在言语上被欺凌,还被骗取了查看对她不利的证据的权利,这令我们相信,她对指控一无所知。一位参议员试图帮助她。麦卡锡离开了听证会。鲍比·肯尼迪坐在参议员席的一端,没有向她提供帮助。

好人保持沉默时,邪恶竟如此滋长!所以我们注定要思考。这是一条真实的自由主义原则,正如没有人应该在还没看到指控他的证据时,就接受审判的原则一样。但在这个对历史相当无知的可耻国度,上网查询的结果依然令人失望,我发现鲍比·肯尼迪是参议员麦卡锡的好友,而安妮·摩斯刚好是共产党员。克鲁尼本可将此类灰色区域纳入影片,仍然可以制作成很好的自由主义论据。这是一个确定无疑的标志:当左派像右派一样,想让历史变得黑白分明时,结果就会很糟。

*

《卡萨诺瓦》是一部傻乎乎的电影。半是喧嚣的闹剧,半是莎士比亚式的喜剧,剧中的每个人都非常友好,或许应该重新集合再演一部生动的《第十二夜》。本片的问题在于,剧本并非出自于文学巨匠莎翁之手,而是出自某位金伯利·西米之手,他在卖出这部剧本前,曾是辩护律师。它让希斯·莱杰听起来,像是詹姆斯·梅森,再加上几许彼得·奥图尔的调调。片中有紧身衣有胸部,有倒错的身份、性别转换,女孩留着八字胡,悍妇被驯服,心与心分离然后再次相连,最终是海上旅行。写得最好的句子反而在剧情简介中:"西耶娜·米勒……在出演 BBC 喜剧《就寝时间》时落入公众视野。"奇怪。我记得不是这样。说到这位年轻女演员，她可能会问，发型和化妆怎么可能使一个异常美丽的二十二岁女孩，看上去像是乏味的主妇。在电影中，弗朗西丝卡·布鲁尼，那个角色的名字，正在用笔名秘密地写题为《女性的服从》的女权主义宣传册——可能那就是理由。女权主义者不可能是金发女子，她们必须有粗大的眉毛。我倒是希望，米勒小姐其实背地里是伊莱恩·肖沃尔特[①]作品的作者。但恐怕并非如此。

《卡波特》和《约会电影》

有些电影季会抛出种种抽象的提问。二十世纪九十年代初，好多影片提出了这样的疑问：怎样才算成年？孩子们常常会在大人的身上发现自己的影子，反之亦然。大人将孩子独自留在家中。孩子们也会因为父亲疏于照料而变瘦。婴儿们跟着约翰·特拉沃尔塔的声音牙牙学语。也许是职业性短视的缘故，不过我今年听到了这样的问题："怎样才算得上是作家？"《隐藏摄像机》（在美国上映时名为 Caché）中给出的答案令人痛苦："作家就是小资产阶级。"在《晚安，好运》中，作家是英雄，是捍卫人民利益的高贵之士。《卡萨诺瓦》中，她是一名无害的煽动者，《艺伎回忆录》中的作家，又是一个天真无邪的人，仅仅如实记录下发生的事情。而《要钱不要命》和《一往无前》中的作家，变成了炼金术士，将痛苦炼成了黄金。

为何这么多电影突然关心起了三流作家？在人们普遍遭遇创伤，从文字中寻求慰藉的年代，作家（编剧）们喜欢自吹自擂。或许以前

[①] 伊莱恩·肖沃尔特（Elaine Showalter，1941— ），美国文学评论家，女权主义者。

是这样。但在二十一世纪头十年里，我们已经开始立法，将语言封禁：作家不堪信任，他们是两面派。正因如此，电影《卡波特》的上映可谓是一场及时雨，尽管它的背景是二十世纪五十年代。在人们猛烈抨击"媒体"时，他们心中的那个妖魔，在很大程度上受益于杜鲁门·卡波特的幽灵。怎样才算得上一名作家？他叩响你的家门，带着微笑、钢笔，心里却冷酷如冰。围绕那块冰，菲利普·西摩·霍夫曼将卡波特塑造得活灵活现，时而疯狂，时而友善，时而阿谀，时而致命。他是不折不扣的两面派。在纽约，他是堂吉诃德式的狂想女王，在烟雾缭绕的俱乐部里嘲笑自己读者的愚昧；在堪萨斯州霍尔库姆市，他又变成了讨人喜欢的邻家男孩。他会清早带着甜甜圈和咖啡，出现在警长家门口，找到独自在家的警长夫人，解释说自己一时兴起，来跟她共进早餐。她起身去准备杯盘时，镜头跟着霍夫曼溜向左边，关押着多起杀人案的凶手小佩里·史密斯的牢房。

在这个摇摄镜头里，霍夫曼的表情有了巨大的变化，叙事也变得更为紧密和沉静。他扮演的卡波蒂冷静地掩饰着，而他其实满怀激情；为了进入这座房子，他撒了谎，而他的目的是要揭露真相。他是一名作家：一个通过撒谎来讲真话的人。像霍夫曼这样深具才能、同样通过那种方式来讲真话的演员，对作家心理有着深刻的理解。"当我想到它会有多么出色时，"关于他尚未写成的书，卡波蒂这样写道，"我几乎不能呼吸。"当霍夫曼以性感、唯利是图、绝望的口吻说出这些台词时，你害怕他，也害怕你自己。为了一个好故事，他会走多远？为了听这个故事，你又会跟他一起走多远？

霍夫曼坦率地称赞了编剧丹·福特曼和导演贝内特·米勒，但这是演员例行的客套而已：最大的功劳属于霍夫曼。一切看上去那么可爱、富有时代色彩和魅力，但镜头却笨拙地徘徊，渴望我们充分地欣赏它们,这是这位新手导演的抽搐性失手,就像新手小说家会强迫性地乱加形容词一样。真正动人的是演技,尤其是霍夫曼与拥有片中最可爱笑声的、光彩照人的凯瑟琳·基纳(饰演另一位作家哈珀·李)演对手戏的时候。霍夫曼饰演的作家是自私的利己主义者;基纳扮演的则是克己、睿智的人。不过就像在生活中一样,电影中的卡波蒂要胜过哈珀·李。我们欣赏克己的人,但我们给那些有个性的人拍电影。卡波蒂的个性极为突出,而且不同寻常的是,他的才能与之不相上下。但我们仍带着怜悯述说着卡波蒂的故事,把他的一生当作寓言:才能买不来道德。影片暗示,杜鲁门完成《冷血》之后,再也写不出一本书来,因为他始终无法克服自己背叛了佩里·史密斯和迪克·希科克的感觉。依我看,这个问题与其说是道德方面的,不如说是写作方面的:怯场。卡波蒂碰巧遇上了完美适合他的真实故事,将他装扮得光鲜亮丽。没有了这个故事,他感觉自己仿佛赤身裸体。

*

我本可以在这一周的时间里,欣赏很多好电影。我却偏偏选择了《约会电影》,而现在我其实挺感激的,因为这部电影让我原先游移不定的想法在此刻变得确凿无疑:《约会电影》是我看过的最烂的电影。我是说真的。四十分钟后,我逃离了电影院,恍恍惚惚、满心忧愤,莫名地想哭,好像遭到陌生人的人身威胁一般。我对《约会电影》很有意见。这部影片的女主角对我来说,意义非凡。她是艾丽森·汉尼根,一袭红发,身材娇小,有着傻傻的美貌,演过《吸血鬼猎人巴菲》,我真心喜欢的唯一一部电视剧。我曾经努力让人相信,她是洛杉矶最出色的悲喜剧女演员。我一直坚持这一看法,尽管她演过《美国派》及其续集。至少,我期望她能轻松弥补梅格·瑞恩留下的空缺。汉尼根女士像梅格·瑞恩一样,拥有三项过人的天赋——机智的应变、深邃的灵魂和露龈的笑容——幸运的是,在她的身上看不到瑞恩女士有时令观众感到压抑的情感渴求。我一度大胆幻想过,艾丽森在礼台上发表感谢父母的获奖感言。但《约会电影》不会获得任何奖项。正是这部电影让艾丽森·汉尼根始终与主流电影和好莱坞独立电影无缘。为此,她要多谢杰森·弗莱德伯格和艾隆·塞尔策,我只能点出他们的名字,为他们感到羞耻,并深知这样做并不会让他们收手。

在《约会电影》的前四十分钟里,我们看见汉尼根痛打一名流浪汉,作为健身运动,她身穿肥大而古怪的衣服,眼睁睁地看着一只猫吃一名死去女子的脸,留着一袭姜黄色的头发拖到臀部,还戏仿了《单身汉》的一段,其中单身汉"不想干"的单身女性都被冲锋枪"消灭"了。这种恶俗的幽默简直没有多少人味儿——这是猴子从树上摔下来时发出的笑声。要想象出这部电影的观众是什么样,得把如今的青少年想得更差劲才行。这些孩子都是谁?为何他们都在**退化**?《美国派》是一部有趣的恶俗电影,《恐怖电影》是一部恶俗、一文不值的滑稽电影。《约会电影》比一文不值还差。它是一种新式的垃圾,披着电影的外衣,其实根本没有电影的样子。对汉尼根而言,这分明是电影式的自杀。最严重的侮辱来自这一场景,坐在她面前的约会对象卖力地揶揄电影《当哈利遇到萨莉》中性高潮的那幕戏,后来,他终于说完了,汉尼根说:"我要他吃的东西。"这话作为对汉尼根演艺生涯的元评论(metacomment),真是最残酷不过的玩笑。是的,我知道这部电影不是给我看的,但我对它所面向的孩子感到厌恶,对他们日后变成的大人感到畏惧。网络上的小宝贝们像军团一般,捍卫着《约会电影》,反对一切攻击。我把一条这样的评论复制在此:"好吧,我是个十三岁的女生,我觉得这部电影非常滑稽。这类东西正是当下孩子开玩笑和讨论的。这是一部喜剧片,所以别像个坐不住的五十岁老处女似的,过你自己的日子去吧。"

《辛瑞那》和《天气预报员》

克鲁尼在表达什么?他在影片《十一罗汉》(2001)里说得熠熠生辉的那句话,在影片《真情假爱》(2003)里说得磕磕绊绊,在《十二罗汉》(2004)中说得可怜兮兮,在影片《危险心灵的自白》(2002)中几乎说得有了一些意义,如今,随着《晚安,好运》和缜密的《辛瑞那》告一段落。或许,我的评判为时过早,我原以为他是那类演员之一,他们拍摄大烂片,是为了筹钱拍摄小制作的佳片,并且为此感到自豪——这算是对观众征收的一种虚荣税,因此毫无意义的枪战片,就是我们为讲离婚的冰冷室内剧所应付出的代价。

克鲁尼并不是那样的演员。他不拍那些缺乏新意、面目可憎的片子。在嘲弄和反感智识责任与道德责任的文化风气下,他以自己的方式,同时追求这两者。如今他作为《辛瑞那》的执行制片和充门面的主演,开辟出前所未有的新局面:他既是好莱坞最受欢迎的男演员,也是最想让我们感到焦虑不安的人。类似情况以前只有过一次,那就是马龙·白兰度,他的个人缺陷和自尊已经超出了他最严肃的雄心。看起来,克鲁尼倒没有这些悲剧性的缺陷。他在创作真正的美国电影,而不是美国产品;他在帮助美国电影的制作完成。当多数有点脑子的人早已放弃美国多元产品时,克鲁尼却给我们一个理由,让我们小心翼翼地把脚收回门里,买一些爆米花。在好莱坞历史上,很少有将个人魅力如此善加利用的例子。

《辛瑞那》是本季度第一部演完之后,既有必要也值得重看的电影。除非你把注意力自然而然地放在全球石油产业的经济和政治阴谋上,否则看完第一遍之后,这部片子的很多内容你还是没弄明白。编剧兼导演斯蒂芬·加恩沿用了跟电影《毒品网络》(2000)相同的叙事策略,将巨大的权力那疏离的匿名性与其付出的人性成本联系在一起。不过不像《毒品网络》那么简洁、说教时那么招人喜欢,《辛瑞那》像我们当今的历史时刻一样,更为阴暗,也展现出更多面向。剧情围绕美国联邦调查局针对两大石油巨头合并的调查展开,殊不知调查只是个幌子("我们想要看到的,是尽职调查的假象"),因为这次合并的最终受益群体还是美国消费者。加恩善于阐释马克思主义的观点,他向我们展示了,一项交易里是如何包含着它所支撑的整个体系中的各项要素。他知道布鲁克林街头的一桩毒品交易,可以追溯到佛罗里达富有的毒贩、墨西哥城令人绝望的后街小巷、哥伦比亚种植古柯碱的农民。电影《辛瑞那》就是如此,一场乏味的政治表演,有许许多多的参与者:阿拉伯王子、中情局特工、德州石油大亨、能源分析家、华盛顿律师,还有两名巴基斯坦少年,后者因为合并造成的大量裁员,失去了薪水微薄的工作。打游击似的拍摄和勇敢的表演合在一起,创造出了一种类似卡萨维茨[①]的作品般前卫、特别的现实主义,若是考虑到众多演员的鼎鼎大名,这更是一项格外引人注目的成就。马特·达蒙扮演一个典型的美国人,一个方下巴的能源分析师,他和扮演肥胖、留着胡子、懒散而有良心的美国特工的克鲁尼,俩人看上去,正像他们自称的那样——是这个黑暗世界中真正的玩家。

我对这部影片的不满在于,它欠缺明晰感:显然,本片的社会政

[①] 约翰·卡萨维茨(John Cassavetes,1929—1989),美国导演、演员。

治背景已经经过了细致的观察,有时,它给人的感觉就像一部研究过度的小说,作者似乎忘了我们并未做过他那些研究。这部电影不但将观众视为成年人,还将他们视为专家。一场场戏常常令我心怀戒备;在某些戏快演完的时候,我才反应过来刚才是怎么回事。你看完《辛瑞那》之后,不会像看完《毒品网络》那样愤怒而确信无疑,这正是影片的部分老道之处。它促使观众开始思考,而非放弃思考。最终,《辛瑞那》最令人印象深刻之处,在于其制作上的谨慎细致:真正来自不同文化背景的演员阵容;它在语言、口音、词汇方面的敏感和细腻;各个城市的衣着特色;以及对微不足道的文化细节给予的尊重和关注。

《辛瑞那》是一部实现了自我超越的美国电影。欣赏这部电影,令我满怀希望——这是在电影院中很少会有的感觉。当然,不会有一部电影或一本书,会把我们变成理智、体面的人,我们所经历的并非简单的观念冲突;毋宁说,种种观念本身,就给我们造成了不小的困扰;而美国电影产业,好坏暂且不论,正是我们这个星球上最强大的观念助动和传播装置之一。《辛瑞那》这样的影片不是革命,而是贡献。倘若这部电影——通过非法光盘或地下影院——传入片中提到的那些国家,那它就会给那里的人民传达一个新的信息:我们相信,你们像我们一样,也是真实存在的人类。"我长大成人的那些年里,你们只能从《辛巴达》这样的电影里,看到银幕上的阿拉伯人,他们嘴里衔着马刀,攀上船舷。"扮演纳赛尔王子的亚历山大·西迪希这样说道,这位王子是个极具变革意识的年轻王位继承人,他倡导停止向美国廉价出售石油,而是为本国国民谋求更为有利的交易。要跟别国国民公平交易,首先就要拿他们当作人类来看待。美国电影传播的人类形象,要比其他任何媒介更加丰富。好莱坞在这方面有种近乎责任的东西;而《辛瑞那》则用某种方式,兑现了这份责任。

*

　　《星期日电讯报》不支持半颗星这样的评分。我理解这种想法，不过这令笔者很难评价某种以郊区为故事背景的"古怪"美国电影，这类影片每年都会发行六部，而三星半恰恰是正确的评分。《天气预报员》就是其中之一；事实上，它可能是非常古怪的电影，因为它是两部同类题材温情巨作的严密拼接：《美国丽人》和《关于施密特》。

　　我想，我之所以觉得这部影片还不错，是因为我是反着看的。在我看来，这部影片的核心卖点是多数思维健全的观众对演员尼古拉斯·凯奇的反感。而他在这部影片里，谦虚而可敬地接受了这一重负，让我现在可能很喜欢他。这是一场诚实、喜感的表演，似乎把观众在过去十年里，希望凯奇经历的所有屈辱经历，都集合到了这部影片里。我不想透露——最好在毫无期待的情况下意外看到，不过要记住我的这番解读。不过我还要推荐一下：尼古拉斯·霍尔特（电影《关于一个男孩》里的那个孩子）几乎已经长大成人，他今后的相貌可能会比十来岁时的莱昂纳多·迪卡普里奥还要英俊。噢，还要告诫诸位一点：迈克尔·凯恩的美式口音没准会再次让你笑出泪来。

《V字仇杀队》和《阿飞》

　　作为规律，影评人们喜欢与大批被动的电影观众拉开少许距离。我们当中的有钱人，身上带着配有小灯的钢笔，当你沉浸在电影这种媒介中的时候，我们在对一些审美的细节做笔记，比如马塞勒斯·华莱士的大黑脑袋上的雅利安创可贴，或是暗巷中落在哈里·莱姆头上的一片危险光芒。

电影这一最令人愉悦的媒介，跟它更顽固的同类——小说——一样，也要跳过主题、情节和"意象"这些圆环；理应如此，否则，也就没有什么好评论的了。比如，没人会请别人评论过山车。但事实上，有些电影感人至深、沁人心脾，而且流畅得连带小灯的钢笔也无法跟上。我在看《V字仇杀队》时，几乎没做一条笔记，除非"哇！"、"真棒！"以及"这可真酷！"也算是笔记。

面对这部影片，我心里的某种少时情怀复苏了，这话是极大的赞美：青春期是我十分看重的阶段。另外，我也看出了其他影评人看出的东西——自命不凡、荒诞不经、厌女症、政治上的一派天真——但实际上，我看得十分投入，颇有几分狂热，心中振奋不已。这部影片对我来说，就像绘本小说原著一样，讲的是正直的品行，更重要的是，它还讲了这种品行可以如何运用到我们的政治生活当中。

影片以激烈、毫无幽默感的方式，追求着这一理念，娜塔莉·波特曼还在片中以光头形象示人。要奚落这一理念，并非难事。品行正直这一理念，向来遭到成人的奚落，却为青少年所推崇，因为原则是不同于成人的青少年唯一真正拥有的东西。我第一次读文字作者阿兰·摩尔和插图作者大卫·利奥德的《V字仇杀队》时，也是个青春期的孩子，那时，书里的许多对白，对我来说意义重大，它们在影片中得到了忠实的再现："我们正直的品行虽然不值钱，却是我们仅有的——这是我们的底线。至关重要的底线！"

将自己的名字从演职人员名单中删去的阿兰·摩尔显然觉得，安迪和拉里·沃卓斯基（《黑客帝国》三部曲）将他的故事删繁就简，损害了他本人的正直底线。这对兄弟摒弃了绘本小说里为数众多的配角，将摩尔的英国敌托邦，从后撒切尔、后核子时代，迁移到了布莱尔和布什下台之后不久的世界。八万伦敦居民在一场细菌战中丧生,这场袭击被归罪到恐怖分子头上。国家从"保姆"变成了铁板一块;媒体对真相表现出一种戈培尔式的尊重,热衷于开展审查;同性恋、"异族"、异见者都神秘"消失"了,剩下的人生活在恐惧和萎靡中,有如陷入昏睡一般。

V出现在这个荒凉的世界,他是个头戴白色小丑面具的男子,其原型是早已被世人淡忘的英国恐怖分子:盖伊·福克斯。原著对盖伊·福克斯的尊重颇为愚蠢——盖伊·福克斯并不是热爱真理、破而后立的无政府主义者,而是对占多数的新教徒满怀仇恨的天主教徒。切·格瓦拉也不是完人,不过话说回来,青少年不会对历史细节较真。

但他们满怀激情。他们像V一样相信"一切都是相互联系的",相信"一场没有舞蹈的革命不值得拥有",相信"真理、自由和正义不只是文字——更是前景"。他们觉得这一点颇为合理:V偶然发现娇小柔弱的瓷美人艾薇·哈蒙德(娜塔莉·波特曼饰),将她折磨一番,让她相信,如果她不向当局透露情报,就会被处死——这都是为了让她(从存在主义的角度)获得自由。

在不做剧透的情况下,我觉得我可以告诉你,在艾薇被监禁期间,有人通过监狱墙上的窟窿,塞给她篇幅零落的故事,这个故事赋予她力量,使她抵扛住了遭受的折磨,也激发了她原本不知道自己拥有的正直品格,以一种你爱信不信的方式,把她变成了激进分子。她读的那个故事是一份礼物(作者即将离世,不指望任何回报),因此也是大爱之举。这些爱的善举,因其独立于这个讲究利益的世界之外,因此是一些激进的命题。抱怨女孩被面具男虐待的人,错过了小说和电影中都存在的关键元素:面具男也是以同样的方式,变成激进分子的。这与性别无关;关键在于那份礼物。

更何况，还有大规模爆炸、《吸血鬼猎人巴菲》式的战斗场景、汇聚英国演艺人才（约翰·赫特、西妮德·库萨克、斯蒂芬·瑞）的犀利阵容带来的愉悦，还有个令人愉快的颠覆性事实，就是我们现任首相年少的儿子尤安·布莱尔，也推荐了这部以炸毁国会大厦为乐的影片。令人扫兴的是——我很遗憾地说——是波特曼本人，她依然承受着美貌的拖累，那份美貌令奥黛丽·赫本都相形见绌。就连她的光头面部照片，看上去都像《时尚》杂志的摄影。雪上加霜的是，那种只能在瑞士女子进修学院和好莱坞方言教练办公室听到的英语口音——还带有一点儿美国长岛味儿。适合这漂亮姑娘演出的电影不是这样的。我只是不太确定，那是部什么样的电影。

同时，她那过于女性化和过分温和的表现，让《V字仇杀队》的效果大打折扣，而小说原著的调子是满腔愤怒的，它让阅读它的撒切尔时代的孩子们坐立不安。它传达的信息并非"炸毁国会大厦"，或是"头戴白色面具，对人们利刃相加"，毕竟孩子们都不是傻瓜，他们明白什么是寓意。《V字仇杀队》传达的信息是："改变是可能的"。电影《黑客帝国》第一部传达的信息是：这个世界并非我们肉眼所见的那样。电影版《V字仇杀队》紧接着又在青少年头脑中种下这样一种观念，确实够激进的。如果这部影片又能让孩子们那样想的话，那可真是太棒了。

*

电影《阿飞》的剧情设定很精彩。一名来自南非小镇的年轻暴徒，用枪击中了一名中产阶级黑人妇女的腹部，开着她的车仓皇离去。开出一英里的时候，他听到后座上传来婴儿的啼哭声。了不起的故事带来的惊讶和赞赏，令观众倒吸了一口冷气。由此展开的一切情节，都带有摩西故事的宿命感和道德教训意味。但影片的背景令人着迷，一切都令人感到新奇：小镇上的简陋窝棚、富有魅力的黑人中产阶级、地铁站、孤儿幼童夜间露天留宿的水泥圆管。处于核心的是阿飞本人（普雷斯利·奎文亚吉饰），他在实施恐怖行动时，从不需要佩戴面具——他的面孔本身就是面具。在危险程度尤胜《疤面煞星》致命时刻的一场戏里，他穿过火车站，追踪一名跛脚的男子，就像一头狩猎的猛兽。狂乱的本地嘻哈音乐为他疯狂的暴力冲动伴奏；而当我们瞥见这个似乎丝毫不值得怜悯的男孩有救赎的可能时，福音音乐大声奏响。我在最后十五分钟泪流不止。不幸的是，和悲伤的"五十分"电影不同，这部影片——年轻黑人能真正从中获益的影片——除了埃科·埃舜[①]，没人会看。它不会在基尔博恩公路上卖到五英镑，也不会有人在操场将它传递分享。

《穿越美国》和《爱情和香烟》

有时，细节决定成败。就在亨伯特·亨伯特遇见海兹夫人——那个会继续迷住他、毁掉他的女孩的母亲——之前，他的目光落在"一枚静静放在橡木箱子上的灰色旧网球"上。这枚网球跟《洛丽塔》的主题毫无关系——它"只是存在"，这很美。许多电影都想掌握艺术的微妙瞬间，这种无关紧要的枝节，这种令作品显得更有人情味儿，而不仅仅是艺术设计的"只是存在"。

《穿越美国》几乎是一部全是人工设计、对奥斯卡奖满怀渴望的

[①] 埃科·埃舜（Ekow Eshun, 1968— ），英国黑人作家、记者。

作品，但它最后还是没有得奖，但在不大可能发生的故事情节，还有扮成人样的古怪角色之下，我还是被一处细节所吸引。有个警察在看头天晚上的轮值表时，发现一名被关了一宿的十七岁男妓在吸毒后犯下的罪行是："这是种新型犯罪：很明显，他从店里偷了一只青蛙。"此后全剧再也没有提到这只青蛙和这件事，但我就因为这句台词，给这部影片加了一颗星：当季的许多电影从我脑海中渐渐消逝时，这部描绘人情世故的作品还会留在我的记忆里。

还有什么？嗯，像《洛丽塔》一样，《穿越美国》将大把时间耗费在驾驶破车，由东海岸向西海岸行驶的公路旅程中，时而驶过旅游景点和淡水湖，时而在路边酒吧和汽车旅馆休息。两人在纽约的时候还彼此看不顺眼，在肯塔基州亲密起来，最后在洛杉矶学会了爱着对方。其中一个人准备做由男变女的变性手术，另一个人是他的儿子，这一设定本身，无法令影片不给人以过于眼熟的感觉。望着这部影片按部就班地展开情节，我们会想到，各种文化，无论多么另类，最终都会沦为俗套。部分原因在于，这些文化想要获得主流的肯定，这就要求它们发展出一条与其"问题"相关的"路线"，并且不能偏离。

从这部影片，我们可以推测出，变性人目前的"路线"是他们患有基因失调，而非心理失调，因此，无论是剧本本身还是观众，都不允许把布里（菲丽西堤·霍夫曼饰）要接受的手术当成必要和正确的选择，哪怕一瞬间这么想也不行。同时，也不允许我们一探究竟，既然变性只是（按照片中人物的说法）"存在的一种激进的进化状态"，那为什么布里想把这种激进的双重性别，简化为单性状态。万一这种"问题"并非基因或心理问题，而是社会问题呢？因为三百年前，"女儿心，男儿身"的人是怎么做的呢？或许他们拓展了男性的社会范畴，将他们向往的"女性"特征同样囊括在内。

哎，我也只是私底下想想而已——我绝不会在布里面前提起，毕竟她是一个需要别人不断肯定的电影角色。为此，她还请了一位特别的治疗专家——或许是美国独一无二的人物——此人鼓励她，一旦她需要打气的疗程时，就给他打电话。"好痛，"布里叫道。"心就是这样，"她的治疗专家回答，"宣泄出来——这是好事，大有好处。"

但真是这样吗？菲丽西堤·霍夫曼的表演非常精彩，她的那些小心谨慎、过度风格化的肢体动作，像极了迫切渴望女性气质，却觉得它并非自己与生俱来的人。他有一橱淡粉色单件衣服和雪纺围巾，哈里·贝拉方特[①]般的男低音，以及总是忸怩不安的麻烦弱点。然而，她的大胆表演掩盖了一些肤浅的角色：一名充满活力的黑人老妇、一名睿智的美国土著、一个不愿帮忙、身着电蓝色薄尼龙休闲服的郊区母亲，还有一个步入歧途、街头混混般的儿子（凯文·齐格斯饰）。

当这个儿子，托比，想要尽快赶路，解释说《指环王》的潜台词为何是"完全是同性恋"时，我感觉我们正在颇为危险地驶向当今的陈词滥调之地。当布里责备他说的每句话里都有"like"这个口头语时，我们已经在陈词滥调之地扎好帐篷，躺下准备过夜了。这部影片认为，它通过讲述"行走在我们中间""颇为低调的"变性者的生活，向我们传达新鲜的文化信息，但事实上，这些人物无一行走在我们中间——他们不具备那种想象力的宽广幅度，很难在我们的世界生存下来。他们行走于另外一片土地，那是查理兹·塞隆和希拉里·斯万克（官方宣传厚颜无耻地把这两位女演员与霍夫曼相提并论）走过的镜像之地，

---

① 哈里·贝拉方特（Harry Belafonte, 1927— ），美国黑人影星、歌手。

在那里,核心女性角色是"坦率而不逢迎的"这一事实本身,被认为是一种大胆的艺术表演。

如果你像包括我在内的那些人一样,觉得希拉里·斯万克在电影《男孩别哭》里的样子比她在红毯上的造型好看,那你或许也会惊讶地发现,我们注定会觉得,费莉西蒂·霍夫曼在片中是一头褐发,还有她没穿露背的范思哲礼服裙,是种严重的缺憾。她有种俊俏的美,这一点并未被本片所遮蔽,而且这份美是天赐的特质,凭借这份美,她配得上更好的剧本。但布里从未打算真正挑战女性之美、女性气质、性别畸形这些观念本身,还有如今经常实施以"矫正"畸形的手术。它注定是一个能挂上电影的好钩子。它确实是。

*

《爱情和香烟》是我为这份报纸写评论的最后一部电影,我原本希望这是最精彩的影片。它是音乐剧——这是我最喜欢的片种——而且还有最引人注目的演员阵容:詹姆斯·甘多菲尼,凯特·温斯莱特,苏珊·萨兰登,克里斯托弗·沃肯和史蒂夫·布西密。这才列举了一半。当约翰·特托罗这样备受尊重的演员转型成为编剧兼导演,将十五年的功底倾注进去的时候,换来的成果是极其显著的。这部影片的表演无可挑剔——谁会拒绝温斯莱特那迷人、幽默、真正性感的自然主义!或是诋毁甘多菲尼自我厌恶的侧目一瞥,它令观众观看托尼·索普拉诺[①]时的那份凌厉的情感体验,就像观看奥赛罗和李尔王合二为一一样!克里斯托弗·沃肯是个狂人,带来无法无天的乐趣。苏珊·萨兰

---

① 美国电视剧《黑道家族》(The Sopranos)中的人物。

登依然是一位妖娆性感、富有才智的表演者，史蒂夫·布西密则是继彼得·洛之后最了不起的性格演员——其实，他的演技更胜一筹。但关键在于剧本。约翰·特托罗是坐在巴顿·芬克的书桌前冒充编剧时，构思出这部剧本的。在现实生活中，他不该去碰编剧这个角色。不过，特托罗是个很有天赋的男演员，或许正因如此，他坚信单靠演员，就能改造这样的台词："你铺好了床；现在躺上去吧"，"我爱你——可能我不知道该如何表达"以及"生活不会给你第二次机会"以及"我的梦中满是他的双唇。"此外还有一点，那就是音乐剧应该彻底放开了演。绝不能拍成半吊子音乐剧，半是唱歌，半是对口形，有点像跳舞，又好像不是。好的舞蹈绝对没有什么好害臊的——它能激起观众的敬畏。看阿斯泰尔跳舞，让人倒吸一口气。糟糕而含糊的舞蹈才会让我们畏缩。在过去十年里，（除了《芝加哥》）没有一部美国音乐片有坚定的勇气，这就是全部的问题。抛开嘲讽，带着敬畏感回来吧，像克里斯托弗·沃肯在几年前在斯派克·琼斯[①]那部精彩的音乐录像中证明的那样，后者唤醒了真正的音乐片精神。无论如何，就写到这儿吧。

---

① 斯派克·琼斯（Spike Jonze，1969— ），美国导演、编剧、制片。

Thirteen: 奥斯卡周周末的短评十则

Ten Notes on Oscar Weekend

1

好莱坞的粗鄙庸俗，在英国尽人皆知，就像英国人知道德国人没有喜剧，以及意大利人"办事牢靠"，只要事关美食、婚姻、天气和风景，而无关政务、工作、开车和上帝就行。大卫·霍克尼①在洛杉矶修建的水绿色游泳池，体现出英国人对洛杉矶的恰当态度：对浮华的外表报以深切的鄙视。这里是狂欢的世界！红地毯；跻身非凡的万神殿、地位像半神一样尊贵的演艺明星们；超乎想象的派对；价值连城的珠宝首饰。在奥斯卡周的周末，报纸杂志会不由自主地重复这些永恒的话题，报纸上的新闻报道，刚好跟从机场接你进城的出租车司机所讲的离奇见闻如出一辙。

去这个被人琢磨透了的地方，心里难免有几分莫名的压抑。在我装裙子的袋子里的，就是别人对好莱坞之梦的幻想画面，我当初不该告诉邦德街的女人，我有新闻采访的任务在身，要去做奥斯卡奖采访。

---

① 大卫·霍克尼（David Hockney，1937— ），英国画家、摄影师和舞台设计师。

那是条红色单肩裙；用带子简单地束好；臀部有个大蝴蝶结，配有裙撑和裙裾。这条裙子误解了好莱坞，误解了好莱坞错综复杂的权力和炫耀，它那审慎的政治和礼仪，有时它们给人的感觉，就像十八世纪的法国一样令人难以琢磨。在飞机上，乘务员答应了我的请求，他把袋子小心折好，搭在胳膊上（"我从分量上，能感觉出来——它很美"），然后颇为谨慎地把它挂进一个小衣橱，袋子要比衣橱长出一英尺半。

2

《纽约客》上的一幅漫画：一个快活的男人在浴缸里宣布："奥斯卡时间到了——空气中弥漫着一股特殊的兴奋！"与此同时，他的妻子在厨房里熨烫衣服，身边围着几只小猫。你一踏上好莱坞这片土地，就能感觉到，切身参与和心怀期待之间，形成了这样一种奇特而颠倒的关系：越是跟奥斯卡奖不沾边的人，越是激动不已。荣获奥斯卡奖提名的导演们叹息着，满怀渴望地说，还不如去看场球赛呢。引导泊车的男孩子们却在下注，赌谁是今晚的最佳男主角。就连前往酒店的出租车司机都说："你要明白：当你想象出，你身边的每个人都抱着同一个目标，关注着同一件事，这就是一种集体精神了。这种感觉美极了！"送我的这位司机跟好莱坞的所有司机一样，是一名电影编剧。他现在有两部剧本。第一部是给玩 XBOX 游戏机的青少年看的枪战片。另一部跟喜剧演员哈勃·马克斯和百万富翁阿曼德·哈默子虚乌有的会面有关。他做过调查，可以证实 1933 年 9 月，两人都在德国汉堡。

"你呢？你是来工作的么？"哦，我是接受指派，来写这篇文章的，我自己的一本书有可能会改编成电影剧本，我过来商谈一番。不错，都是还没影儿的事——文章还没写,电影也没拍。算不上是工作。我的司机居然能以真真切切的同情口吻,提起一些大名鼎鼎的好莱坞演员,只因为他们今年没有影片上映。成功就是成功,它无可替代。这座城市之所以比任何个人,甚至比超级明星还要显赫,因为它刚好是粗鄙庸俗的反面。

3

星期五下午,日落大道的蒙德里安酒店。蒙德里安酒店简直不像是好莱坞的酒店,因为电影业人士很少在此下榻。正门门口伏满摄影记者,泳池周围满是三角梅和晒日光浴的金发女郎;在我房间下面,是这家酒店地形险峻的"天空酒吧"——你可以从那儿俯瞰好莱坞的全景——一名DJ六点开始搞派对,一直闹到凌晨三点。音乐是匪帮说唱乐,听众大多是白人,他们觉得皮条客才是精明生意人的楷模。房间是白色的,所有家具、每张床单、每张桌椅、每个枕套、每个花瓶、每个花瓶里的每朵花,也都是白色的。一提到蒙德里安酒店,演员们就面露不悦,表情扭曲:"那里多少有点……**太过了。**"

好莱坞也有诸多层次之分。坐在泳池边上的比基尼辣妹和她们穿弹力护身的男人,点上二十美元的鸡尾酒和龙虾寿司卷,望着霍克尼泳池朦胧的池水轻柔拍打着泳池边缘的陶土瓷砖。没人下水游泳。一对年轻的黑人夫妇,穿着他们自认为颇合时宜的冒牌范思哲,在沙发上摆出造型,让女侍者给他们拍照,仿佛梦想已然成真。当天下午,同样的事被意大利人、英国人和澳大利亚人重复了好多遍。人人都大声谈论着奥斯卡。这是城里唯一的谈资。辣妹们看看表,翻翻身。这些姑娘在泳池边营造出一种好莱坞式的惊艳,但她们跟女演员们截然不同。辣妹们完美无瑕——女演员则不然。女演员们个子太矮；脸蛋不匀称，鼻子是歪的。女演员富有魅力。她们的皮肤没有晒成棕色薯片；她们不穿印有古驰标志的宽松长筒裙。她们的乳房都是真的，或者她们的隆胸做得很难被发现。这些想当演员的姑娘与好莱坞女星之间，存在着令人难过的鸿沟。坐在美轮美奂的酒店里美轮美奂的洛杉矶泳池旁边，心里明白这些是无望跻身好莱坞的人，这种感觉真是再奇怪不过。

4

星期五夜里，贝弗利山里举办了一场私人派对。那栋房子是建筑师弗兰克·劳埃德·赖特设计的大草原风格建筑；宽大低矮，优美地延展开来。在大片草坪尽头，是一个用纯白石块砌就、灯光昏暗的细长方形泳池。水面上蒸腾着水汽。许多扇互相连通的房门敞开着：你可以站在卫生间外面，透过房子看到两百英尺以外的花园。修剪整齐的紫色罂粟生长在石制的花瓶中。墙上挂着索尔·施泰因贝格①的画作。人人都觉得冷——哪怕是就荒漠地带来说，这个晚上也够冷的。人们围在加热灯下面，四个人挤在一张长凳上，抱团取暖。惊讶的感觉很难一直保持下去：毕竟，他们也是人，在没有媒体光临的名流派对上，名流的那一面褪去了，也没有了可以对比的对象。你在为他们的平凡程度，以及靠PS抹去的一切——矮小的身材、皱纹、晕染的睫毛膏——感到震惊之后，那种感觉就像是置身于一场金婚周年庆派对，派对上的人都辨认不出，谁才是那对幸福的老夫

---

① 索尔·施泰因贝格（Saul Steinberg, 1914—1999），罗马尼亚出生的美国漫画家、插图画家。

妻。年轻演员们四处游荡，揶揄着他们的前辈，甚至威胁着要弹钢琴。老前辈们礼数周全地寒暄问候，吹捧着对方取得的成就，讨论着日后的计划。那些获得提名者，此时已经变成了久经沙场的战友——从一月起，他们参加的颁奖演出足有半打之多。人们喝得不多，吃得更少。音乐响起，只见一位声名狼藉、野小子般的小明星想邀人跳舞，却无人响应。气氛彬彬有礼到了令人窒息的程度。它有两方面跟大学城里的派对颇为相似。首先，它完全排外。人们在好莱坞只聊好莱坞，就像人们在哈佛只聊哈佛一样。其次，人们生怕闹出荒唐事。人们小心翼翼，唯恐说出蠢话。这种恐惧体现为这样一种奇特的冲动：原原本本地叙述事情，从而将大家对个中含义的共同理解，给牢牢把握住。笑话不会引来一阵笑声，却会换来一句"真好笑。**太**有意思了。"有趣或有伤风化的轶闻，通常会被"真可爱。她可爱**极**了"这样的评语给冲淡。人们友好、礼貌，却决不轻佻。琼·迪迪恩，一位西海岸的信徒，却是好莱坞的怀疑论者，对此下过这样一番断语："男女之间的调情，就像餐后的甜酒，对纽约来的性格演员、只出过一本书的作家……以及搞不懂本地**圈子**有哪些**默契**的人来说，在很大程度上依然是奢侈品。"

5

凌晨一点左右，那些通宵谨慎工作的年轻侍者们开始凑上前来："我只想说，我真的很喜欢你的作品。我觉得你棒极了。祝星期天好运！"那些演员们正在聊着他们的家人、宠物狗、读过的书和纽约的一家不错的餐厅，这时只好重新摆出明星姿态，展现出合乎侍者期待的一面。他们在这样做的时候，大多和蔼可亲。在这样群星云集的场合，每个侍者都会选择去打扰他心目中最亲近的那位明星——那个让他在电影院里落泪的演员,他下班后会聆听其歌声的歌手。

狗仔们来到了派对会场外面。他们无须追逐任何一位明星——这里无处可躲。午夜时分,我们待在黑魆魆的山坡上。一位沮丧的年轻导演问道:"如果一名演员就在外面站一宿,会怎么样呢?光着身子任凭他们拍照,有问必答,会怎么样呢?他们就能消停下来吗?"这是一个漫长的过程;挤在加热灯底下,等车子过来接。演员们倒是神态轻松,对等车和外面的狗仔都并不在意;真正感到焦虑和戒备的,是他们的司机,司机们替心不在焉的明星们操了不少心:"我把这个挡你道的家伙赶走好吗?我把他从你面前拽开好吗?"一位演员走进混乱的人群,一分钟后又回来了。"他们没认出我来——我为了演戏,增肥了不少,现在他们认不出我了。我现在正在禁食。已经八天了。"旁边有人回答:"我也是!我才五天。这不是很**棒**么!"

6

几位荣获提名的人去了地盘挺大的犹太餐厅"坎特",这里在凌晨两点供应上好的鸡汤。我点了这样的鸡汤,汤里泡着一个未发酵的面包球,跟我的拳头一般大。提名者们点了一盘泡菜和腌牛肉三明治;他们喝着啤酒,跟身后的一群少女开着玩笑。他们说起有个演员是诗人华兹华斯的远亲,好莱坞,布鲁克林的房价,谁的盘子里的炸薯片最大。这样的孩子会星期天在柯达剧院外面的看台上扯着嗓子大喊大叫,如今,却在凌晨两点,在坎特餐厅,镇静自若地坐在几个举世闻名的演员附近,吃着家常炸薯片。这种现象该作何解释呢?

7

在早晨的电视上，一个美女手拿麦克风，用超凡脱俗的字眼形容着头天晚上的一些人。那股对细节的痴迷令人敬而远之：这个星期天，他们会穿什么，吃什么，喝什么，都被垂涎欲滴地细致罗列；他们如何锻炼身体，他们在想些什么；他们亲吻了谁；他们说话的方式，他们去了哪些地方。这些问题的答案各不相同，但有一点毋庸置疑：他们非比寻常。对他们只能抱以无法理解的敬畏态度。人们无法想象他们的世界和处世方式。

我拿出笔记本电脑，尝试着在游泳池边工作。只听见一个辣妹告诉另外一个辣妹，"《断背山》真他妈棒，"这是全城人的一致意见，不过并不能由此得出什么确定的结论。《断背山》，《卡波特》和《撞车》真他妈棒，这对好莱坞来说无关紧要：这些电影都是私人投资拍摄的。这个泳池，像城里的所有泳池一样，开始被携带笔记本电脑的年轻编剧频频造访，今年的"独立"电影浪潮令他们备受鼓舞。要向世人披露哈勃·马克斯和阿曼德·哈默如何相遇，这时正是恰当的时机。贝弗利山的气氛要沉闷一些。派拉蒙公司新推出的浪漫喜剧《发射失败》的巨幅海报挂满全城，这正是那种水准欠佳、制片厂摄制的影片，这类影片才是气氛沉闷的根源。这些海报，上面喷涂着面带笑容的明星们，在公路上空迎风招展，就像遭到废黜的君王的旗帜，至少在这个周末，他是无法重登王位了。

8

与荣获提名的编剧们共进早午餐。像别人一样，我对好莱坞也有一番幻想：二十世纪二十年代西班牙风格的别墅，喷泉里贴有正宗的墨西哥式红蓝瓷砖，吉米·斯图尔特①或许造访过的客厅。旁边是高尔夫球场；每隔几年，窗户就会被飞来的高尔夫球击碎。气候宜人：你可以在院子里品尝鸡蛋、培根和煎蛋卷。跟编剧们坐在一起，有如身处地狱，这与跟演员们相处时，有如置身于众神之间大不一样——你尽可以无所畏惧地畅所欲言。对编剧们而言，这并不是他们的生活，只是一段插曲而已。他们会告诉你，他们如何打理曼哈顿的公寓。有时你会遇见一位爱发妄想的好莱坞编剧，他相信，要是没有他这样的人，电影业根本就不会存在。当然，事实的确如此——不过要想从中得出什么真正的结论，就是不切实际的妄想了。如果需要的话，剧本会由十五人的团队和制片人，或者一百万只猴子和一台打字机编写完成。多数编剧都明白这一点，他们对自己在好莱坞的工作档期嗤之以鼻。他们有一肚子的警语和恐怖故事："写出第一稿之后，就别再碰它了——除非你想心碎。"或者，还有另外一种选择，"做最后的润色，但别太当回事。要是你过分投入，你就再也写不出一本小说来了。"一位编剧听人简要描述某些架构剧本的计划，带着鼓励的笑容点了点头："非常好。不过演员也能理解得了，并不意味着它一无是处。"跟好莱坞编剧们在一起厮混，能感受到一种夸张作态的趣味，这种滋味是你在频频亮相的演员们那里体会不到的，后者每天都要背负着强加到他们身上的种种幻想。"我一天称四次体重！"一名男子大笑着说。他的同伴想知道，他每天最后一次称出的体重，是否跟早晨不一样。

"常常如此！"

---

① 吉米·斯图尔特（Jimmy Stewart, 1908—1997），美国好莱坞著名男影星，吉米是他名字的昵称。

9

  奥斯卡颁奖日的早晨来到了,我无法抑制内心的激动。一名男子过来帮我化妆。他对我的裙子是这样评价的:"如果你要拿好莱坞终生成就奖的创纪录女王称号,那你穿得太过正式了。"我换上了一件半正式的晚礼服。下午四时,我乘上车,接上两名电影编剧,他们正在写的一个剧本当真有拍成影片的可能。我们要去莫顿酒店参加《名利场》的晚宴,一边享用美味的金枪鱼,一边观看电视屏幕上的颁奖典礼,然后等待大家在典礼结束后,离开柯达剧院,加入到我们当中。奥斯卡颁奖典礼颇有点虎头蛇尾,这一点像极了圣诞节。所有人早已激动难耐;而现在这种激情稍稍有些消退,当奖项颁发完毕,对将来的无限遐想也随之消逝,在场嘉宾被一分为二:得奖的和没得奖的。奥斯卡颁奖典礼的主持人分享他的笑话时,每一桌嘉宾异口同声地说:"哦,这真是太**好笑**了。"但很少有人当真笑得出来。每个人都会因为那些嘲讽个人、制片厂,甚至好莱坞本身的笑话,变得心情紧张。典礼结束之后,大家好像都松了一口气。大家都觉得,它还不算糟。一个姑娘在整场典礼期间,都在用手机发短信。

  然后大家都过来了。有人让我们腾出餐桌,往前走,到莫顿酒店用大帆布帐篷神奇扩充出来的店面空间里去。在帐篷入口那儿,还是那个电视台的姑娘,手拿麦克风,正在采访陆续前来的明星们。她的提问非常幼稚:"里面**发生**了什么?"她不停地问,尽管她跟屋里的许多人一样有名,而且很快也会加入这场派对。"你能否为我们**描述**一下,这样的派对上会发生什么事呢?"多数采访对象面对这种问题,都会茫然失措,无言以对。一位动作明星稍加思考之后,告诉她:"就像维加斯一样：里面发生的事，影响不到外面。"不过"里面"只有一场迷人、甚至乏味的鸡尾酒会，有很多免费酒水，矫揉造作的谈话和一个移动公厕。里面的人都想被人介绍给别人认识，一旦遇上这样的机会，他们就会感到开心。不过这样的成功未免令人感到悲哀。在正常的派对上，我们结识新朋友，是为了日后能够再次见到他们，获得友谊，甚至爱情。而这里的邂逅"名流"，更像是收集徽章，好跟别人炫耀。整夜收集这样的徽章，难免令人扫兴。你渐渐开始理解你在好莱坞遇见的那些面露愠色的人了，他们在有意无意间，定期要向这种单向的魅力攻势俯首称臣，要跟那些世人认为非同凡响的人物交谈。但也有些人似乎乐在其中；他们走遍整个房间，收集所有的徽章，没有时间可以浪费。在这场派对上，有个个子很矮的男人方才一直在跟一位明星聊天，通过社交圈的微妙转换，变成了跟我聊天，他竟然提出要离开。"我跟那边的某个人聊聊行吗？"

这场派对颇为有趣，除了那些有权有势的老年人，一切都美不胜收。大家举杯畅饮，最后，整个房间都充满了轻浮的交谈，多数谈话都跟人们接下来去哪儿有关。你是跟那些镶着三万美元的金牙，手握小金人的说唱歌手走？还是跟那些头上顶着长毛绒企鹅玩偶的法国人走？满腔热忱的徽章收集者们怀着被邀请进入好莱坞山的希望，追随而去，坐进别人的汽车，丝毫没有考虑他们随后如何回家的问题。

我在莫顿酒店门外等车回酒店时，遇见一位老演员，他是已故的约翰·卡萨维茨[①]最中意的演员之一，他抽着雪茄，讲起他跟约翰·卡萨维茨共事的经历。"他选中了我，你明白么？"他是指约翰·卡萨维茨。"我。像一件物品一样，被他给选中了，我告诉你。"他满怀激情，泪

[①] 约翰·卡萨维茨（John Cassavetes, 1929—1989），美国电影导演，被认为是美国独立电影的先驱。

眼汪汪，眼睛很美。"这座城市待我不薄。我从来不是什么明星，没有谁知道我的名字，但我一直有活儿干，现如今我已经有了一份退休计划。你随便说出哪部电影，我都在里面演过老家伙。一年能拍九部或十部。"他笑得很开心。我们俩站在前院，身边的很多人看起来并不像他那样开心；失败的提名人，昨天的新闻，电视明星，饥肠辘辘的模特们，还有不引起一阵骚乱就上不了车的名人们。奇怪的是，在人们对好莱坞生涯所抱的各种幻想和憧憬当中，没有谁考虑过，对前文提到的这种职业生涯，也抱有一份憧憬。

10

翌日八点，我从睡梦中醒来。打着调研的旗号，我看了一小时大肆美化奥斯卡的电视节目，节目内容跟我刚刚经历的那个夜晚大相径庭。我又昏昏睡去，再次醒来的时候已经十一点了。我退了房，拖着宿醉未醒的沉重身体，带着笔记本电脑来到泳池旁边。这里空空如也。我点了一份墨西哥玉米饼，但昨天那样快速及时的上餐服务，今天已经见不到了。我花了半个钟头，才要来一些塔巴斯科辣酱。之后下起雨来，先是淅淅沥沥的小雨，继而是狂风骤雨。我挪到玻璃屋檐下面，眺望着圣费尔南多谷，那儿是美国色情电影业——比好莱坞规模更庞大、利润也更丰厚的造梦产业——的所在地。游泳池畔的侍者们把我四周的安乐椅收了起来。雨水敲打着泳池的水面，溢出泳池的水淹没了收拾餐桌的女侍者的脚面。

我整装出门，准备搭出租车。三名嬉皮打扮的纽约小孩头上顶着外衣，匆匆跑进酒店，其中一个抱怨说："今天不应该**下雨**的呀！"尽管现实已然现身，梦却还在继续。我向右边望去，竟然在这个周末首次见到一个认识的人：布雷特·伊斯顿·埃利斯[①]。他问我在洛杉矶干什么，我回答了他。我问他在干什么，他用狂喜的眼神望着我，仿佛连他自己都不相信他要说的话："我搬回洛杉矶了！"我想给他讲一个小说家的笑话：如果你被派去报道奥斯卡盛况，却一个演员都不提，那会怎样？你知道，权当是一种祛魅的写法？感觉如何？但他要上车了。不管怎么说，布雷特也遇到过同样的问题：他本人的长篇小说《魅惑》尝试了另一种具有启发性的写法，他在前五页里，提到了五十位名人。但任何人都无法用笔打消人们对名望的幻想。那要靠集体的努力才能实现；我们终将一起从这场迷梦中醒来。那应该会是一种很棒的感觉。

---

① 布雷特·伊斯顿·埃利斯（Bret Easton Ellis, 1964— ），美国小说家。

感受
Feeling

Fourteen: 史密斯家的圣诞节

Smith Family Christmas

我和父亲有张合影拍摄于1980年圣诞节前后。父亲的胸口和我的屁股那儿，有个淡淡的、盖反了的粉色水印，内容是邮政指令——写的是卡片如何如何，然后是"在这里贴邮票"。像装饰物一样从树上耷拉下来的，也是反写的字，出自我自己的手笔。写的是"**没什么**（Nothing）"？还是"**让**（Letting）"？我没能保管好这张照片。我弄不清，自己为什么总是保管不好这类东西。这张是原版，我没留底片，却把它放在打开的窗台上的一摞邮件里，放了好几个月。最后这张照片被水给泡了，跟电话账单和便笺黏贴在一起。我把它夹进我的《牛津英语词典》，防止它起皱卷边时，感到一阵恶心。不过我还有一种如释重负的古怪感受，它源于这样一种认识：珍贵的物品也难免遭到损坏，即便不是被你亲手毁掉，也是被你的房子毁掉。圣诞节、童年时光、过往岁月、家庭成员、父辈们、各种各样的遗憾——没人愿意做偷走这一切的格林切，但你还是留着门，希望他能进来，让你从沉重中解脱出来。噢，上帝，圣诞节就很沉重。

不管怎样，它都已经过去了。这是我和父亲一起度过的一个圣诞节。那年我五岁，而父亲已经年迈体衰，无力照看五岁的孩子。当时，史密斯家住在伦敦的一个半英、半爱尔兰乡镇的建筑里,那栋建筑名叫阿特尔斯坦园,我们这个黑人家庭就这样夹在彼此交战的两大种族之间。当时的情形令人困惑,我不明白,为什么某些场次的足球比赛,能让人成群涌入比迪·穆里根酒吧,用椅子和酒瓶猛砸别人的脑袋。我也不明白人们为何次日又会涌向查尔斯王子,重演昨日的打斗。我不理解那些在圣诞前夕上门搜捕爱尔兰共和军的人,再说我也交不出人来——他们一看到我妈,一看到她那身异国情调的直筒连身裙,她的玉米辫发型,就恭恭敬敬地撤了出去,认为我们和他们的纷争毫无关联。其实,我父母跟一个爱尔兰人相交甚笃,他曾在同年圣诞节送给我们一个自制的水果钵,但他在翌年冬天,却违背了圣诞节的精神,自制了另一件礼物,他想用它把唐宁街十一号炸掉。多年以后,我们才知道这枚炸弹的事,不过我们都知道那个难看的陶瓷水果钵,它形状别扭,在桌上立不正。我们把它装满坚果,搁在地毯上,免得它摇摇晃晃。它就放在我爸脚边,这张照片没有拍到。我弟弟本,那时还是个小胖子,把它夹在双腿之间,就像佛陀坐在莲座上似的。在圣诞战场上,本总是负责解决食物。而我负责装饰圣诞树,我做得可能有些过头了。(你会注意到,圣诞树倒向分量沉重的左侧,这边挂着眼睛像漫画上画的那么大的驯鹿、巧克力做的圣诞老人、圆鼓鼓的装饰挂件、金丝银线、三套彩灯,还有我很有品位地搁在树枝上的圣诞礼物。)爸爸做饭,妈妈用钢笔标记电视节目。本吃东西。就像约瑟夫悉心照料圣母玛丽亚一样,我们对弟弟本照顾有加,让他过得舒心,是我们家的头号要务。他喜欢吃什么就吃什么,我们则吃他剩下的食物。我想,唱机上的唱片是卡洛尔·金的《织锦》。不过到底是哪首歌呢?《为时已晚》比较应景——爸爸的笑容里,有种婚姻触礁之后"早点结束吧"的紧张情绪。至于播放《自然的女人》的圣诞节,或者播放《你有了一个朋友》的圣诞节——那时候我还不记事，不过原先肯定有过这样的圣诞节，所以本才会在九月出生，我才会在十月出生。这些圣诞颂歌带有性爱色彩，它们会在九个月后，把婴儿送到父母身边。相反，我最小的弟弟卢克是七月生人，在这张照片拍摄的时候，还没出生。我总觉得，他是"我们已经五年没过性生活"的生日优待（爸爸的生日是九月底）的产物，他出生的时候，《小路上的血迹》取代了《织锦》，成了我们家的圣诞背景音乐。也许你对那名头戴粉色帽子的黑人男子感到好奇。我也对他感到好奇。我觉得，他是我的一个舅舅，名叫登齐尔（拼写不一定对）。我妈的兄弟姐妹多得说不清，肯定不下二十个，用牙买加的俗话来说，他们大多是"外头的孩子"，意思是同父异母。登齐尔准是其中之一，因为他的身高是六英尺七英寸，而我妈的身高是五英尺五英寸，而且还在日渐萎缩，我相信以后我也会这样，我姥姥同样在上了年纪之后变矮了。

  我和登齐尔只见过一面，就是在这年的圣诞节。他本人就是一份圣诞礼物，他操着一口奇怪的乡音，长着一双大脚板，他还到阳台上，把我扛在肩头，因为屋里的天花板太矮了。总之，他更喜欢待在户外——这点从他一脸倦容地望着我父亲左肘的神色中，可以窥见一二。可怜的登齐尔。从牙买加一路飞到令人痛苦的英格兰，又是在这个宗教气氛最浓厚、最褊狭的日子，待在这个小家庭里面。家庭成员在圣诞节打着难懂的旗语；只有鹰才能弄懂养鹰人的意思，某种阴郁的东西正在萎靡不振地飘向伯利恒。它的名字叫作"谁也不准离开家的时候，你家究竟会发生什么"。外人若是不想从中寻求启发，也无意遥控干涉，那他们倒也还能适应。

  登齐尔在这个最神圣的日子里，试图以违背我们习惯的方式来行事时，发现了这一点——无疑，我们憎恨我们的行事方式，却无法改变。

登齐尔想在圣诞前夜拆礼物——别这样,登齐尔。登齐尔想去外面散步——抱歉,登齐尔,这不行。我们也愿意,只是改不了。为什么不行?不为什么,登齐尔,不为什么。个中理由就好比爱尔兰分裂成两个地区。就好比神圣的三位一体。就好比核裂变。就好比男人不穿裙子,就好比用白兰地做的黄油。

因为这就是我们家的行事方式,登齐尔。我们四点以后才吃东西,我们先拆最小份的礼物,我们起床后,必须先看两部米高梅出品的音乐剧,再看一部吉米·斯图尔特的电影,然后坐下欣赏某情景喜剧加映的"圣诞特辑",也是在这个时候——注意读我的唇语——我们开始寻找电池,以便装进那些需要电池驱动的礼物,只是我们忘了提前买好。别搅乱我们的安排,登齐尔。史密斯家的人可不会拐弯。这就是我们的行事方式。我们愿意过圣诞节,至于好坏则暂且不论。

这话听起来有些糟糕。其实,我们过得很开心。不比任何人差。无疑要比登齐尔那年过得好,那年他有了自己的住处,他打来电话,跟我们说,他拿弹弓在后院里打死了一只山鹑,像得体的英国绅士一样,刚刚把它吃掉(当然,那是一只伦敦的鸽子)。哦,我们史密斯家的人是圣诞精神的热切追随者,我们才不会听从英国小说家艾丽斯·默多克合情合理的类似建议:"善是真实的代表,而上帝则是真实做的梦。"我们追寻的是梦,宝贝。

不过,我们能够体会出这一叫人难以接受的真相:家庭是真实的代表,而圣诞节则是家庭做的梦。当然,家庭(混乱、复杂、痛苦、幸福,以及最后两个词之间的种种过渡)才是真正的礼物,它隐藏在包装纸下面。家庭是日常的奇迹,而圣诞节是那些其实无足轻重的理念的施行。这让人不禁想说:"那就抛开圣诞节吧!"就像人们说"抛开上帝吧"或"抛开婚姻吧"一样,但人们发现,这些事很难做到,因为他们觉得,在这些机械的安排当中,并非只有幻影,其中蕴含着富有生气的灵性。

圣诞老人救我。我对此深信不疑。当你和四年前在酒吧认识的某人组建起自己的小家庭,后来他想在圣诞前夕打开礼物,因为他在他们家一向如此,而你直想举着"我们快要完了"的横幅,尖叫着跑到屋外时,你就会明白,你对此深信不疑。看着一对年轻夫妇为怎么过圣诞节争来争去,努力避免两败俱伤的节日战争,让人觉得既感动又好笑——这是现实与梦之间的默多克式混战。

当然,有时,你会输给历史这位天使;你的家庭分崩离析了。拍完这张照片七年之后,我父母离了婚,那时,圣诞战争一度愈演愈烈(哪天庆祝,在父母哪一方的房子里庆祝),后来慢慢开始偃旗息鼓,因为圣诞节那天,大家终归还是向往和平。在圣诞节那天,你把和平看得比生命更宝贵。如今,我们把礼物装进汽车后备箱,乘上车,静静驶向我父亲在费利克斯托市的住处,十五年前离异的两人在那里重新发现了这一循环,那首《为时已晚》竟然变回了《你有了一个朋友》。这就是所谓的休战吧。

后来,去年,战火莫名其妙地重新燃起。这次跟我爸没关系,如今他已经不再为这些事发脾气了,发生争吵的双方是我妈和孩子们。这次是可怜的登齐尔无法理解的古老战争,起因是那些老规矩:圣诞前一天谁也不准离家外出,这天就应该全家人待在一起,这天母亲想要过得舒心一些,等等等等。这些老规矩就像一颗手雷,击中了这个家,所有人都大喊了一通,离开了家,我睡在朋友亚当家的卫生间,度过了圣诞前夜。

如今,我认清了自己犯下的错误。我们以为自己已经成年,妈妈不会介意我们抛开圣诞节——抛开那套规矩、梦、富有生气的灵性、整件事——穿梭于城里的夜场和别人的晚宴派对,就好像我们是生活在自由世界中的孤家寡人。想都别想。对女性（尤其是身为人母者）在意的事，佐拉·尼尔·赫斯顿说得再贴切不过：梦想就是真实。毕竟，你在一年当中的364天里，都生活在现实之中。你母亲也只是让你过好这一天而已。我在照片上已经写明了，这没什么，只是让不让的问题；要向圣诞节让步，要让你的康德式自由意志走开，要把自己的想法变得像艾丽斯·默多克一样诡异，要向一个美好、疯狂、神秘的想法投降。这样说来，你毁掉了以往的圣诞节照片——没关系，我们重新来过：还有今年的圣诞节，以后的圣诞节。"战争结束了，只要你愿意，"约翰和洋子[①]唱道。那就让它结束吧。

[①] 指英国歌星约翰·列侬与妻子小野洋子，所引歌词出自两人创作的歌曲《圣诞快乐》。

Fifteen: 十五 偶然成就的英雄

Accidental Hero

在二战结束六十周年之际，BBC向公众征集他们的战时经历，将它们作为史料发布在网上。我帮父亲写了一篇战争纪实，之后我用自己搜集的资料，把它扩充成一篇报端文章，此处收录的是它的修订稿。

我知道父亲"攻占过诺曼底海滩"。我不认识谁家父亲也参与过该场战役的人——他们颇为明智，将此事交由祖辈完成。我原本只知道这一点事。在我小时候，那场发霉的战争通过普普通通的信息渠道，零零星星地为我所知，不过我很少听父亲谈起此事。哈维从不把它当成自己的真实经历来讲，其实我也没把那场战争当成真事，只是把它当成融入我童年生活的许多虚构细节之一：正如简·爱被送进了那间红色的屋子，露西·佩文西遇见了图姆纳斯先生[①]一样，哈维·史密斯攻占了诺曼底海滩。后来，我二十来岁的时候，对那些微不足道的琐事不以为意，最关注的还是他在德国待了一年，参与了战后重建。

[①] 系英国著名奇幻小说《纳尼亚传奇》中的故事情节。

但我一直觉得,诺曼底就像纳尼亚王国一样虚幻。"攻占!"——这话毫无意义。他是个多愁善感、和蔼可亲的人,一个彻头彻尾的和平主义者,一个心胸开阔,并不好战的人。若是傍晚6:30左右给父亲打电话,常会发现他因为看电视新闻,搞得心烦意乱,痛哭流涕。

长大成人以后,近些年的一个夏天,我偶然前往诺曼底,拜访一位美国诗人。她正在写一部有关当地社会史各个层面的诗集,她带我去诺曼底海滩作了一日游,我们去那儿游了泳,晒了日光浴。我游到最后,才傻傻地发觉,也许这里就是哈维五十九年前登陆的那片海滩。我向那位美国诗人提及此事,她问起了细节,我羞于承认自己对细节一无所知。我们的一日游变成了历史游。她带我看了朱诺海滩、狙击手栖身的悬崖峭壁、灌木树篱形成的致命迷宫。最后是美国公墓。成千上万形状粗短的白色十字架,其间点缀着犹太教的六芒星,一排排地矗立在修剪整齐的草坪上。让人一眼望不到边际。我不愧是父亲的女儿,早已热泪盈眶。

回家之后,我怀着满腔记者的热情,买了一台口述录音机。有了它,似乎工作已经完成了一半。我是勇敢无畏的真相探寻者,要发掘出那段苦不堪言的战争经历。可我发现,父亲对我的提议并不怎么反对。诚然,他从未提起那段往事——话说回来,我也从没正儿八经地问过。他在费利克斯托市的自家花园里,摆出有鱼肉的午餐,然后把麦克风小心翼翼地搁在小支架上。

"你提起这件事,蛮有意思的。"怎么说?"嗯,我多少考虑过,周年纪念该怎么过。直到如今,我才开始琢磨:我想把我的服役勋章要回来……你知道,为了明年。挺好看的,不是吗。"可你当年为什么不把它们要回来呢?"嗯……要勋章得交钱才行,不是么。"哈维一边用拿不准的口吻说着,一边继续把烤比目鱼切成片。

父亲心里始终颇为纠结：既痛恨战争，又参加过战争，既像他说的那样，更看重未来，又不愿被人彻底遗忘。我想，他对自己事到如今才发现自己想讨回服役勋章，心里也有些惊讶吧。我感到惊讶的是，自己竟然也想亲眼看看它们。住在对门的一名和善的老兵，帮我们寄出了必要的文件。勋章寄到的时候，我赶到费利克斯托，我们一起坐了下来，端详了半天。它们搁在厨房餐桌上，就像月球上的石头。

对父亲来说，我是个差劲的记者，脾气暴躁，爱刁难人。他说的话跟我心里想的总是不合拍。每个星期，我努力把他的故事套进我的模子时，我们总要争执一番——毕竟，电影《拯救大兵瑞恩》或《大逃亡》已经在我心里先入为主——他总想阻止我。他只想解释自己的遭遇。在他看来，这场战争纯属偶然，模棱两可，毫无计划，是普通人对极端情况的体验。这不是大兵瑞恩、史蒂夫·麦奎因，或伯特·斯凯夫（或后人）的战争。这是哈维·史密斯的战争。如果说他的战争体现了什么（哈维对某件事体现了什么，并不在意），那就是打仗的都是些普通人。在英雄、烈士、军士和将军们身边，是数百万名普通青年，他们抛开自己的童年，贸然冲上了战场。哈维便是他们中的一个。那时他是克洛顿市东区一个工人阶级家庭的青年，不知做什么好。十七岁的时候，他年纪太轻，还没到征兵年龄，不过他路过商业街上的征兵办公室时，走了进去。他们了解了他的详细情况之后，答应会在他十七岁半的时候招收他。"这让我觉得自己有些特别——十来岁的青少年最想要的，不就是这样的感觉吗？" 1943 年 11 月，基本军训训练完毕。他们转移到萨福克郡，哈维在那儿加入了英国皇家工兵部队的第六突击团，在圣诞节过后的那个星期，接受了参战动员。"这意味着，我们的部队正式进入战备状态。我觉得是这样。就是说，要是你开小差什么的,他们就会枪毙你。"

接下来便是为期六个月的团队集训和坦克训练,如何乘坐坦克,如何在坦克下面睡觉,出现故障时如何检修。1945年之前,哈维一直没上过战场。参战士兵必须年满十九岁才行。残余部队转移到卡尔绍特时,他却去了费利克斯托。(二十世纪九十年代末,他第二次离婚之后,又回到了那里。有时,他会说自己的人生之旅是"来回往返的旅程"。)

"我和一帮老家伙待在一起,就像父亲的军队一样。不过我只在那儿待了三个星期。法律规定作了修改;突然之间,十八岁就可以上战场了。所以我就去了。"哈维的战争开始了。他在最后一个月里,跟团队一起隐蔽在福利地区的树林里。在克洛顿可没机会看到那样的星空。六月三日,他和团里的残部听取了最终的作战指示。"那时他们才跟我们说了实话,我们要去的地方是国王海滩,还有何时动身。我希望能坐坦克。结果到最后,分派给我的任务竟然是负责指挥官载重卡车的无线电操作。所有的小青年都觉得这个任务怪好笑的。只有我一个人跟指挥官待在一起。"

六月五日晚11时,他们出发了。他们本打算在五日凌晨登陆,但天气状况太过恶劣。他们的状态也不怎么样——每个人都不舒服。渡海时,哈维首次看到一艘英国战舰驶过水面,就像一头幽暗的巨兽。他正瞧着,战舰上十六英寸口径的舷炮来了一轮齐射,后坐力让船身好一阵摇晃。"我这时才明白过来。原先我一直不明白。我这时才明白过来,这场仗是动真格的。"

之前哈维并没像成千上万名士兵那样,见识到这场战争真正严酷的地方。他没有在早晨6点登陆,登陆时也没乘坦克(好多坦克被敌人扔进了手雷,"烧开了锅",从里面爆炸开来),他也没像美军那样,在奥马哈海滩登陆。他相当幸运,不过当时他并不知道这一点。中午时分,他来到了相对宁静的国王海滩,等候行动,他的团队指挥官跟车上的一名美国将军吵了起来,后者确信,登陆十分危险。两小时后,他才把车开上海滩。本该在许多年间慢慢体会的诸多经历,在那天的二十四小时里,一股脑地涌向了父亲。他第一次离开英国,第一次出海,第一次目睹尸体。

"当时我从卡车后面向外望去,到处都是年纪轻轻、已经阵亡的德国士兵。他们跟我们很像;我们本有可能变得跟他们一样,真是可怕。我们还听说,我们团的埃尔芬斯通少校,刚一登陆就阵亡了。他把头探出坦克,观察四周的情况,这时候——砰——一名狙击手打中了他的头。不过你一定得记上,那天我过得很轻松。确实很轻松。仗已经打完了,你明白吗。结束了。我跟伯特·斯凯夫可不一样。"

谁?

"他这个家伙,那天下来,就变成了传奇人物——他俘虏了那么多敌军,开了好多炮,后来还荣获了勋章。我毕竟不是伯特·斯凯夫,比他差远了。"

哈维的卡车安然驶过条条小路。到处都设有掩蔽壕,敌人朝他开枪射击,不过全靠无线电和出色的情报,他们化险为夷。他们在纳粹征用的一座修道院跟前停了下来,这时纳粹已经从中撤走。一具身穿纳粹军装的尸体趴在走廊上。父亲弯下腰,想把他的身子翻过来,要不是指挥官及时制止,父亲也会跟那具尸体一道灰飞烟灭。那具尸体已经被人放了诡雷。与父亲的安危维系在一起的,还有我的未来,我弟弟的将来,我们的孩子的未来,还有难以想见的种种。

当天晚上,他睡在一个香气芬芳的果园里。还有呢?"嗯,晚些时候,我在贝叶镇逗留了一阵。买了支钢笔。"这时候,我对父亲的耐心终于到了极限。他无助地看着我。"要回想往事,实在太难了……我只记得一些无关紧要的事。"

于是,我开始摆出强硬的姿态;我拿起口述录音机,问起了弹片的事,因为我知道,哈维的小腹至今还残留着一些弹片,他也知道我知道。它们是1991年医生做常规X光检查时发现的,哈维还以为它们早在47年前就已经取出来了。那时我16岁,EMF乐队的《难以置信》正是上榜热门歌曲,我还穿着灯笼裤。就算他回到家,告诉我他在泰坦尼克号上做过侍者,我也不会觉得比这件事更荒唐。

"哦,这件事不一样。这是买完钢笔之后的事。"

买完钢笔,又过了几天,父亲又在半夜来到一片果园。他决定用战时的办法泡茶喝,他把饼干盒装满沙子,再加入一点汽油,点着了它。他不应该这么做。敌人发现了火光,一发迫击炮弹飞了过来。他不知道死了多少人。可能是两个,可能是三个。我俯身向前,调大了口述录音机的音量。我带这个小玩意儿过来,不就是为了实现我的目的吗?不是为了记录父亲的战争经历,甚至不是为了撰写这篇文章,**而是为了揭开这样的真相**,为了捕捉这样的重要时刻;我希望能捕捉到一则痛苦的战争秘事,莫名地相信这样的秘事会让我们父女的关系发生本质变化。做儿女的总有这样虚荣的想法——我们以为我们可以让父母们摆脱以往的经历,我们可以通过谈话为父母疗伤,我们就是他们一吐为快的对象!我说:但是,爸爸,这只是小过失罢了。我们在那个年龄,总会犯很多错,不过通常情况下,不会害死人就是了。我把手放在父亲手上。"但这是我的过错。""当然不是,只是过失而已。""好吧,好吧,"哈维为了迁就我,这样说道,他吞声饮泣着,"如果你愿意这样说的话。"

他醒来时,发现自己躺在卡车里的担架上,身边躺着两个死掉的德国人，他们是因为别的事送命的。他的参战到此为止，他回英国休养了几个星期。等他回去之后，在战争临近结束的几个月里，他做了些了不起的事。他俘虏了一名纳粹高级军官，我把这一情节写进了小说，写成了一段傻乎乎的喜剧。他参加了贝尔森解放战。不过对他来说，在诺曼底度过的几个星期，意义最为重大：他犯下的错误，他没做的事情，还有他有多么幸运。最后，我问他，他觉得自己在诺曼底的表现是否英勇。

"我可不英勇！也没人让我表现得英勇……我又不是伯特·斯凯夫！我也没有什么**个人的**英勇表现，你在给报纸写的文章里，应该把这一点写清楚。"莫非这才是他不肯提及此事的原因？"也不尽然……我觉得，当你意识到你是在杀害普通人的时候，唔，心里想必不好受……后来嘛，战后我在德国待了一年，你明白吗，在军队供职，跟一些普通德国人交上了朋友。我差点娶了一个德国的乡下姑娘，一个长着大下巴的可爱姑娘。她家里挂着她哥哥的一张照片，她哥哥身穿纳粹军装，大约十八岁的样子。他没有回家。跟我一起去拜访她的同伴，把照片翻过去冲着墙。但我制止了他。他们只是乡下百姓而已。那场战争中有太多的罪恶。再说他们只是寻常百姓而已。"

我们的录音访谈到此就结束了。后来，他给我打过几通电话，重申了一点：他并不英勇。我说，好的，爸爸，我知道了。

在一次通话中，我修正了之前提出的问题。如果他不勇敢，至少应该自豪吧？"不尽然。我想，如果我是海滩上的军医，或者像伯特·斯凯夫那样英勇善战，那样的话，我大概会非常自豪。可我不是。"

哈维·史密斯并非伯特·斯凯夫——他想让我把这一点跟你们交代清楚。他俘虏那名纳粹高级军官时，战友们想把他就地处决。是我父亲说服大家从轻处理这个战俘:他让这名军官在他们的坦克前面走了五英里,然后才将他移交给当局。堪称典型的是,哈维羞于向我讲述这段经历。他觉得自己的做法有些残忍。

总之,哈维认为自豪是种平淡无奇的美德。在他看来,个人行为要么能起到很少的作用,要么无济于事,事后再引以为豪的话,不会对任何人有帮助,也不会改变任何事。但我仍然为他感到自豪。在这篇文章的初稿中,我这样写道:"他这个人能在最惨无人道的环境下保持人道精神。"后来,我删去了这句话,因为"人道"一词如今变成了一个虚荣的字眼,而"非人道"则变成了带有误导性的字眼。我们这一代人在成长过程中始终坚信,那些为自己的人道精神感到自豪的人,也会善于实施残暴的恶行。我觉得改成这样比较好:他没有在恐惧中迷失自我。这是一种特殊的英勇,跟我父亲一道,在那场悲惨的战争中抗争过的数百万普通男女,也都拥有同样的品质。

Sixteen:
Dead Man Laughing

十六 逝者的笑声

我父亲没有什么狂热的嗜好,不过他酷爱喜剧。他是个喜剧迷,不过这种情况在英国相当普遍,似乎不值一提。像多数英国人一样,每天晚上,哈维都会把家人聚在废弃的壁炉边,反复欣赏半小时的情景喜剧重播或录像。短剧《死鹦鹉》,我们烂熟于心。我们对蒙蒂·派森①的《布莱恩的生活》怀有宗教般的感情。如果说我们的爱好有什么特别之处,那就是我们喜爱的剧目十分广泛,不过在类型方面,我们并没有什么偏爱。在我们家的木橱音乐中心,喜剧录音唱片比披头士唱片还要多。笨蛋们②唱的《我要为了圣诞节倒着走》在我们家长年播放。我们喜欢觉得自己品位不俗,我们不喜欢粗俗的闹剧——我们都觉得班尼·希尔③的表演没啥看头。我觉得,要形容我们这一家人,比较贴切的说法是"自认喜剧品味不俗的观众"。

若是不多加留心,在喜剧品位方面的自认不俗,可能会挤干个中乐趣。到最后,你对喜剧的看法,可能会跟海明威对叙事的看法如

---

① 英国著名喜剧组合。
② 这里指英国广播喜剧《笨蛋秀》(The Goon Show)中的角色。
③ 班尼·希尔(Benny Hill, 1924—1992),英国喜剧演员。

出一辙：要有冰山般的结构，将更深刻的满足隐藏在水下，而笑料那表面化的乐趣，只是微不足道的一角。这一点在我父亲身上体现得尤为明显。他反对贩卖笑料。他对颇受欢迎的电视二人组莫克姆和怀斯那种时事讽刺剧的风格满怀戒备，对他们的对手罗尼二人组那种兴高采烈的猥亵风格持反对态度。他反感拿种族和性爱说事的幽默，其程度远远胜过家里的任何黑人或女性亲戚。哈维最中意的喜剧，是BBC的情景喜剧《斯特普托和儿子》，这是个调子阴暗的故事，讲的是两名彼此敌视的"收破烂的"，在贝克特式的垃圾堆里度日，将对方在心理层面折磨得体无完肤。每集的结尾，那个儿子（一个未能当上哲学家的青年，认为自己深陷于肮脏的家族事业，难以自拔）都会陷入存在主义式的绝望情绪。这部喜剧越是悲惨，哈维就越是喜欢。

  他最喜欢的要数托尼·汉考克，一个深陷绝望的喜剧演员，此人在作品和生活中都是如此。（1968年，汉考克因吸毒过量身亡。）哈维有他的录音唱片：原装的二十年演出镭射唱片套装。那个系列叫《汉考克的半小时》，汉考克在这部情景喜剧里，扮演着自己的粗俗版本，在我看来，也是我父亲的粗俗版本：典型的英国人，没受过多少教育，是工人阶级的老兵，怀有社会和知识方面的抱负，他那莫须有的住址——齐姆东区铁道路堑23号——完美地体现出伦敦郊区那股不甘平淡的荒凉（就好像齐姆区是什么重要地方，还能分出个东区来似的）。同时，哈维的住处是在威尔斯登格林区阿特尔斯坦园24号（那是一片狭窄拥挤的住宅区，以英国古代国王的名字命名），也座落在铁路旁边。汉考克既无法变成中产阶级的垮掉族，也无法摆脱自己的贫寒出身，这一令人心碎的困境给哈维带来了莫大的欢乐，虽说这也是哈维本人面临的困境。他喜欢汉考克的无望，喜欢汉考克总是倍感失落的样子。他把这份喜爱传给了孩子们，于是我们继承了上一代的喜剧品位。（生于1925年的哈维，年纪足够做我们的祖父了。）偶尔，我会带朋友到我的房间，给他们放《献血》或《广播火腿》，却总是收效欠佳。我要求他们保持绝对安静，如果有意外声响盖过某句台词，我总爱抬起唱针，把那段重放一遍，我还总爱费心解释其中的笑点，澄清时代背景细节造成的模糊之处——口粮配给簿、先令和法新、停车咪表用的硬币等等——结果往往剥夺了个中乐趣。在这个《蠢材秀》《贝弗利山警探》《捉鬼敢死队》走俏的喜剧美丽新世界里，我的推荐总是碰壁。

其实，汉考克也不是什么过气人物。从谱系传承上来说，哈维对英国喜剧的把握十分清楚，正是汉考克催生出巴兹尔·福尔蒂，福尔蒂又催生出艾伦·帕特里奇，帕特里奇又催生出不朽的大卫·布伦特。当我们父女二人在阶层之类的方面，年复一年地渐行渐远之际，汉考克和他的后辈是我们恒久不变的话题之一，也是我们的一条重要的联系纽带。就像许多英国家庭一样，都怪孩子上了大学，不是吗。我在剑桥上完第一学期，回家之后，我们没法谈论我学到的东西；比如《安娜·卡列妮娜》、G·E·摩尔[①]，或者高文和他那无聊得惊人的绿衣骑士[②]，因为哈维从未学过这些东西——不过我们始终都可以聊巴兹尔。这个话题可以聊好几十年，话题并不仅限于巴兹尔演的十二集喜剧。那些剧集只是话题的起点；在剧集的编剧早已停止创作之后，我们仍会不由自主地编撰出巴兹尔后来的际遇。伟大的情景喜剧总会在想象中不断延展。就我这一代来说，就算从未看过大卫·布伦特在《办公室》里的住处是什么样子，我们也能想象出他家里的内部装饰如何：衣着暴露的雅典娜海报、大型视听娱乐系统、好笑的冰箱磁铁。同样，

---

① 乔治·爱德华·摩尔（George Edward Moore，1873—1958），英国哲学家。
② 指中古英文诗《高文爵士和绿衣骑士》，讲述了亚瑟王的圆桌骑士高文与神秘绿衣骑士的较量经过。

对父亲来说，想象巴兹尔·福尔蒂的求学生涯，也怪有创意。"他会考不过初中入学考试，"哈维有一次跟我解释说，"那会是麻烦的开始。"衡量情景喜剧的时候，要多多推敲细节，在英国，这些细节总是彰显出个人分属的社会阶层：汉考克那没有定形的软毡帽、福尔蒂的领巾、帕特里奇的驾车手套、布伦特的冒牌意大利西装。为这些东西发笑，让人感觉轻松愉快。在英国喜剧里，现实生活中令人难以忍受的阶层划分，得以缓解和暴露。起码在我家，我们可以借助喜剧，聊我们平时不愿意聊的话题。

2006年秋天，哈维病重的时候，我带着一套《弗尔蒂旅馆》的DVD，去海滨小城费利克斯托的一家私立疗养院看他。那时，他跟我母亲早已离异，这是他的第二次离婚，他独自住在灰蒙蒙的东英吉利海岸附近，远离孩子们。在做了十年的透析（他因为患上结石，失去了第一个肾，因为癌症，失去了第二个）之后，他的身体开始顶不住了。我本打算把那套DVD留给他看，好让他消磨时光，不过我到那儿之后，不知该说些什么好，最后我们一起看起这部重温多遍的剧集来，他坐在唯一一把椅子上，我坐在地板上，两人挤在疗养院的那间阴暗的小卧室里，那肯定是他最不喜欢待的地方——或许仅次于1944年的诺曼底登陆。我们连看了好几集，哈哈大笑。尤其是巴兹尔用树枝抽打奥斯汀1100轿车的时候，这一举动流露出来的无意义，就像我们的处境似的。然后我们看了DVD里的附加节目，我们从回顾和笑场镜头中，发现了一小枚令人眼前一亮的深水炸弹：

这大概是我的主意：她的时髦程度应该比他稍逊一筹，因为如果不是这样的话，我们看不出他们怎么会彼此吸引。按我的设想，她家在南方海岸承办酒席，你明白吗，她在吧台后面干活，他服完兵役，拿到了退伍金，你明白吗,想进去喝上一杯,看看这名……吧台后面的酒吧女招待,她被他迷住了,因为他那么时髦。他们想要结婚,一起经营宾馆,这种想法有些浪漫,有些理想化,后来他们遭遇了严酷的现实。

这是女演员普鲁内拉·斯凯尔斯对喜剧(和阶层)源起问题的解答,这个问题曾困扰父亲二十年之久:他们究竟为何结婚? 这个问题——鉴于他曾在晚年,娶了年龄不到他一半的牙买加裔姑娘,最后离婚收场——肯定让他在罐头笑声①之外,颇有共鸣。在终于听到答案之后,他发出自认喜剧品味不俗之人的叹息。在我去探望之后不久,哈维就去世了,享年八十一岁。他曾告诉我,他想在自己的葬礼上播放《全都结束了,忧郁宝贝》这首歌。到了那天,我想起了这件事。不过我没记住应该是哪个版本(应该是贝兹演唱的,甜美而忧郁的版本)。结果在他的葬礼上播放的,是迪伦在分手之后用嘲讽口吻演唱的版本,听起来就像脾气温和的父亲把亲朋好友都召集过来,只为叫他们滚出墓地似的。哈维若是看了这出喜剧,大概会面露微笑吧,不会有更明显的反应了。以他的品味来说,这出喜剧有点粗俗。

出生就好比是两人进入一个房间,出来时变成三人。死亡就好比是一个人进去,没人出来。这是马丁·艾米斯讲的一个富有哲理的笑话。我喜欢它从死亡中推导出的那份形而上的荒谬,仿佛死亡根本不曾发生——其实它刚好是发生的反面。有些哲学家颇为严肃地看待这个笑话。在他们看来,面对死亡——面对死亡那荒谬的虚无——唯一的选择就是笑。这并非洋洋得意、征服了所谓死亡和恐惧感的无神论者勇

---

① 指喜剧中录制下来的观众的笑声。

敢而庄重的笑。不,这种笑更疯狂。它源于这样一种无力、绝望的认识:死亡无法征服、挑战、思考甚至接近,因为它并不存在;它只是一个字眼,什么也不曾强调。这是一种真正滑稽的笑,是倘若不笑就会哭出来的那种笑。存在着"许许多多的希望,无穷无尽的希望——但不是我们的!"这是弗朗茨·卡夫卡讲的一个哲理笑话,一句投向虚无的俏皮话。我最初把父亲的部分骨灰装进特百惠三明治盒,放在我写作的书桌上时,我就想讲这个笑话。

反过来,我们平时提到和应对的死亡、富有意义的死亡、并不荒唐的死亡,就像一座地标、一件赝品、一种方便的替代品。我决定安在父亲身上的,就是这样一种死亡,这也符合他弥留时的心境吧。从我的角度来看,哈维的死富有深意,直来直去,就像一场戏,由身边的人安排、撰写剧本。就像一部精心编排的美国情景喜剧《我父亲去世那天》。其结尾是一场名为死亡的真实事件,由他提前做好准备并亲身**经历**。我则负责那些寻常、普通的事。我把一部口授录音机拿到他的床头,想让他讲讲他的生平(这让他感到困惑——他找不出贯穿始终的轴线)。过于殷勤的护士让我大为光火。我拒不接受父亲的病症,不肯陷入绝望。死亡最滑稽的地方,就是我们这些生者对将死之人仍有那么多的要求;我们恳求他们让我们好过一些。在医院里,我讨好着大夫们,大把花着英国人所谓的"新钱[①]"。哈维看着我忙来忙去,露出迷惑的微笑。对我的每个急切的建议,他都回答说:"好的,亲爱的——只要你愿意。"因为他很清楚,我们是在跟国家医疗保健机构打交道,史密斯家的人生生死死都回避不开它,就算我花上新钱,也只能得到同样的医务人员,住同一家医院,得到同样的照料,不过

[①] 指通过本人努力工作赚取,而非通过继承得来的财富。

可以住进略好一点儿的病房,带一扇窗户,或许还会有一台电视。他由着我出主意,他明白这些事对我来说意义重大,对他来说全都一样。"好的,亲爱的——只要你愿意。"我还在拿树枝抽打奥斯汀1100轿车;而他已经超出了这个层次。后来,他真的超出了这个层次,去了遥远的彼端,一名护士给我瞻仰遗容的机会,我拒绝了。我不该拒绝的。我觉得自己就像陷在一个烂笑话里面,一个活生生的人变成了两品脱的骨灰,每个人都表现得郑重其事,仿佛这不是什么笑话,而是全世界最合理不过的事。观瞻遗体虽然荒唐,但它自有用处,它让人觉得踏实。那样的话,我就会明白——别人是这么说的——躺在停尸台上的那东西,并不是我父亲。结果我却错过了死亡,错过了遗体,拿到了骨灰,我试着像作家们那样,从这些事实中推究出一个故事,却发现自己陷入了某种呆滞的状态。一种什么事也不曾发生,什么事也永远不会发生的状态。后来,有人告诉我——算是一种安慰吧——哈维也错过了他的死亡:他当时话说了一半,正在跟护士开玩笑。"他根本不知道自己怎么了!"护士长说,这话也挺好笑的,有谁能知道呢?

　　近距离接触死亡,激发了史密斯家及时行乐的狂热情绪。哈维去世之后,我母亲在非洲认识了一个比她小的男人,跟他结了婚。我的小弟卢克去了亚特兰大,追逐成为说唱明星的梦想去了。这两个决定听起来,都像是新的情景喜剧大有希望的试映剧集。后来,我也尝试迎接改变,搬到了意大利。在出国的前夕,我在空荡荡的厨房里,把手指伸进父亲的骨灰,把骨灰放进嘴里,咽了下去,这件事有个好笑的地方——我一边做,一边笑了起来。之后,好像我很久都没再笑过。也没做成什么事。想象中的世界游离到了我够不着的地方,似乎变得毫无意义,更别提那个蛮有人情味的重大假设了:"好啊,亲爱的——只要你愿意。"在罗马的两年,我的目光在空白电脑屏幕与骨灰之间来回游移——谁也没法把这一幕变成情景喜剧，哪怕英国人也做不到。后来，我正要离开意大利的时候，我的另一个弟弟本打来电话，说起他的近况。他想让我知道，他打破了我们家由来已久的、被动欣赏喜剧的传统。他决定做一名喜剧演员。

原来，做喜剧演员是一种即兴的自我创作。没有什么中间人妨碍你，没有画廊经营人、出版商或发行商。社会阶层不是问题；也不必通过初中入学考试。在某种意义上，这个行当倒挺适合我们的父亲，他是个很有创意的人，他屡次尝试提升自己的地位，却因为口音、背景、受教育不足、缺少关系和运气等因素，总是郁郁不得志，或者说，他有这样的感觉。当然，哈维本人并不**好笑**——不过也不见得非要这样。在喜剧界，只要你有坚定的决心，能拿着麦克风在台上站五分钟，伦敦就会有人给你提供机会，哪怕只有一次。本已经下定了决心，他放弃了一直参加的课后青年活动团体；他写了一些东西；他给我、母亲、姨妈留了票。我私下觉得，他经历了某种轻度的精神崩溃，这是丧父之后姗姗来迟的反应。我表现得兴高采烈，买了一张机票，飞了过去。尽管我们儿时亲密无间，但哈维去世后，我一直没有见过本，我感觉我们之间的手足情分在长大之后变淡了，有了一种新生的、正式的距离感，总有几分困窘，似乎成人生活已经无法恰当处理儿时的亲密。我记得小时候，对父母很少跟**他们的**同胞姐弟说话感到震惊。这怎么可能呢？这是如何发生的？后来，这种事也发生在了你身上。不过想到弟弟手拿麦克风，独自站在舞台上，尽力**搞笑**，我感到一股焕然一新、犹如暹罗双生儿般的亲密：我为他感到担心，就像我为自己担心一般。我可见不得别人把戏演砸，更何况是骨肉至亲。如果他告诉我，他要在一家伦敦酒吧又小又黑的临时舞台上，做一台大型心脏手术，我也不见得会比这更忐忑不安。

那是一张混合票。在本前面登台的两男两女，表演了一出陈年发霉的短剧，是很容易分辨的牛津－剑桥风格，是1994年前后问世的剧目。一种脆弱的优雅，把他们扮演的角色变得活灵活现：高度紧张的秘书、神经质的钢琴教师、迷离恍惚的教授。他们戴着假胡子和假发，从想象中的场景走进走出，笑点越来越少。这部喜剧给人以物是人非之感。那些姑娘尽管打扮得还像是姑娘，却已经不再是姑娘了，那些青年已经有了啤酒肚和秃顶；他们身上隐约流露出许久之前发生在喜剧团内部的风流韵事的痕迹；跟BBC电视台大有希望的会面机会，也消逝无踪了。他们如今的合作，只是出于纯粹的友谊，或是对友谊的回忆而已。就在我眼看着这份恐怖渐渐摊开的时候，一段压抑的创伤回忆浮现我的脑海，那是我的一次试演，时间应该是在这家剧团成立前后，很可能是在同一座城镇。那次试演是在早餐见面会上进行的，演的是一出"闲谈喜剧"，跟我合演的两名男子当时是剑桥的演出团体成员，如今他们成了颇受欢迎的英国电视二人组。我不记得自己当时说了些什么。我只记得紧张的笑容、在沉默中变少的炒蛋、一种自由下落的感觉。结局不言而喻。尽管有着多年鉴赏喜剧的经验，但我并不搞笑。一点儿也不。

这时，主持人叫到了弟弟的名字。他走了出来。我感到一股东英吉利的宿命论，我父亲的招牌特色，传到了我的身上，我成了它的新保管人。本穿着都市便装，是屋里唯一的黑人。我开始撕扯啤酒瓶上的标签。他想怎么演，我马上就感觉出来了，他要像我们小时候那样演——总是跟观众的期待错开一点角度。当晚，这种策略以拿奥运歌曲作为开场的形式呈现，其中特别提到了马术。蛮好笑的！他收获了观众的笑声。他稳步推进，那种缓慢、阴郁的调子跟哈维似乎没有底线的悲观有些相似。**这一点儿用都没有**。听到任何新闻，哈维都这么回应,不论那则新闻有多么鼓舞人心,不论是史密斯家的孩子上大学这样的里程碑事件,还是宝宝出生,赢得奖项。他生病的时候,诊断出了癌症,他报之以反常的英国式满足:这绝对一点儿用都没有,这份确定无疑似乎让他平静了下来。

我像父亲那样,等待着纰漏的出现,等待着平淡无味的笑话出现。结果没有等到。本一会儿聊嘻哈音乐,一会儿聊他的女宝宝,一会儿聊他的刚起步的独角喜剧事业。然后又唱了一首歌。我还在笑,别人也是一样。最后,我觉得自己能把视线从啤酒垫上移开,投向舞台了。我在那儿看到了我的弟弟,他不再是八岁,我一直希望他处在的那个年龄,而是三十岁,他看上去轻松自如,好像生来就把麦克风握在手中。然后,结束了——没有演砸。

我第二次看本演独角喜剧,是在本演了接近十场之后,在2008年的爱丁堡艺穗节①上。我去的那天晚上,他说不上演砸,不过受了不小的打击。他感到震惊,因为这是头一次。用喜剧的术语来说,就是他被"破了处"。起初,他不明所以:场地跟他在伦敦的演出场地相仿——观众挨得很近,醉醺醺的——讲的大致也是同样的段子。为什么这次笑声变小了?为什么他们听了某个绝佳的笑话,却毫无反应?我们去酒吧重聚,其他喜剧演员也去了。分析喜剧为何演砸或差点演砸,是一种一清二楚、并非感情用事的过程。事后探讨是技术性的,比起作家的自我分析,更像乐师的自我分析:这里跑调了,那里没抓住节奏。我知道自己可以对本坦诚相告,不用担心会伤害到他:"是停顿的问题——你在说关键的妙语时,节奏太慢了。"他会说:"没

---

① 爱丁堡艺穗节:世界上最盛大的节庆活动之一,已举行了超过60年。每年八月在苏格兰的首都举行,为期三个星期。其中包括戏剧、舞蹈、音乐、展览甚至行为艺术等各种艺术形式。

错。"第二天晚上，停顿就会缩短，那句妙语就会一击即中。我们要了更多的啤酒。"我不明白——我不明白新的笑料有什么问题，我原以为还不错，可是……"另一名喜剧演员也要了些啤酒，他插话说："你是一上来先把它拿出来演的吗？""是啊。""别把新包袱放在前面演，要放在最后演。不要因为它让你觉得振奋，就认为它应该排在前面。它还没准备好呢。"

我们跟许多酩酊大醉的喜剧演员一起，喝了不少，直到深夜。我努力听懂他们的俏皮话和抱怨，感觉自己就像在血战过后才来到战场的人。这些喜剧演员透出一股历劫余生的感觉，他们诉说着共同经历过的坎坷：场地太小太热，可怕的空座，谁因为什么作品获得了提名，谁得到了好评或恶评，当然，还有经济拮据的痛苦。（有些在爱丁堡演出的喜剧演员甚至已经破产，多数债务缠身，几乎没人赚钱。）眼看着我弟弟，原先的家庭成员，如今变成**这个**家庭的成员，还像他们一样，所有的担忧和准则都变成了一个简单的问题：**我的演出好笑吗？**感觉怪怪的。这是喜剧演员令人羡慕的又一个理由：他们在面对着白纸一张的时候，起码还知道，要问自己什么问题。我认为，他们有明确的目标，这一点值得特别留意，尤其是喜剧演员：这意味着他们有可能进步飞快。喜剧是一门置之死地而后生的艺术：你有可能会在台上完蛋，然后东山再起。一月看到的年轻喜剧演员资质平平，到十二月再看到他的时候，发现他已经找准了状态，焕然一新，无惧失败，这种情况并不鲜见。

罗素·凯恩，一名还算是新人的英国喜剧演员，就是一个无惧失败的人，他是那种不肯留出片刻空白，定要让它被笑声填满的人。在爱丁堡艺穗节的最后一晚，我去看了他的演出。他的演出题为《豁然洞开的瑕疵》,这个短语出自对他2007年爱丁堡演出的一篇负面网络评论,他的那场演出题为《张口就来的陈词滥调和老套的陈规》,这个题目出自评论他2006年演出的一篇负面评论,那年的演出题为《罗素·凯恩的炫耀理论》。所有这些评论都出自英国著名喜剧评论家史蒂夫·贝内特一人之手,他定期为"咯咯笑"网站供稿。凯恩的问题在于阶层——这是颇为常见的英国问题。他把自己定位成工人阶级的"埃塞克斯青年"(不过比起英国郊区居民,他长得更像美国自由职业者;他跟歌星安东尼·基迪斯几乎一模一样),他的表演围绕这一微妙的问题展开:他在自己家就像外人似的,他这个做儿子的想当知识分子,而固执的老爹却是工人阶级。在当爹的看来,凯恩读书的热情颇为可疑,他的文艺爱好就跟性取向偏差差不离。凯恩的两难困境还有另外一面:他对自己心之向往的那些人,怀有一种典型的英式愤恨情绪。中产阶级、《卫报》读者(左倾自由主义报纸《卫报》的读者)、自命不凡的精英,他们总是让他首先想到自己的阶层出身。**回不了家,也离不了家**:这个主题深得我心。

2006年,凯恩把这份素材演绎得过于粗俗,把一份天赐的礼物过度开发成了怪诞的形体喜剧:他父亲是一头体格魁梧的畸形怪兽,《卫报》读者是些古怪的傻瓜,跳跃着穿过舞台。2007年,这份愤懑之情还在,但点子变得更精妙了,人物形象也更细腻了;他开始找准自己的平衡,那是唇枪舌剑的争论与富有感染力的形体喜剧难得一见的融合。第三次尝试颇为成功:《豁然洞开的瑕疵》几乎毫无瑕疵。这部喜剧讲的还是阶级出身,却取得了某种神奇的加成效果。我不禁感到惊讶:小说家或许终其一生才能达成的效果,聪明的喜剧演员在三个季度内就能实现。(如何不折不扣地向中产阶级展现工人阶级的经验。如何在保持愤怒的同时,不让愤怒扭曲你的作品。如何拿最严肃不过的事搞笑。)

观众喜欢凯恩这样无惧失败的人。毕竟,这才是他们肯花钱的理由:让自己每分钟都笑得出来。他们不怎么喜欢那些受够了笑声不断,渴望片刻清静的喜剧演员。我爱把这种心态称作"喜剧嫌恶症"。喜剧嫌恶症是我父亲感受的极端体现:他觉得,不但说笑话是一种廉价的艺术;**单人喜剧这整个行当**在某种意义上,就是一种可耻的欺骗。依我看,这样的喜剧演员会觉得,演出就像是一场出了问题的恋爱。起初,你想让观众在你安排好的地方大笑,后来,他们**总是**在你安排好的地方大笑——这时你开始因此对他们心生反感。有时,这种感觉是暂时性。喜剧演员回到台上,从无惧失败的艺术中找到了新的乐趣,对这门艺术重新萌生了敬意。有时,就像彼得·库克那样(他的喜剧同行们在英国的一场评选中,将他评为有史以来最伟大的喜剧演员),喜剧嫌恶症变成了终身性的,只有人世间最难博得的笑声才能让他感到满足。在人生的最后时光里,库克的职业喜剧创作其实已经停滞不前,他用"瑞士小屋(伦敦西北的地名)来的斯文"这个假名,给接听听众电话的一档广播节目打了不少电话,他用挪威腔浓郁的口音、忧郁的语调谈论着挪威事务,其中有些是他最搞笑、最凄冷的"作品"。

反喜剧演员就处在这种感受性的极端上。反喜剧演员不但允许台上的失败;他还主动将失败邀请上台。安迪·考夫曼就是一名反喜剧演员。莱尼·布鲁斯也是。汤米·库珀是这方面杰出的英国典型。他扮演的喜剧角色是"无能的魔术师"。他故意变一些拙劣的戏法,讲一些超现实的笑话,听起来就像禅宗的公案。他**真的**是在舞台上去世的,在 1984 年录制现场直播的节目时,他心脏病发作,倒地身亡。那时我才九岁,正跟哈维一起看电视,目睹了这一幕。库珀倒地时,我们跟其他英国人一样哈哈大笑,直到演出切换到插播广告时,我们才意识到,他不是在开玩笑。

今年在爱丁堡,也有一名反喜剧演员。他叫爱德华·奥采尔。你以前没听过他的名字——我也没听过;其实谁都没听过。这只是他在爱丁堡第二次登台演出。或许是巧合,我低落的情绪跟他反常的表演正合拍,不过我觉得他的演出《我真的非得跟你们沟通吗?》是我看过的最古怪、最滑稽的现场喜剧演出。开场既不是一声巨响,也不是一阵呜咽。其实没有什么正式的开场。我们这些观众紧张兮兮、安安静静地坐在一间小黑屋里等待着。能听到拨弄录音机的响声,还有微弱的音乐,有人在后台嘟哝着:"欢迎来到剧场……爱德华·奥采尔。"说得没精打采。一个男人溜溜达达地走了出来。他头快秃了,年纪四十出头,邋里邋遢,外表平庸。他用无望的口吻说了句"可以吗?"然后决定把出场介绍环节重新来过。他走下舞台,重新登场。他把这一步做了好几遍。绝望的气氛充斥着房间。最后,他在麦克风前面站定。"我认为你们都还记得,"他用几不可闻的声音咕哝道,"二十世纪的伟大哲学家维特根斯坦这样说过:'如果人类降生于世,有一个特定理由的话,那它绝不是享乐。'"一阵长长的、几乎令人难以忍受的停顿。"如果我在台上的时候,你们能始终记住这一点,我会非常感谢。"然后他在一块活动挂图版上,就是艾尔斯伯里镇某营销机构的会计经理或许会在办公室里挥舞的那种东西(真实生活中的奥采尔,供职于艾尔斯伯里镇某营销机构,任会计经理一职),拿着油性笔写了起来。他写的是一份清单,上面列举了观众别指望从他的演出里看到的东西。他跟我们一起念了起来。演出中:

不会有裸体。

不会有杂耍。

不会提到名人给人留下的印象。

演出期间不会提到麦田怪圈。

演出期间不会有人受孕。

不会正面探讨争议性话题……

最后,是我认为最重要的一条——

不退费。

我从这份清单里,看出了我父亲的风格。**这一点儿用都没有**。接着,他告诉我们,他在后台有一套拼字游戏,谁要是看不下去,可以去玩。然后他画了一幅图,这幅图由一条横轴和一条纵轴组成,前者代表"时间",后者代表"善意",他在这幅图上记录下了演出的进程。第一个点位置很低:"**咱们去喝一杯吧 —— 这演出毫无意义**。"第二个点稍高一点儿:"**好吧,接着演吧,无所谓**。"第三个点位于中间的高度:"**我们真想一直看下去。我们觉得演得很棒**。"他看了看自己的鞋子,然后用略有几分逼视的目光,望着观众。"我们永远也到不了这个点,"他说,"这……根本不可能发生。"这时,所有人都笑了,但笑声有点疯疯傻傻、断断续续。作为喜剧演员,对观众这样坦诚,未免有些鲁莽。其效果跟说"无论我做什么,无论你做什么,我们**都会死**"相差无几。终于来到讲笑话的环节时("现在我们要进入通常称作'笑料'的演出环节了,原因显而易见"),奥采尔在手上记了十来个笑话,它们很逗,不过这时他已经让我们相信,在这里讲笑话是最没有意义的事。观众很容易相信,这出戏是一团糟,全靠我们的专注和偶然的缘故,才没有演砸,这样想感觉很妙。(当然,这样想是错的。每天晚上,这出戏里的每一次失误,每一句喃喃自语,都是一模一样的。)演出结束后,大厅里有月历出售,每个月份配的照片无聊得惊人:奥采尔躺在床上、洗脸、步行去上班、站在路中间。我买了一份,放在书桌上,摆在盛父亲骨灰的特百惠三明治盒旁边。月历封面上是奥采尔在超市过道里的照片。配有如下文字:"生命无穷无尽,直至你死去为止"——埃迪特·皮雅芙①。每个月都有一句话,正合我心。十一月:"冬天要来了——好呀!"四月:"谁在乎呢。"六月:"这不是许诺给我的生活。"

存在着许许多多的希望,无穷无尽的希望 —— 但不是我们的!

在爱丁堡艺穗节的最后一夜,在一处又小又黑、醉意朦胧的演出场地,我等待着弟弟上场。时值凌晨两点。只有喜剧演员还在艺穗节场地上逗留;观众全都回家了。我再次为他感到担心——但他顺顺利利地演了下来,演得很棒。他一派轻松。停顿的问题也解决了。然后一个澳洲的家伙上了台,讲了不少酒瓶起子的笑话,他也很棒。或许凌晨两点的时候,每个人都会表现出色。然后是最后的节目:最后一名喜剧演员登上了酒吧的舞台。他是安迪·扎尔茨曼,一个很不错的高个儿男演员,留着像受到电击般的爱因斯坦式爆炸头,他表演的是尖刻的政治讽刺,让人每分钟都笑个不停。他演出的时候满怀自信,风趣幽默,马上有人发出挑战,这让观众倒吸一口凉气,因为发出挑战的是丹尼尔·基特森,来自约克郡的一名相当腼腆、富于奇思异想的年轻喜剧演员,他留着胡子,看起来像是渔夫和地理老师的混合体。基特森曾在2002年赢得佩里尔喜剧奖,那时他才二十五岁,他擅长

---

① 埃迪特·皮雅芙(Edith Piaf,1915—1963),法国著名女歌手。

打造精致的故事,他的演出就像艾丽斯·蒙罗的短篇小说,结局出人意料,美妙动人。一股自认喜剧品味不俗的惊栗快感掠过房间。感觉有点像是尼克·德莱克出现在詹姆斯·泰勒的演唱会上。基特森颇为幽默地向扎尔茨曼发出诘问,扎尔茨曼予以还击。他们的点子沿着不可思议的路线向下旋绕着,相互碰撞,激烈拼斗,又彼此分开。基特森忙着散发广告传单:"明天我们联袂演出!"——这是不可能的,因为艺穗节已经结束了。我们全都领了一张。扎尔茨曼和基特森演得无拘无束,笑点俯拾皆是,可以拿任何人打趣,整个房间都变成了喜剧。众人像在狂欢一般。我看了看我弟弟,发现他也笑得肚子疼,我们笑得前仰后合,笑出了眼泪,我真希望哈维也在,就在那一刻,我感觉心里有些什么变得自由了。

我得承认,之前我对事实作了喜剧性的修饰:父亲的骨灰已经不在特百惠三明治盒里了。他在里面待过一年,不过后来我给他买了一只漂亮的意大利装饰艺术花瓶,完全透明的,所以我可以透过花瓶看到他。花瓶很优雅,不像三明治盒那么搞笑,不过我决定,让哈维在过世之后,好好享受一下生前没怎么享受过的优待。生前,他觉得英国严酷无情。这个国家被不同的邮政区号、口音、学校和姓氏割裂开来。英国人民的幽默,让它变得容易忍受了一些。**在这里生活,不见得非要风趣幽默,不过那样会有帮助**。汉考克、弗尔蒂、帕特里奇、布伦特:在我看来,他们全都紧抓着英国的阶级这部阶梯的中部不放。那种处境,在很大程度上,就是他们的情景喜剧。

在八十一年的时间里,父亲也在玩着同样的游戏,不过他的处境没有那么多喜剧色彩;至少,切身置身其间的生活,没有那么多喜剧色彩。**听我给你讲个笑话**:他母亲一直给人帮佣,他父亲在巴士上工作；他通过了文法学校的考试，但家里人出不起中学校服的钱。**别急，下面好些了**：十三岁时，他离开学校，去给律师所灌满墨水池，给壁炉生火。十七岁时，他参加了二战。在五十年代，他结了婚，成了家，发现自己眼光不错，尝试起了商业摄影。他拍的照片不错，他开了一家小型摄影工作室，不过后来，他的商业伙伴坑骗了他，详情他始终不肯透露。他的婚姻结束了。**转折出现了**：六十年代，他不得不从头来过，当起了售货员。七十年代，他再次结婚。生了好多孩子。高潮在八十年代末，上了年纪的售货员进了邮件推销公司——卖起了报纸，就像大卫·布伦特一样。终于，爬到了中（下）层！一栋小公寓，半座花园，请了本地的一名钢琴老师，同时教我和本，我们俩的屁股挤在一张琴凳上。但好景不长，第二次婚姻没能维持下去，最后他拥有的东西，比他刚起步时多不了多少。他用磁带听了我的第一部长篇小说，听着阿奇·琼斯这个人物与他相仿的生活经历，他处之泰然，他看出了两人相似的地方，也看出了两人的差别："他的运气比我好！"这部小说被标榜为喜剧小说。对哈维来说，应该将它严格界定为"倘若不笑你就会哭出来"这一类型。当那套盒装《弗尔蒂旅馆》作为仅有的遗产（还有一件羊毛衫、几本地图册、一张威尼斯的照片）回到我手中的时候，我笑了，也哭了。

纪 念

Remembering

Seventeen: 十七

《与丑陋人物的
短暂会谈》：
大卫·福斯特·华莱士
那难以消受的礼物

Brief Interviews with Hideous Men:
The Difficult Gifts of David Foster Wallace

我喜欢的一位老师常说，好小说的任务就是让不安的人感到安慰，让安逸的人感到不安。我觉得，严肃小说的一大用意，就是为所有像我们一样头脑孤绝于脑壳中的读者，赋予借由想象，进入其他自我的权限。因为生而为人，难免受苦，所以我们这些人从艺术中寻求的，有一部分便是受苦的经验，这难免是一种间接的体验，更像是一种"普遍化"的受苦。这能讲得通吗？我们都在现实世界里独自受苦，真正感同身受是不可能的。不过既然一部小说可以让我们凭借想象，对某个人物的痛苦寄予同情，那我们或许更容易想象出，别人也会对我们的痛苦给予同情。这让我们感到鼓舞和救赎；减轻了我们内心的孤独。或许真的就是这么简单。但要明白,电视、电影和多数品种的"低等"艺术——指的是主要以赚钱为目的的艺术——之所以有利可图,就是因为它明白,观众喜欢百分之百的快乐,胜过由百分之四十九的快乐和百分之五十一的痛苦组成的现实。而不以赚钱为首要目的的"严肃"艺术,更倾向于让你不安,或者逼你花费一番气力,才能获得个中乐趣,正如在现实生活中,真正的快乐通常是辛苦劳作和不安的副产品。所以欣赏艺术的人,尤其是从小就以为艺术是百分之百的快乐,而且可以轻松获得此中乐趣的青年人,是很难阅读和欣赏严肃小说的。这可不妙。并不是现如今的读者头脑"愚笨",我觉得问题并不在此。只是电视和商业艺术文化降低了读者的期待,把他们变得懒散和幼稚了。但这种情况却让激发读者的想象力和智识变得难度空前。

——大卫·福斯特·华莱士[①]

难以消受的礼物

关于礼物,大卫·福斯特·华莱士自有高见:我们无法无偿地送出礼物,也无法接受无偿赠予的礼物。农夫没法将旧耙子免费送出;他必须先开价五块,然后才有人要。一名抑郁者想要赢得他人的关注,却无法主动关注他人。正常的社会关系之所以能够维持,只因为"人永远都不知道,某人是否如何如何"。在这些短篇小说里,给予的行

---

① 摘自拉里·麦卡弗蒂(Larry McCaffery)1993年为达尔基档案出版社作的华莱士访谈,当时华莱士正在创作《与丑陋人物的短暂会谈》一书。本文出现的华莱士言论,大多出自这篇访谈。——原注

为陷入了危机，市场的逻辑渗透到了生活的方方面面。

这些故事出自《与丑陋人物的短暂会谈》，这个短篇集本身就是对两大礼物作出的回应。第一件礼物比较实际，那就是麦克阿瑟奖[①]。这等厚礼，可以让作家从文学市场的严酷逻辑中解脱出来，或许还能让作家从华莱士本人定义的后工业束缚——**他们总得讨人喜欢**——中解脱出来。第二件礼物更为难得，那就是华莱士本人的才华，其根基是不可思议的智识。他最后成为一名小说家，完全说明他是以何等极端的态度，来看待自己的才华——他不把它看成是一项可以开发利用的天然资源，而是将它视为一种有待拷问的可疑能力。当然，他那三位一体的非凡本领——百科全书般的知识、高超的数学技能、进行复杂的辩证思考的能力——让他更容易在原本栖身的学术界立足，胜过他投身的文学界。但华莱士在二十来岁的时候，选择了这条阻力最大的道路。他放弃了研究数学和哲学的生涯，转而从事起了他形容为"以道德砥砺激情、以激情砥砺道德的虚构"的志业。其后的二十年，是道德与激情的持久对峙。一方面，他的作品追求虚构的情感力量；另一方面，他的作品也在追求形式和哲学方面的种种可能性。这两方面对他有着同等的吸引力，但他的精湛技巧（和他所受的训练）体现在后者之中，并且他的作品中，始终都有哲学凌驾于激情之上的危险。但华莱士足够机智，他明白单有机智还不够，（"我会发现自己正在编写笑料，或者尝试在形式上玩飞行特技，这时我发现这些其实对故事本身并无助益；它只能实现这样一种阴暗的目的，那就是告诉读者：'嘿！看看我！看我是个多棒的作家！喜欢我吧！'"）他努力分享自

[①] 每年，麦克阿瑟基金会都会颁发几百万美元的奖金（绰号叫天才奖），给在任何领域"表现出突出成绩，有望继续从事和提高创作性劳动"的个人。华莱士于1997年荣获该奖。《与丑陋人物的短暂会谈》出版于1999年。——原注

己的才华，而不只是将它们展现出来，他似乎在用禁欲苦修的方式寻求着解决之道。如果有过人的才华，你会怎么办？把它分享出去：

> 我确信好作品有恒久不变的生机和神圣性。这跟才能没有多大关系，哪怕是熠熠生辉的才能……才能只是工具而已。就好比拿到了一支好钢笔，而不是坏的。我并不是说，我能始终如一地遵守这一基本前提，不过看起来，艺术佳作和平庸之作之间的重大差别，就在于艺术的核心目的是什么，就在于文本背后的意识想要达成什么。它与爱有关。与遵守这样一项准则有关：道出你能施与爱的那一部分，而不是你只想被人爱的那一部分。我知道，这话听起来一点也不时髦……不过看起来，真正伟大的小说家似乎就是这样做的——从卡佛到契诃夫到弗兰纳里·奥康纳，或者写《伊凡·伊里奇之死》的托尔斯泰，或者写《万有引力之虹》的品钦——他们"赋予"了读者一些东西。读者体验完真正的艺术作品之后，心情会变得更加沉重。也会更加充实。你从读者那里赢得注意、投入和努力的参与，不可能是为了自己；肯定是为了读者。当今文化环境的弊病在于，它把这点变得十分恐怖，让人不敢尝试。

华莱士写作的时候，他将自己拥有的一切都交给了读者，包括厨房里的水槽。崇拜他的书迷时刻准备着，也愿意在放下他的作品时，心头平添一份沉重——他们喜爱的，正是其作品的复杂性。不过，对我们当中的许多人来说，华莱士一定要给予的东西，看上去**太**沉重，太辛苦。尽管《与丑陋人物的短暂会谈》自有其热切的捍卫者，但我记得，它在《纽约时报》上收到的两篇评论（在两种意义上）可不怎么样，开篇就是几段神经兮兮的揶揄之词：

该怎样形容大卫·福斯特·华莱士的新短篇集好呢？可以说，就像一位治疗师被迫听着一名接一名自恋的病号喋喋不休地唠叨，讲述他们的各种神经官能症，他们对这些官能症的解释，以及对这些官能症的解释背后的合理成分。也可以说，就像跟一帮嗑安非他明的瘾君子一起关在一间屋子里，他们药性上头，不停地自言自语，一边还在修剪脚趾甲，或者剪掉发梢的分叉。

你知道那句老话吧：如果你让十亿只猴子在十亿台打字机上打字，终究会有一只打出莎士比亚全集！大卫·福斯特·华莱士的写作方式，常跟我想象的那十亿只猴子相差无几：猴子胡言乱语的疯狂华彩乐段戛然而止，突然出现了华丽的独白，然后又变回了毫无意义的乱码。

你在阅读华莱士作品的时候，对"文本背后的意识想要达成什么"，或许容易萌生怀疑。他当真是想给你一份礼物吗？还是只想展现他自己的才能？我们干吗要费神看懂书里提到的德·基里科[1]和意义疗法[2]，或者知道日食月食是怎么回事，聚合酶是干什么的，"prone（倾向于）"这个词有哪些细微的含义？如果这就是我们得到的全部回报——"对始终只关心自己的牢骚鬼们的散漫描绘，夹杂在由心理学术语、学术行话、即兴的意识流片段组成的、令人倒胃口的杂烩之中"——干吗还要吃这些苦头呢？我记得，新世纪之初的那几年里，常有人用这样的话来评价华莱士，尤其是在英国；不论你是否真正读过他的作品，都可以这样说。**后现代派**？**滥用生僻字**？差劲的评论能起到不少作用，其中之一就是给人以这样一种自由：让你不必非读那本书不可了。

在撰写本文之际，《与丑陋人物的短暂会谈》已经问世十周年，而它的作者已经离我们而去。或许，如今正是从另一个角度衡量这种

---

[1] 乔治·德·基里科（De Chiricot, 1888—1978），意大利超现实主义画家。
[2] 也作言语疗法，借助语言治疗心理疾病患者的方式。

文学上的物物交换制度的契机。要做到这一点,我们必须承认,像《与丑陋人物的短暂会谈》这样难以消受的礼物,值得我们用同样难得的礼物——我们的密切关注和努力投入——来交换。正因如此,报章书评跟华莱士的作品肯定不合拍。正如我不可能在一个周末,听出《哥德堡变奏曲》意义何在,华莱士的作品也不能用这样的速度来阅读、理解和享受。读者得把自己当作这样一名乐手,她摊开乐谱架上的散页乐谱——就是这部作品,正要准备演奏。先得练过,然后还得掌握这门乐器,然后还要花费时间熟悉乐谱,再然后,还得反复演奏才行。

当然,或许有人会说,这样的阅读方式毫无道理,纯粹是拿经验说事,无法作出客观的反驳①。归根结底,我只能说,这份难以消受的礼物本身就是反驳的论据,它回报给读者的那份深沉的快乐,只有经历过才会懂得。要欣赏华莱士的作品,你**真的**要读过才行——然后还得**重读**。正因如此——也有别的原因——他原本是在世的作家中我最喜爱的一位,所以我才写这篇文章纪念他,对我来说,把他的作品重读一遍,是最好的纪念方式。②

1. 打破摒除思考的节奏

《与丑陋人物的短暂会谈》里的短篇《永远在上面》是最坦率的

---

① 华莱士最细心周到的主流评论家怀亚特·梅森(Wyatt Mason),在他 2004 年的评论《你不喜欢吗?你又不是非演奏不可》中,阐明了这一观点。他在那篇文章里提出并回答了这一问题——"当读者并非毫无道理地发觉,华莱士所提的是无理要求时,(读者)为何还应当答应华莱士的任何要求呢?"诚恳的回答只有一个,那就是梅森本人获得的阅读乐趣;"读完《湮没》中的八个短篇;我发现有些难读,正因为它们难读,这份困难让我错过了一些内容,我又重新读过;重读之后,我看出它们的效果是如何发挥效力的,它们的效果有多棒,它们将这些效果把控得多么严密,它们把开启宝藏的钥匙束之高阁;我在某种程度上找到了那些钥匙;我在阅读的孤独境地中,发现了许多鲜明的人性客体,它们有的悲伤,有的感人,有的好笑,有的迷人,它们有着不容否认、非同寻常的价值。"不过对那些认为华莱士把"with regard to(有关)"缩写成(w/r/t)的习惯也是无理要求的读者来说,再多的反驳理由也不够。——原注
② 这篇文章恐怕很长很长。这么多篇复杂的短篇,我没法写得言简意赅一些。——原注

一篇,对许多读者来说,也是最美的一篇。华莱士不喜欢这个短篇,认为它有失幼稚——或许他是对它的坦率心存疑虑。书中许多艰涩的主题,在这个短篇里,以出人意表的直率呈现出来。乍看之下,故事很简单:一名少年在十三岁生日这天,在"图森市最西边的一家陈旧的公用泳池",决心首次尝试跳水。叙述的口吻就像电子游戏、说明书[①]一样空洞,但华莱士从这种口吻中,找到了某种温柔的东西:"现在出去,从你爸妈身边走过,他们正在晒日光浴,看书,没有抬头看。忘了你的毛巾吧。停下找毛巾,就得开口说话,开口说话就得动脑思考。你已经认准,胆怯大多是动脑思考造成的。过去吧,往尽头那座泳池走。"他在这儿增添了一层复杂的意味:一种很少有标点符号隔开的、通感式的浓缩,就像画家给底色涂上了另一层色调。回忆起来的一场尚且不知其名的梦遗,就像"一道深深的、甜蜜的伤口的痉挛";泳池有着"五点钟的温暖",它那独特的气味就像"有着化工制品花瓣的花朵"。头顶收音机的聒噪,有着"刺耳的平板调子,细声细气",跳水就像"飘飞和坠落的一片白色",然后"蓝色的澄净从白色的中间冒了出来"。通篇省略了应有的动词"是(is)":感官印象直接展现在纸页上,就像呈现在少年头脑中一样。青春期直截了当的感官负荷,在此与一种语言之梦相互交叠,这个梦就是:文字会变成实物,事物的语言呈现与事物本身之间的隔阂不复存在[②]。

之后,底色被盖住,涂上淡彩之后,又抹上一层颜色。具体的细节如此细致地呈现出来,仿佛取自你本人的记忆之井:你姐姐泳帽上"浮凸的橡胶花朵……软嗒嗒、陈旧的粉色花瓣",还有"纸杯里深色百事可乐留下的一层薄薄的残酷痕迹",少了一个字母的"快餐吧"

[①] 第二人称现在时祈使句——九十年代流行的玩意儿。——原注
[②] 或许最爱做这种梦的是作家。——原注

招牌,"粗糙而温热地贴在你漂白的双脚上的"水泥平台。所有的一切,不正是你记忆中的样子吗?你前面梯子上的那位大块头女士:"她的肉把泳装撑得满满的。她的大腿后面被泳装挤紧,看起来像奶酪似的。那双腿的皮肤下面,有着冷蓝色静脉并不连贯的细小线条。"梯子本身:"梯级很薄,薄得出人意料。又薄又圆的铁质梯级上,裹着湿滑的安全毡垫。"这时,在怀旧情绪的激发之下,在往昔时光的进逼之下,实在之物似乎与经验融合在一起:"你的每个脚印都变得单薄、模糊。每个脚印都在你身后热乎乎的石头上变小、消失。"然后又写到了那架梯子:"你有了真实的重量……地面想要让你回去。"你不曾置身于这可怕的一队人当中吗?你现在不在里面吗?置身于这队人当中,没有退路,每个人都面带厌倦,"似乎沉浸在自己的思绪里",所有人都可以自由自在地跳水,却又没有真正的自由,因为"这是一部只能往前走的机器。"

  差别在于那份自觉的意识(华莱士在这方面总是与众不同)。这孩子似乎能看透我们当年只是隐约有所感觉的东西。他看出"泳池是一套运动的系统",身处其间,所有的体验都是系统化的("它有一种节奏。就像呼吸。就像机器。"),排在他前面的女人跳了进去,现在他也必须投身其间。

  听。好像有些不妙,她消失了一段时间,然后才传来了声音。就像石头投入井中一样。但你觉得,她不这么想。她属于一种摒除思考的节奏。现在你得把自己也变成它的一部分。这种节奏似乎有失盲目。就像蚂蚁。就像机器。

  你认定,这点需要好好琢磨一番。毕竟,不假思索地做些可怕的事,也不是不行,可如果可怕的地方正是不假思索本身,那就不好了。如果不假思索终究是错的,那就不好了。这份错误累积到某个地步,就会变成盲目:装出来的厌倦、重量、薄薄的梯级、受伤的双脚、只有在消失一段时间之后才能合而为一的、被梯子分割开来的空间。出乎任何人意料的、吹到跳板上的风。跳板从暗处伸向明处的那种方式,你看不到跳板尽头后面的样子。当事情变得跟想象不一样的时候,你应该开动脑筋才对。应该提出质疑。

现在我们看清了跳板为何物,也感觉到了我们自己的困境:我们这些有知觉的存在,被封装在肉体的躯壳之内,朝着一个无动于衷的方向行进(我们看不到它的尽头)。被时间所束缚。**自由就是你对所遭遇之事的反应**。萨特的这句格言,高悬在这些被动的人上方,他们"任由他们的腿带着他们走向尽头",直到"身躯沉重地来到跳板边缘,让它把他们朝上抛出去"。被抛入世界,判处自由之刑——对这份自由负有一份险恶的责任。

我重读这个美妙的短篇时,感觉我们描摹文学前辈的手段是何等贫乏,我们总是做出太多假设,忽略明显的线索。我们懒散地将作家按照国籍、时兴的风格分门别类;我们把华莱士想象成德里罗和品钦的唯一传人。其实,华莱士的作品有着各种各样的滋味,我们从他的作品中发现萨特和菲利普·拉金的影响,不应该感到惊讶,拉金是他最喜爱的作者之一。华莱士对机械行为论的恐惧,完全是拉金式的("一种风格/我们与生俱来:只是一时的习性/突然固定下来,变成我们拥有的一切"),他也注意到,人生到了这个地步,我们就会发觉,我们离终点更近,离起点更远。当华莱士写道:"在某个时刻,你已经走过的路比你没走的还长",他为存在的恐惧赋予了一副不可磨灭的形象,就像拉金在《老傻瓜》里令人难忘的诗句一样:"不论我们走到哪里都能看到的那座高峰／对他们来说，是隆起的大地。"然后还有那个篇名"永远在上面"：不妨想想看，它正是对诗篇《高窗》和《水》的结尾，所作的贴切描述①。那种实在与经验的融合，空气与水的融合，不朽沉浸在平庸之中的那种融合。厌倦是这两位作者笔下的重大主题。但在处理这一重大主题时，两人有所不同。华莱士想把厌倦当作一种致命的后现代心态，当作人对习惯二手现实之人这一角色所体验到的东西加以回避的尝试，严加拷问。"这看起来不大可能，"少年像别人一样假装厌倦时心想，"每个人真能厌倦到如此地步。"在这个短篇里，将机械行为论平衡掉的，是感官，在这里以最直接、最能给人以救赎之感的形式，体现为富有人情味的现实："刚才踩在薄薄的梯级上，硌得你的脚疼，它们变得相当敏感。"在火红的落日时分，我们身处泳池，高处吹来大风，地面滚烫，足以让我们想起它有多么坚实。这四大元素旨在对"你"施加影响；因为不论人们多少次排成一队，不论以前有多少人跳过水，或者看别人在生活中或电视上跳过水，**这次是你**要跳水，这件事应该被琢磨一番，应该为此感到惊奇。但对拉金来说，厌倦是**真实的**（"人生先是厌倦，然后是恐惧。不论我们是否习惯，它都径自前行"），时间的无情让人类的一切努力都隐约显得有些荒唐。华莱士的作品里也有这样的绝望（不论跳水者溅起什么样的水花，池水每次都会"恢复原状"，就好像每次跳水都不曾发生过一般），但远比公认的程度要轻上许多。在华莱士笔下，时间有其恐怖之处，但也许最能将我们与现实和彼此捆绑在一起的东西：没有了时间，我们就会迷失在唯我论中（对他来说，这才是**真正的**恐怖）。当沉思的

---

① 《高窗》的结尾："透射出阳光的玻璃，／外面，深蓝的空气，呈现出／空无一物，那里什么地方都不是，也没有尽头。"《水》的结尾："我应该在东方高举／一杯水／任何角度的光线／都会不断地汇聚其间。"——原注

少年斗胆希望,"外面的时间并未流逝"时,他很快便被证明是错的:

嘿,孩子。他们想要知道。你想在这里待一天还是怎么着。嘿,孩子,你还好吗。

时间始终都在流逝。不能用心消除时间。不管做什么,都要花费时间。蜜蜂要想保持静止,也得飞快地挥舞翅膀才行。

但这一认识并非负面体验。其实,华莱士的这则短篇的高明之处,就在于它的不确定性,因为少年始终没有搞清,他的哪一部分体验才是真实的,是外部世界的硬件,还是内心世界的软件:

那何者才是谎言?硬的还是软的?沉寂还是时间?"非此即彼"才是谎言。悬停在空中不动的蜜蜂,动作比它以为的还快。上方的甜蜜气息简直令它发狂。

到最后,他要跳进什么里面?那个泳池是死亡、经验、长大成人、洗礼、初始还是终结?不管它是什么,少年能够无所畏惧地着手了。他停下来,端详着跳板尽头的"两块模糊的黑色椭圆",他的文学创作者对此给予了奇妙的关注:

来自所有在你前面跳水的人。你站在这里的时候,你的脚柔软而凹陷,湿漉漉的粗糙表面磨伤了它们,你发现那两块黑斑是人的皮肤留下的痕迹。它们是有着真实体重的人激烈消失,因为摩擦而带下来的人皮。人数多得你数也数不过来。体重和他们消失时的摩擦,留下了小片柔软的脚皮,污秽、深色的小片皮肤,它们在阳光下,在跳板尽头留下了细小的污痕。

但这番端详并未让少年裹足不前。他还是跳了下去。人类的徒劳越积越多,这让拉金感到惊愕,而华莱士对交流沟通和局限同样感兴趣(他这个短篇的最后一个词,是男孩跳水时的那句"**哈啰**")。从最宽泛的意义上来说,他是个道德主义者:对他来说,最重要的不是尽头,而是在抵达尽头**之前**,我们此身仍在时的、共同的人类经验。是我们跳水**之前**,我们之间交流过什么。

2005年,华莱士在凯尼恩学院做了一场毕业典礼演说,开篇是这样:

有两条小鱼往前游着,它们刚好碰到一条老鱼朝另一边游去,老鱼冲它们点头,说:"早上好,孩子们。水怎么样?"两条小鱼游了一会儿,最后其中一条望着另一条,问:"水究竟是什么东西?"

结尾是这样:

大写的"真理"与死亡到来之前有关。与真正的教育的真正价值有关,后者与知识几乎无涉,全然在于简单的认识,认识到什么是真实和必不可少的,它始终隐藏在我们周围的光天化日之下,我们必须反复提醒自己:"这就是水。这就是水。"要做到这一点。要在成人的世界里,日复一日地保持清醒和活力,难度超乎想象。

他去世时,这篇短文出现在许多报纸上,最近它还被重新包装成心灵鸡汤风格的厕所读物(句子被人为地拆散开来,每页书上只留一句,就像禅宗公案),摆在收银机旁边出售。如果你相信文案作者,华莱士想在这本书里,将"他对人生、人性、持久的满足的全部理解汇集成一篇简短的讲稿"。很难想象出比这更离谱的写照：这位作家被描绘成了分发唾手可得的智慧结晶的人，这样一来你就用不着亲身经历什么痛苦挣扎了。华莱士刚好是格言家的反面。那篇演讲的真正价值（这篇文章他从未发表过，仅以手稿的形式存在于网上），就好比进入他的小说的一块跳板，他的小说就是他对日复一日地保持清醒和活力这一极具难度的事，所作出的最真实的回应。

我觉得，伟大的小说的目的，并没有多大的变化。但手段的确变了。一百年前，另一位伟大的美国作家亨利·詹姆斯，想让他的读者"有敏锐的认知，以便担当大任"①。他那些句法曲折的句子，像华莱士的句子一样，旨在让你有清醒的认知，旨在打破摒除思考的节奏。华莱士也来自同样的传统——但一百年后，赌注变得更高了。1999年，要保持活力和清醒，感觉比以前更难了。《与丑陋人物的短暂会谈》将自己界定为中和当代生活麻醉剂品性的中和剂，然后还往前推进了一步。他对詹姆斯的观念提出质疑：有敏锐的认知，就会担当大任吗？这本书暗示，过度的认知——尤其是自我认知——让我们可以比以往担负更少的责任。这本书是为我们这一代读者而作的，我们出生在四大连锁革命的星辰之下，这些巨变都是詹姆斯的人生观里做梦都想象不到的：电视无处不在，晚期资本主义的贪婪，治疗话语②的胜利，哲学沦为语言学的分支。当你被训练得被动之后，如何有敏锐的认知？当一切都有价格的时候，如何发现真正的价值？当你始终被界定为儿童-受害人的时候，如何承担责任？当世界塌缩成语言的时候，如何

---

① 这句和随后引用的詹姆斯的言论，出自他1908年为《卡萨玛西玛公主》所作的序言。玛莎·努斯鲍姆（Martha Nussbaum）在《爱的认知》中，探讨小说与哲学的关联时，引用过序言的这一部分。——原注
② 治疗话语（therapeutic discourse），此处是指专业援助人员的话语，这种话语认为行为是环境所导致，而非个人的过错，常见于心理治疗等范畴。

在世间安身?

2. 我怕的并不是你认为的那件事 ①

如果说,华莱士执意坚持保持清醒,那他的特殊信条——用华莱士爱用的字眼来说——便是**外倾**(extrorse);认知必须向外移动,远离自身。自我认知和自我探索,被列为怀疑乃至恐惧的对象。在某种程度上,这是华莱士对之前那个文学世代强调自省的叙述面貌所作的批判。在访谈中,他承认出色的元小说作者们令他获益匪浅,但他也特别表示,自己与他们,以及他们苍白无力的后辈②有所不同:

元小说……有助于揭示小说作为一种二手经验的一面。另外,它还提醒我们,语言表达总有递归的成分。这很重要,因为语言的自我意识始终存在,但不论作家、评论家还是读者,都不愿有人提醒他们注意它的存在。但我们最后终于看清了,递归为何不无危险,以及为何每个人都不想让语言的自我意识表露出来。因为它很快就会变得空洞和唯我。它旋绕在自身之上。七十年代中期的时候,我心想,这种模式有用的地方都已经被发掘穷尽了……到八十年代的时候,它已经变成了可憎的陷阱。

在这里,唯我主义意味着时尚者的虚荣:华莱士想到的是它的两个拉丁词根["solus(唯独)"和"ipse(自我)"],还有唯我论的哲学史(唯我论指的是只有自我真实存在,可以被认识)。二十世纪的"语

---

① 作者的小标题序号采用了二进制计数法。
② 他把他们称作转动曲柄的人:"说到纳博科夫和库弗,他们是真正的天才,这些作家经历过真正的震撼,在当代小说中发明出了这套东西。但这些先驱之后的人物,就是转动曲柄的人了,这些灰色的小人把别人做好的机器拿过来,光是转动曲柄,元小说的小颗粒就从另一头冒了出来。"——原注

言学转向"令他感到担忧和着迷——那种分析方法将超验之物全然吞噬,把我们变成了语言中的"孤独的自我",未必与作为现象的外部世界有关。在华莱士看来,有太多元小说作者热情信奉德里达的重要观念——"文本之外别无他物"——而并未真正经历过令人忧愁的种种后果。他转向维特根斯坦寻求灵感,后者既是"后现代陷阱的真正设计师",也是最能体会自我的悲剧意味的作者:

> 从1922年的《逻辑哲学论》到他人生末年的《哲学研究》,维特根斯坦一直对一种悲剧性的没落大为着迷。我指的是《创世纪》上的那种真正的悲剧性没落。整个外部世界的失落。
>
> 《逻辑哲学论》提出的意义图像理论认为,语言和世界唯一可能的关联是指示性和指涉性的。语言要有意义,还要跟现实建立关联,像"树"和"房子"这样的词,就只能是小小的图像,代表小树和房子。这只是模拟而已。这意味着,我们所知和所说的,只有小小的模拟图像而已。这使得我们在形而上的意义上,与外部世界永远分隔开来。如果你相信这种形而上的分裂,那你只剩两个选择。其一就是个人和语言困于此处,而外部世界在外边,两者永不相见。这是一种孤独的命题,甚至只要你想想,语言的图像其实只是模拟,你也会感到孤独。另外没有确凿无疑的保证,能证实那些图像真"是"模拟,这意味着你看到了唯我论。令维特根斯坦成为我心目中真正的艺术家的一点,就是他明白,没有什么结论比唯我论更可怕。

选取第一个选择①,就是华莱士笔下的丑恶男子的生活经历。孤

---

① 我们待会儿会说到第二个选择。——原注

独地深陷在语言里。那些访谈中的提问（用字母 Q 代表）不但在形式上，"不存在于"对话当中，**它们的回答也已经将它们包括在内**。这些男人预见到了所有的问题，也预见到了对方希望他们如何作答，以及这样的回答会收到怎样的回应。事实上，**所有的**外在对象都被语言所吞噬，循环回转到自我之中。在这一螺旋中，他人根本就不存在。"你"只是一个词而已，包裹在引号当中，结果的确相当丑恶。

就拿第 48 号控制狂为例吧，对他来说，自我与他人之间唯一可能的联系就是口头的约定，在口头约定中，你永远听不到对方的意见。这个男人喜欢跟女人在第三次约会中，"突兀而毫无来由地"问对方："**你觉得我把你绑起来怎么样？**"但平淡的口吻是种假象，这个问题其实也不是真正的询问：

要明白，哪怕是第三次约会，我们之间也肯定有某种明显的好感，能我让感觉到她们会表示同意。或许**表示同意**{举起的手指弯曲下来，代表引号}不是偶然找到的字眼。我是说，或许{举起的手指弯曲下来，代表引号}是**游戏**。意思是参与到我的约定和随后的活动中来。

从严谨的斟词酌句到给任何模棱两可的地方加上引号的习惯，可以看出他在令人难以忍受地施加控制。不论他怎么说，都不会有真实意义上的"游戏"，因为读者绝不可能忽略，他是如何形容那些女人的。尽管他能说会道，但我们对那些女人一无所知；她们始终面容模糊、无名无姓、没有特征，她们唯一的区别就在于她们是"母鸡"还是"公鸡"——就是说，她们是否屈服。这种奇怪的术语（他说这是"最贴切的类比"）借鉴自"澳大利亚的{举起的手指弯曲下来}**小鸡性别鉴别**职业"，就是只要看一看鸡，然后就能说出它们是：母鸡、母鸡、公鸡、公鸡、母鸡。自然，他有这方面的天赋，他能在女人自己尚且一无所知的时候，看出她们是"母鸡"还是"公鸡"。不过他对什么都有一番说辞。他明白，自己被迫"提出并商谈约定的仪式，其中，权利被自由地施与和取回，屈服变得仪式化，我放弃了对自由意志的部分掌控，之后它还会回来。"他掌握着行为本身的意义（"我知道约定意味着什么，它并不意味着引诱、征服、性交或性虐"）和它的心理根源。（"我母亲……对待她的两个双胞胎孩子，有些反复无常，尤其是对我。这给我留下了某种心理情结，它准是跟权力，或者还跟信任有关。"）不但如此，他还知道自己使用的语言（也是他母亲留下的影响，当然，她是精神病医生）是"烦人的学术行话"。他能"读懂"女人的言辞和她们的沉默（"当然，你能看出社交场合的沉默有着不同的肌理，这些肌理说明了很多问题。"）。他甚至能分辨出对方的震惊是真是假：

因此，那种本想表达震惊的肢体语言，结果却表现出另一种震惊的时候，真是迷人的讽刺。就是说，是那种压抑的愿望发泄式的震惊，它冲破束缚，洞穿意识，却源于外部的刺激……

在这种震惊的沉默间歇，整个心理地图被重新绘制，这名患者的任何手势或情感都会揭示出很多东西，远远胜过平庸的对话和临床试验所能揭示的东西。揭示。

Q：
我指的是女人或年轻女人，不是｛手指｝**患者**本人。

这个小小的口误很能说明问题，还有"发泄"那个词也是[①]。在

[①] 《牛津大辞典》：发泄（abreaction）：精神分析术语。通过表达和释放之前压抑的情感，重新发焦虑的体验，来缓解焦虑；也指这样做的实例。—— 原注

这里，心理治疗变成了它原本想要驯服的妖魔，谈话治疗变成了单纯的谈话。谈话转向外部；我们感觉，**我们**才是被质询的人；那些问题令人不安。当我们在治疗期间重新经历压抑的情感时，我们是在治疗自己，还是在自我当中越陷越深？发泄和唯我有着怎样的联系？是一个给另一个提供养料吗？一个是另一个的**函数**吗？

把这些访谈当成对心理治疗本身的攻击来读，是挺诱人，但"心理治疗是种虚假的宗教"这话未免有些陈词滥调[①]，倘若只是这样，干吗不听听心理医生本人的说法，而是听患者的话呢？这里拷问的并非心理治疗的基本原理（毕竟，第48号丑恶男子的自我诊断并非一无是处：他捆绑女人，是因为他母亲当年想出来的惩罚就是限制他的身体活动，这样说并没有错）。更重要的是这种观念：一种自我循环的话语，一种原本要**治疗**自我的语言，最后却只是**指向**了自我。在《与丑陋人物的短暂会谈》里，不光是心理治疗的语言变成了这样，在华莱士的世界里，有**好多**方法可以让人迷失在自我之中。在2号男子的冷笑话里，我们听到一番连续的独白，这番独白用"关系"这样亲近的语言来对付他的女友，恰恰是为了保护他自己，不让自己受制于一段"关系"：

你能相信，在某种意义上，我告诫你我是什么样的人，真的是在努力**尊敬**你吗？能相信我在努力做到诚实而不是虚伪吗？能相信我认准，阻止你受伤、阻止你感觉被遗弃、感觉自己不是人的这种模式的最佳方式，

[①] 而且也跟华莱士本人对戒酒互助协会的尊敬与兴趣不符，在写《无尽的玩笑》时，他调查过这个组织："我跟这些家伙去过一两次集会，感觉它很有感染力……起初我真的感到抵触。'一天一次'，没错吧？……不过显然，上瘾就意味着你非常需要那种东西，别人把它从你身边拿走的时候，你都不想活了……像'一天一次'这样简单平庸的做法，就能让这些人忍受地狱般的煎熬……这给我留下了很深的印象。"但值得一提的是，戒酒互助协会本质上是一种团体活动，它把心理治疗的重点放在"伙伴团体"上。——原注

就是努力诚实一次吗?甚至我应该早些做到?甚至在我承认,你或许觉得我**现在**说的话就是虚伪,是想要把你吓怕,把你甩掉,好让我脱身?我**觉得**我不是在这样做,不过老实说,我也不能百分百肯定?和你冒那个险?你明白吗?明白我在尽我所能地爱你吗?明白我生怕自己没有能力爱人吗?明白我生怕自己本质上做不了别的,只能追求、引诱、逃走、投入和反悔,永远不能跟任何人说实话?明白我永远不会做一个知心人吗?明白我有可能是心理变态吗?你能否想象得出,告诉你这些,需要付出什么样的代价?

拷问再次转向外部,转向读者。当我们如此"明白"自己,以致我们的提问都如此雄辩的时候,我们已经变成了什么?当忏悔不是为了求得赦免,而是为了求得对作出忏悔的赞赏时,忏悔的价值何在?

华莱士冒了很大的风险,写出这些暧昧不清的"谈话":通过不采用第三人称叙事的做法,将它们固定下来,他把他们的丑恶之处摆在了正中的位置,让读者自行体会发掘,不给他们任何权威的指引。难怪许多读者将这些男人的敌意跟作者的虐待成性混为一谈。不过也正因如此,《与丑陋人物的短暂会谈》这本书的整体性得到了承认——这不是一部随意拼凑出来的短篇集。这些散见于全书的"谈话"本身,起到的效果就像是点缀在一句话里的单词,要把一句话的各个部分都说出来,这句话才有意义。短篇《思考》就是这种"对位法"的绝佳范例。在这个短篇里,有个有着恶劣本质的男人,正在被"妻子大学室友的妹妹"勾引,他突然"茅塞顿开"。她半裸着凑到他跟前时,"带着媒体教导过的一丝迷蒙的浅笑",他突然有种下跪的冲动。他望着她:"她的表情仿佛出自《维多利亚的秘密》内衣目录的第18页。"他把双手合在了一起。她交叉双臂,说了"一个有三个词的问题"——我们猜,是"**搞什么鬼?**""我怕的并不是你认为的那件事,"他说。但文中并没告诉我们他是怎么认为的,或者她认为他是怎么认为的,或者他认为她认为他是怎么认为的。叙述者只说:"她可以试着,在一瞬间想象一下他在想些什么……甚至在一瞬间做一下换位思考。"不过这项任务是留给我们的。下面开始:女孩以为他在害怕犯下背叛婚姻的罪过,因为电视上通常是这样演的。他认为她是这样想的——他想得没错。但这个男人害怕的是别的事,害怕的是这种"媒体教导的"局面,这种虚假,这种活在俗套中的局面,他突然想要像这样的人一样去感受,就是说,心怀谦卑,跟裸着身子站在他面前的这个人和世界建立真正的联系。("如果她也像他一样跪倒在地,"最后几行写道,"就像这样,有所祈求般地双手交握,就像这样,会怎么样呢。")唯我论在这里被谦卑所平衡,"孤独的自我"祈求建立真实的关联。

  人们通常把华莱士看成一位冷感、睿智的作家,对小说的情感联系感到恐惧。但他怕的并不是这个。他的这些短篇刚好相反,它们**害怕的是情感联系并不存在的可能性**。这才是他笔下的这些男人的共同点,远不止是厌女症:**他们知道各种各样的说辞,却不知道任何事物的意义**。由小说来探讨这样的观念,未免有些奇怪,毕竟小说奉为职责的观念就是,语言是我们寻获真实的地方。但对华莱士来说,最重要的真实存在于另一个不同的国度:"我认为上帝有其特殊的语言",他有一次这样说过,"一种是音乐,一种是数学。"当然,在《与丑陋人物的短暂会谈》中,我们的日常语言总是不够用,哪怕在情况一清二楚的时候,其实**越**是在情况一清二楚的时候,日常语言越不够用。这些男人的古怪之处在于,他们把他们的唠叨变成了某种盔甲,一扇放在世界和自我之间的精致屏风。在第42号谈话中,一名男子想跟父亲是公共浴场里的厕所清洁工这一事实达成和解。在陈述这件事时,他用了几十个形容排泄物的别致字眼（屁、排泄、挤压、污物、消化不良性腹泻、漏出物），却没有他自己的基本情感：

"我是否欣赏这个地位最低下的工人的坚毅隐忍？克己？保守的勇气？多年来始终勤于职守，没有请过一天病假？你在想，我是否鄙视他，感到恶心，瞧不起任何低调地站在臭气里，出售纸巾换取零钱的人？"

Q：

"……"

Q：

"那两个选择是什么来着，再说一遍好吗？"

在第59号谈话中，一个男孩受电视剧《家有仙妻》(Bewitched)影响，萌生了一种自慰式的幻想，他幻想着自己只要把手一挥，就能将现实生活"冻"住，这样他就可以在四周"暂停"的情况下当众宣淫。不过他沉迷于不让这种魔法出现自相矛盾的破绽，他不得不扩大这个幻想的"大前提或原理"，将其无限推进。起初，他只需要冻结自己所在的房间，可是整座大楼会怎么样呢？所以接下来，他要冻结整座大楼，然后是整个国家，整片大陆，然后是整个星球，每到一个阶段，他都会发现，势必要把下个阶段也完成了才行，直到：

为了不让太阳日和会和周期这两个经过科学编定的度量衡出现矛盾，从而违背这个幻想的大前提，我势必要用超自然的手势，停止地球绕日运行的椭圆轨道，这个轨道的平面……

我就引用到这里为止吧。阅读华莱士的作品常常让人感到难以忍受，读者难以承受层层加码的重负：缺失的上下文、花哨复杂的修辞、可怕的人物、怪诞或荒唐的主题，语言还——同时！——有种孩子气的下流和令人懊恼的晦涩。如果读者惯于接受"人物性格"带来的安慰，那华莱士的作品对他们来说，则是死路一条。他的短篇根本就不探讨人物性格；它们没有这样做的意图。相反，它们转向外部，转向我们。它们探讨的，是**我们的**性格。但这其实还不是元小说。元小说家运用递归，来凸显充当中间媒介的叙述声音；其实就是在说："我就是水，你正从**我**当中游过。"对元小说家来说，递归意味着循环回去，重复发生，无限回归。**这不是中性的，它正在被书写，我正在书写它，但"我"是谁？**如此等等。华莱士的短篇小说中的"递归"，并不体现为华莱士的叙述声音，而是体现为这些短篇**运作**的方式，就像数学步骤的语言版本，其中至少有一个步骤是重新运转整套步骤。让这些短篇运作起来的，是**我们**。华莱士将我们纳入到递归的进程**内部**，所以，阅读他的作品才会经常让人感到情感和智力上的精疲力竭。

《抑郁者》一篇就是施展这种技法的完美典型。倒不是说，那位抑郁者是个令人难忘的人物。她既平庸又典型。重点在于，在阅读《抑郁者》的时候，你被迫在自己的头脑里面，运行她那递归式的思维进程，通过那些没完没了的注解，追随她一心只在乎自己的自我憎恶，用那种荒唐的治疗语言跟她交谈，在她那令人窒息的唯我论思想中与她相处。许多读者都会心生抵触。另外还有别的问题：有时为了从内部描绘一个人的头脑，华莱士把目标放得太低，给人以屈尊俯就的感觉。《抑郁者》里有不少心理治疗方面的术语，只为博人一笑，未免价值不大。（"我对插科打诨的笑料有种相当感情用事的喜爱，"他承认。）**支援团体、推卸责任、内在孩童试验疗法的静修周末**……用专业化的语言来代表悲剧性没落中的没落，这种观念并不新颖，许多美国作家已经对这一领域作了广泛的探索：托马斯·品钦、布雷特·伊斯顿·埃利斯、A.M.霍姆斯①、道格拉斯·库普兰②等。华莱士真正的创新在于，他对递归式句子的出色运用，这种珍奇怪兽需要全文照录，以供欣赏：

学生时代的抑郁者，从未说起过男生来电，那名室友打了个让她撒谎的手势那件事——那名室友跟抑郁者根本不合拍，两人没有什么情感联系，抑郁者有些畏缩地憎恶此人，结果却让自己鄙视起自己来，等到没完没了的大学二年级第二学期终于结束，她也没有试图跟这名室友保持联系——但她（即抑郁者）在支援团体里，跟她的不少朋友说起过有关这件事的恼人回忆，还有，她觉得，如果自己是电话那头那个不知其名、素不相识的男生，她会觉得无比可怕和可悲，那个男生真诚地冒险出击，主动跟那个自信的室友联系，却不知道自己只是个不受欢迎的累赘，不知道电话另一端那个沉默的手势中流露出来的厌烦和轻蔑，真是可悲，抑郁者最怕的就是处于那样的位置上，让对方不得不默默求助于同屋的人帮着编一个借口，挂断自己的电话。

两个简单的句法单元（"抑郁者从未说起过男孩来电那件事"和"男孩颇为可悲地对这件事一无所知"），被插入到第三个句法单元（"抑郁者生怕自己像那个男生"）里面，制造出一个递归句，句子里的介词短语就像俄罗斯套娃般彼此嵌套：**抑郁者，从未说起过男生来电的那件事，那个男生可悲地一无所知，抑郁者生怕自己像那个男生一样。**（更何况还有那名室友的递归。）在这一过程中，嵌套进去的"那件事"在这里，也在《抑郁者》中的其他地方再度

---

① A.M.霍姆斯（A. M. Homes, 1961— ），美国女作家。
② 道格拉斯·库普兰（Douglas Coupland, 1961— ），加拿大作家。

上演,一旦这个可怜的姑娘回想起她"怕",就再度重启了这套步骤,将整件事重新运行了一遍。这是**语言化的**递归——其定义是将句子嵌套在其他句子里面。对许多语言学家,尤其是诺姆·乔姆斯基来说,这种形式的递归对语言来说必不可少;这种递归使得无限扩展成为可能,将语言变成了一种具有"离散无限性"[①]的系统。对华莱士来说,无限是一个颇为丰富的主题(除了《无尽的玩笑》,他还在 2003 年写了一本有关无限的非虚构著作《一切与更多:无限简史》)。对无限这一最为奇特的观念,人们抱有种种彼此冲突的反应,华莱士用一种美妙的方式,将人们的种种反应阐述得一清二楚。因为如果说我们面对无限,心怀恐惧——因为无限超出了人类的尺度,简直不可思议——那我们也会从无限当中领会到神圣的暗示。作为一种观念,无限似乎有几分上帝的语言的意味,就像拉金的诗中所写:"深蓝的空气,呈现出 / 空无一物,那里什么地方都不是,也没有尽头。"永远,在上面。在《抑郁者》中,无限相当可怕:它转向内部,在自身当中挖掘出了虫洞。作用在读者身上的效果是强烈而令人不快的。除了被迫和抑郁者无限阴郁的意识共同分享精神空间,阅读这些回旋的句子,就像在体验嵌入到那个讲递归的老笑话(**要理解递归,你必须首先理解递归**)里的那份可怕的循环,还有我们站在两扇镜子跟前时,体会到的那种存在主义式的晕眩感。读这个短篇,会觉得难受,不过这种难受正是短篇所要达到的效果:

[①] 美国语言学教授丹·埃弗里特最近对这一观点提出了质疑,他的论文《毗拉哈部落里语法和认知方面的文化约束》在容易因语言学问题引起重大反响的那类人士中间,引起了重大反响。他在论文里宣称,他在巴西西北部雨林里找到了一个部落——毗拉哈部落——他们的语言就不采用递归,事实上是有限的。2007 年 4 月 16 日的那期《纽约客》就此刊登了一篇有趣的文章《口译者》(The Interpreter)。——原注

美国人对挫折与痛苦一向极不喜欢……总之这种作派显然带有西方工业化的色彩。在其他多数文化里，如果你感到痛苦，如果你患有某种让你感到痛苦的症状，他们会把这看成是健康和正常的，这说明你的神经系统知道，某个地方出了问题。对这些文化来说，若不解决深层原因，单是摆脱痛苦，无异于在火灾发生期间关闭火灾报警器。不过你只要看看，我们在这个国家是如何拼命缓解单纯的症状——从速效抗酸药到大萧条期间轻松音乐剧的走红——你就会看到这样一种近乎强迫性的倾向：他们把痛苦本身视为问题。

对抑郁者来说，痛苦无疑被她深度迷恋、视为病态：她感受不到单纯的悲伤，只能感到"极度痛苦"；她不止是抑郁，她还"处于可怕、不停顿的情感痛苦当中"。与此同时，另一种痛苦——对**别人**的痛苦感同身受的痛苦——却与她无缘。当她的支援团体中的一员病危之际，这件事给她（即抑郁者）带来的唯一的痛苦，就是她发现**自己其实一点也不在乎**，这一发现让她看到一种可怕的可能：或许她其实是"一个唯我、只顾自己、无穷无尽的情感真空和海绵"。她对自己心生反感，这份反感又给她带来更多的痛苦和啃咬指甲的异食癖[①]发作，由此陷入了恶性循环。短篇的最后几行就像将蛇的舌头放进了它自己的嘴巴："她要如何决断，如何描述——哪怕是在留意自己的内心，面对自己的时候，向自己描述——她痛苦地得知别人是怎样说她的？"

回旋的句子、循环的句法、重复、临床词汇的入侵——所有这些都不是简单的"形式上的飞行特技"。更不是胡言乱语或"意识流"，如果这个词的意思是滔滔不绝和晦涩难懂的话：不管华莱士的那些进

[①] 摘自《牛津大辞典》："异食癖（Pica）——吞吃正常食物以外的东西的倾向或渴望，发生于童年或孕期内，或是作为一种病症出现。"这里是华莱士描写一些人咬自己的指甲。——原注

程有多长,它们在语法上总是无可指摘的。重点是让一个进程——另一个人的思维进程!——在你的头脑当中运行起来。这样一来,你就不只是"得到"了文字的解释。你还体会到,并且明白了它:

小说跟身为一个该死的人类是怎么回事有关。如果你……从这个前提——当代美国有些东西,让人很难做一个真正的人——出发,就会得出,小说的一半职责,或许就是戏剧化地展现出,是什么把这件事变得这样困难。另一半职责就是戏剧化地展现出,我们此刻依然还"是"人类。

《与丑陋人物的短暂会谈》里的许多内容读来费力,令人痛苦,这部分内容完成的就是前一项职责。《与丑陋人物的短暂会谈》里的其他内容,完成的是另一项职责。

3. 毫无意义

我们都看过这种"文学"小说,它们只是单调地宣称,我们越来越不像人类,它们展现出一些没有灵魂或爱意的人物,只要写出这些人物穿的是什么品牌的服装,就能把他们详尽无遗地描写清楚,我们买了这样的书之后,会说:"天啊!真是对当代物质主义一针见血的评判!"不过我们已经"知道"美国文化就是物质主义的。这一诊断只要两句话就能说完。吸引不了任何人。具有吸引力和艺术真实性的,是既然当今时代是怪异的物质主义时代这点已经不言自明,那我们这些人类为何依然还有能力接受快乐、善意、真正的情感联系,接受没有价格的东西?可以让这种接受的能力变得更为壮大吗?如果可以,要怎么做,如果不行,原因何在?

要摆脱这种束缚,一种方法就是在纸页上描绘出复杂的人。能够探索自身情感深处,能够置死板的时代于不顾,思考有趣想法的敏感之人。罗斯和贝娄笔下的主角,有多少大学老师、精神病医师、知识分子和健谈之人?亨利·詹姆斯谈到"敏锐的认知"时,他提出了这样论点:只有拥有这般品质的人物,才能从读者身上激发出同样的品质:

他们具有敏锐的认知——就像哈姆雷特和李尔王那样敏锐——充分决定了他们的冒险经历的激烈程度,在最大限度上体现出他们的际遇有什么样的意义。相比较而言,我们,我们的好奇心和同情心,不那么看重愚笨、粗俗、盲目之人的遭遇;我们最关心的还是那些疑惑更深、感受更真切的人的际遇,是什么导致了那样的际遇,后果如何。

但华莱士的小说在意愚笨、粗俗、盲目之人的际遇。事实上,他的作品对愚笨、粗俗、盲目之人的关注,已经到了特殊的程度,仿佛过度知性化的自我,需要有纯朴天真的自我来中和。他似乎从这些人物——他们跟他如此不同!——身上,发现了逃离"后现代陷阱"的出口。就拿《毫无意义》里的这个单纯的家伙来说吧,恰恰是这个青年的粗俗拯救了他。这个短篇的开头如下:

我给你讲个怪事。两年前,我十九岁的时候,正准备搬出父母家,独立生活,有一天,我刚准备好,却突然回想起,在我小时候,父亲曾当着我的面摇晃他的阳具。

作为单纯的事件,这件事伤人的程度跟抑郁者最早抱怨的那件事

差不多①。不过这个青年根本不知道该怎么为这件事担心:"我不停地琢磨,我父亲干吗要做那样的事,他当时心里是怎么想的,他的本意是什么。"他没有答案。迷惑的他生起气来,不过当他拿这段回忆跟父亲对质时,他问得颇为直接,让人觉得好笑:"**那**他妈是怎么回事?"父亲沉默不语,只是回以"深感难以置信,深感恶心"的眼神,沉默越拉越长;青年由此疏远了家人,一年都没去见他们。然后发生了怪事。没有经过广泛的分析,没有经过无休止的争论,没有耽溺于一次次的自我拷问,他自行痊愈了:

> 随着时间的推移,我渐渐从这件事里走了出来。我仍然知道,父亲在娱乐室里冲着我摇晃阳具的那段记忆是真实的,不过我渐渐明白,光是**我**记得这件事,不代表我**父亲**也一定记得这件事……我渐渐觉得,这段回忆留下的寓意,就是任何怪事都有可能发生。

通常,我们拒绝换位思考。我们自己的经验,被我们以自己为绝对中心的感觉所扭曲,似乎要比别人的经验更加真实。但这个心地单纯的青年完成了一件难事:他跳进了他性(otherness)之中。这种具有代入感、凭借想象力实现的跳跃——跃入他父亲的头脑——奇迹般地绕开了抑郁者的递归迷宫。这个单纯的想法——父亲(不)记得这件往事,就像青年本人真切的记忆一样真实——令人茅塞顿开。这又是一个递归的句子,但这次,它没有朝内部开凿过去,而是转向了外部——转向了他人的完全不可知性(unknowability)。也许归根结底,

---

① 在抑郁者小时候,她离婚的父母曾为了应该由谁支付她的(即抑郁者的)牙齿矫正费用打了起来。作家玛丽·卡尔告诉我,这个细节并非是偶然杜撰出来的,它出自伊丽莎白·沃策尔的回忆录《百忧解国度》。——原注

这件事就如同麦克白所说:"如同痴人说梦/充满喧哗与骚动/却毫无意义。"

很少能听到有人把"**寓言**"这个词跟华莱士的作品联系到一起,但我不知道有何不可——他写了好多寓言。像《某些边界的渗透性之又一例(11)》这样的短篇,如果不是寓言,那又是什么呢?有个男人梦到自己失明了,翌日:

> 我对我的视力、我的眼睛大为留心,能看到颜色和人的面孔,知道自己身在何处,这是多么美好,同时,人的眼睛的视觉原理和视力又是多么脆弱,多么容易失去啊,我经常看到身边有手拿拐杖、表情奇特的盲人,现在我却一直觉得,要是花上几秒钟看看他们,也挺有意思的,我原先从不觉得他们跟我或我的眼睛有什么关系,其实呢,我能看见东西,没变成地铁上的盲人,只是一个幸运的巧合。

"他人的盲目"在这里变成了现实。可谓以小见大。同样,在《魔鬼是个忙人》里,一个乡下人要将一把"部分齿有点生锈的旧耙子"免费送人,却没有人要,他在分类广告里标价五块钱,马上便招来不少热心的买家。

我问爸爸,这说明什么问题,他说,他觉得是出力不讨好的事不要做[①],他让我趁车道上的沙粒还没把排水管道弄坏,赶紧把沙从水沟里耙出来。

---

① 这里的原话是"不要尝试教猪唱歌",这是一句俗谚的上半句,下半句是"你浪费了自己的时间,猪也不高兴",指出力不讨好。

或许还说明了一个问题：在资本主义制度下，价值的衡量尺度不是真实的价值，而是稀缺性。

粗俗、盲目、愚笨之人。这些寓言尽管令人印象深刻，却有些多愁善感——尽管这种情感跟小说一样古老。正如城里人渴望着维吉尔笔下的田园生活，知识分子也会幻想着，淳朴的人之间存在着纯洁的关系，他们会用浪漫化的方式把它们表达出来。华莱士对此心怀戒备，正如他对所有事都心怀戒备一样（我是否欣赏这个地位最低下的工人的坚毅隐忍、克己、保守的勇气？），但这种感情还是在这里和非虚构著作中流露了出来，我们可以从中看到，按直觉行事的运动员、服务业员工、农夫、各种南方乡下人（往往是他的老家伊利诺伊州的），华莱士为他们赋予了一份温暖的特质，而他绝不会将这样的温暖赋予像他这样极度内省的知识分子身上[①]。

不过应该为他们辩解的是，这些故事的哲学意义并不在于，这些粗俗、盲目、愚笨之人的自我，要比我们的自我来得纯粹。而是他们所寻求的联系——哪怕是暂时的——是向着外部的、远离自我的。《毫无意义》里的青年最终跟父亲重新恢复了关系，是在他妹妹的生日那天，他们去了一家"特殊餐厅"，打破坚冰的既不是痛苦的讨论，也不是个人的顿悟，而是全家人都熟悉的一个蹩脚的笑话。由此将我们带到了维特根斯坦提出的第二种选择上；脱离唯我，融入集体：

于是，他将《逻辑哲学论》中备受称赞的一切弃若敝屣，写出了《哲学研究》，这是有史以来最广博、最美妙的反唯我论论证。维特根斯坦提出，语言要成其为可能，它就必须是**人际关系的一项功能**（所以他才花了那么

[①] 在《与丑陋人物的短暂会谈》的致谢中，华莱士感谢了麦克阿瑟和兰南基金会、《巴黎评论》、"伊利诺伊州布卢明顿市丹尼 24 小时家庭餐馆的员工和经理"。——原注

多的时间反对"私语言"这种可能性)。

华莱士作为道德主义者的一面——他的这一面不光想要描述创伤，还想将其治愈——在这一观念上投入了大量精力。他一直尝试着将"人际关系"当作光亮，安排在漆黑的隧道尽头；他在重现那些彼此之间有感情联系的人所用的语言（往往较为简单）时，格外留意，心怀敬重。（在《毫无意义》中促成和解的那句话，是"从这里滚出去"。）"在成人生活日复一日的战壕里，"华莱士说过，"老生常谈的话有可能生死攸关。"[1] 在他的天赋中，有一样就是把这些老生常谈的话变得真正**活灵活现**，就像从前的道德哲学家能通过"对话"和故事，让抽象的道德观念变得活泼一样。

"有些话还是不说为妙。"
"站在别人的角度多想想。"
"就是没有的东西才想要。"

这三个短篇不就是经过复杂加工的老生常谈吗？若非经过这样的加工，我们很可能都不会在意这样的老生常谈呢。

不过，在它们的乐观情绪当中，还是有些不尽令人信服的地方。在我看来，它们给出的更像是借由意愿得出的解决方案，而不是借由本能或内心体会到的。这也没什么不好：这样一来，它们那引人注目

---

[1] 他在《沙龙》访谈节目中也谈到了这个问题，谈得更详细："这个国家的价值和原则的知性化和审美化，是毁掉我们这代人的因素之一。我父母跟我说的所有事，比如'不说谎真的很重要。'好的，收到，明白。我点点头，但其实并没有什么感触。直到我到三十岁左右的时候，我才发现如果我对你说谎，我也就没法信任你。我感到痛苦、紧张、孤独，却不明白原因何在。然后我明白了：'哦，也许这个问题的解决办法就是真的不要说谎。'像这样简单，这样没有美学趣味的观念——我总是熟视无睹，去研究一些更有趣，更复杂的东西——能以某种方式给人带来真正的滋养，而那些极端、元、反讽、后什么的就做不到，对我来说这很重要。我觉得，我们这一代人应该体会一下。"——原注

的矛盾之处也会体现得更为鲜明。我们任何人都能从维特根斯坦给出的第二种选择中发现一股乐观情绪,而华莱士便对这种乐观情绪抱有怀疑态度,这就是一重矛盾的体现:

>所以他让语言依赖于人类社会,但不幸的是,我们仍然无法撇开这个观念:在指示之物组成的世界之外,我们无法真正地团结或认知,因为我们困在了这里,困在了语言之中,哪怕我们一起困在这里也是一样。这一点消除了唯我论,却没有消除那种恐怖。因为我们依然身陷困境。《哲学研究》的那句话说,语言的基本问题是"我不认得周围可走的路。"如果我跟语言是相互独立的,如果我能从语言中分离出来,爬到高处,俯瞰下方,看清地形,我就能"客观地"研究它,将它拆散,解构,弄清它的作用、局限和不足。但情况并非如此。我在语言"内部"。我们在语言"内部"。维特根斯坦不同于海德格尔。倒不是说,语言"就是"我们,但我们还是在语言"内部",无处可逃,就像我们身处康德所说的"时空"一样。维特根斯坦得出的结论,在我看来,一向合乎情理。如果说在写作方面,有什么事始终令我困扰的话,那就是我并不觉得,我"认得"我在语言当中可走的路——我似乎从未达成我想要的那种清晰和简洁。

不过,了解你"可走的路"的一个方法,就是专注于语言系统**内部**的专业化语言之岛,当华莱士这样做的时候,他达成了他想要的那种清晰和简洁。其实,说起来有些反常,身为小说家的他,被他从哲学层面深恶痛绝的专门化语言所深深地吸引。在涉及计算机语言、心理治疗师的语言、地毯推销员的语言、企业生活的语言、学术语言——当华莱士选定一种话语,掌握其各种变化的时候,真是令人目眩神迷[1]。在《数据百夫长》这篇六页长的语言幻想奇迹中，我们见识到了《莱基与韦伯斯特性隐语当代用法词典》，如果我们留意一下那张仿造的版权页上的小字，我们就会看出，这是一部2096年问世的未来词典。这部词典配有"11.2G字节的上下文、词源学、历史、用法和性隐语注释"和"文本热键"，可用DVD播放（最后这一条让我露出了笑意，不过是因为别的原因，我想起了1993年的美好回忆）。甚至还暗示说，它配有接入人体的插头（"也有配备五大感官全媒体豪华插图支持的版本。"）华莱士为我们翻开了这部词典D打头的页面。我们来看看"约会（date）"这个词有哪些浪漫含义：

date[3]（*dat*）名词。{20世纪英语，源于中世纪英语，源于古代法语，源于中世纪拉丁文 *data*, *dare*（给予）的阴性过去分词。}

1. 非正式。(也可参见"软约会"(soft date)词条。) a. 成功申请到繁育许可证之后的行为（按键查阅"专业创造（PROCREATIVITY）"；"繁殖（BREED）"/（v）；"繁育（PARENT）"/（v）；"后代（OFFSPRING）"、"软（SOFT）"），自愿将本人的核苷酸结构以及其他专业创造指标，提交给法律授权的中介机构，指定一名理想的女性神经发生编制名额，使用专业创造生殖器接口的过程。

这跟"硬约会"截然不同，"硬约会"是运用虚拟女性感官阵列（俚语叫法："电玩具"），使用模拟生殖接口。华莱士这样做，体现了他对词汇的喜爱和对词典的**崇拜**，在词典这类神圣的场所里，他心爱的词汇可以保持纯洁的本意，每个词都得到了应有的关注。词典对华

---

[1] 现在我们知道，他未能完成的最后一部长篇小说《苍白的国王》，涉及国税局税务督察员们的专业语言。——原注

莱士来说,就像对博尔赫斯来说一样,就如同是一个宇宙:他对每个词源,每个词义,每种废止的含义都感兴趣。理由很充分:如果你相信,我们能够**说**得出的话,代表了我们**所思所行**的界限,那么词典就是我们至关重要的人类文件。他为 date 一词在 2096 年的含义杜撰出的词条就是一例:

date[31].**a 用法/上下文注解**:"你年事已高,不再是这样的人了:他们早餐前检查复制酶水平,在 Mo. 系统平台上,拥有可登陆多产联盟 P.G.I 编码或软科脱氧核糖内码系统的高速巨集指令,而你还是把脑袋放在你的 VFSA 电玩具上,检查你的复制酶水平,像性欲冲动的大学新生那样拼凑出你的基因履历,做好了准备,在世人面前装出要尝试一场软约会的样子。"(麦金纳尼等{通过文学大全 TRF 矩阵生成}2068)

简直是社会的缩影——一部迷你科幻小说!不过要欣赏它,你得把它分解开来,要做到这一步,多数读者需要准备好一本《牛津大辞典》和一本医学辞典。开始吧:

你年事已高,已经不能检查催化 RNA 分子合成酶的供应水平了(其分子从你的 DNA 中携带指令,而 DNA 反过来控制着你的蛋白质合成);因为**太过**年迈,因此你没有适用于这些杜撰出来的未来生殖公司的高速编程指令,这些公司有"多产联盟"和"软科",它们的图标就在你的"桌面"(或者 2068 年的人们采用的别的什么界面)上,但你**还是**没有碰你的虚拟性爱玩具,相反却宣称自己正处于绝佳的基因状态,拼凑出你的"基因履历",装作要去跟某个人**发生真正的生殖性关系**!(我们可以假定,在未来,"J·麦金纳尼"已经成为小说的品牌——这个"等"字和后面的字,或许是说，这段话是由一种可怕的、包罗万象的文学电脑程序生成，它能在作家亡故许久之后，提取他们的文学风格并加以复制？）

看：这种语言幻想实在是极客风范十足，读起来费力得很，无法严肃地否定。还有一个短篇也是这种类型。《特里－斯坦：我把茜茜·纳尔出卖给了埃科》使用未来派－古典化的语言，重了特里斯坦与伊索尔德的故事，这次他们身处未来化/古风的洛杉矶的企业接待部门——

在神游症和突然病发中醒来，阿贡·M·纳尔请教了二手神谕，向尼尔森和斯塔西斯的画像献上了赚来的贡品，在有翼胜利女神艾美的祭品柴堆上，献祭了整整两台大卫杜夫9型豪华保湿器。做了不少市场调查。

——这绝对是在试验读者的耐心，哪怕读者是最有耐心的"号叫的不安者[1]"。但这些短篇所强调的内容——即，文字就是世界，不存在中立的语言——既严肃又美丽。用专业的语言创造出小小的世界，等于是用另一种远为复杂的方式，说"这就是水"，提醒我们不论何时，只要我们拥有语言，我们就拥有人为的条件、局限以及各种存在的可能。当然，有一种写作对此熟视无睹；它认为自己的语言才是正统、普适、非特殊的；它把少许当代的痕迹，都当作是某种玷污（不能有品牌的名字，不能有时语），它以现实主义自居，哪怕他的人物说起话来，跟三十年前、六十年前的小说里的人物并无不同。华莱士觉得，

---

[1] 华莱士的铁杆书迷自称"号叫的不安者"。——原注

他无法忽略当代的环境噪音，因为它已经无处不在。它**就是**我们游弋其间的水。

我一直认为自己是现实主义者。我记得自己读研究生时，跟教授们争论过这一点。我生活的这个世界，每天有 250 则广告，有数量繁多、令人难以置信的娱乐选择，它们大多由想把东西卖给我的企业赞助。这个世界在我的神经末梢运作的方式，跟那些衣服肘部带有皮革补丁的人认为哪些东西流行、琐碎、转瞬即逝，息息相关。我在小说里大量运用流行元素，但我这样写的意图，跟一百年前的人写树木、公园、必须步行到河边打水，并无不同。毕竟我生活的这个世界就是这样。

在九十年代，你得为这样的观念奋力辩护，像华莱士这样的作家勇于面对评论界的某些冥落，勇于面对这样一种普遍观念：如果作品中出现没有价值的当代语言，那它就不是大写的文学了。十年之后，很少有作家觉得，自己还要为描写当代的"肌理"而辩白，对阅读华莱士的作品长大的一代人来说，运用专业化的语言，是最基本的现实主义：那就是他们长大成人期间，在其中游弋的水。

不过也有可能，你对水考虑得太多，忘记了应该怎么游泳。你会发展出一种有关形式的、走极端的自我意识，当华莱士的作品出现这样的情况时，我们可以清楚地看到，元小说要求他走回老路，几乎将他生生吞噬。在短篇《成人世界》里，一个讲述走极端的自我意识（一个多疑的妻子担心自己跟丈夫做爱的方式，"会让他的那个吃不消"）转变为一种尖锐的**叙事**自我意识的故事，到最后，故事分崩离析了。写好了一半，另一半被彻底解构，以作者的写作笔记形式呈现，没有补充完善。我记得自己读第一遍时大为震惊——

我觉得有趣的是，这样一位令人眼花缭乱的风格家，真会如此坦诚地披露《绿野仙踪》的表面之下有着怎样的力学杠杆吗？十年之后，我重温了这个短篇，感觉窥看后台的震惊一带而过，岁月已经将它磨平，它不像完整的故事那么令人满足。《八重奏》，一组"篇幅很短的纯文学作品"，"准备构成对读者的某种'质问'"，这部作品也是突然就分崩离析了（他只完成了四重奏），只是方式更为惊人。华莱士在放弃这组故事时，告诉了我们原因何在：它们不像他想的那样，"给读者带来质问和触动"。然后，他用极富操纵性的手法，打破了第四堵墙，与此同时，又说自己这样做是出于急切的诚挚。就像他笔下的丑恶男子一样，华莱士也猜中了我们的心思；还没等我们想出该如何回应，他就模仿起了我们的回应。（他**知道**这样看起来操纵性太强，他**知道**这听起来像是元小说，没错，**他知道我们知道他知道**。）他不会罢手，他通过脚注不停地纠缠着我们，拼命试图说服读者，他怕的并不是我们以为的东西（即失败）。他也知道，"这种百分百坦诚、赤裸地质问读者的战术"对你，对他，对你与这本书，对你与大卫·福斯特·华莱士的关系来说，代价都非常高昂。照我猜，你对《八重奏》的态度，会让你成为华莱士的读者，或者不再做他的读者，因为他对你提出的要求，其实是要你相信他在语言中无法最终认定的东西："文本背后的意识想要达成什么"。他的急切，他的诚挚，他要用真正的方式与读者"联系"的绝望——你要么相信，要么不信。有些作家想要能够体谅自己的读者；有些作家想要读者具备幽默感；有些作家想要读者站在政治活动的路障前面，怒气冲冲，准备冲过去。说来奇怪，华莱士想要的，是**有信心的**读者。《八重奏》的最后一行是怎么写的？

"那就决定吧。"

4. 并非人手所造的教堂

对《八重奏》怀抱信心还是值得的。如果你像我第一次读的时候那样，没读完，就把它丢到房间另一头，那你就错过了一些重要的东西。埋藏在这个短篇中间的，是某种告白。或是类似赤裸裸的诚实宣言，讲述了华莱士的文学意图。表面上，他说的是《八重奏》里面"凑合的篇什"，但他的话对他的所有作品都适用：

所有人似乎都努力在不同类型的人际关系里，展现出某种奇怪、环绕式的**共性**，所有人都面对着某种不可名状、不可避免、终究要付出的"代价"，只要他们真想跟另一个人"在一起"，而不只是想要利用他们（比如利用别人当听众，或者利用别人达成自己自私的目的，或者将别人当成道德体操器械，只因为他想让别人看到自己的慷慨大方，因此身边的人破产或陷入麻烦时，他们心中窃喜，因为这意味着，他们可以慷慨地冲上前去，扶危济困——每个人都见过这样的人，或者把别人当作他们自恋的投影等等），这种奇怪、不可名状、不可避免的"代价"有时等同于死亡，或者通常等同于你要放弃某样东西（一件物品，一个人，或者一份珍贵而长久的感情，或者对自己和自己的品德/价值/身份的某种看法），而失去这种东西会让你真真切切地感到，如同经历了某种死亡一般，可以说，（你觉得）在截然不同的处境、背景和谜题中，可能存在着这种强大而不可抗拒的**共性**……在你看来相当要紧，真的要紧，简直值得爬上烟囱，在屋顶大叫。①

---

① 为了言简意赅（不过都已经到这份上了，我还能骗得了谁？），我删除了华莱士留在这段话里的六个脚注。——原注

华莱士的作品有种奇怪、环绕式的共性。基本上，他总是在问同样的问题。**我怎样才能认识到，其他人跟我一样真实？**奇特、半神秘的答案也始终如一。**你要放弃你对"自我"的执著**。我并不是说，华莱士在他的作品中宣扬这种道德观，当我想到某个道德主义者的时候，我不会想出一个布道的倡导者。正相反，他是一个将自己置于险境的作家，将它们作为真实的难题来体验，在生活中与纸页中都是如此。为此，我猜想，他会是一位最能吸引年轻人的作家。年轻人最能理解他的紧迫感，年轻人才会把这些抽象的、事关存在的问题看得这样重，看成是跟他们切身相关的质询。与自大的较量，与自我的较量，让他人真正存在于他们的"相异性"之中的较量——这些方面的较量，也是华莱士本人的斗争。阅读《与丑陋人物的短暂会谈》的一种方式，便是把它们当作一系列讲述"他人的盲目"的私密供述来读。对唯我、厌女症、自大、控制狂、残酷成性、势利、性虐的供述。对那种古老的基督教的两难境地——**想要被人看作是好人**——的供述。在谈到《抑郁者》时，他说过："那是我写过的最痛苦的东西。那个人物有一部分是我，我以前从未写过。我身上有一部分，跟她一模一样。"还有《死亡并非终点》里的那个略微肥胖、野心勃勃的诗人。这个人物远非华莱士的自画像，不过从这个人物身上，可以体会出作者本人的厌恶情感。华莱士始终严格律己，他似乎不得不坦白说出，自己是什么样的人，他还坦白说出，自己生怕变成什么样的人。"五十六岁的美国诗人，诺贝尔奖得主"，基本拿遍了美国的文学奖（除了古根海姆奖①，这令他大为不快，这件事出现在某个无关紧要的脚注当中，仿佛这件事在下意识的愤怒之中，浮出了短篇的表面），被美国文学界

---

① 古根海姆奖每年授予那些"展现出获取诸多成果的杰出学术能力，或杰出艺术创作能力"的人。——原注

称为"诗人中的诗人",有时就叫"诗人",他实在是自我膨胀到了极点,令人不堪忍受。我们看到了对他的自我一丝不苟的描写,他具体坐在什么位置(沙发上、池畔、花园里),还有他跟太阳的相对位置(仿佛太阳围着他转)。总之(在两个庞大的递归句中),华莱士消灭了他。但愿上帝肯帮助这个崇拜自己的人!他的自我其实充其量也就是他荣获的奖项,他得到的特权,他积累的财富。我们最后看到诗人时,他被昂贵的灌木包围,后者"一动不动,绿意盎然,无可逃脱,不论是外表还是给人带来的暗示,都不同于世上的任何东西"。有条脚注补充说:"这根本不是真的。"绿意盎然,一动不动,无可逃脱?在我听来,像是钱。

在华莱士颇为看重的《礼物》一书中,文化人类学家刘易斯·海德考察了不同文化与个人收受礼物的多种模式。他对我们在《死亡并非终点》中看到的那种膨胀的自我,做了精妙的描述。"自恋者觉得自己的天赋来自自己。他致力于展示自己,拒不接受改变。"《在临终床前牵你的手》中的父亲,对荣获普利策奖的剧作家儿子,做了类似的评价:他被他(即儿子)自以为的"无限天赋"和"它在众人心中激起的仰慕",感到震惊:

仿佛他当真配得上——仿佛这是人世间最自然的事……——仿佛这种爱原本就该是他应得的,就像日落一样无可避免,从来不想,从不怀疑他是否配得上它。一想到这件事,我就透不过气来。他从我们身上夺走了多少岁月。我们的礼物。所有格,夺格,主格——"天赋"的词形变化规则。

对华莱士来说,天赋纯属意外,是机缘,是偶然的境遇。天生才智过人,天生有副好嗓子,数学能力杰出,体能强悍——在何种意义上,我们是这些天赐之福的主人?因为它们的存在,我们多出了哪些权利?我们要怎样,才能称得上真正拥有了它们?

我觉得有意思的是，这种对待天赋的态度，骨子里是相当反美的，既反"权利"，也反"所有权"。我总觉得，从哲学层面来说，华莱士的伦理观很没有美国味儿：他跟康德的"目的王国"、到西蒙娜·薇伊的"神圣之人"、到约翰·罗尔斯的"无知之幕"的哲学源流之间的共同点，胜过美国观念发源的霍布斯/斯密/洛克这条源流。华莱士的作品反对"目的导向"的人类幸福观，既因为这样的幸福观将人们的自我分隔开来（对幸福的追求是个人的追求），也因为西方这种将幸福当作目标的执念，把人们变得颇为幼稚地"嫌恶痛苦"，让他们不敢接受华莱士眼中人生真正恒久的品性："看看功利主义吧……你会发现它的整套目的论，都建立在这样一种观念的基础上：最美好的人生就是将快乐与痛苦的比率放到最大的人生。上帝。我知道我这样说，听起来有些古板。我只是说，归罪于电视有些短视。电视只是一种症状表现而已。我们的审美幼稚化并不是电视发明的，正如侵略也不是曼哈顿计划发明的……"他的短篇小说排斥这样的观念：公平的社会可以从自私与自大的人订立的契约中产生，或者人是靠自己的"人格"赢得了更多的利益。（那个胖诗人的才能或个人的优点，并不会把他变得比别人更有价值。）

在几个极端的例子那儿，华莱士的短篇走得更远，追随起了薇伊这样的半神秘主义者的脚步，她像佛教徒一样，完全放弃了"人格"："人的神圣之处在于他身上非人格化的那一面……我们的人格属于我们身上犯错和有罪的那一部分。"这位神秘主义者的全部努力，就是让自己身上不再有任何能说出"我"字的部分[①]。因此，**你无权伤害我**这样的话对薇伊来说毫无意义，因为权利这个概念依附于人格，而人总能

---

① 选自薇伊的随笔《人的人格》。——原注

觉得自己的"权利"比别人的正当。**你对我做的事不公平**——对薇伊来说,这才是正确的说法。"正义与真理的精神不是别的,"她写道,"而是某种专注,那就是纯粹的爱。"

华莱士在第 20 号简短谈话(有时也作《嬉皮女孩》)中,探讨的不正是**这**"某种专注"吗?这是短篇集里格调最阴暗的一篇[1],哪怕以华莱士的标准来看,它的设定也颇为极端。一个嬉皮女孩,被一个变态恶毒地强暴,她决定在遭受强暴期间,与强奸犯建立"灵魂的连接",因为她"相信足够的爱与专注可以穿透精神病与邪恶"。在这一过程中,她忘记了自己,关注着**他**的不幸——甚至为他感到遗憾。不过这都是从前的事了:故事开始时,一个把这件事当成轶闻趣事来听的男人正在复述这件事。

第 20 号访谈　12-96
康涅狄格州纽黑文市
　　我听她讲了这个叫人难以置信的可怕事件,才爱上了她,她怎么样被人残忍地搭讪、抓住,险些送命。

纽黑文?或许是刚毕业的耶鲁大学学生。肯定看了太多书。他最初觉得那个姑娘夸夸其谈,她是他在节庆时被当作"一夜情的目标"搭上的,因为她的身体很性感("她的表情有点奇怪"),他觉得她容易上手。对他来说,她就像一本打开的书——他觉得自己能轻易看透她。

别人或许会说她是嬉皮女孩,后嬉皮,新世纪信徒,随你怎么叫……穿着典型的凉鞋,衣着普通,有种疯狂的神秘感,情感泛滥,艳丽的长发,

---

[1]　但它为华莱士赢得了唯一一项文学奖:《巴黎评论》颁发的阿迦汗小说奖。——原注

对社会问题立场十分宽容……她用了几次L打头的那个词①,话里没有讽刺的意思,也没有明确地意识到这个词已经被使用过度,变得索然无味,如今起码要加上看不见的引号才行。

她是他展现优越感的对象。他会从她的身体上获得欢乐。不过最后,两人欢好之后,她说的那件轶事却动摇了他的镇定,她**以非凡的专注**,讲了她那个施加非凡专注的故事,而他(像亨利·詹姆斯笔下的理想读者那样),在她的刺激下,发现了自己敏锐的认知:

我发现自己听到了**恐惧攫住她的灵魂**这样的话,不像电视上的陈词滥调或电视剧,哪怕说不上巧妙,也很诚恳,她试着描述当时的感受,那股震惊、不真实感与一波波纯粹的恐惧交替的感觉。

但他处理她的经验的方式,却有两处令人心寒的地方。先是"电视上的陈词滥调";然后是超乎想象的真实,**正因如此**,他对她萌生了渴望,或许他从她的真实中,看出了自己也变得真实的方法。不过从什么时候开始,真实开始变得出人意表了?我们什么时候变得对真实习以为常,以致真实在自己的周围生出了这种奇怪的**灵晕**?在机械复制的时代,沃尔特·本雅明预言,《蒙娜丽莎》这样的画作将会失去它的灵晕:我们越是把她做成便宜的信用卡,她就消逝得越快。但他错了——结果资本的情欲逻辑起了反作用。她那真实的灵晕有增无减。等你在电视上看过一千个女人尖叫,"恐惧"的真实灵晕发生了什么变化? 华莱士的答案有些可怕:电视平板的重复将

---

① 指爱(Love)。

我们变得麻木，我们开始看重真实的感情，**尤其**是真正的痛苦。仿佛我们已经不再相信现实，只有极端的情境才能让我们有所**触动**。她在进行"灵魂连接"的时候，他也跟她在一起。我们也在。"你听过**拟娩**吗？"他问治疗师，像往常一样，没有得到回应，这时我们意识到了这个故事里的三重感同身受：通过男子的叙述，我们对女孩感同身受。男子通过**女孩**的叙述，对她感同身受。遭受强暴时，女孩对强奸犯的感同身受。在拟娩时，丈夫体会到了妻子的身孕是什么滋味：边界被渗透了。在这个短篇里，有好几重边界被渗透了。男子可以感受到强奸犯"深不可测的悲伤"，我们这些读者，对这一设定（一名女性**怜悯**强奸她的人？）抱有强烈的质疑，起初像那个耶鲁的学生有一样持怀疑态度，不过在我们靠近他的时候，他离开了我们，挪到了一个相信她的位置。这桩轶事在它的四周生成了一片增进敏锐认知的力场。男子试图使用这一力场，我们需要对它加以评判，华莱士借此营造出一份神圣的相异性。也许它证明一名女子有能力爱人，但我们无法将它转为己用，无法将这个故事据为己有。

  这个嬉皮女孩是《与丑陋人物的短暂会谈》中少有的人物之一，她没有把别人当成样板或物件，或是一件"道德体操器械"。她与操纵者不同，她栖身于一个截然不同的道德王国，那个操纵者利用自己畸形的手臂，他的"鳍状肢"作为诱饵，"捕捉"富有同情心的女人，然后跟她们发生关系，她也不同于那个将维克多·弗兰克尔的大屠杀回忆录《活出意义来》曲解成摧毁他人的辩护词的男人。（弗兰克尔的意义疗法这一流派，探讨了人在堕落或失落的极端境地时，往往更能体会出什么是真正的意义这一观念。不过当然，这并不意味着，你得再创造出一次大屠杀，才能找到意义。）华莱士笔下的多数人不肯放弃自我，哪怕片刻也不愿意。他们被人教导："自我就是你拥有的东西,"就像拥有汽车、房子、银行账户一样。但自我并非消费品,至于成为"一个该死的人类"的旅程,就像我们的生命一样漫长:"人确立自我,需要经过可怕的奋斗,之后确立的自我的人性,跟那场可怕的奋斗密不可分……我们永无休止、无法实现的归家之旅,其实就是我们的家。"这是华莱士谈弗朗茨·卡夫卡的话,卡夫卡也是他由衷喜爱的一位作家。他们之间的关联,在文句层面尚不明显,但俩人笔下涌动的潜流却遥相呼应:俩人都喜爱寓言,都了解自我膨胀的恐怖(想想《审判》里弱势的乔治从颇有领袖魅力的父亲身边逃开,翻桥跃下),都梦想着能没有自我。尽管他们都尝试在"人际关系"中扎根,但俩人都表达过对无限的渴望,那里空无一物,哪里都不是,无穷无尽。我开始写这篇随笔的时候,华莱士尚且健在,我把那种渴望界定为哲学理念上的渴望——事实证明是我一厢情愿了。短篇《自杀作为一种礼物》如今不可避免地有了超出自身的回响,不过它还是当初那个短篇,它提醒我们,的确有些绝望的灵魂,认为自己若是不存在,等于是给周围的人送上了一份礼物。我们只得假设,大卫就是这样的人。

最后,《与丑陋人物的短暂会谈》中真正崇高而可怕的瞬间,并非一家人在意大利餐馆里彼此打趣的时刻。当他向读者指出,慷慨、健康的人际关系是"后现代陷阱"的一条出路时,这是他作为负责任的道德哲学家的那一面使然。但真正的神秘和魔法,存在于那些半神秘主义的瞬间、对极度专注和彻底放弃的描绘里。或许把这称作"沉思",给人的感觉更为舒适,但我相信,更准确的字眼其实是"**祈祷**"。《思考》里的那个男人跪下来,双手交握的时候,不是在祈祷,又是在做什么?当那个变态爬上嬉皮女孩的身体时,她又在做什么?《永远在上面》的那个少年跳水之前,又在做什么?诚然,这些祈祷不怎么严谨,没有惯常的对象——上帝,但它们依然专注、忘我,向着外部那深不可测的（神秘主义者会说，那**是**上帝）方向行进。是那个 L 打头的词在人世间起作用。华莱士比大多数人更清楚，对我们当中的世俗之人来说，艺术已经成为我们经历这般体验的最后希望。

《并非人手所造的教堂》就是这样的一份礼物。它**写的**是极度专注，它也**要求**我们极度专注。在它的高潮部分，一位牧师跪在自己的一张照片前面祈祷，照片上的他也在跪地祈祷，这幅画面实在是太有大卫·福斯特·华莱士风味了，正如德里罗最常被人拍到的谷仓里，存放着德里罗的重要物品一样。在一本装满礼物的书里，《并非人手所造的教堂》是我最喜欢的一件礼物。我想，或许正因如此，所以我才不愿把它像其他篇目一样，拆解开来吧。它的大门比《与丑陋人物的短暂会谈》里的其他篇目的大门闭得更紧，读者们享有的一大乐趣，就是找到适合那些大门的钥匙——又是谁说，你的钥匙会跟我的一样呢？不过，我还是把我的几把钥匙摆在这里，万一你愿意把它们捡起来呢。

*

乔治·德·基里科画过他称作"形而上的城镇广场"的画作。它们充满精美呈现的暗影。

*

苏蒂恩[①]画作中浓重的色彩。实际上，画面上主要就是色彩。数数看有多少种吧。

---

① 苏蒂恩（Chaim Soutine, 1893—1943），立陶宛裔法国画家。

*

在《追忆似水年华》第五部里,小说家贝戈特站在画廊里欣赏弗美尔的《代尔夫特风景》时,死去了。这是他最后的话:"我就该这样写才对,我最后几本书写得太枯燥了,我应该给它们再添加几层色彩,让我的语言本身多一些价值。"

*

就在日偏食发生之前,起风了。还有一件事:影带(又名飞影)出现了。让地面看上去就像泳池的底部似的。

*

日食。秘鲁的纳斯卡线条①。"天眼"。

*

"纱窗有薄荷味儿?"一间告解室。一名嚼口香糖的牧师。

*

摘自《牛津大辞典》:

---

① 秘鲁纳斯卡沙漠地面上的巨大线条,也作纳斯卡巨画,有学者认为是古文明遗迹。

Prone

a. 词源。法语 prône,将教堂的圣殿与中殿分隔开来的格栅或栏杆,发布通告和演说的地方。

b. 教会史。教堂里的讲道或布道。也指有关讲道的祷文、讲道词等。

c. 形容词与副词。朝下的、下斜的。也指略微地、严重倾斜地或垂直地向下。

d. 面朝下方;向前并向下俯身;面部朝下躺卧;特指(手或前肢)手掌向下或朝后,且桡骨与尺骨交叠。后也指平躺。

*

摘自《牛津大辞典》:

Apse,Apsis(极距点,拱点,教堂的半圆室)

天文学:行星或其他天体的椭圆形轨道上,距离所绕行的主星距离最远和最近的点。建筑。大型的半球形或多边形建筑,往往带有半球形的屋顶,座落于教堂的唱诗班席位、中殿或走廊的尽头。

*

水孩子乐队的一首歌

C·S·刘易斯。《影子大地》

《卿卿如晤》。《死亡》

＊

《使徒行传》17：24：神就不住人手所造的殿。

＊

《使徒行传》7：48：其实至高者并不住人手所造的神殿。

＊

大卫·福斯特·华莱士（1962—2008）

致谢

Thanks

《佐拉·尼尔·赫斯顿：何谓触动灵魂？》原本是作为悍妇出版社《他们眼望上苍》的序言来构思的，其修订版后来刊登于《卫报》。《〈米德尔马契〉和每个人》与《赫本与嘉宝》最初也是刊登于《卫报》。《爱·摩·福斯特：中层管理者》《凡人弗朗茨·卡夫卡》《长篇小说的两个方向》发表于《纽约书评》。《多说几种话》是我 2008 年在纽约公共图书馆所作的罗伯特·B·西尔弗斯[①]演讲，其修订版发表于《纽约书评》。《那种巧黠的感觉》是我受本·马库斯[②]委派，在哥伦比亚大学授课的讲稿，后来发表于《信徒》杂志。本书收入了它的修订版。《在利比里亚的一周》是牛津饥荒救济委员会组织和赞助的一次旅行的成果。它发表于《观察家报》。《二〇〇六之视觉盛宴》和《奥斯卡周周末的短评十则》发表于《星期日电讯报》。《偶然成就的英雄》的缩减版刊发于《星期日电讯报》，本书收录的是完整版。《史密斯家的圣诞节》是《纽约时报》的约稿；《逝者的笑声》发表于《纽约客》。《重读巴特和纳博科夫》源于我在哈佛大学的讲课稿，不过经过大幅修订之后，已经变得面目全非。

非常感谢我的两位编辑西蒙·普罗塞和安·戈多芙，还有我的经纪人乔治娅·加勒特，感谢他们近十年来的关照。在个别篇目上，我曾得到以下诸位的帮助和指点，感谢德沃拉·鲍姆、马克·科斯特

---

① 罗伯特·B·西尔弗斯（Robert B. Silvers, 1929—　），美国《纽约书评》杂志编辑。
② 本·马库斯（Ben Marcus, 1967—　），美国小说家，哥伦比亚大学艺术系教授。

洛、哈德利·弗里曼、布雷特·格拉德斯通、玛丽·卡尔、李·克莱因、克雷茜达·莱申、李·鲁尔克、洛林·斯坦、马丁娜·特斯塔、亚当·瑟尔沃尔和苏尼尔·亚帕。尤其感谢鲍勃·西尔弗斯送我有趣的书，为我设定路线，还有他诸多精巧的编辑工作。还要特别感谢在利比里亚担任向导的利斯贝斯·霍尔达韦。

像往常一样，我亏欠最多的人便是尼克·莱尔德，他是我的最佳读者和最残忍的编辑。你为本书付出的努力——还有你对作者的支持——功不可没。

图书在版编目（CIP）数据

改变思想/(英)扎迪·史密斯著；金鑫译；唐江校译. -- 上海：上海文艺出版社，2019.6
ISBN 978-7-5321-7084-5
Ⅰ.①改… Ⅱ.①扎…②金…③唐… Ⅲ.①随笔－作品集－英国－现代 Ⅳ.①I561.65
中国版本图书馆CIP数据核字(2019)第078514号

CHANGING MY MIND: OCCASIONAL ESSAYS by Zadie Smith
Copyright © Zadie Smith 2009
This edition arranged with Rogers, Coleridge and White Ltd.
through BIG APPLE AGENCY, INC., LABUAN, MALAYSIA.
Simplified Chinese edition copyright:
2019 SHANGHAI LITERATURE AND ART PUBLISHING HOUSE
All rights reserved.
著作版权合同登记图字：09-2018-555号

发 行 人：陈　徵
策划编辑：李册册
责任编辑：望　越
封面设计：杨　军

书　　名：改变思想
作　　者：(英)扎迪·史密斯
译　　者：金　鑫
校　　译：唐　江
出　　版：上海世纪出版集团　上海文艺出版社
地　　址：上海绍兴路7号　200020
发　　行：上海文艺出版社发行中心发行
　　　　　上海市绍兴路50号　200020　www.ewen.co
印　　刷：杭州宏雅印刷有限公司
开　　本：890×1240　1/32
印　　张：11.25
插　　页：5
字　　数：270,000
印　　次：2019年6月第1版　2019年6月第1次印刷
I S B N：978-7-5321-7084-5/I·5665
定　　价：68.00元

告 读 者：如发现本书有质量问题请与印刷厂质量科联系　T:0571-88855633